जातकादेशमार्ग

(चंद्रिका)

जातकादेशमार्ग

(चंद्रिका)

दक्षिण भारतीय ज्योतिष के प्राचीन फलित
ग्रंथ की हिन्दी में व्याख्या

व्याख्याकार
गोपेश कुमार ओझा
एम॰ए॰, एल-एल॰ बी॰

मोतीलाल बनारसीदास
दिल्ली • पटना • वाराणसी
www.mlbd.co.in motilalbanarsidass
info@mlbd.co.in @mlbdpublishers

अष्ठम् पुनर्मुद्रण : दिल्ली : 2022
प्रथम संस्करण : 1971

ISBN: 978-81-208-2311-2

मोतीलाल बनारसीदास
41 यू.ए. बंग्लो रोड, जवाहर नगर, दिल्ली 110 007, ☎ 011-23851985
अशोक राजपथ, पटना 800 004, ☎ 0612-2671442
चौक, वाराणसी 221 001, ☎ 0542-2412331

Published by Ravindra Jain
MOTILAL BANARSIDASS
41 U.A. Bunglow Road, Jawahar Nagar, Delhi-110007
www.mlbd.co.in • info@mlbd.co.in

॥ श्रीगणेशाम्बागुरुचरणेभ्यो नमः ॥

प्राक्कथन

तद्दिव्यमव्ययं धाम सारस्वतमुपास्महे ।
यत्प्रसादात् प्रलीयन्ते मोहान्धतमसच्छटाः ॥

इस जातकादेशमार्ग (चन्द्रिका) को सहृदय पाठकों के सम्मुख रखते हुए अत्यन्त हर्ष हो रहा है। जातकादेशमार्ग सुदूर दक्षिण में लिखा हुआ फलित ज्योतिष का प्राचीन ग्रंथ है। चन्द्रिका इसकी व्याख्या है। जैसे सम्पूर्ण चन्द्र की ज्योत्स्ना पथिक के मार्ग को सुस्पष्ट कर देती है, वैसे ही इस दुरूह फलित ग्रंथ की जटिल ग्रंथियों को सुलझाने में यह हिन्दी व्याख्या सहायक होगी, यह आशा ही नहीं, अपितु हमारा दृढ़ विश्वास है। इस ग्रंथ में वर्णित विषय कुछ तो अन्य फलित ग्रंथों में भी प्राप्त होता है, किन्तु बहुतसा विषय सर्वथा नवीन है, जो ज्योतिषियों तथा मर्मज्ञ पाठकों की ज्ञानवृद्धि में सहायक होगा, इसमें अणुमात्र भी सन्देह नहीं।

इस ग्रंथ के अध्याय ८, ९, १०, ११, १२, १३, १४ योग, अष्टक वर्ग, भाव विचार, चार फल, दशापहारच्छिद्र, भार्याविचार, दम्पति का पारस्परिक आनुकूल्य आदि मार्मिक विषयों का विवेचन करते हैं और यह निस्सन्देह कहा जा सकता है कि फलित ज्योतिष के जो नवीन सिद्धान्त इस ग्रंथ में उपलब्ध होते हैं, वह अन्य ग्रंथों में प्राप्य नहीं हैं।

संस्कृत के श्लोक कितने सरस और मार्मिक हैं, इसका अनुभव रसज्ञ पाठक स्वयं करेंगे। यह वर्णन की वस्तु नहीं है। दक्षिण भारत में भी मलावार ज्योतिष का प्रसिद्ध केन्द्र है। वहीं कई शताब्दी पूर्व

पद्मनाई चोमाद्रि (सोमयाजी) नामक प्रसिद्ध विद्वान् हुए थे। उन्हीं की यह अनुपम कृति है। इन महानुभाव द्वारा लिखित अन्य ग्रंथों में एक करण पद्धति भी है—जिसमें गुणाकार, हारक, ज्या आदि का सविस्तर विवेचन किया गया है। वे कोचीन स्टेट के अन्तर्गत तलप्पिली ताल्लुक के निवासी थे। यह स्थान केरल देश में है।

इस ग्रंथ को देखने से पता चलता है कि बृहज्जातक, लघुजातक, जातकपारिजात, फलदीपिका, यवनजातक, शिल्पिरत्न, प्रश्नमार्ग आदि विविध ग्रंथों का इनने पूर्ण अध्ययन तथा उन ग्रंथों में प्रतिपादित ज्योतिष के सिद्धान्तों का पूर्ण अनुशीलन और अनुभव किया था। इस ग्रंथ का विद्वत्समाज में पूर्ण आदर है और इसमें वर्णित फलित के सिद्धान्तों में ज्योतिषियों की पूर्ण आस्था और श्रद्धा है। इतना अमूल्य ग्रंथरत्न होने पर भी अब तक हिन्दी व्याख्या सहित यह पाठकों के सम्मुख नहीं आया था। प्रथम बार मूल संस्कृत सहित पाठकों के सम्मुख उपस्थित करने में हमें परम हर्ष है।

गोपेश कुमार ओझा

रामनवमी
संवत् २०२८

विषयानुक्रमणिका

अध्याय ६—अष्टकवर्ग प्रकरण : सूर्य आदि सातों ग्रहों के अष्टक वर्ग—अष्टक वर्ग बनाने की प्रक्रिया—कुल अष्टकवर्ग बिन्दु—एक, दो या तीन बिन्दु का फल—सूर्य के अष्टक वर्ग से क्या विचार करना—किन बातों के लिये अधिक बिन्दु वाली राशियां लेना—किस दिशा के शिव मन्दिर में आराधना से शीघ्र सिद्धि होगी—किस दिशा में स्थित राजा की सेवा फलद होगी—चन्द्रमा के अष्टक वर्ग से क्या-क्या विचार करना—किस चन्द्र राशि में उत्पन्न स्त्री, पति, भूपति, सेवक, छात्र, गुरु या मित्र लाभदायक हो—प्रात: किस राशि में उत्पन्न व्यक्ति का मुख देखना—जब चन्द्रमा ऐसी राशि में हो किसमें कोई बिन्दु न हो तो कोई शुभ कार्य प्रारंभ न करना—जिन राशियों में चन्द्राष्टक वर्ग में थोड़े बिन्दु हों उन राशि वाले व्यक्तियों के सम्पर्क से हानि—किस दिशा के तालाब में स्नान या वहां के जलपान से अभ्युदय होता है—किस दिशा में स्थित दुर्गा मन्दिर में आराधना करना—किस दिशा में स्थित रानी की कृपा प्राप्ति होगी—मंगल के अष्टक वर्ग का विचार—किस दिशा में विजय होगी—किस में पराजय—बुध के अष्टक वर्ग का विचार—वाक्शक्ति का विचार—बुधाष्टक वर्ग से अन्य विचार—जातक की वाणी का विचार—बृहस्पति के अष्टक वर्ग का विचार—मंत्र, दीक्षा, पुरश्चरण, वेदाभ्यास, द्रव्योपार्जन आदि के लिये अनुकूल समय—शुक्र के अष्टक वर्ग का विचार—संगीत, विवाह अलंकार, वस्त्र, शयन कक्ष आदि के लिये शुक्राष्टकवर्ग का महत्त्व—शनि का अष्टकवर्ग विचार—खेती, नौकर रखना—किस दिशा में नौकरों के घर बनवाना या उच्छिष्ट फेंकना आदि के लिये शनि के अष्टक वर्ग का महत्त्व—त्रिकोण शोधन—राशि की आठ कक्ष्या—कक्ष्या गोचर विचार—सर्वाष्टक वर्ग—सर्वाष्टक में क्या देखना—कौन सी राशि श्रेयस्कर है—बन्धु, सेवक, पोषक, घातक विचार—जीवन के तीन खण्ड—कौन सा खंड उत्तम, मध्यम या अधम होगा; शनि,

ओज राशियाँ एक सी होती हैं। राशियों के स्वामी के गुण भी उनमें वर्तमान रहते हैं। मेष लग्न वाले व्यक्ति में कुछ तो मेष के गुण आवेंगे कुछ मंगल के; मिथुन लग्न वाले व्यक्ति में कुछ तो मिथुन के गुण आवेंगे कुछ बुध के। जो ग्रह लग्न में बैठे होंगे या लग्नेश के साथ बैठे होंगे या जो ग्रह लग्न को देखते हों या लग्नेश को देखते हों वह भी स्वभाव, योग्यता, प्रभाव चेष्टा आदि में परिवर्तन कर देते हैं। भिन्न - भिन्न स्थानों में लग्नेश के बैठने से भी अन्तर हो जाता है। उदाहरण के लिए यदि लग्नेश सप्तम में बैठेगा तो जातक कामी होगा, नवम में बैठेगा तो धार्मिक, दशम में बैठेगा तो अधिकारसम्पन्न, एकादश में बैठेगा तो उसके मस्तिष्क में ऐसी व्यापार की योजनाएँ आवेंगी जिनसे उसे अनेक प्रकार से लाभ होगा और द्वादश में बैठे तो वह स्वयं अपनी तथा आर्थिक हानि करेगा, कर्ज़ करेगा। लग्नेश का यदि सद्ग्रहों से सम्बन्ध हो तो अच्छे स्थान में रहेगा। लग्नेश यदि दुःस्थान में हो, असद्-ग्रहों के साथ हो तो निकम्मी जगह रहे और छोटे आदमियों की संगति करे। इस प्रकार राशि, राशीश इनकी प्रकृति और स्थिति पर ही सारी कुण्डली का सम्यक् फल निरूपण निर्भर करता है। इसी सिद्धान्त पर कहा है कि पुरुष ग्रह, पुरुष राशियों में सूर्य (पुरुष ग्रह) की होरा में बैठें तो अच्छा है। स्त्री ग्रह स्त्री राशियों में चन्द्र (स्त्रीग्रह) की होरा में बैठें तो अच्छा है। इसमें क्या सिद्धान्त है ? यदि गरम पूरियाँ हौट केस (गरम कटोरदान) में और कुलफी को बरफ फ्रिजिडेअर में रखी जावें तो अच्छा है। यही सिद्धान्त है।

यदि चर लग्न प्रश्न कुण्डली में आवे तो कार्य जल्दी सम्पन्न होगा विशेषतः यदि कार्येश भी चर राशि में हो और दोनों में इत्थशाल होता है। ऐसी ही परिस्थिति में यदि प्रश्न लग्न स्थिर हो तो कार्य देर से सिद्ध होता है। द्विस्वभाव लग्न में मध्यावधि

में—न जल्दी, न अति विलम्ब से। चर लग्न में यात्रा करने वाला जल्दी वापिस घर आता है। स्थिर लग्न में जातक यदि यात्रा करे तो जितने दिन का प्रोग्राम बनाकर जाता है, उससे अधिक समय यात्रा में लगता है। जब चर राशि स्थित ग्रह की महादशा या अन्तर्दशा प्रारम्भ होती है तो प्रायः जातक का तबादला या स्थान परिवर्तन होता है। जो जातक चर लग्न में जन्म लेते हैं वे पैदल चलने-फिरने तथा घूमने के शौकीन होते हैं। जो स्थिर लग्न में जन्म लेते हैं वे पैदल चलना-फिरना, घूमना, इधर-उधर जाना कम पसन्द करते हैं—एक जगह बैठना अधिक।

बहुत से लोग द्विस्वभाव राशि के १५ अंश तक स्थिर और १५ से ३० अंश तक को चर मानते हैं। चर लग्न में जन्म लेने वाले अधिक क्रियाशील होते हैं—स्थिर लग्न में जन्म लेने वाले अधिक विचारशील। चर लग्न में जन्म लेने वालों को ऐसा व्यवसाय विशेष उपयुक्त होता है—जिसमें चलने का या दौरे का काम विशेष हो यथा पोस्टमैन, सेल्समैन आदि।

सूर्य पूर्व दिशा का स्वामी है, शुक्र आग्नेय दिशा का, मंगल दक्षिण दिशा का, राहु नैऋत्य का शनि पश्चिम का, चन्द्रमा वायव्य का, बुध उत्तर का, बृहस्पति ईशान का। यदि बृहस्पति दिग्बली हो तो ईशान दिशा में ले जाएगा; बुध दिग्बली हो तो उत्तर को, शनि पश्चिम को। ऐसा ही सर्वत्र समझना चाहिए। दिग्बली ग्रह की दशा जब आती है तो जातक उस दिशा में जाता है और उसका भाग्योदय होता है। १५-१६।

कुजशुक्रज्ञेन्द्वर्कज्ञशुक्रकुजजीवसौरयमगुरवः।
भेशा नवांशकानामजमकरतुलाकुलीराद्याः ॥१७॥

स्वगृहाद्द्वादशभागा द्रेक्काणाः प्रथमपञ्चनवपानाम्।
होरे विषमेऽर्केन्द्वोः समराशौ चन्द्रतीक्ष्णांशोः ॥१८॥

कुजयमजीवज्ञसिताः पञ्चेन्द्रियवसुमुनीन्द्रियांशानाम् ।
विषमे सम उत्क्रमतस्त्रिशांशेशास्तथा कल्प्याः ॥१६॥

इसमें राशियों के षड्वर्ग बताए हैं। उन्हीं (१, ३, ५, ७, ६, ११) राशियों में ०° से १५° तक सूर्य को होरा और १५° से ३०° अंश तक चन्द्रमा की होरा। समराशियों (२, ४, ६, ८, १०, १२) में ०° से १५° तक चन्द्रमा की होरा और १५° से ३०° अंश तक सूर्य को होरा।

द्रेष्काण एक राशि का तीसरा भाग होता है। नीचे द्रेष्काण चक्र दिया जाता है—

राशि	**प्र० द्रे०**	**द्वि० द्रे०**	**तृ० द्रे०**
मेष	मेष	सिंह	धनु
वृष	वृष	कन्या	मकर
मिथुन	मिथुन	तुला	कुम्भ
कर्क	कर्क	वृश्चिक	मीन
सिंह	सिंह	धनु	मेष
कन्या	कन्या	मकर	वृष
तुला	तुला	कुम्भ	मिथुन
वृश्चिक	वृश्चिक	मीन	कर्क
धनु	धनु	मेष	सिंह
मकर	मकर	वृष	कन्या
कुम्भ	कुम्भ	मिथुन	तुला
मीन	मीन	कर्क	वृश्चिक

मेष राशि में प्रथम द्रेष्काण ०° से १०° तक मेष का द्रेष्काण द्वितीय द्रेष्काण १०° से २०° तक सिंह का; तृतीय द्रेष्काण २०° से ३०° तक धनु का। वृष के तीन द्रेष्काण वृषभ, कन्या, मकर। इसी प्रकार आगे समझना चाहिए।

अब नवांश बताते हैं। नवांश राशि के नवें हिस्से को कहते हैं। मेष को १, वृष को २, मिथुन को ३, इसी क्रम से मीन को १२ समझना चाहिए। नीचे नवांश चक्र दिया जाता है।

राशि	नवांश								
मेष	१	२	३	४	५	६	७	८	९
वृष	१०	११	१२	१	२	३	४	५	६
मिथुन	७	८	९	१०	११	१२	१	२	३
कर्क	४	५	६	७	८	९	१०	११	१२
सिंह	१	२	३	४	५	६	७	८	९
कन्या	१०	११	१२	१	२	३	४	५	६
तुला	७	८	९	१०	११	१२	१	२	३
वृश्चिक	४	५	६	७	८	९	१०	११	१२
धनु	१	२	३	४	५	६	७	८	९
मकर	१०	११	१२	१	२	३	४	५	६
कुम्भ	७	८	९	१०	११	१२	१	२	३
मीन	४	५	६	७	८	९	१०	११	१२

प्रत्येक राशि में ३० अंश होते हैं। इन्हें नौ भागों में बाँटा तो एक हिस्सा आया ३ अंश २० कला का। इसलिये प्रत्येक नवांश ३ अंश २० कला का हुआ। इस प्रकार नौ भाग निम्नलिखित प्रकार से हुए (१) ० से ३°-२०′ (२) ३°-२०′ से ६°-४०′ (३) ६°-४०′ से १०° (४) १०° से १३°-२०′ (५) १३°-२०′ से १६°-४०′ (६) १६°-४०′ से २०° (७) २०° से २३°-२०′ (८) २३°-२० से २६°-४०′ (९) २६°-४०′ से ३० अंश तक।

अब द्वादशांश बताते हैं। यदि प्रत्येक राशि के बारह हिस्से किये जावें तो उसे द्वादशांश कहते हैं: (१) ० से २°-३०′ (२) २°-३०′ से ५° (३) ५° से ७°-३०′ (४) ७°-३०′ से १०° (५) १०° से १२°-३०′ (६) १२°-३०′ से १५° (७) १५° से १७°-३०′ (८) १७°-३०′ से २०° (९) २०° से २२°-३०′ (१०) २२°-३०′ से २५°

(११) २५° से २७°-३०′ (१२) २७°-३०′ से ३० अंश तक। जिस राशि में द्वादशांश देखा जाता है उसी राशि से प्रारंभ कर द्वादशांश गिना जाता है। यथा मेष में मेष, वृष, मिथुन, कर्क, सिंह, कन्या, तुला, वृश्चिक, धनु, मकर, कुम्भ मीन क्रमशः बारह भागों के मालिक हुए। वृष में, वृष, मिथुन, कर्क, सिंह, कन्या, तुला, वृश्चिक, धनु, मकर, कुम्भ, मीन, मेष। ऐसे ही उसी राशि से प्रारंभ कर बारह राशियाँ द्वादशांशों की होती हैं।

अब त्रिंशांश का क्रम बताते हैं। मेष, मिथुन, सिंह, तुला, धनु, कुम्भ इन छः राशियों में त्रिंशांश स्वामी निम्नलिखित होते हैं—

०° से ५°	तक	मंगल
५° से १०°	,,	शनि
१०° से १८°	,,	बृहस्पति
१८° से २५°	,,	बुध
२५° से ३०°	,,	शुक्र

नाम तो त्रिंशांश है किन्तु ३० अंशों के ३० विभाग न करके उपर्युक्त रीति से स्वामी लिये जाते हैं।

सम राशियों में अर्थात् वृष, कर्क, कन्या, वृश्चिक, मकर तथा मीन में त्रिंशांश स्वामी निम्न लिखित होते हैं :—

०° से ५°	तक	शुक्र
५° से १२°	तक	बुध
१२° से २०°	तक	बृहस्पति
२०° से २५°	तक	शनि
२५° से ३०°	तक	मंगल

यहाँ यह पाठकों के ज्ञान के लिये बताना आवश्यक है कि वराह मिहिर से अब तक प्रायः सभी फलित ज्योतिष के ग्रन्थों के राशियों के यही विभाग—इसी क्रम से प्राप्त होते हैं, परन्तु राशियों का इस प्रकार षड् वर्ग विभाग राशि, होरा, द्रेष्काण,

नवमांश, द्वादशांश या त्रिशांश यवन मत के प्रभाव का परिणाम है। इस पुस्तक में सप्तमांश नहीं दिया गया है किन्तु पिछले दो हज़ार वर्ष से राशि को सात विभागों में बाँट कर-प्रत्येक विभाग प्रायः ४ अंश १७ कला ८ विकला का बारह राशियों में निम्नलिखित प्रकार से बाँटा जाता है—

राशि	सप्तमांश						
मेष	१	२	३	४	५	६	७
वृष	८	९	१०	११	१२	१	२
मिथुन	३	४	५	६	७	८	९
कर्क	१०	११	१२	१	२	३	४
सिंह	५	६	७	८	९	१०	११
कन्या	१२	१	२	३	४	५	६
तुला	७	८	९	१०	११	१२	१
वृश्चिक	२	३	४	५	६	७	८
धनु	९	१०	११	१२	१	२	३
मकर	४	५	६	७	८	९	१०
कुम्भ	११	१२	१	२	३	४	५
मीन	६	७	८	९	१०	११	१२

अब पाठक देखेंगे कि नवांश और सप्तमांश में तो क्रम ठीक हैं। सप्तमांश में बारह राशियों के प्रत्येक के सात भाग किये। ८४ भाग हुए। क्रमशः बारह राशियों की पुनरावृत्ति सात बार हो गई। नवांश में बारह राशियों के १०८ भाग हुए। मेष से मीन तक १२ राशियों की ९ वार आवृत्ति हो गई। किन्तु होरा, द्रेष्काण तथा त्रिशांश में ऐसा नहीं हुआ। इसलिए वराहमिहिर से पूर्व होरा, द्रेष्काण तथा त्रिशांश विभाग की क्या पद्धति थी यह नीचे बताते हैं।

प्राचीन ऋषियों की राशिविभागपद्धतिः—

जैमिनि सूत्र पर जो वृद्ध कारिका हैं उनमें एक श्लोक आता है।

राशिरर्धं भवेत् होरा ताश्चतुर्विंशतिः स्मृताः ।
मेषादि तासां होराणां परिवृत्तिद्वयं भवेत् ॥

अर्थात् राशि के आधे भाग को होरा कहते हैं। इसलिए १२ राशियों की चौबीस होरा हुईं : मेष से मीन तक और पुनः मेष से मीन तक दो बार पूरी आवृत्ति—सब राशियों की होती है—तब बारह राशियों की होरा निष्पन्न होती है। इस क्रम से होरा चक्र निम्नलिखित हुआ—

राशि	प्रथम होरा	द्वितीय होरा
मेष	मेष	वृषभ
वृष	मिथुन	कर्क
मिथुन	सिंह	कन्या
कर्क	तुला	वृश्चिक
सिंह	धनु	मकर
कन्या	कुम्भ	मीन
तुला	मेष	वृष
वृश्चिक	मिथुन	कर्क
धनु	सिंह	कन्या
मकर	तुला	वृश्चिक
कुम्भ	धनु	मकर
मीन	कुम्भ	मीन

उपर्युक्त होरा विभाग निर्देशक श्लोक बृहत्पाराशर में भी प्राप्त होता है।

प्रचलित द्रेष्काण गणना की पद्धति यहूदी, रोम तथा अरब के ज्योतिषियों के सम्पर्क से भारत में आई है। यही प्रकार

अध्याय १ श्लोक १८ में ही पहिले बताया गया है। किन्तु भारतीय आर्ष पद्धति—द्रेष्काण गणना की निम्नलिखित थी—

राशि	**प्र० द्रे०**	**द्वि० द्रे०**	**तृ० द्रे**
मेष	मेष	वृष	मिथुन
वृष	कर्क	सिंह	कन्या
मिथुन	तुला	वृश्चिक	धनु
कर्क	मकर	कुम्भ	मीन
सिंह	मेष	वृष	मिथुन
कन्या	कर्क	सिंह	कन्या
तुला	तुला	वृश्चिक	धनु
वृश्चिक	मकर	कुम्भ	मीन
धनु	मेष	वृष	मिथुन
मकर	कर्क	सिंह	कन्या
कुम्भ	तुला	वश्चिक	धनु
मीन	मकर	कुम्भ	मीन

जैमिनि सूत्र से सम्बन्धित वृद्ध कारिका से उद्धरण नीचे दिया जाता है :—

राशित्रिभागो द्रेष्काणस्ते च षट् त्रिंशदोरिताः ।
परिवृत्तित्रयं तेषां मेषादेः क्रमशो भवेत् ॥

अर्थात् एक राशि का तीसरा हिस्सा द्रेष्काण होता है। इसलिये बारह राशियों में छत्तीस द्रेष्काण होते हैं। उन्हें क्रम से मेष से मीन तक पुनः मेष से मीन एक हैं और फिर तृतीय बार मेष से मीन तक गिनना चाहिये। यही स्पष्ट करने के लिए आर्ष पद्धति अनुसार द्रेष्काण चक्र ऊपर दिया गया है।

अब त्रिंशांश को लीजिए। त्रिंशांश का अर्थ है तीसवां हिस्सा। किसका ? एक राशि के ३० अंश किए तो प्रत्येक विभाग

१ अंश का हुआ इसलिए प्राचीन आर्ष पद्धति—त्रिशांश विभाग की—निम्नलिखित थी।

मेष का त्रिशांश ज्ञात करना है। प्रथम से द्वादश अंश प्रत्येक अंश एक-एक राशि—मेष, वृष, आदि का हुआ। इस प्रकार बारहवाँ अंश मीन का, तेरहवाँ मेष का, चौदहवाँ वृष का…… २४वाँ मीन का, २५वाँ मेष का…२६वाँ वृष का, ३०वाँ कन्या का। इस प्रकार मेष के ३० विभाग हुए। वृष का प्रथम अंश तुला का (क्योंकि मेष का ३०वाँ अंश कन्या पर समाप्त हुआ है) दूसरा अंश वृश्चिक का…छठा अंश मीन का, ७वाँ मेष का… १८वाँ मीन का, १९वाँ मेष का……३०वाँ मीन का। मिथुन का १ला अंश मेष का इसी प्रकार १२ राशियों के ३६० अंश में बारह राशियों की ३० वार क्रम से पुनरावृत्ति हो जाती है पृष्ठ १४ के चक्र से स्पष्ट होगाः—

प्रस्तुत ग्रन्थकार ने राशि, होरा, द्रेष्काण, नवांश, द्वादशांश तथा त्रिशांश इन षड्वर्गों का ही उल्लेख किया है किन्तु हमने प्रसंगवश सप्तमांश तथा दशमांश की चर्चा भी कर दी है और ऋषियों द्वारा वर्ग विभाग कैसे किया जाता था और पिछले दो हजार वर्षों में इस परिपाटी में क्या हेर-फेर हो गया है यह भी बता दिया है। जिज्ञासु पाठक काशी विश्वविद्यालय के ज्यौतिष विभागाध्यक्ष स्वर्गीय पण्डित रामयत्न जी ओझा लिखित फलित विकास नामक पुस्तक का अवलोकन करें।

प्रायः आजकल के पंचागों में वराहमिहिर के बाद की प्रचलित परिपाटी के दशवर्ग चक्र दिए रहते हैं। केवल वाराणसेय हिन्दू विश्वविद्यालय से जो विश्व-पंचांग निकलता है, उसमें ऋषि प्रणीत प्राचीन दशवर्ग के चक्र दिए गए हैं। ज्यौतिष के प्रेमियों को इस विषय से अवगत करा दिया अब प्रस्तुत विषय पर आइए। १७-१९।

अंश	मेष, मिथुन, सिंह तुला, धनु, कुम्भ	वृष, कर्क, कन्या वृश्चिक, मकर, मीन
१	१ मेष	७ तुला
२	२	८
३	३	९
४	४	१०
५	५	११
६	६	१२ मीन
७	७	१ मेष
८	८	२
९	९	३
१०	१०	४
११	११	५
१२	१२ मीन	६
१३	१ मेष	७
१४	२	८
१५	३	९
१६	४	१०
१७	५	११
१८	६	१२ मीन
१९	७	१ मेष
२०	८	२
२१	९	३
२२	१०	४
२३	११	५
२४	१२ मीन	६
२५	१ मेष	७
२६	२	८
२७	३	९
२८	४	१०
२९	५	११
३०	६ कन्या	१२ मीन

इसी प्रकार प्रचलित दशमांश चक्र में विषम (१, ३, ५, ७,

९, ११) राशियों के उस राशि से प्रारंभ कर दसवीं राशि के अन्त तक—दस राशियाँ प्रत्येक विभाग (३०÷१०=३ अंश का एक विभाग) की होती हैं। सम राशियों में (२, ४, ६, ८, १०, १२) जिस राशि के दस भाग करने हों उसकी नवीं राशि से प्रारम्भ कर—दस राशियों के दस विभाग किए जाते हैं। यह निम्नलिखित चक्र से स्पष्ट होगा—

राशि	भागों के स्वामी									
मेष	१	२	३	४	५	६	७	८	९	१०
वृष	१०	११	१२	१	२	३	४	५	६	७
मिथुन	३	४	५	६	७	८	९	१०	११	१२
कर्क	१२	१	२	३	४	५	६	७	८	९
सिंह	५	६	७	८	९	१०	११	१२	१	२
कन्या	२	३	४	५	६	७	८	९	१०	११
तुला	७	८	९	१०	११	१२	१	२	३	४
वृश्चिक	४	५	६	७	८	९	१०	११	१२	१
धनु	९	१०	११	१२	१	२	३	४	५	६
मकर	६	७	८	९	१०	११	१२	१	२	३
कुम्भ	११	१२	१	२	३	४	५	६	७	८
मीन	८	९	१०	११	१२	१	२	३	४	५

इसमें कोई उपयुक्त क्रम नहीं है। प्राचीन ऋषिप्रणीत परिपाटी यह है कि ३-३ अंश के दस भाग प्रत्येक राशि के किए। १२ राशियों के कुल १२० भाग हुए। इन्हें क्रम से १२ राशियों में इस प्रकार क्रम से विभाजित करें कि बारह राशियों की क्रम से दस वार पुनरावृत्ति हो जावे। यह पृष्ठ १६ के चक्र से स्पष्ट होगा।

मेष	१	२	३	४	५	६	७	८	९	१०
वृष	११	१२	१	२	३	४	५	६	७	८
मिथुन	९	१०	११	१२	१	२	३	४	५	६
कर्क	७	८	९	१०	११	१२	१	२	३	४
सिंह	५	६	७	८	९	१०	११	१२	१	२
कन्या	३	४	५	६	७	८	९	१०	११	१२
तुला	१	२	३	४	५	६	७	८	९	१०
वृश्चिक	११	१२	१	२	३	४	५	६	७	८
धनु	९	१०	११	१२	१	२	३	४	५	६
मकर	७	८	९	१०	११	१२	१	२	३	४
कुम्भ	५	६	७	८	९	१०	११	१२	१	२
मीन	३	४	५	६	७	८	९	१०	११	१२

गोजाश्विकर्किमिथुनाः समृगा निशाख्याः
पृष्ठोदया विमिथुनाः कथितास्त एव ।
शीर्षोदया दिनबलाश्च भवन्ति शेषा
लग्नं समेत्युभयतः पृथुरोमयुग्मम् ॥२०॥

केन्द्रचतुष्टयकण्टकसंज्ञा लग्नांस्तदशचतुर्थानाम् ।
संज्ञाः परतस्तेषां पणफरमापोक्लिमं परतः ॥२१॥

त्रिषडेकादशदशमान्युपचयभवनान्यतोन्यथान्यानि ।
वर्गोत्तमनवभागाश्चरादिषु प्रथममध्यमान्त्यांशाः ॥२२॥

लग्नात्सुतं च नवमं च विदुस्त्रिकोणं
तस्माच्चतुर्थमरणे चतुरस्रसंज्ञे ॥२३॥

आदित्यादजगोमृगाख्यवनिताः कर्की च मीनस्तुला
स्वोच्चर्क्षाण्यथ तेषु दिग्घुतवहानष्टोत्तराविंशतिम् ।
तिथ्यंशान्छरसप्तविंशतिकृतीरत्युच्चकांशान्विदु-
स्तेभ्यः सप्तमराशयोंऽशकयुता नीचा ग्रहाणां क्रमात् ॥२४॥

सिंहे विंशतिरादितो गवि परे सर्वेऽशकास्तुङ्गतो
मेषे द्वादश पञ्च योषिति परे तुङ्गाद्धयाङ्के दश ।
जूके पञ्च घटे तु विंशतिरमो मूलत्रिकोणाह्वया:
सूर्यादे: क्रमतो ग्रहस्य कथिता: शेषा: स्वराश्यंशका: ।।२५।।

क्षेत्रं च होरा द्रेक्काणो नवांशो द्वादशांशक: ।
त्रिशांशकश्च सप्तांशो गृहाणां सप्तवर्गका: ।।२६।।

(१) राशि, होरा, द्रेष्काण, नवांश, द्वादशांश तथा त्रिशांश को षड्वर्ग कहते हैं। यदि इनमें सप्तमांश और जोड़ दिया जाए, तो राशि, होरा, द्रेष्काण, सप्तमांश, नवांश, द्वादशांश तथा त्रिशांश को सप्तवर्ग कहते हैं। प्राय: ज्योतिषी षड्वर्ग कुण्डलियाँ बनाते हैं; कोई-कोई सप्तवर्ग भी। परन्तु इन सप्तवर्ग कुण्डलियों का पृथक्-पृथक् तुलनात्मक विचार को परिपाटी का प्राय: लोप हो गया है। दक्षिण भारत में नवांश कुण्डली का विचार अभी तक जारी है परन्तु वर्ग को कुण्डलियों का विचार प्राय: दक्षिण भारत के भो ज्योतिषो नहीं करते। उत्तर भारत में जो लाखों कुण्डलियाँ षड्वर्गी या सप्तवर्गी बनतो हैं उनमें होरा कुण्डली के नोचे लिख देते हैं।

होरा लग्नाद् धनस्थाने शुभा धनसमृद्धिदा: ।
विनाशकारका: पापा मिश्रैर्मिश्रफलं वदेत् ।।

अर्थात् होरा लग्न से धन स्थान में शुभग्रह धन और समृद्धि देते हैं। होरा लग्न से धन स्थान में पापग्रह धन और समृद्धि का नाश करते हैं। यदि होरा लग्न से द्वितीय स्थान में शुभ और पापग्रह दोनों मिले हुए हों—अर्थात् कुछ शुभग्रह, कुछ पापग्रह हों तो मिला-जुला फल देते हैं। यह निर्देशात्मक श्लोक होरा कुण्डली के नीचे लिखकर ज्योतिषी अपना काम समाप्त कर

देते हैं। संस्कृत से अनभिज्ञ पाठक समझते हैं कि होरा कुण्डली का फल ज्योतिषी जी ने लिखा है परन्तु यह उन्हें नहीं मालूम कि ज्योतिषी जो को होरा लग्न की कुण्डली का विचार ही नहीं आता—फल क्या लिखेंगे ?

यदि प्रचलित परिपाटी १५ अंश तक विषम राशि में सिंह, बाद के १५ अंश में कर्क ली जावे तो होरा लग्न सिंह होगा या कर्क। बारंबार सिंह, कर्क, सिंह कर्क लिखकर बहुत से ज्यौतिषी बारहों भाव भर देते हैं। बहुत से ऐसा फूल बनाते हैं कि ऊपर सिंह नीचे कर्क लिखकर दोनों में सातों ग्रह—जो चन्द्रमा की होरा में हुआ उसे कर्क में, जो सूर्य की होरा में हुआ उसे सिंह में रखकर गुलदस्ता तैयार कर देते हैं। अब बताइये होरा लग्न से धन स्थान में कौन से ग्रह लिए जाएं ? और होरा लग्न की कुण्डली का फल क्या बताया जावे ?

ज्योतिर्विदाभरण नामक ग्रन्थ में राजसत्ताध्याय में लिखा है—

शस्तस्तिमिस्त्री जितुमादिहोरा
स्थिरांशगुर्वंशवतीह लग्ने।
चरेतरेग्वंशु मदंशुजारै-
स्त्रयारिगै र्भूमिभुजोभिषेकः॥

अर्थात् "चर से अतिरिक्त अर्थात् स्थिर या द्विस्वभाव लग्न हो, उसमें मीन, कन्या, मिथुन या मेष को होरा हो, स्थिर राशि का या बृहस्पति का नवांश हो, राहु, सूर्य, शनि, मंगल लग्न से तृतीय, षष्ठ और एकादश में हो तो राजा का अभिषेक करना।"*

इससे सिद्ध है कि होरा लग्न से द्वितीय स्थान में, मेष से

---

* देखिए फलित विकास पृष्ठ १६।

लेकर मीन तक कोई भी राशि हो सकती है। होरा लग्न से धन स्थान में यदि बुध, बृहस्पति, शुक्र या पक्ष बली चन्द्रमा हो तो धन की समृद्धि होगी और यदि होरा लग्न से दूसरे भाव में पाप ग्रह हों तो धननाशकारक होंगे। इस प्रकार शुद्ध परिपाटी से होरा लग्न बनाकर धन का विचार करना चाहिए।

अब द्रेष्काण कुण्डली लीजिये। षड्वर्गी या सप्तवर्गी कुण्डलियाँ जो देखने में आईं उनमें लिखा रहता है—

द्रेक्काणलग्नकुण्डल्यां शुभाः स्वाम्यथवा तदा।
भ्रातुः सुखमनल्पं स्यात् इत्युक्तं पूर्वसूरिभिः॥

परन्तु द्रेष्काण कुण्डली बनाने की ही परिपाटी जब दूषित हो गई है, तो फलविचार कैसे मिलेगा। वास्तव में शुद्ध द्रेष्काण कुण्डली बनाकर तृतीय भाव का विचार करना। द्रेष्काण कुण्डली में तृतीय भाव यदि स्वामियुत दृष्ट हो या शुभग्रहयुत दृष्ट हो तो भाइयों का सुख अच्छा रहता है। जन्म कुण्डली के साथ-साथ द्रेष्काण कुण्डली में भी भ्रातृभाव का विचार करना चाहिये।

सप्तमांश कुण्डली से संतति का विचार करें और नवांश कुण्डली से पति या पत्नी का विचार करे। नवांश कुण्डली का सब वर्ग कुण्डलियों की अपेक्षा विशेष महत्व है। दक्षिण भारत में प्रायः प्रत्येक जन्म कुण्डली के साथ-साथ नवांश कुण्डली दी रहती है। जैसे बारहों भावों का विचार जन्म कुण्डली से किया जाता है वैसे ही बारहों भावों का विचार नवांश कुण्डली से भी किया जाता है। पत्नी विचार या पति विचार में नवांश कुण्डली का विशेष महत्व है। नवांश कुण्डली के सम्बन्ध में हमारे विचारों के लिए देखिए सुगमज्योतिषप्रवेशिका तथा फलदीपिका (भावार्थबोधिनी)। नवांश का इतना अधिक

महत्त्व है कि ज्योतिष के ग्रंथों में लिखा है कि यदि कोई ग्रह अपनी उच्चराशि में हो किन्तु नीच नवांश में हो तो अच्छा फल नहीं करता किन्तु यदि ग्रह नीच राशि में हो और अपने उच्च नवांश में हो तो उत्तम फल करता है।

लिखा है कि जातक का लग्न के स्वामी या नवांश लग्न के स्वामी के समान स्वरूप होता है। ज्योतिष शास्त्र में बहुत से योग केवल नवांश स्थितिवश दिए गए हैं।

अन्य षड्वर्गों में राहु केतु नहीं लगाए जाते किन्तु नवांश कुण्डली में राहु केतु भी लगाने की प्रथा है।

द्वादशांश कुण्डली में माता पिता का विचार करना चाहिए और त्रिशांश कुण्डली में इष्ट और कष्ट का विचार करें। इस प्रकार प्रत्येक कुण्डली का पृथक्-पृथक् विचार बतला कर अब सामूहिक विचार के सम्बन्ध में कुछ विचार बताए जाते हैं, जिससे फलादेश विचार में पाठकों को सहायता मिले।

(१) प्रत्येक भाव स्पष्ट का षड्वर्ग, सप्तवर्ग या दशवर्ग में विचार करें कि वह शुभ राशि में पड़ते हैं या पाप ग्रहों की राशियों में। जितने अधिक वर्गों में शुभ राशि में स्पष्ट पड़े उतना अच्छा। जितने अधिक वर्गों में भाव स्पष्ट पाप ग्रहों की राशि में पड़े उतना खराब।

(२) प्रत्येक ग्रह जितना अधिक पापग्रह की राशि या वर्ग में पड़े उतना अधिक खराब। जितना अधिक शुभ वर्ग या राशि में पड़े उतना अच्छा।

(३) यदि ग्रह अपने उच्च, स्व (अपने स्वयं के) या अधि-मित्र या मित्र के ग्रह में पड़ें तो उतना अच्छा। जितने अपने नीच, शत्रु या अधि-शत्रु वर्ग में पड़ें उतना खराब।

(४) जब सप्त वर्ग का विचार किया जाता है तो ग्रह दो

अच्छे वर्ग में पड़ें तो "किंशुक"; तीन अच्छे वर्गों में हों तो "व्यंजन"; चार अच्छे वर्गों में हों तो "चामर"; पाँच अच्छे वर्गों में हों तो "छत्र"—छः अच्छे वर्गों में हों तो "कुण्डल" और सात अच्छे वर्गों में हों तो "मुकुट" वर्ग में कहलाता है।

(५) जब दश वर्ग में देखना हो तो क्रमशः दो या अधिक अच्छे वर्गों में पड़ने से (२) पारिजात (३) उत्तम (४) गोपुर (५) सिंहासन (६) पारावत (७) देवलोक (८) ब्रह्मलोक (९) ऐरावत और दशों अच्छे वर्गों में हों तो (१०) वैशेषिक में कहलाता है। दशवर्ग, राशि, होरा, द्रेष्काण, सप्तमांश, नवांश, दशमांश, द्वादशांश, षोडशांश, त्रिंशांश तथा षष्ठ्यंश को कहते हैं।

यहाँ अच्छे वर्गों से क्या तात्पर्य है? जन्मपत्रिकाविधानम् के पृष्ठ ५३ पर लिखा है कि उत्तम पक्ष तो यह है कि जब ग्रह अपने घर (राशि) अपने द्रेष्काण, अपने नवांश में हो तो तीन अपने वर्गों में होने से उत्तमांश में हुआ। यदि अपनी मूलत्रिकोण, उच्च आदि में—अच्छे वर्गों में हो तो मध्यम पक्ष हुआ। यदि अधिमित्र आदि वर्गों में हो तो हीन पक्ष है।

उत्तरोत्तर जितने अधिक अच्छे वर्गों में हो उतना अधिक अच्छा फल ग्रह दिखाता है।

(२) मेष, वृष, मिथुन, कर्क, धनु और मकर रात्रि बली राशियाँ हैं। सिंह, कन्या, तुला, वृश्चिक, कुम्भ और मीन दिवा बली (दिन में बली) राशियाँ हैं।* जो रात्रि बली राशियाँ हैं वे चन्द्रमा की राशियाँ समझी जाती हैं। जो दिवाबली राशियाँ हैं वे सूर्य की राशियाँ समझी जाती हैं। इस सम्बन्ध में एक अन्य

* दिवाबली राशियाँ दिन में फल देने वाली हैं; रात्रिबली राशियाँ रात्रि में फल देने वाली हैं।

विभाग भी सारावली में दिया गया है—इसमें बारहों राशियों के स्वामित्व का केवल सूर्य और चन्द्र में विभाग है। सारावली तृतीय अध्याय के नवें श्लोक में लिखा है कि सिंह, कन्या, तुला, वृश्चिक, धनु, तथा मकर सूर्य के आधिपत्य में हैं। कर्क, मिथुन, वृष, मेष, मीन तथा कुम्भ चन्द्रमा के आधिपत्य में हैं। आगे चलकर १० में कहते हैं कि जिन जातकों के सब ग्रह सूर्य के आधिपत्य वाली राशियों में पड़े होते हैं वे शूर, तेजस्वी और साहसयुक्त होते हैं और जिनकी जन्म कुण्डली में सब ग्रह चन्द्रमा के आधिपत्य वाली राशियों में पड़े हों वे मृदु, सौम्य और सौभाग्यशाली होते हैं।

(३) मेष, वृष, कर्क धनु और मकर पृष्ठोदय हैं। मीन उभयोदय है। अन्य राशियाँ शीर्षोदय हैं।

पृष्ठोदय का अर्थ कि उदय होने के समय जिन का पिछला हिस्सा पहिले उदित हो। शीर्षोदय का मतलब है कि उदय होने के समय जिन के सिर का भाग पहले उदित हो। उभयोदय का अर्थ है जिनका पिछला और आगे का भाग दोनों एक साथ उदित हों।

पृष्ठोदय राशियाँ क्रूर होती हैं। इन राशियों में क्रूर कर्म या अशुभ कर्म विशेष सिद्ध होते हैं। पृष्ठोदय राशि अशुभ होती है। जो ग्रह पृष्ठोदय राशि में होते हैं उनकी महादशा या अन्तर्दशा में बाद में (देर से या अंतिम काल में) उनका फल होता है। शीर्षोदय राशियों के गुण पृष्ठोदय राशियों से सर्वथा भिन्न होते हैं। यह शुभ राशियाँ हैं। इनमें स्थित ग्रह अपनी महादशा या अन्तर्दशा के प्रारंभ में अपना असर दिखाते हैं। उभयोदय राशि में स्थित ग्रह अपनी महादशा या अपनी अन्तर्दशा काल में मध्य में फल दिखाते हैं।

(४) केन्द्र लग्न, चतुर्थ, सप्तम तथा दशम स्थान को कहते हैं। लग्न से द्वितीय, पंचम, अष्टम तथा एकादश स्थान को पणफर कहते हैं। लग्न से तृतीय, षष्ठ, नवम तथा द्वादश स्थान को आपोक्लिम कहते हैं। सामान्यतः केन्द्र त्रिकोण में बैठे ग्रह बलवान् समझे जाते हैं। एकादश में भी लाभकारक होते हैं। किन्तु षड्बल निरूपण में केन्द्र स्थित ग्रह को एक रूप, पणफर में बैठे हुए ग्रह को आधा रूप और आपोक्लिम स्थित ग्रह को चौथाई रूप बल मिलता है।

(३) लग्न से तीसरे, छठे, दशम और एकादश को उपचय स्थान कहते हैं। बाकी के स्थान अनुपचय स्थान कहलाते हैं। उपचय का अर्थ है वृद्धि।

(४) जो राशि हो, वही नवांश हो—जैसे मेष राशि मेष नवांश, वृष राशि वृष नवांश तो उसे वर्गोत्तम कहते हैं। वर्गोत्तम में स्थित ग्रह बलवान् समझे जाते हैं। चार राशियों में(मेष, कर्क, तुला तथा मकर) प्रथम नवांश वर्गोत्तम होता है। स्थिर राशि (वृष, सिंह, वृश्चिक तथा कुम्भ) में मध्य (९ नवांशों में बीच का—अर्थात् पाँचवाँ) नवांश वर्गोत्तम होता है। तथा द्विस्वभाव राशियों में (मिथुन, कन्या, धन तथा मीन) अन्तिम अर्थात् नवाँ नवांश वर्गोत्तम होता है।

(५) लग्न से पाँचवें तथा नवें स्थान को त्रिकोण कहते हैं।

(६) लग्न से चौथे और अष्टम स्थान को चतुरस्र कहते हैं।

(७) नीचे कोष्ठ में सातों ग्रह किन-किन राशियों में अपनी अपनी उच्च राशियों में होते हैं—और उच्च राशि में भी कितने अंश पर परमोच्च होते हैं, तथा किन राशियों में अपनी नीच राशि में होते हैं, और कितने अंश पर अपने परम नीच अंश पर होते हैं यह बताया जाता है :—

ग्रह	उच्चराशि	परमोच्च अंश	नीचराशि	परमनीच अंश
सूर्य	मेष	१०	तुला	१०
चन्द्रमा	वृष	३	वृश्चिक	३
मंगल	मकर	२८	कर्क	२८
बुध	कन्या	१५	मीन	१५
बृहस्पति	कर्क	५	मकर	५
शुक्र	मीन	२७	कन्या	२७
शनि	तुला	२०	मेष	२०

उदाहरण के लिये सूर्य मेष राशि के १० अंश पर परमोच्च होता है और तुला राशि के १० अंश पर परम नीच। इसी प्रकार अन्य ग्रहों के सम्बन्ध में समझना चाहिए। पाठक देखेंगे कि अपने परमोच्च अंश से ठीक १८० अंश पर ग्रह परम नीच होता है। उच्चराशि में ग्रह बलवान् समझा जाता है। परमोच्च अंश पर बहुत अधिक बलवान्। नीच राशि में ग्रह निर्बल समझा जाता है। परम नीच अंश में अत्यन्त निर्बल।

(८) सिंह राशि में प्रारंभिक २० अंश तक सूर्य अपने मूल त्रिकोण में समझा जाता है। २० से ३० अंश तक सिंह में सूर्य की स्वराशि है। वृषभ में ३ अंश तक चन्द्रमा अपनी उच्च राशि में रहता है। बाकी के २७ अंश वृषभ में उसकी मूल त्रिकोण राशि है। मेष के प्रारंभिक १२ अंश में मंगल अपने मूल त्रिकोण में—बाकी १८ अंश उसकी स्व राशि। कन्या बुध की उच्च राशि भी है, मूल त्रिकोण राशि भी और स्व राशि भी। इस में उच्च आदि के विभाग निम्न प्रकार से हैं। प्रारंभ के १५ अंश तक उच्च। १५ से २० अंश तक मूल त्रिकोण। और २० से ३० अंश तक स्व राशि। धनु के प्रारंभिक १० अंश तक बृहस्पति का मूल

त्रिकोण और १० से ३० अंश तक स्व राशि। तुला के ५ अंश तक शुक्र की मूल त्रिकोण राशि और ५ से ३० अंश तक स्व राशि। कुम्भ के प्रारंभिक २० अंश तक शनि की मूल त्रिकोण राशि और ३० अंश तक स्व राशि।

(६) क्षेत्र, होरा, द्रेष्काण, नवांश, द्वादशांश और त्रिशांश यह छः वर्ग कहलाते हैं। इनमें यदि सप्तमांश भी शामिल कर दिया जावे तो ये ही सप्त वर्ग कहलाते हैं।

अधिपयुतो दृष्टो वा बुधजीवयुतो निरीक्षितो राशिः।
स भवति बलवान्न यदा युक्तो दृष्टोऽपि वा पापैः ॥२७॥

जो राशि अपने स्वामी से युत हो या दृष्ट हो, बुध और बृहस्पति से युत हो या वीक्षित हो वह बलवान् समझी जाती है, किन्तु वह बलवान् तभी समझी जावेगी जब वह पाप ग्रहों से युत या वीक्षित न हो ॥२७॥

लग्नाच्चिन्त्या मूर्तिकीर्तिस्थितिश्च
वित्तं नेत्रं वाक्कुटुम्बं च वित्तात्।
धैर्यं वीर्यं भ्रातरं विक्रमेण
विद्या क्षेत्रं वाहनं बान्धवाश्च ॥२८॥

बन्धुस्थानान्मातुलं भागिनेयं
तोयं वेश्माजीविकाद्यं सुखं च।
बुद्धिं पुत्रं पूर्वपुण्यं त्वमात्यं
पुत्राद्व्याधिं शात्रवाद्द्विट्व्रणादीन् ॥२९॥

मदनगमनजायालोकनान्यस्तभात्स्यु-
र्मरणहरणदासक्लेशविघ्नानि रन्ध्रात्।

गुरुजनपदपुण्यान्यौषधं भाग्यसिद्धि
नवमभवनतः खान्मानकर्मास्पदाद्यम् ॥३०॥

सर्वावाप्तिर्दुःखहानिर्भवाख्या-
द्विःफाद्विःफं स्वक्षयं भ्रंशमेव ।
ग्रन्यच्चोक्तं यत्फलं देहभाजां
सर्वं चिन्त्यं तच्च भावैरमीभिः ॥३१॥

ग्रब यह बताते हैं कि जन्मकुण्डली में किस भाव से क्या विचार करना चाहिए। लग्न से शरीर, कीर्ति ग्रौर स्थिति का विचार करे। धन स्थान (लग्न से दूसरे स्थान) से धन, नेत्र, वाणी ग्रौर कुटुम्ब का विचार किया जाता है। तृतीय स्थान से धैर्य, वीर्य (बाहुबल, शक्ति) भाई, बहन का विचार किया जाता है। चतुर्थ स्थान से विद्या, खेत (स्थावर या ग्रचल सम्पत्ति) सवारी ग्रौर बंधुग्रों का विचार करें। दक्षिण भारत के ज्योतिषी चतुर्थ स्थान से विद्या का विचार करते हैं किन्तु उत्तर भारत में पांचवें घर से विद्या का विचार किया जाता है। चतुर्थ स्थान से मामा, भाञ्जा (यह दोनों बन्धु के ग्रन्तर्गत ग्राते हैं) जल (पृथ्वी के नीचे का जल, कुग्रां, तालाब, बावड़ी ग्रादि) मकान, ग्राजीविका ग्रौर सुख का भी विचार करें।

पाँचवें घर से बुद्धि, पूर्व पुण्य (पूर्व जन्म में किया हुग्रा, पुण्य सत्कर्म) मंत्रित्व (राजा का मंत्री होना) तथा संतान का विचार करें। छठे घर से व्याधि (रोग) शत्रु, व्रण ग्रादि का विचार किया जाता है। सातवें घर से मदन (स्त्री की पुरुष में प्रीति, पुरुष की स्त्री में प्रीति) गमन (कहीं जाना या यात्रा) पत्नी, ग्रालोकन (देखना) का विचार करें। ग्रौर ग्राठवें स्थान से मृत्यु, किसी वस्तु का हरण (खो जाना, नाश) दास (भृत्य) क्लेश, विघ्न ग्रादि का विचार करते हैं।

नवें घर से गुरुजन (गुरु, पिता आदि, दक्षिण भारत में पिता का विचार नवम से करते हैं, उत्तर भारत में दशम स्थान से) पद, पुण्य (जो इस जन्म में उपार्जन किया जावे) औषधि भाग्य, सिद्धि का विचार किया जाता है। दशम भाव से कर्म, आस्पद, प्रतिष्ठा उच्च पदवी आदि का विचार करते हैं। एकादश स्थान से सब प्रकार की प्राप्ति दुःखहानि (दुःख का दूर होना अर्थात् सुख) का विचार करना तथा द्वादश से पतन, व्यय, नाश, शरीर तथा धन का क्षय आदि का विचार किया जाता है।

बारहों भावों का उल्लेख निम्नलिखित शब्दों से भी किया जाता है :—

(१) तनु, मूर्ति (२) धन, कोश (३) विक्रम, भ्रातृ (४) सुख, माता (५) बुद्धि, मंत्रि (६) शत्रु, रोग (७) जाया (८) रंध्र (९) धर्म, भाग्य (१०) आस्पद, राज्य, कर्म (११) आय, भव (१२) रिःफ, व्यय। २८-३१।

यो यो भावः स्वामिदृष्टो युतो वा
सौम्यैर्वा स्यात्तस्य तस्याभिवृद्धिः।
पापैरेवं तस्य भावस्य हानि-
र्निर्देष्टव्या प्रश्नतो जन्मतो वा ॥३२॥

प्रश्न कुण्डली का विचार हो चाहे जन्म कुण्डली का—जो जो भाव अपने स्वामी या सौम्य ग्रहों से देखा जाता हो या अपने स्वामी तथा सौम्य ग्रहों से युत हो उस भाव की अभिवृद्धि होती है और जो भाव पाप ग्रहों से युत या वीक्षित हो उस भाव की हानि होती है। यहाँ यह स्मरण रखना चाहिए कि पाप ग्रह यदि स्व राशि में हों तो उस भाव को बिगाड़ता नहीं, प्रत्युत उस भाव की पुष्टि ही करता है ॥३२॥

ऊपर कह आये हैं कि यदि स्वामी तथा शुभ ग्रहों से युत या दृष्ट हो तो शुभ फल, पाप ग्रहों से युत या दृष्ट हो तो अशुभ फल। अब आगे के श्लोक में यह कहते हैं कि कौन से ग्रह शुभ हैं कौन से पाप।

प्रकाशकौ द्वौ प्रथमौ ग्रहाणां
ताराग्रहाः पञ्च परे ततो द्वौ ।
तमोग्रहौ तेषु शुभाश्च मध्ये
त्रयो बलीन्दुश्च परे तु पापाः ।।३३।।

सूर्य और चन्द्रमा—ये दो प्रकाशक ग्रह हैं। मंगल, बुध, बृहस्पति, शुक्र तथा शनि तारा ग्रह हैं (यह पांचों ग्रह भी चमकते हैं और प्रकाश देते हैं परन्तु इनका इतना अधिक प्रकाश पृथ्वी पर नहीं पहुँचता कि उजाला कर दें—इसलिये इन पाँचों को सूर्य और चन्द्रमा से पृथक् कोटि में रखा)। राहु और केतु यह दोनों तमोग्रह कहलाते हैं क्योंकि न इनका पिंड है, न प्रकाश। इन्हें छाया ग्रह भो कहते हैं।

बुध, बृहस्पति, शुक्र तथा शुक्ल पक्ष का चन्द्रमा शुभ ग्रह माने जाते हैं। अन्य पाप ग्रह।३३।

कालात्मा दिनकृन्मनस्तुहिनगुः सत्त्वं कुजो ज्ञो वचो
जीवो ज्ञानसुखे सितश्च मदनो दुःखं दिनेशात्मजः ।
राजानौ रविशीतगू क्षितिसुतो नेता कुमारो बुधः
सूरिर्दानवपूजितश्च सचिवौ प्रेष्यः सहस्रांशुजः ।।३४।।

क्लीबपती बुधसौरौ चन्द्रसितौ योषितां नृणां शेषाः ।
ऋगथर्वसामयजुषामधिपा गुरुसौम्यभौमसिताः ।।३५।।

जीवसितौ विप्राणां क्षत्रस्यारोष्णगू विशां चन्द्रः ।
शूद्राधिपः शशिसुतः शनैश्चरः संकरभवानाम् ।।३६।।

रक्तश्यामो भास्करो गौर इन्दु-
र्नात्युच्चाङ्गो रक्तगौरश्च वक्रः ।
दूर्वाश्यामो ज्ञो गुरुर्गौरगात्रः
श्यामः शुक्रो भास्करिः कृष्णदेहः ॥३७॥

(१) अब इन सातों ग्रहों के कुछ लक्षण, गुण, स्वरूप, प्रकृति स्वभाव इत्यदि बताते हैं। मनुष्य में आत्मा, मन, बल, वाणी, ज्ञान, काम, दुःख आदि होते हैं। किस का कौन सा ग्रह अधिष्ठाता है, यह बताते हैं। १२ राशियों का जो भचक्र है—इसको ज्योतिष में काल पुरुष कहते हैं। इस काल पुरुष का ही सूक्ष्म रूप मनुष्य है। दर्शन शास्त्रों का सिद्धान्त है 'यत्पिंडे' तत् ब्रह्माण्डे' अर्थात् जो पिंड में है वही ब्रह्माण्ड में है। बृहज्जातक में लिखा है कि जन्म के समय काल पुरुष का जो भाग पीड़ित—पाप ग्रह से युत, वीक्षित होने के कारण—होता है—उसी शरीर के भाग में रोगादि होते हैं। काल पुरुष की आत्मा सूर्य है, मन चन्द्रमा है, सत्त्व (बल या ताकत) मंगल है, वाणी बुध है, ज्ञान बृहस्पति है, काम (इच्छा समूह) शुक्र है और दुःख शनि है। कहने का तात्पर्य है कि जिसकी जन्म कुण्डली में सूर्य बलवान् होगा—उसकी आत्मा बलवान् होगी; जिस का चन्द्रमा बलवान् होगा उसका मन सबल होगा। जिसका मंगल जन्म कुण्डली में सबल होगा उसमें संघर्ष शक्ति अधिक होगी क्योंकि सत्त्व की अधिकता से ही संघर्ष शक्ति होती है। जन्म कुण्डली में बुध बलवान् होने से वाक् शक्ति अच्छी होती है। बृहस्पति बलवान् होने से जातक ज्ञानशील और धार्मिक होता है। शुक्र बलवान् होने से भोग पदार्थों की उपलब्धि होती है। शनि दुःखकारक है। दुर्बल शनि मनुष्य को दुःखी रखता है। बलवान् शनि सुखी करता है।

(२) सूर्य राजा है, चन्द्रमा महारानी, मगल सेनापति है बुध

राजकुमार, बृहस्पति और शुक्र मंत्री हैं और शनि मृत्यु है। आशय यह है कि यदि किसी पुरुष की कुण्डली में सूर्य बलवान् हो तो वह राजा या राजा का अधिकारी हो सकता है या राजा या राज्याधिकारियों से उसे लाभ हो। किसी कन्या का जन्म कुण्डली में चन्द्रमा बलवान् हो तो वह राजा की पत्नी हो सकती है। चन्द्रमा बली होने से राजपत्नी से लाभ हो। मंगल बली होने से फौज या पुलिस में उच्चाधिकारी बने या इन महकमों से लाभ हो। शनि भृत्य है यह कहने का आशय यह है कि परिश्रम से धन उपार्जन करे। विपुल धनी हो तो वह भी परिश्रम का परिणाम ही होगा।

(३) सूर्य मंगल तथा बृहस्पति पुरुष ग्रह हैं। चन्द्रमा तथा शुक्र स्त्री ग्रह हैं। बुध और शनि नपुंसक हैं—इन दोनों में भेद यह है कि बुध पुरुष नपुंसक है। शनि स्त्री नपुंसक। इसका प्रयोजन क्या ? पंचम भाव पुरुष ग्रहों से युत, वीक्षित हो तो पुरुष सन्तति विशेष हों; स्त्री ग्रहों से युत, वीक्षित हो तो कन्या सन्तति विशेष हों। पुरुष से लाभ होगा या स्त्री से इस प्रश्न में भी पुरुष ग्रह या स्त्रीग्रह लाभदायक है यह विचार करना चाहिए। पुरुष से शत्रुता होगी या स्त्री से—इस विचार में भी शत्रुकारक ग्रह कौन है यह जानना आवश्यक है।

(४) बृहस्पति ऋग्वेद का अधिष्ठाता है, यजुर्वेद का शुक्र, सामवेद का मंगल तथा अथर्ववेद का बुध।

(५) बृहस्पति और शुक्र ब्राह्मण हैं, मंगल और सूर्य क्षत्रिय हैं। चन्द्रमा वैश्य है। बुध शूद्र। शनि संकर जातियों का अधिष्ठाता है। जो दो भिन्न जाति के स्त्री-पुरुषों से सन्तान उत्पन्न होती है—उसे संकर जाति कहते हैं। लाभ, शत्रुता आदि विषयों पर विचार करने में इससे सहायता मिलती है।

(६) सूर्य का वर्ण रक्तश्याम है (ललाई लिए हुए साँवला)। चन्द्रमा गौर है। मंगल का कद ऊँचा नहीं है और वह रक्त गौर है। (ललाई लिए हुए गौर)। बुध का रंग दूब के समान है। बृहस्पति गौर है। शुक्र श्याम; शनि काला है। ३४-३७।

सौरिस्तृतीयदशमौ गुरुस्त्रिकोणौ कुजस्तु चतुरस्रम्।
पश्यति समग्रमितरे चरणविवृद्धया सप्तमं सर्वे ॥३८॥

अब ग्रहोंकी दृष्टि बताते हैं। यह दृष्टि सातों ग्रहों पर लागू करनी चाहिएँ। न राहु, केतु की दृष्टि होती है, न वह देखे जाते हैं। किसी-किसी ग्रंथ में राहु, केतु को दृष्टि का भी विवेचन किया है परन्तु अधिक सम्मत मत यह है कि जिस ग्रह के साथ राहु या केतु बैठा हो—या जिस स्थान में तमोग्रह हो उसी का फल करता है।

सभी (सातों) ग्रह जिस राशि में बैठे हों—उससे सातवीं राशि को पूर्ण दृष्टि से देखते हैं। यथा मेष में कोई ग्रह बैठा है तो तुला राशि को तथा तुला राशि स्थित ग्रह को पूर्ण दृष्टि से देखेगा। मंगल को सातवीं दृष्टि तो पूर्ण होती ही है—इसके अतिरिक्त अपनी राशि से चौथी तथा आठवीं राशि को भी मंगल पूर्ण दृष्टि से देखता है। अन्य ग्रहों की चौथी तथा आठवीं राशि (जिस राशि में वह बैठे हैं वहाँ से गिनने पर चौथी और आठवीं राशि) पर तीन-चौथाई दृष्टि होती है। बृहस्पति, जहाँ वह बैठा है वहाँ से सातवें स्थान को तो पूर्ण दृष्टि से देखता ही है किन्तु इसके अतिरिक्त पाँचवें तथा नवें स्थान को भी पूर्ण दृष्टि से देखता है। उदाहरण के लिए यदि कर्क में बृहस्पति हो तो वह मकर के अतिरिक्त वृश्चिक तथा मीन को भी पूर्ण दृष्टि से देखेगा। अन्य ग्रहों की पंचम तथा नवम स्थान पर आधी दृष्टि होती है। शनि सप्तम के अतिरिक्त—जहाँ बैठा हो वहां

से तृतीय तथा दशम स्थान को भी पूर्ण दृष्टि से देखता है, अन्य ग्रहों की तृतीय तथा दशम स्थान पर एक-चौथाई दृष्टि होती है। ३८।

शत्रू मन्दसितौ समः शशिसुतो मित्राणि शेषा रवे-
स्तीक्ष्णांशुर्हिमरश्मिजश्च सुहृदौ शेषाः समाः शीतगोः।
जीवेन्दूष्णकराः कुजस्य सुहृदो ज्ञोऽरिः सितार्कौ समौ
मित्रे सूर्यसितौ बुधस्य हिमगुः शत्रुः समाश्चापरे ॥३९॥

सूरेः सौम्यसितावरी रविसुतो मध्ये परे त्वन्यथा
सौम्यार्कौ सुहृदौ समौ कुजगुरू शुक्रस्य शेषावरी।
शुक्रज्ञौ सुहृदौ समः सुरगुरुः सौरस्य चान्योऽरयो
ये प्रोक्ताः सुहृदस्त्रिकोणभवनात्तेऽमी मया कीर्तिताः॥४०॥

मेषूरणाम्बुसहजायधनव्ययेषु
यो यस्य तिष्ठति स तस्य सुहृत्तदानीम्।
अन्येषु वैर्युभयथारिसुहृत्त्वयोगा-
ज्ज्ञेयो ग्रहोऽधिसुहृदध्यसुहृत्समश्च ॥४१॥

(१) सूर्य के शत्रु शुक्र और शनि हैं। बुध सम है। अन्य ग्रह (चन्द्र, मंगल, बृहस्पति) उसके मित्र हैं।

(२) चन्द्रमा के मित्र सूर्य और बुध हैं। बाकी ग्रह मंगल, बृहस्पति शुक्र तथा शनि उसके सम हैं।

(३) मंगल के मित्र सूर्य, चन्द्र तथा बृहस्पति हैं। बुध उसका शत्रु है। शुक्र और शनि सम हैं।

(४) बुध के मित्र सूर्य और शुक्र हैं। चन्द्रमा उसका शत्र है। बाकी ग्रह—मंगल, बृहस्पति तथा शनि सम हैं।

(५) बृहस्पति के मित्र सूर्य, चन्द्र तथा मंगल हैं। शनि सम है। बुध और शुक्र उसके शत्रु हैं।

(६) शुक्र के मित्र बुध और शनि हैं। मंगल और बृहस्पति सम हैं। सूर्य और चन्द्र शत्रु हैं।

(७) शनि के मित्र बुध और शुक्र हैं। बृहस्पति सम है। सूर्य, चन्द्र तथा मंगल शत्रु हैं।

यहाँ ग्रहों की स्वाभाविक या नैसर्गिक मित्रता, समता या शत्रुता बताई है। यह सत्याचार्य का मत है। इसका सिद्धान्त क्या है ? सिद्धान्त यह है कि जिस ग्रह के मित्र, सम, शत्रु ज्ञात करने हों उसकी मूल त्रिकोण राशि कौन सी है यह ज्ञात कीजिए। मूल त्रिकोण राशि से जो दूसरी, चौथी, पाँचवीं, आठवीं, नवीं तथा बारहवीं राशि का स्वामी हो वह मित्र। अन्य राशियों का स्वामी हो तो शत्रु। यदि एक राशि मित्र स्थान में पड़ती हो और एक राशि शत्रु स्थान में तो सम। उदाहरण के लिये शनि के मित्र, सम शत्रु ज्ञात करने हैं। शनि की मूल त्रिकोण राशि कुम्भ है। कुम्भ से गिनने पर बृहस्पति द्वितीय तथा एकादश का स्वामी हुआ। द्वितीय मित्र स्थान है, एकादश शत्रु स्थान। एक प्रकार से मित्र आया अन्य प्रकार से शत्रु। इसलिये परिणामतः बृहस्पति सम हुआ। शुक्र वृष (कुम्भ से चतुर्थ—मित्रस्थान) तथा तुला (कुम्भ से नवम-मित्र-स्थान) का स्वामी होने से शनि का मित्र हुआ। इसी प्रकार सर्वत्र समझना चाहिये।

इस विषय में केवल एक बात और उल्लेखनीय है। उसे उदाहरण द्वारा स्पष्ट करेंगे। मान लीजिये यह ज्ञात करना है शनि मंगल का मित्र है, सम या शत्रु। अब मेष मंगल की मूल त्रिकोण राशि है। मेष से गिनने पर शनि की दोनों राशियाँ मकर तथा कुम्भ—दशम तथा एकादश शत्रुस्थान में पड़ती हैं, इसलिये शनि को मंगल का शत्रु होना चाहिये। परन्तु ऐसा नहीं है। शनि मंगल का शत्रु नहीं है। सम है। ऐसा क्यों ? ऐसा इसलिये कि मकर राशि मंगल की उच्च राशि है, इसलिये मेष से दशम (शत्रु स्थान में) पड़ने पर भी दशम मित्र स्थान माना जावेगा—एकादश शत्रु स्थान है ही-इस कारण-एक राशिमित्र—एक

शत्रु होने से शनि मंगल का सम हुआ। शत्रु नहीं। यहाँ मित्र, सम, शत्रु का सिद्धान्त समझा दिया गया है। विस्तारभय से विशेष व्याख्या नहीं की जा रही है।

यहाँ तक तो नैसर्गिक, शत्रुता, समता या मित्रता की व्याख्या की गई है अब तात्कालिक शत्रुता या मित्रता कैसे होती है, यह बताते हैं। नैसर्गिक मित्रता, शत्रुता आदि तो सब कुण्डलियों में एक समान होती है। परन्तु तात्कालिक मित्रता या शत्रुता प्रत्येक कुंडली में बदलती रहती है। इसका सिद्धान्त यह है कि किसी ग्रह से गिनने पर जो ग्रह द्वितीय, तृतीय, चतुर्थ, दशम, एकादश या द्वादश में होता है, वह उसका मित्र होता है। और जो ग्रह प्रथम, पंचम, षष्ठ, सप्तम, अष्टम या नवम में होता है वह तात्कालिक शत्रु होता है।

अब दो प्रकार की मित्रता, शत्रुता हुई। एक नैसर्गिक तथा दूसरी तात्कालिक :

(१) जो दोनों जगह मित्र हो वह अधिमित्र।

(२) जो एक जगह मित्र, एक जगह सम हो वह मित्र।

(३) जो एक जगह सम, दूसरी जगह शत्रु हो वह शत्रु।

(४) जो एक जगह मित्र एक जगह शत्रु हो वह सम।

(५) जो दोनों जगह शत्रु हो वह अधिशत्रु।

नैसर्गिक मैत्री में तीन भेद होते हैं:—(१) मित्र (२) सम (३) शत्रु। परन्तु तात्कालिक मैत्री शत्रुता में दो ही भेद होते हैं (१) मित्रता तथा (२) शत्रुता। तात्कालिक मैत्री में दो ग्रह परस्पर मित्र होते हैं या शत्रु। सम नहीं होते।

देवाम्ब्वग्निविहारकोशशयनक्षित्युत्कराः स्युः क्रमात्
वस्त्रं स्थूलमभुक्तमग्निकहतं मध्यं दृढं स्फाटितम् ।
ताम्रं स्यान्मणिहेमशुक्तिरजतान्यर्कात्तु मुक्तायसी
द्रेक्काणैः शिशिरादयः शशुरुचज्ञग्वादिषूद्यत्सु वा ।।४२।।

अयनक्षणवासरर्तवो मासोऽर्द्धं च समा च भास्करात् ।
कटुकलवणतिक्तमिश्रिता मधुराम्लौ च कषाय इत्यपि ।।४३।।

इन श्लोकों में ग्रहों के स्थान-किस ग्रह से कौन सा स्थान समझा जावे-किस ग्रह से कैसे वस्त्र का निर्देश होता है—ग्रहों के धातु-उनकी ऋतु, रस (मीठा, कड़वा आदि) बताये गये हैं ।

(१) सूर्य का देवस्थान (मन्दिर,पूजा का कमरा आदि), चन्द्रमा का जल स्थान (समुद्र, नदी, तालाब, कुंआ, घर में जहाँ जल पात्र रक्खे जाते हों), मंगल का अग्नि स्थान (जहाँ भट्टी, फैक्टरी आदि हो—घर में जहाँ चूल्हा जलाया जाता हो अर्थात् रसोई घर), बुध का विहार-स्थान(आमोद-प्रमोद के स्थान, खेल-कूद के मैदान, घूमने की जगह), बृहस्पति का कोशस्थान (खज़ाना, बैंक आदि, घर में जहाँ द्रव्य रक्खा जाता हो), शुक्र का शयनस्थान (वेश्याओं का घर, अपने मकान में जहाँ पति पत्नी सोते हों) शनि का स्थान गन्दी जगह—जहाँ कूड़ा, करकट, उच्छिष्ट आदि फेंका जाता हो) । इनका प्रयोजन क्या ? इनका प्रयोजन यह कि मान लीजिये प्रश्न कुण्डली में यह विचार करना है कि खोई चीज़ कहाँ मिलेगी । तो जो ग्रह लग्न में हो या खोई हुई वस्तु प्राप्ति का निर्देश करता हो—उसके सदृश स्थान में वस्तु मिलेगी ।

(२) सूर्य से मोटा कपड़ा, चन्द्रमा से उत्तम नया वस्त्र, मंगल से जला हुआ कपड़ा, बुध से पानी में धोया हुआ, बृहस्पति से

मध्य कोटि का-सामान्य-न बहुत बढ़िया न बहुत घटिया, शुक्र से मजबूत कपड़ा और शनि से फटा हुआ। प्रयोजन ? यदि कोई व्यक्ति कहे कि उसको कपड़े का कारबार करना है, कैसे कपड़े की दुकान करे ? तो लाभ स्थान में जैसा ग्रह पड़ा हो या लाभेश जैसा ग्रह हो, या लाभ स्थान को जैसे ग्रह देखते हों उसके सदृश कपड़े के व्यापार से लाभ होगा।

(३) सूर्य का ताँबा, चन्द्रमा का मणि, मंगल का सुवर्ण, बुध का शुक्ति (सीपी), बृहस्पति का चाँदी, शुक्र का मुक्ता तथा शनि का लौह। अन्य आचार्यों के निर्देश में और उपयुक्त कथन में मतभेद है। अन्य आचार्यों के मत के लिये देखिये सुगम ज्यौतिष प्रवेशिका और भावार्थ बोधिनी फलदीपिका।

(४) वसन्त ऋतु का स्वामी शुक्र है; ग्रीष्म के स्वामी सूर्य और मंगल। वर्षा का चन्द्रमा। शरद् का बुध। हेमन्त का बृहस्पति तथा शिशिर का शनि। ऋतु के आधिपत्य बताने का क्या प्रयोजन ? नष्ट जातक (जिस की जन्म कुंडली नष्ट हो गई हो या न हो) निर्माण में, प्रश्न लग्न में जो ग्रह आवे उस ग्रह की ऋतु में जन्म कहना। यदि लग्न में कोई ग्रह न हो तो लग्न द्रेष्काण के स्वामी की ऋतु में जन्म कहना। यदि लग्न में एक से अधिक ग्रह हों तो उनमें जो बलवान् हो उसकी ऋतु में जन्म कहना।

(५) अब ग्रहों का काल बताते हैं। सूर्य का एक अयन(६ मास क्योंकि १ वर्ष में दो अयन होते हैं—उत्तरायण और दक्षिणायन, इसलिये एक अयन छः मास का हुआ)। चन्द्रमा की दो घड़ी (४८ मिनिट), मंगल का एक दिन, बुध के दो मास, बृहस्पति का एक मास, शुक्र का आधा मास और शनि का एक वर्ष। प्रश्न कुण्डली में कार्येश के काल के अनुसार यह निश्चय किया जाता है कि कितने समय में कार्य होगा।

(६) सूर्य का कटु (कड़वा) स्वाद। अर्थात् कड़वी स्वाद

वाली वस्तु का अधिकार सूर्य का। चन्द्रमा का नमकीन, मंगल का तिक्त, बुध का मिश्रित (कई रसों का सम्मिश्रण), बृहस्पति का मधुर, शुक्र का अम्ल (खट्टा) तथा शनि का कषाय। जैसा ग्रह दूसरे स्थान में बैठता है, या दूसरे घर को देखता है—उसी ग्रह के अनुरूप रस (स्वाद) वाली वस्तु जातक को विशेष रुचिकर होती है।

दूसरा अध्याय

निषेक प्रकरण

कुजेन्दुहेतु प्रतिमासमार्तवं गते तु पीडर्क्षमनुष्णदीधितौ ।
अथोऽन्यथास्थे शुभपुंग्रहेक्षिते नरेण संयोगमुपैति कामिनी ॥१॥

स्त्रियों को प्रतिमास मंगल और चन्द्रमा के कारण आर्तव (मासिक धर्म) होता है। इससे कामिनी शब्द आया है जिसकी कटपयादि विचार से ५१ संख्या होती है। इससे यह निष्कर्ष निकला कि स्त्री को ५१ वर्ष की वय तक मासिक धर्म होता है या हो सकता है। जब ऋतु काल में चन्द्रमा, जन्म राशि (स्त्री की जन्म कुण्डली में जिस राशि में चन्द्र पड़ा हो) से अपचय स्थान में हो और कुज (मंगल) से सम्बन्ध हो तो वह आर्तव गर्भक्षम (गर्भ धारण करने की ताकत रखने वाला) होता है। पुरुष की जन्म राशि से उपचय स्थान में स्थित जब चन्द्रमा शुभ पुरुष ग्रह से देखा जाता है और पुरुष का स्त्री से संयोग होता है तो गर्भ धारण होता है।१।

पुत्रोऽल्पायुर्दारिका वंशकर्ता वन्ध्या पुत्रः सुन्दरीशो विरूपा ।
श्रीमान् पापा धर्मशीलस्तथा स्त्री सर्वज्ञः स्यात्तुर्यरात्रेः क्रमेण ।२।

रजोदर्शन की प्रारंभिक तीन रात्रियाँ गर्भाधान के लिये निषिद्ध हैं। उसके बाद चौथी रात्रि से सोलहवीं रात्रि तक जो गर्भ रहता है, उससे जो सन्तान होती है, उसका प्रत्येक रात्रि में गर्भाधान वश फल बताते हैं कि कैसी सन्तान होती है:

(४) अल्पायु पुत्र (५) कन्या (६) वंशकर्ता-ऐसा पुत्र जिस से आगे वंश चले (७)कन्या-जो वन्ध्या हो।(८)पुत्र (९)सुन्दरी कन्या

(१०) पुत्र जो उच्च पदवी को प्राप्त हो (११) विरूप कन्या (१२) पुत्र जो धनी हो (१३) कन्या जो पापाचरण करने वाली हो (१४) धर्मशील पुत्र (१५) कन्या जो भाग्यशालिनो हो (१६) विद्वान् पुत्र।

यहाँ केवल १६ दिन तक गर्भाधान की संभावना बताई गई है। किन्तु आधुनिक वैज्ञानिक युग में बहुत से डाक्टरों को राय है कि १६ रात्रि के बाद भी गर्भ रह सकता है। लेडो डाक्टर मेरी स्टोप्स के मतानुसार रजोदर्शन के चतुर्थ सप्ताह में अर्थात् आगामो रजोदर्शन के एक सप्ताह पूर्व के काल में-गर्भस्थिति को बहुत अधिक संभावना रहती है।२।

रवीन्दुशुक्रावनिजैः स्वभागै-
-र्गुरौ त्रिकोणोदयधर्मगेऽपि वा।
भवत्यपत्यं हि विबोजिनामिमे
करा हिमांशोर्विदृशामिवाफलाः ॥३॥

रुद्रभट्ट की विवरण टीका के अनुसार यह योग जन्म कुण्डलो में देखना चाहिये किन्तु यदि जन्म कुण्डली उपलब्ध न हो तो इसे प्रश्न कुंडली में लागू करना चाहिये। इसके अनुसार (१)यदि सूर्य चन्द्र, मंगल और शुक्र अपने-अपने नवांश में हों या (२) बृहस्पति लग्न, पंचम या नवम में हो, तो गर्भस्थिति रहती है। किन्तु यदि स्त्री वन्ध्या हो या पुरुष के वोर्य में सन्तानोत्पत्ति को क्षमता न हो तो यह योग विफल हो जाता है। किस प्रकार? जैसे चन्द्रमा की रश्मियाँ अन्धे के लिये विफल होती हैं।

भट्टोत्पल के अनुसार सूर्य, चन्द्र, मंगल तथा शुक्र चारों अपने अपने नवांश में हों यह आवश्यक नहीं। यदि पुरुष को कुंडली में अपचय स्थान में सूर्य और शुक्र स्वनवांश में हो, या स्त्री की कुंडली में उपचय स्थान में चन्द्रमा और मंगल स्वनवांश में हो तो भी गर्भधारण होता है।३।

दिवाकरेन्द्वोः स्मरगौ कुजार्कजौ गदप्रदौ पुंगलयोषितोस्तदा ।
व्ययस्वगौ मृत्युकरौ तथा युतौ तदेकदृष्ट्या मरणाय कल्पितौ ।४।

यदि सूर्य से सप्तम गोचर में मंगल या शनि हों तो पुरुष को रोग प्रद होता है । यदि चन्द्रमा से सप्तम मंगल या शनि हों तो स्त्री को रोग होता है । यह योग गर्भाधान के समय की कुण्डली में देखना चाहिये। प्रश्न कुंडली में भी विचार किया जा सकता है। किस महीने में रोग होगा इसका विचार करने के लिये देखिये कि रोग कर्ता मंगल है या शनि। गर्भ के ९ मासों में जिस मास का अधिपति मंगल है उस मास में मंगल रोग करेगा, जिस मास का अधिपति शनि है उस मास में शनि रोग करेगा।

यदि सूर्य के दोनों ओर (सूर्य के द्वादश तथा द्वितीय राशियों में)—एक ओर मंगल एक ओर शनि हों तो पुरुष की मृत्यु हो जाती है । चन्द्रमा के दोनों ओर मंगल और शनि हों तो स्त्री की मृत्यु हो जाती है ।

इसके अतिरिक्त एक और योग इस में बतलाया है। मंगल और शनि दोनों पापग्रह हैं—यदि सूर्य इनमें से एक के साथ हो और दूसरे से देखा जाता हो तो पुरुष की मृत्यु। यदि चन्द्रमा दोनों निर्दिष्ट पापग्रहों में से एक से युत हो, अन्य से वीक्षित हो तो माता की मृत्यु ।४।

अभिलषद्भिरुदयर्क्षमसद्भिर्मरणमेति शुभदृष्टिमयाते ।
उदयराशिसहिते च यमे स्त्री विगलितोडुपतिभूसुतदृष्टे ।।५।।

अब गर्भाधान कुण्डली अथवा प्रश्न कुण्डली के योग बताते हैं, जिससे गर्भ धारण करने वाली माता का निधन हो जाता है। (१) लग्न में पापग्रह आने वाले हों—अर्थात् पापग्रह पूर्वीय क्षितिज से नीचे हो-यह तभी होगा जब लग्न के अभुक्त अंश अथवा द्वितीय भाव में पापग्रह हो और लग्न शुभ ग्रह से न

देखा जाता हो तो स्त्री की मृत्यु हो जाती है।

मूल संस्कृत में शब्द आये हैं 'अभिलषद्भिरुदयर्क्षम्' इसका बहुत से प्राचीन विद्वान् अर्थ करते हैं कि यदि लग्न से द्वादश में पापग्रह हों (क्योंकि लग्न से द्वादश में जो पापग्रह होंगे वे लग्न-राशि में आने वाले होंगे। और लग्न पर शुभग्रहों की दृष्टि न हो तो स्त्री की मृत्यु हो जाती है। इसकी पुष्टि में वह गार्गि का निम्नलिखित वचन उद्धृत करते हैं :—

अशुभैर्द्वादशर्क्षस्थैः शुभदृष्टिविवर्जिते।
आधानलग्ने मरणं योषितः प्रवदेद् बुधः ॥

(२) यदि लग्न में शनि हो और उसको क्षीण चन्द्र और मंगल देखते हों तो स्त्री की मृत्यु हो जाती है। शनि को मंगल अपनी चतुर्थ या अष्टम दृष्टि से भी देख सकता है।५।

कललघनाङ्कुरास्थिचर्माङ्गजचेतनताः
सितकुजजीवसूर्यचन्द्रार्किबुधाः परतः।
उदयपचन्द्रसूर्यनाथाः क्रमशो गदिता
भवन्ति शुभाशुभं च मासाधिपतेः सदृशम् ॥६॥

गर्भाधान के प्रायः दसवें मास में बच्चे का जन्म होता है। माता के गर्भाशय में सात महीने में गर्भ की स्थिति निम्नलिखित होती है :

(१) शुक्र और रज के सम्मिश्रण होने पर तरल अवस्था (२) शुक्र और शोणित के मिलने पर घनीभूत होना—जमना (३) तीसरे महीने में अंकुर अर्थात् हाथ-पैर निकलना (४) चौथे महीने में हड्डी बनना (५) पाँचवे मास में चर्म (ऊपर की खाल) बनना (६) छठे मास में रोम (७) सातवें मास में चेतना, सिर, हाथ, पैर हिलना। सात मास में शरीर निर्माण हो जाता है। यदा कदा सात मास में ही बच्चा पैदा हो जाता है, और जीवित भी रहता है। अब दसों मासों के क्रमशः अधिपति बताते हैं:—

(१) शुक्र (२) मंगल (३) बृहस्पति (४) सूर्य (५) चन्द्र (६) शनि (७) बुध (८) लग्नेश (जिस लग्न में गर्भ रहा हो या प्रश्न-कुण्डली में विचार कर रहे हों तो प्रश्न के समय जो लग्न हो-उसका स्वामी) (९) चन्द्रमा (१०) सूर्य । जो मासाधिपति पीड़ित हो उस मास में कष्ट होता है। यदि मासाधिप अत्यन्त निर्बल, पापयुत, पापवीक्षित हो तो उस मास में गर्भस्राव या गर्भपतन भी हो सकता है। मासेश बलवान् होने से उस मास में गर्भवृद्धि सम्यक् प्रकार से होती है।६।

उदयास्तगयोः कुजार्कयोर्निधनं शस्त्रकृतं वदेत्तथा।
मासाधिपतौ निपीडिते तत्कालं स्रवणं समादिशेत् ॥७॥

यदि गर्भाधान के समय लग्न में मंगल, सप्तम में सूर्य हो तो गर्भिणी को शस्त्र से मृत्यु होती है। यदि कोई मासाधिपति पीडित हो तो उस मास में गर्भस्राव होता है, यह ऊपर व्याख्या में बता चुके हैं।७।

शशाङ्कलग्नोपगतैः शुभग्रहैस्त्रिकोणजायार्थसुखास्पदस्थितैः।
तृतीयलाभर्क्षगतैश्च पापकैः सुखी च गर्भो रविणा निरीक्षितः।८।

चन्द्रमा और लग्न की शुभ ग्रह युति हो या इन दोनों में से एक भी शुभयुत हो तथा चन्द्रलग्न या गर्भाधान लग्न से द्वितीय, चतुर्थ, पंचम, सप्तम, नवम, दशम में शुभ ग्रह हो तथा चन्द्रलग्न या गर्भाधानलग्न से तृतीय या लाभ में पापग्रह हों तथा चन्द्र या लग्न को सूर्य देखता हो तो गर्भ को सुखप्राप्ति होतो है—अर्थात् गर्भपुष्ट होता है। यहाँ कई योग बता दिये गये हैं। शुभग्रह लग्न या चन्द्रमा से १, २, ४, ५, ७, ९, १० सभी स्थानों में हो नहीं सकते न ऐसा भी सदैव संभव है कि लग्न से भी तथा चन्द्रमा से भी तृतीय और एकादश स्थान में पापग्रह हों या सूर्य लग्न को भी देखे और चन्द्रमा को भी देखे। सूर्य संध्या के समय

लग्न से सप्तम में होगा। यह समय संध्या का समय-गर्भाधान के लिये निषिद्ध भी है। इसलिये सूर्य की आंशिक दृष्टि ही लग्न पर होगी।

अन्य टीकाकारों के मत से सूर्य की दृष्टि लग्न या चन्द्रमा पर नहीं प्रत्युत शुभग्रह या पापग्रहों की उपयुक्तस्थिति पर ही देखनी चाहिये। देखिये होराशास्त्र पर रुद्रभट्टकृत विवरण पृष्ठ ८४।८।

न लग्नमिन्दुं च गुरुर्निरीक्षते
न वा शशाङ्कं रविणा समागतम्।
सपापकोऽर्केण युतोऽथवा शशी
परेण जातं प्रवदन्ति निश्चयात् ॥६॥

यदि बृहस्पति लग्न या चन्द्रमा को न देखे, और सूर्य और चन्द्र एक ही राशि में न हों तो जातक अन्य पुरुष (अपने पिता के अतिरिक्त पुरुष) से होता है। यदि सूर्य और चन्द्रमा एक राशि में हों और उनके साथ कोई पापग्रह भी बैठा हो तो भी बालक जारज होता है। यह योग यहाँ निषेक प्रकरण में दिया गया है, परन्तु बृहज्जातक में जन्म विधिनामाध्याय में दिया गया है, इसलिये हमारे विचार से यह योग जन्म-कुण्डली में प्रयुक्त करना चाहिये।

यवनेश्वर का मत है कि यदि लग्न या चन्द्रमा बृहस्पति के नवांश में हो तो गुरु से वीक्षित न होने पर भी जातक जारज नहीं होता। गार्गि का वचन है कि—

गुरुक्षेत्रगते चन्द्रे तद्युवते वान्यराशिगे।
तद्द्रेक्काणे तदंशे वा न परैर्जात इष्यते ॥

रुद्रभट्ट इसकी व्याख्या करते हुए कहते हैं कि यदि लग्न या चन्द्रमा बृहस्पति की राशि, द्रेष्काण, नवांश, द्वादशांश, या

त्रिशांश में न हो तभी जार-जात कहना । यदि सूर्य, चन्द्र और पापग्रह एक ही राशि में हों—एक ही अंश में हों तो जार-जात कहना । यदि इन पर बृहस्पति की दृष्टि हो तो स्त्री ने अपने भर्ता की आज्ञा से पर पुरुष गमन किया है । लग्न में सूर्य हो, पापग्रह के साथ चन्द्रमा हो तो केवल माता का दोष है । जारज व्यक्ति बड़ा होने पर दूसरे के व्यापार आदि से आजीविका उपार्जना करता है ।

लग्ननवांशपतुल्यतनुः स्याद्वीर्ययुतग्रहतुल्यतनुर्वा ।
चन्द्रसमेतनवांशपवर्णः कादिविलग्नविभक्तभगात्रः ॥१०॥

लग्न में जो नवांश उदित हो उसके स्वामी के अनुसार जातक का शरीर होता है । या जन्म-कुण्डली में सबसे अधिक बली जो ग्रह हो उसके सदृश शरीर होता है । लग्न आदि बारह भावों की दीर्घता या ह्रस्वता उन राशियों के अनुसार होती है जो प्रत्येक भाव में पड़ी हों । यदि बड़ी राशि किसी भाव में पड़ी हो, उसका स्वामी भी बड़ी राशि में पड़ा हो तो शरीर का वह अंग बड़ा होगा । यदि ह्रस्व राशि किसी भाव में पड़ी हो और उसका स्वामी भी ह्रस्व राशि में पड़ा हो तो शरीर का वह भाग ह्रस्व होगा । मेष, वृष, मिथुन, कर्क, सिंह, कन्या, तुला, वृश्चिक, धनु, मकर, कुम्भ, मीन, इन बारह राशियों में मेष, वृष, कुम्भ, मीन, ह्रस्व हैं, मिथुन, कर्क, धनु, मकर का मध्यम मान है; सिंह, कन्या, तुला, वृश्चिक दीर्घ हैं । इनके स्वामी दीर्घ, मध्यम या ह्रस्व—कैसे हैं इनका भी विचार कर लेना चहिये । ग्रहों के स्वरूप के लिये देखिये फलदीपिका पृष्ठ ३४-३६।१० ।

कन्दृक्श्रोत्रनसाकपोलहनवो वक्त्रं च होरादय-
स्ते कण्ठांसकबाहुपार्श्वहृदयक्रोडानि नाभिस्ततः ।
बस्तिः शिश्नगुदे ततश्च वृषणावूरू ततो जानुनी
जङ्घाङ्घ्रीत्युभयत्र वाममुदितैर्द्रेक्काणभागैस्त्रिधा ॥११॥

प्रत्येक राशि में ३० अंश होते हैं। इसे तीन भागों में विभाजित किया जाता है। ०°—१०°; ११°—२०°; २१°—३०°। प्रत्येक भाग को एक द्रेष्काण कहते हैं। बारहों राशियों को तीन तीन द्रेष्काण में बाँटा जाता है; और लग्न के प्रथम, द्वितीय, या तृतीय द्रेष्काण में जन्म होने के अनुसार किस भाव के किस द्रेष्काण से शरीर का कौन सा भाग समझना यह विस्तारपूर्वक त्रिफला (ज्योतिष) के पृष्ठ १६५-१६८ इन चार पृष्ठों से समझाया गया है। इसलिये पाठक त्रिफला (ज्योतिष) के उपर्युक्त पृष्ठों का अवलोकन करें। हस्त रेखा विज्ञान* के पृष्ठ ३८८ पर भी इस विषय की व्याख्या की गई है।

तस्मिन् पापयुते व्रणः शुभयुते दृष्टे च लक्ष्मादिशेत्
स्वर्क्षांशे स्थिरसंयुते च सहजः स्यादन्यथागन्तुकः।
मन्देऽश्मानिलजोऽग्निशस्त्रविषजो भौमे बुधे भूभवः
सूर्ये काष्ठचतुष्पदेन हिमगौ शृङ्ग्यब्जजोऽन्यैः शुभः ॥१२॥

किस द्रेष्काण भाग से शरीर के किस अंग का विचार किया जावे, यह त्रिफला (ज्योतिष) में बता चुके हैं। उस द्रेष्काण में यदि कोई पापग्रह अवस्थित हो तो शरीर के उस भाग में व्रण होता है; किन्तु यदि वहाँ शुभग्रह हो तो लहसन आदि का चिह्न होता है। बहुत से टीकाकार यह अर्थ करते हैं कि यदि पापग्रह शुभग्रहयुत या शुभग्रहवीक्षित हों तो शरीर के उस भाग में तिल, मस्सा आदि करता है।

---

*यह हस्त रेखा विज्ञान तथा शरीर लक्षण सम्बन्धी अद्वितोय पुस्तक है। ज्योतिष के प्रेमी इसका अवलोकन अवश्य करें। पुस्तक प्राप्ति स्थान मोतीलाल बनारसीदास पुस्तकप्रकाशक दिल्ली-वराणसी-पटना।

यदि यह पापग्रह अपनी राशि या अपने नवांश या स्थिर-राशि (या नवांश) में हो तो व्रणचिह्न आदि-जन्म से ही रहेगा। यदि ऐसा नहीं हो—अर्थात् पापग्रह अन्य ग्रह की राशि या नवांश में हो या चर आदि राशि में हो तो जन्म के बाद व्रण, चोट, तिल, मस्सा आदि होगा। यदि यह योग करने वाला पाप-ग्रह मंगल हो तो शस्त्र अग्नि, विष आदि से उस स्थान पर आघात होगा; यदि बुध के कारण हो तो भूमि पर गिरने से, सूर्य हो तो काष्ठ से या चतुष्पद से, चन्द्रमा हो तो सींग वाले जानवर से या जल जंतु से, शनि हो तो वातव्याधि या पत्थर से चोट लगने के कारण व्रण आदि होते हैं।१२।

समनुपतिता यस्मिन् गात्रे त्रयः सबुधा ग्रहा
भवति नियमात्तस्यावाप्तिः शुभेष्वशुभेषु वा :
व्रणकृदशुभः षष्ठो देहे तनोर्भसमाश्रिते
तिलकमसकृद्दृष्टः सौम्यैर्युतश्च सलक्ष्मवान् ॥१३॥

शरीर के जिस भाग सम्बन्धी भाव-द्रेष्काण में बुध सहित तीन शुभ या पाप ग्रह होवें (बुध सहित ४ ग्रह) उस अंग में-यदि बुध पाप ग्रहों के साथ हो तो चोट या व्रण, शुभ ग्रह हो तो लक्ष्म या चिह्न अवश्य होगा। इन चारों ग्रहों में जो बलवान् ग्रह होगा उसकी दशा, अन्तर्दशा में ऐसा होगा। यदि यह पाप ग्रह अपनी राशि या अंश में हो या शुभ ग्रह से युत हो तो जन्म से चिह्न होगा। यदि ऐसा न हो अर्थात् स्वराशि, नवांश में पापग्रह न हो तो बाद में होगा। काल पुरुष की जो राशि छठे घर में पड़े (यदि छठे भाव में पाप ग्रह हो तो) उस शरीर के भाग में व्रण करे। यहाँ कालपुरुष की राशि से तात्पर्य है मेष से शिर, वृष से मुख, मिथुन से बाहु इत्यादि। बलवान् शुभ ग्रह जिस अंग में पड़े उस अंग में भूषण की प्राप्ति होती है।

———

तीसरा अध्याय

बालारिष्ट प्रकरण

बालारिष्ट कहते हैं बचपन में अरिष्ट को। फलदीपिका में लिखा है कि बहुत से बच्चे, जन्म के थोड़े काल बाद ही, माता की कुण्डली या पिता की कुण्डली में सन्तान-स्थान पापयुत पापदृष्ट होने से, या पंचमेश या कारक के दुर्बल होने से या पापयुत, पापदृष्ट या अनिष्ट भावस्थित होने से नष्ट हो जाते हैं। जन्म से एक वर्ष तक बालारिष्ट का विशेष विचार किया जाता है। बहुत से आचार्यों के मतानुसार १२ वर्ष की अवस्था तक बालारिष्ट बहुत प्रबल होता है। जिन देशों में जाति, स्थिति, आदि के विचार से बच्चों की मृत्यु अधिक होती है,वहाँ बालारिष्ट के योग विशेष फलित होते हैं, किन्तु जिन देशों में बच्चे कम मरते हैं वहाँ ये सब योग घटित नहीं होते। दरिद्रता के कारण, औषधि और डाक्टरों के अभाव के कारण, जच्चा तथा बच्चा को पौष्टिक आहार न मिलने के कारण, संक्रामक रोगों से बचने की शिक्षा के अभाव में, दूषित वातावरण, गन्दे चाल या कीटाणुबहुल प्रदेश में निवास के कारण, बच्चे की देख-भाल अच्छी तरह न होने से, समय पर रोग का निदान और इलाज न होने की अवस्था में, गर्भावस्था में माता को पोषक तत्त्वों के न मिलने के कारण, बच्चों को अफीम आदि नशीली वस्तु सेवन कराने से— तथा अनेक अन्य कारणों से जिन सबका परिगणन यहाँ संभव

नहीं है बहुत से बच्चे अपमृत्यु को प्राप्त कर काल के गाल में चले जाते हैं। गरीब, अशिक्षित परिवारों में जहाँ जीवन की स्थिति कष्टतर है बच्चे अधिक मरते हैं। जहाँ रहने की स्थिति औषधि और डाक्टरों की सभी सुविधाएँ प्राप्त हैं, बच्चे कम मरते हैं। अस्पतालों में डाक्टरनियाँ या प्रशिक्षित नर्स जहाँ प्रजनन के कार्य अधिक करती हैं बच्चे कम मरते हैं। भारतवर्ष में भी ये सब सुविधायें बढ़ रही हैं, इसलिये भारतवर्ष में भी अब बालारिष्ट के उतने योग घटित नहीं होते। उन्नत देशों में बच्चों की मृत्यु अपेक्षाकृत न्यून अनुपात से होती है। इन सब बातों को ध्यान में रखते हुए ज्योतिषियों को बालारिष्ट के योग कुण्डलियों में घटाने चाहिएँ।

तिथ्यृक्षभांशद्युनिशावसाने जातस्य सद्यो मृतिरुग्रदृष्ट्या।
निर्घातकेतूदयभूमिकम्पाद्युत्पातकालेऽपि तथैव रौद्रे ॥१॥

यदि किसी तिथि के अन्त में, नक्षत्र के अन्त में, किसी नवांश के अंत में, दिन के अन्त में, रात्रि के अन्त में–इनमें से किसी के अन्त में जन्म हो और लग्न (या चन्द्रमा) को पापग्रह देख रहे हों तो नवजात बच्चा शीघ्र ही मृत्यु को प्राप्त होता है। जब निर्घात (वज्रपतन), केतु का उदय, भूमिकम्प, उत्पात या रौद्र काल हो और बालक का जन्म हो तब भी यही फल कहना।१।*

---

*वराहमिहिर कृत बृहत्संहिता में अध्याय ३१-३९ इन नौ अध्यायों में दिग्दाह लक्षण, भूकम्प लक्षण, उल्का लक्षण, परिवेष लक्षण, इन्द्रायुध लक्षण, गन्धर्वनगर लक्षण, प्रतिसूर्य लक्षण, निर्घात लक्षण से उत्पन्न होने वाले अशुभ प्रभाव का वर्णन किया है। उन सब लक्षणों का विवरण देने से यहाँ बहुत विस्तार हो जावेगा इस कारण विस्तार भय से उनका पूर्ण परिचय नहीं दिया जा रहा है। जिज्ञासु पाठक अवलोकन करें।

सन्ध्यायां शशिहोरयाशु निधनं पापैश्च भान्त्यांशगैः
प्रत्येकं तुहिनांशुपापसहितैः केन्द्रैश्च तद्वद्भवेत् ।
चक्रप्रागपरार्द्धगाशुभशुभैर्नाशस्तनौ कीटभे
पापैः षड्व्ययगैस्तथार्थमृतिगै रन्ध्रारिगैः स्वान्त्यगैः ।।२।।

अब अन्य इसी प्रकार के योग बताते हैं जिन में नव जात शिशु का सद्यःमरण हो ।

(१) संध्या-प्रातः संध्या या सायं संध्या हो—चन्द्रमा की होरा हो और पाप ग्रह (जिन जिन राशियों में वे स्थित हों उन उन) राशियों के अन्त में हों ।

(२) चन्द्रमा के केन्द्र में पापग्रह युत हो और प्रत्येक केन्द्र में पाप ग्रह हो ।

(३) यदि जन्म लग्न कीट हो और चक्र के पूर्वार्द्ध में पाप ग्रह हों तथा अपरार्द्ध में शुभ ग्रह हों। पूर्वार्द्ध या पश्चिमार्द्ध किसे कहते हैं ? मान लीजिये वृश्चिक राशि के ९ अंश पर लग्न है, तो सिंह के ९ अंश से कुम्भ के ९ अंश तक पूर्वार्द्ध और कुम्भ के ९ अंश से सिंह के ९ अंश तक पश्चिमार्द्ध । पश्चिमार्द्ध को ही अपरार्द्ध (दूसरा आधा) कहते हैं ।

कीट राशि वृश्चिक को कहते हैं ।

(४) यदि सब पाप ग्रह छठे और बारहवें में हों, या द्वितीय तथा अष्टम में हों या छठे और आठवें में हों ।

एक टीकाकार से मत से ऊपर (२) में जो योग बताया है वह तभी घटित होता है जब संध्या में जन्म हो, किन्तु हमारे विचार से चारों स्वतंत्र योग हैं ।२।

पापौ विलग्नमदगौ यदि तत्र चन्द्रे
क्रूरान्विते निधनमाशु शुभैरदृष्टे ।
हीने व्यये तुहिनगावुदयाष्टमस्थैः
पापैस्तथैव यदि केन्द्रगता न सौम्याः ।।३।।

इसमें बालक की शीघ्र मृत्यु होने के दो योग बतलाये हैं।

(१) यदि लग्न और सप्तम में पाप ग्रह हों और चन्द्रमा क्रूर ग्रह के साथ हो और शुभ ग्रह से न देखा जाता हो ।

(२) केन्द्र में शुभ ग्रह न हों, व्यय स्थान में क्षीण चन्द्र हो तथा लग्न और अष्टम में पापग्रह हों । मूल में 'पापैः' यह बहुवचन आया है ।

इस कारण लग्न और अष्टम दोनों स्थान में कम से कम तीन पापग्रह होने चाहिएँ ।३।

राश्यन्त्यगे शशिनि सद्भिरनीक्ष्यमाणे
पापैस्त्रिकोणगृहगैरखिलैश्च मृत्युः ।
लग्ने विधौ स्मरगतैरशुभैश्च तद्व-
च्चन्द्रे तथारिमृतिगे मृतिरुग्रदृष्टे ।।४।।

इसमें बालारिष्ट के तीन योग बतलाये हैं :—

(१) यदि चन्द्रमा राशि के अन्त में हो और शुभ ग्रह उसको न देखते हों तथा सब पापग्रह लग्न से त्रिकोण या त्रिकोणों में हों ।

(२) लग्न में चन्द्र हो और सब पापग्रह सप्तम में हों ।

(३) चन्द्रमा षष्ठ या अष्टम में हो और पाप ग्रहों से दृष्ट हो ।।४।।

होराचार्यव्ययमृतिगताः सूर्यचन्द्रार्कजाराः
मृत्युं दद्युर्यदि बलवता नैव जीवेन दृष्टाः।
सोग्रश्चन्द्रस्तनुसुतनवद्यूनरन्ध्रान्त्यसंस्थो
नाशाय स्याद्बलयुतशुभैर्नेक्षितः संयुतो वा ॥५॥

इसमें बालारिष्ट के दो योग बतलाये हैं :—

(१) यदि, लग्न, नवम, व्यय और अष्टम में सूर्य, चन्द्र, शनि और मंगल हों और बलवान् गुरु से दृष्ट न हों। यहाँ यह अभिप्रेत नहीं है कि लग्न, नवम आदि में सूर्य, चन्द्र आदि क्रम से हों क्योंकि बृहज्जातक अध्याय ६ श्लोक ११ में लिखा है कि यदि व्यय, नवम लग्न तथा अष्टम में शनि, सूर्य चन्द्र और मंगल हों। दोनों श्लोकों के हिसाब से अष्टम में मंगल हो किन्तु अन्य ग्रहों में क्रमभिन्नता है, इसलिये यह निष्कर्ष निकलता है कि लग्न, नवम, व्यय तथा अष्टम में जो ग्रहों का होना बतलाया वह यथाक्रम नहीं है। चारों ग्रह-कोई सा कहीं चारों स्थानों में हो। रुद्रभट्ट अपने विवरण में लिखते हैं कि कहीं भी बैठा बलवान् बृहस्पति इन चारों स्थानों को पूर्ण दृष्टि से नहीं देख सकता—इसलिये यदि पंचम में बृहस्पति हो तो नवमस्थ, तथा लग्नस्थ ग्रहों को पूर्ण दृष्टि से देखेगा तथा अष्टमस्थ और व्ययस्थ ग्रहों को आधी दृष्टि से देखेगा—इस प्रकार गुरु की शुभ दृष्टि का प्रभाव हो जावेगा और बालारिष्ट का योग लागू नहीं होगा।

(२) यदि चन्द्रमा पाप ग्रह के साथ लग्न, पंचम, सप्तम, अष्टम, नवम या द्वादश में बैठा हो और बलवान् शुभ ग्रहों से न देखा जाता हो।५।

लग्ने क्षीणे शशिनि निधनं रन्ध्रकेन्द्रेषु पापैः
पापान्तस्थे निधनहिबुकद्यूनयुक्ते च चन्द्रे।
एवं लग्ने भवति मदनच्छिद्रसंस्थैश्च पापै-
र्मात्रा सार्द्धं यदि न च शुभैर्वीक्षितः शक्तिमद्भिः ॥६॥

इसमें बालारिष्ट के तीन योग बताये गये हैं :—

(१) यदि क्षीण चन्द्र लग्न में और लग्न से अष्टम या केन्द्रों में पापग्रह हों।

(२) यदि दो पाप ग्रहों के बीच में चन्द्रमा, सप्तम या अष्टम में हो।

(३) यदि चन्द्रमा दो पाप ग्रहों के बीच में लग्न में हो और सप्तम तथा अष्टम में पाप ग्रह हों तो नवजात शिशु तथा उसकी माता दोनों नष्ट हो जाते हैं।

उपर्युक्त तीनों योगों में यदि चन्द्रमा को बलवान् शुभग्रह देखते हों तो बालारिष्ट योग घटित नहीं होता।६।

योगेष्वमीषु प्रबलस्य राशि
गते शशाङ्के स्वगृहं गते वा।
लग्नं गते वा सति पापदृष्टे
बलान्वितेऽब्दात्पुरतो मृतिः स्यात् ॥७॥

यह जो बालारिष्ट (एक वर्ष की आयु से पहिले मृत्यु के) योग बताये गये हैं इनका फल कब होता है ?

(१) जब चन्द्रमा अरिष्टकारक पाप ग्रह से गोचरवश युति करे और उस पर पाप ग्रहों की (गोचर के समय) दृष्टि भी हो। जब कई पाप ग्रहों के कारण बालारिष्ट योग बन रहा हो—वहाँ बली पाप ग्रह से युति और उस समय पापदृष्ट चन्द्रमा होता है या नहीं यह विचार करना।

(२) या जब चन्द्रमा गोचरवश लग्न में या अपनी जन्म-राशि में जावे और गोचर के समय उस पर पाप ग्रहों की दृष्टि हो।७।

भानुर्मन्दारराशौ नभसि मृतिकरो वीक्षितः पापखेटैः
रन्ध्रे खेटे सतीन्दुर्निधनपतियुतः केन्द्रगो मृत्युदः स्यात्।

चन्द्राद्द्यूने कुजार्कौ यदि फणिनिधनौ जीवितं स्याद्दशाहं
छिद्रे भौमार्कसौराः सितभवनगता मृत्युदा मासतः प्राक् ।८।

इस श्लोक में कुछ ऐसे योग बताये हैं, जिनसे नवजात शिशु की एक मास में ही मृत्यु हो जाती हैः—

(१) सूर्य यदि मेष, वृश्चिक, मकर या कुम्भ में दशम में हो और उस पर पापग्रहों की दृष्टि हो।

(२) यदि अष्टम में ग्रह हो और चन्द्रमा अष्टमेश के साथ केन्द्र में हो।

(३) यदि चन्द्रमा से सप्तम में सूर्य और मंगल और चन्द्रमा से अष्टम में राहु हो तो बच्चा केवल १० दिन जीता है।

(४) यदि सूर्य, मंगल और शनि वृष या तुला राशि के लग्न से अष्टम में हों तो एक मास के अन्दर ही अरिष्टकारक है ।८।

रन्ध्रे पापः सितर्क्षे यदि दिशति मृतिं क्रूरदृष्टोऽब्दतः प्राक्
वक्री केन्द्रारिरन्ध्रे शनिरवनिजभे वक्रदृष्टो द्वितीयात् ।
जीवः पापेन्दुदृष्टो निधनकुजगृहे भृग्वदृष्टस्तृतीयात्
चान्द्रिः षष्ठाष्टमान्त्ये शशिभवनगतश्चन्द्रदृष्टश्चतुर्थात् ।९।

इसमें बालारिष्ट के चार योग बतलाये हैंः—

(१) यदि वृष, या तुला में पाप ग्रह अष्टम में हो और क्रूर ग्रह से दृष्ट हो तो एक वर्ष के अन्दर मृत्यु हो।

(२) यदि वक्री शनि मेष, वृश्चिक, मकर या कुम्भ में केन्द्र, षष्ठ या अष्टम स्थान में हो और उस पर मंगल की दृष्टि हो तो २ वर्ष के अन्दर मृत्यु हो।

(३) यदि बृहस्पति मेष या वृश्चिक का अष्टम में हो और उस पर पापचन्द्र (कृष्ण पक्ष का-विशेष कर चतुर्दशी या अमावास्या का) की दृष्टि हो और बृहस्पति पर शुक्र की दृष्टि न हो तो तीन वर्ष के अन्दर मृत्यु हो।

(४) यदि बुध कर्क राशि में लग्न से छठे, आठवें या बारहवें हो और चन्द्रमा बुध को देखता हो तो चार वर्ष के अन्दर मृत्यु हो ।६।

दृश्यादृश्यार्द्धसंस्थैर्मृतिरशुभशुभैः पञ्चमात्पन्नगेऽङ्गे
शुक्रे रिःफारिरन्ध्रे रविशशिभवने सौम्यदृष्टेऽब्दषट्कात् ।
लग्ने राहौ वृषान्यस्थिरभवनगते सप्तमात्पापदृष्टे
भौमे लग्नेऽथवेन्दौ दिनकृति मदने मृत्युरष्टाब्दतः प्राक् १०

इसमें बालारिष्ट के चार योग बतलाये हैं ।

(१) यदि राहु लग्न में हो और पाप ग्रह आकाश के दिखाई देने वाले आधे भाग में हों तथा शुभ ग्रह आकाश के दिखाई न देने वाले आधे भाग में हों । किसी भी समय लग्न स्पष्ट से प्रारंभ कर द्वितीय, तृतीय, चतुर्थ, पंचम, षष्ठ और सप्तम भाव मध्य तक अदृश्यार्द्ध अर्थात् दिखाई न देने वाला भाग होता है । तथा सप्तम भाव मध्य से प्रारंभ कर अष्टम, नवम, दशम, एकादश, द्वादश तथा लग्न मध्य तक दृश्यार्द्ध या आकाश का दिखाई देने वाला भाग होता है । उपर्युक्त योग में बालक की मृत्यु पाँच वर्ष की अवस्था तक हो जाती है ।

(२) यदि कर्क या सिंह राशि में शुक्र छठे, आठवें, या द्वादश भाव में हो और पाप ग्रह उसको देखते हों तो छठे वर्ष के अन्दर मृत्यु हो जाती है । मूल श्लोक में लिखा है कि सौम्यदृष्टे अर्थात् शुक्र को सौम्य ग्रह देखता हो । किन्तु हमारे विचार से शुभ दृष्ट शुक्र का यह प्रभाव नहीं होना चाहिये । इसके अतिरिक्त संकेत-निधि में अध्याय ३ श्लोक १२ में इस योग को इस प्रकार लिखा है कि कर्क या सिंह स्थित शुक्र को, छठे, आठवें या बारहवें घर में बैठे शुभ ग्रह देखें और शुक्र को पाप ग्रह भी देखें तो छठे वर्ष के अन्दर मृत्यु हो जाती है ।

(३) यदि लग्न में, सिंह, वृश्चिक या कुम्भ का राहु हो और पाप ग्रह से वीक्षित हो तो सात वर्ष की वय के भीतर मृत्यु हो ।

(४) यदि लग्न में चन्द्रमा या मंगल हो और सप्तम में सूर्य हो तो आठ वर्ष के अन्दर मृत्यु हो ।१०।

राशीनां मृत्युभागेषु सन्धिष्वपि तथा जनिः ।
हीनं धनं खरः क्रूरो मन्त्ररत्न वनं गिरौ ।।११।।

दिव्या नारी वरा नित्यं मृत्युभागा अजादिषु ।
मृत्युभागस्थचन्द्रस्य स्थितिः केन्द्रेषु वाऽष्टमे ।।१२।।

केन्द्रायुर्मृत्युभागस्थविधोश्चासत्समन्वयः ।
चन्द्रो रम्यो लयो मित्रे भूरि कार्यं चिरं भयम् ।।१३।।

गोषो मात्रो मनो रम्यं मृत्युभागा विधोरजात् ।
गृहदृष्टस्य चन्द्रस्य स्थितिरष्टमषष्ठयोः ।।१४।।

शुभानां वक्रिभिः पापैर्दृष्टानां चात्र संस्थितिः ।
केन्द्रत्रिकोणरन्ध्रेषु तथैवाशुभसंस्थितिः ।।१५।।
आयुरल्पत्वदा दोषा इति केचित्प्रकीर्तिताः ।

इसमें यह बतलाया गया है कि राशियों के कौन-कौन से अंश मृत्यु भाग हैं। यदि इन अंशों में जन्म हो या गण्डान्त (मीन का अंत, मेष का प्रारंभ, कर्क का अंत, सिंह का प्रारंभ, वृश्चिक का अंत, धनु का प्रारंभ) में जन्म हो तो बालारिष्ट होता है। सारावली अध्याय (४ श्लोक २३) में कहा है :—

जातो न जीवति नरो मातुरपथ्यो भवेन्स्वकुलहन्ता ।
यदि जीवति गण्डान्ते बहुगजतुरगो भवेद्भूपः ।।

अर्थात् गण्डान्त में उत्पन्न बालक प्रायः जीवित नहीं रहता, यदि जीवित रहे तो अपनी माता के लिये अच्छा नहीं होता (माता अधिक काल तक जीवित न रहे, या माता से अलग रहे या माता में श्रद्धा और भक्ति न रहे) अपने कुल का नाश करता है। किन्तु ऐसा बालक जीवित रहने पर राजा के समान घोड़े हाथियों से युक्त वैभवशाली होता है।

अब प्रस्तुत ग्रंथकार ने किस राशि में कौन सा अंश मृत्यु भाग होता है, जिसके पूर्व क्षितिज में उदित (लग्न-स्पष्ट) होने से मृत्यु होती है यह बताया है :—

मेष ८, वृष ९, मिथुन २२, कर्क २२, सिंह २५, कन्या २ तुला ४, वृश्चिक २३, धनु १८, मकर २०, कुम्भ २०, मीन २४।

मृत्यु भाग स्थित चन्द्रमा यदि केन्द्र या अष्टम में हो तो वह भी बालारिष्ट कारक होता है। परन्तु ऊपर जो लग्न के लिये-विविध राशियों के उदित होने से मृत्यु भाग बताये गये हैं, उन्हें चन्द्रमा (विविध राशिगत) पर लागू नहीं करना चाहिये। चन्द्रमा किस राशि में किस अंश पर मृत्यु भाग में होता है, यह नीचे बताया जाता है :—

मेष २६, वृष १२, मिथुन १३, कर्क २५, सिंह २४, कन्या ११ तुला २६, वृश्चिक १४, धनु १३, मकर २५, कुम्भ ५, मीन १२।

अब अन्य बालारिष्ट योग बतलाते हैं:—

(१) चन्द्रमा यदि षष्ठ या अष्टम में हो और पाप दृष्ट हो।

(२) शुभ ग्रह लग्न से षष्ठ या अष्टम में हों और वक्री पाप ग्रहों से दृष्ट हों।

(३) पाप ग्रह केन्द्र त्रिकोण और अष्टम में हों।१५।

रविशशियुते सिंहे लग्ने कुजार्किनिरीक्षिते
नयनरहितः सौम्यासौम्यैः सबुद्बुदलोचनः।
व्ययगृहगतश्चन्द्रो वामं हिनस्त्यपरं रवि-
स्त्वशुभगदिता योगा याप्या भवन्ति शुभेक्षिता ॥१६॥

अब नेत्ररोग, नेत्रविकृति या नेत्रहानि के योग बतलाते हैं :—

(१) यदि सिंह लग्न हो, लग्न में सूर्य और चन्द्रमा हो और उन्हें मंगल और शनि देखें तो नयनरहित हो।

(२) यदि उपर्युक्त योग हो और शुभ ग्रह भी सूर्य और चन्द्रमा को देखें तो बुद्बुदलोचन हो। कम दिखाई देना या आँख में फूला इत्यादि होना बुद्बुदलोचन कहलाता है।

(३) लग्न से द्वादश भाव में चन्द्रमा बाँये नेत्र को खराब करता है।

(४) लग्न से द्वादश भाव में सूर्य दक्षिण नेत्र को खराब करता है।

उपर्युक्त योगों में यदि हानिकारक ग्रहों पर शुभ ग्रहों की दृष्टि हो तो अशुभ फलों का निवारण हो जाता है। किन्तु शुक्र की दृष्टि नेत्र विकार करती है इसलिये द्वादश स्थान पर शुक्र की दृष्टि या उस स्थान पर शुक्र की स्थिति हानि ही करती है।

निधनारिधनव्ययस्थिता रविचन्द्रारयमा यथा तथा।
बलवद्ग्रहदोषकारणैर्मनुजानां जनयन्त्यनेत्रताम् ॥१७॥

अब नेत्र रोग, दृष्टि-हानि, अंधता आदि के अन्य योग बतलाते हैं। यदि लग्न से द्वितोय, षष्ठ, अष्टम और व्यय स्थानों से सूर्य, चन्द्र, मंगल और शनि ये चारों ग्रह हों—ग्रहों का यथाक्रम होना आवश्यक नहीं है, सूर्य आदि चारों ग्रह, द्वितोय आदि चारों स्थानों—चारों में से कोई किसी चार में से एक-स्थान-में हों तो जातक अन्धा हो जाता है। इन चारों ग्रहों में जो बलवान् ग्रह होगा उसके दोष से अन्धा होता है। दोष क्या ? वात, पित्त और कफ यह तीन दोष आयुर्वेद में कहे गये हैं। एक दोष, दो दोष, या तीनों दोषों के कुपित होने से जातक को रोग होता है या रोग होते हैं। सूर्य पित्तकारक है, चन्द्रमा वात और कफकारक है, मंगल पित्तकारक है, बुध वात, पित्त और कफकारक, बृहस्पति कफकारक, शुक्र कफ और वातकारक तथा शनि वातकारक है। किस दोष से नेत्र में कौन सा रोग होता है यह आयुर्वेद के ग्रंथों में देखिये।१७।

नवमायतृतीयधीयुता न च सौम्यैरशुभा निरीक्षिताः ।
नियमाच्छ्रवणोपघातदा रदवैकृत्यकराश्च सप्तमे ।।१८।।

अब श्रवणविकार, श्रवणरोग या बहिरापन किन ग्रहों की स्थिति से होता है, यह बताते हैं। कान या सुनने का विचार तृतीय स्थान से किया जाता है। एक विचार से तीसरा स्थान दाहिने कान का है, ग्यारहवाँ स्थान बाँये कान का है। नवम स्थान में स्थित ग्रह दाहिने कान के स्थान को पूर्ण दृष्टि से देखेगा। यदि नवम स्थान में शनि हो तो वह अपनी विशेष दृष्टि से एकादश को भी देखेगा। पंचम भवन में स्थित ग्रह एकादश को भी पूर्ण दृष्टि से देखेगा। इसलिये तृतीय, पंचम नवम, और एकादश में पापग्रह हों और सौम्य ग्रह इन पाप ग्रहों को न देखते हों तो श्रवणविकार, कर्णरोग, बहिरापन आदि करते हैं। यदि सप्तम में पाप ग्रह हों और उन पर शुभ ग्रहों की दृष्टि न हो तो वे दन्त-विकार, विकृत दन्त आदि दाँतों के सम्बन्ध में अनिष्ट फलद होते हैं।१८।

चौथा अध्याय

अरिष्टभंग प्रकरण

लग्नेशः शुभवीक्षितो बलयुतः केन्द्रत्रिकोणोपगो
जीवो वा प्रबलः स्फुटांशुनिचयो लग्नस्थितोऽरिष्टहा।
केन्द्रे रन्ध्रपवर्जिते बलयुते सौम्यग्रहेऽवस्थिते
लग्नेन्द्वोः शुभदृष्टयोरपि तथा न स्यादरिष्टं शिशोः ॥१॥

पिछले प्रकरण में बालारिष्ट का वर्णन किया है कि क्या योग होने से शैशवावस्था में ही बच्चे की मृत्यु हो जाती है। इस प्रकरण में अरिष्ट भंग का विवेचन किया है अर्थात् कौन-कौन से योग होने से बालारिष्ट के जो योग हैं उनका खण्डन हो जाता है और बालक दीर्घायु होता है: यह योग निम्नलिखित हैं—

(१) यदि लग्नेश बलवान् हो, केन्द्र या त्रिकोण में स्थित हो और शुभ ग्रहों से देखा जावे। लग्नेश के बल का यथार्थ ज्ञान तभी हो सकता है जब उसका स्थान बल, काल बल, दिक् बल, चेष्टाबल आदि गणितानुसार निकाला जावे। इसका विवरण फलदीपिका नामक ग्रंथ के चतुर्थ अध्याय में दिया गया है। साधारण तौर पर, यदि ग्रह अपनी उच्चराशि, मूल त्रिकोण या स्वराशि में हो और स्वनवांश या वर्गोत्तम हो, तथा पापग्रहों से सम्बन्ध न करे, शुभ ग्रहों से युत दृष्ट हो तथा केन्द्र, त्रिकोण में बैठा हो तो बली समझा जाता है।

(२) यदि बृहस्पति बलवान् हो, लग्न में हो, और अस्त न हो तो भी अरिष्ट भंग करता है।

(३) यदि सौम्य ग्रह (किन्तु यह अष्टमेश न हो) बलवान् हो और केन्द्र में बैठा हो।

(४) यदि लग्न और चन्द्रमा शुभ ग्रहों से दृष्ट हों। इस श्लोक में यह चार योग अरिष्ट-भंग के बताये हैं। अन्य योगों का वर्णन बाद के श्लोकों में करते हैं ॥१॥

स्वस्थानगाः सर्वनभश्चरेन्द्रा निघ्नन्त्यरिष्टं स्वकृतं क्षणेन ।
सौम्येक्षितः षट्त्रिभवेषु राहुः कुलीरमेषोक्षविलग्नगो वा ॥२॥

इसमें अरिष्ट भंग के तीन योग बताये हैं :

(१) यदि सब ग्रह अपनी अपनी राशियों में बैठे हों तो वह शीघ्र ही अरिष्ट भंग कर देते हैं।

(२) यदि राहु लग्न से तृतीय, षष्ठ या एकादश में हो और उस पर शुभ ग्रहों की दृष्टि हो।

(३) यदि मेष, वृषभ या कर्क का राहु लग्न में हो।

सौम्यैर्ग्रहैर्दृष्टतनुर्हिमांशुरापूर्यमाणो विनिहन्त्यरिष्टम् ॥२॥
स्वात्युच्चभागे सुहृदंशके वा रिष्टं शशी हन्ति च शुक्रदृष्टः ॥३॥

एक टीकाकार ने अर्थ किया है कि यदि शुभ ग्रह लग्न को देखें या पूर्णिमा के पूर्व का (अर्थात् बढ़ता हुआ शुक्ल पक्ष का) चन्द्रमा हो तो अरिष्टभंग करता है, यदि ऐसा चन्द्रमा अपने घर में हो या अपने अति उच्च भाग (वृष राशि के ३° अंश पर) में हो या अपने मित्र के नवांश में हो और शुक्र से देखा जावे। हमारे विचार से इस श्लोक का निम्नलिखित अर्थ होना चाहिए (१) यदि शुक्ल पक्ष का चन्द्रमा सौम्य ग्रहों से देखा जावे तो अरिष्टभंग करता है।

(२) यदि चन्द्रमा परमोच्च, स्वगृही, या मित्र के नवांश में हो और शुभग्रह से देखा जाए तो अरिष्टनाशक योग है।

जातक पारिजात में लिखा है कि यदि पूर्णिमा का चन्द्रमा हो और शुभग्रह की राशि या शुभग्रह के नवांश में हो तो अरिष्टभंग करता है। और यदि शुक्र उसे देखे तो विशेष रूप से अरिष्टभंगकारक है। हमारे विचार से यदि रात्रि का जन्म हो तो शुक्र की दृष्टि का माहात्म्य और भी बढ़ जावेगा क्योंकि बृहज्जातक (अध्याय १३ श्लोक १) में लिखा है कि चन्द्रमा यदि अपने या अधिमित्र के नवांश में हो और दिन का जन्म हो और बृहस्पति से देखा जाए और रात्रि का जन्म हो और शुक्र से देखा जावे तो जातक धनवान् और सुखी होता है। जीवित रहना सबसे बड़ा सुख है ॥३॥

षट्सप्तरन्ध्रे शशिनश्च सौम्या निघ्नन्त्यरिष्टान्यशुभैरमिश्राः।
युक्तस्तु सौम्यैर्विनिहन्त्यरिष्टं चन्द्रः शुभत्र्यंशगतस्तथैव ॥४॥

इसमें दो ये योग बताए हैं—

(१) यदि चन्द्रमा से छठे, सातवें, आठवें शुभग्रह हों और पापग्रहों से उनका सम्मिश्रण न हो (अर्थात् पापग्रह छठे, सातवें आठवें न हों) तो अरिष्टभंग होता है।

(२) यदि चन्द्रमा शुभग्रह के द्रेष्काण में हो और सौम्य ग्रहों से युक्त हो तो भी अरिष्टनाशक हो।

यहाँ किंचित् द्रेष्काण वर्ग का विवेचन किया जाता है। प्रचलित परिपाटी के अनुसार प्रथम द्रेष्काण उसी राशि का (जिस राशि के द्रेष्काणों का विचार किया जा रहा हो) द्वितीय द्रेष्काण पंचम राशि का और तृतीय द्रेष्काण नवम राशि का होता है। अन्य मत हमने प्रथम अध्याय में दिया है ॥४॥

चन्द्रः शुभद्वादशभागगो वा होरेशदृष्टः शुभराशिगो वा ।
क्रूरर्क्षगो वा भवनेशदृष्टो नान्येक्षितो हन्ति समस्तरिष्टम् ॥५॥

इसमें अरिष्टभंग के दो योग बताए हैं—

(१) यदि चन्द्रमा शुभ ग्रह को राशि में या शुभ ग्रह के द्वादशांश में हो और उसको लग्नेश देखता हो ।

(२) चाहे चन्द्रमा पापग्रह को राशि में हो किन्तु जिस राशि में हो उसके स्वामी से दृष्ट हो और अन्य ग्रह से दृष्ट न हो ।

ये दोनों योग बालारिष्टभंगकारक हैं ॥५॥

जन्माधिपो मित्रशुभेक्षितो वा सर्वेक्षितो जन्मपतिस्तनौ वा ।
होरेश्वरस्योपचये शशी वा रिष्टं पृथक् चन्द्रकृतं निहन्ति ॥६॥

इसमें अरिष्टनाशक तीन योग बताए हैं—

(१) जिस राशि में चन्द्रमा हो उस राशि के स्वामो को यदि मित्र या शुभ ग्रह देखता हो ।

(२) यदि चन्द्रमा लग्न में हो और उसे सब ग्रह देखते हों ।

(३) यदि चन्द्रमा लग्नेश से उपचय स्थान में हो ।

चन्द्रमा के कारण यदि कोई बालारिष्ट हो तो उपर्युक्त योग उस अरिष्ट योग को भंग करते हैं ॥६॥

चन्द्राद्व्यये शुक्रबुधौ च लाभे पापा गुरुर्व्योम्नि च रिष्टनाशः ।
कृष्णे दिवा चेन्निशि शुक्लपक्षे रक्षेच्छशी तं रिपुरन्ध्रगोऽपि ॥७॥

इसमें अरिष्टनाशक दो योग बताए हैं ।

(१) यदि बुध और शुक्र चन्द्रमा से द्वादश हों, बृहस्पति लग्न से दशम में हो और तीनों पापग्रह (सूर्य, मंगल, शनि) लग्न से एकादश हों ।

(३) यदि कृष्णपक्ष में दिन में जन्म हो, या शुक्ल पक्ष में रात्रि में जन्म हो तो लग्न से छठे या अष्टम स्थान स्थित चन्द्रमा भी नवजात शिशु की रक्षा करता है ॥७॥

स्वोच्चे स्ववर्गे सुहृदां च वर्गे सौम्येक्षितोऽसद्भिरदृष्टयुक्तः ।
दृश्योप्यदृश्यः सुहृदां रिपूणां पूर्णः शशी हन्ति समस्तरिष्टम् ।।८।।

यदि पूर्ण चन्द्रमा अपनी उच्च राशि में हो, अपने या अपने मित्रों के वर्ग में हो, सौम्य ग्रहों से देखा जाता हो, पाप ग्रहों से या शत्रुओं से दृष्ट न हो तो समस्त अरिष्टों का नाश करता है ।।८।।

चन्द्रः पूर्णतनुः शुभेष्टगणगः स्वोच्चस्वभे वा स्थितो
मित्रैः स्वाश्रितवर्गपैर्बलयुतैः सौम्यैश्च वा वीक्षितः ।
सौम्यैः स्वान्त्यगतैः स्मरारिमृतिगैः केन्द्रत्रिकोणेऽथवा
संप्राप्तैर्विनिहन्त्यरिष्टमखिलं ध्वान्तं यथा भास्करः ।।९।।

यदि पूर्ण चन्द्र शुभग्रह या मित्र ग्रहों के वर्ग में हो, अपनी उच्च राशि या स्वराशि में स्थित हो, और ऐसे शुभग्रहों या मित्रों से दृष्ट हो जो बलवान् हों और अपने-अपने वर्गों में हो; या शुभ ग्रह चन्द्रमा से द्वितीय, द्वादश, षष्ठ, सप्तम या अष्टम में हो या लग्न से केन्द्र त्रिकोण में हो तो जैसे सूर्य अन्धकार का नाश कर देता है, वैसे समस्त अरिष्टों का नाश हो जाता है । यद्यपि ग्रंथकार ने इसे एक योग माना है किंतु चन्द्रमा से पंचम, नवम या सप्तम में बृहस्पति हो तभी चन्द्रमा को पूर्ण दृष्टि से देख सकता है । बुध और शुक्र चन्द्रमा से सप्तम हों तभी उसे देख सकते हैं; शुभ ग्रह कुल तीन हैं, वह चन्द्रमा से द्वितीय, द्वादश, षष्ठ, सप्तम, अष्टम तथा लग्न से प्रथम, चतुर्थ, पंचम, सप्तम, नवम, दशम में एकसाथ हो नहीं सकते इसलिए इस योग को निम्नलिखित प्रकार से समझना चाहिए ।

(१) चन्द्रमा का पक्षबल में बलवान् होना (२) चन्द्रमा का शुभ वर्गों में या मित्र वर्गों में होना (३) चन्द्रमा का अपनी उच्चराशि या स्वराशि में होना (४) शुभ या मित्रग्रह जो

अपने-अपने वर्गों में हों उनसे दृष्ट होना (५) शुभ ग्रहों का चन्द्रमा से द्वितीय या द्वादश में होना (६) शुभ ग्रहों का चन्द्र से छठे, सातवें या अष्टम में होना (७) शुभग्रहों का जन्म लग्न से केन्द्र या त्रिकोण में होना। ये सब अरिष्टनाशक योग हैं। जितने अधिक योग हों उतनी ही अधिक मात्रा में अरिष्टभंग होगा। ९।

चन्द्रलग्नाष्टमपती केन्द्रगतावष्टमे ग्रहः कश्चित्
आद्वात्रिंशान्मरणं नान्यच्छुभसंयुते केन्द्रे ॥१०॥

यदि चन्द्रमा से अष्टमेश और लग्न से आठवें का स्वामी केन्द्र में हों और कोई ग्रह अष्टम में हो तो जातक अल्पायु होता है और ३२ वर्ष तक उसकी मृत्यु हो जाती है। किंतु यदि शुभ ग्रह केन्द्र में हों तो यह अल्पायु योग भंग हो जाता है अर्थात् अधिक आयु तक जीवित रहता है ॥१०॥

अष्टमाधिपतिः केन्द्रे लग्नेशे च तथैव च।
पापेक्षिते बलैर्हीने जीवत्यष्टचतुर्गुणम् ॥११॥

यदि जन्म लग्न से अष्टम का स्वामी और लग्न स्वामी दोनों केन्द्र में हों, बलहीन हों और पापग्रह से दृष्ट हों तो जातक की आयु ३२ वर्ष की होती है ॥११॥

अरिष्टकर्तृस्थितभांशनाथः शुभः शुभर्क्षे शुभदृष्टयुक्तः।
निहन्त्यरिष्टं स्फुरदंशुजालश्चतुर्थनाथे यवनोपदिष्टम् ॥१२॥

(१) जन्म-कुंडली में यह देखिए कि अरिष्टकारक कौन-सा ग्रह है। यह ग्रह है मान लीजिए 'क'। तो यह देखिए कि 'क' किस ग्रह के नवांश में है; इस नवांश स्वामी को कहिए 'ख'। यदि यह 'ख' शुभग्रह हो, शुभग्रह की राशि में हो, शुभग्रह से दृष्ट हो तो अरिष्टभंग हो जाता है।

(२) यदि लग्न से चतुर्थ स्थान का स्वामी अस्त न हो तो भी यवन मतानुसार अरिष्टभंग होता है। हमारे विचार से

चतुर्थ सुख स्थान होने के कारण, चतुर्थेश अस्त न होने के साथ-साथ बलवान् होगा तभी अरिष्ट नाश करने में समर्थ होगा।

हन्ति सर्वग्रहारिष्टं चन्द्रकेन्द्रे बृहस्पतिः।
यथा गजसहस्त्राणि निहन्त्येकोऽपि केसरी ॥१३॥

यदि चन्द्रमा से केन्द्र में बृहस्पति हो तो, (जैसे एक सिंह हज़ारों हाथियों को मार गिराता है) वह सर्व ग्रहों से उत्पन्न अरिष्टों का नाश कर देता है ॥१३॥

पाँचवाँ अध्याय

आयुर्विभाग प्रकरण

लग्नपञ्चमभाग्यादिभावेष्वेकत्र संस्थितैः ।
चतुराद्यैर्ग्रहैर्जाता दीर्घमध्याल्पजीविनः ॥१॥

यदि लग्न से चतुर्थ भाव तक चार या अधिक ग्रह हों तो दीर्घायु; यदि पंचम से अष्टम तक चार या अधिक ग्रह हों तो मध्यायु ; यदि नवम से द्वादश भाव तक चार या अधिक ग्रह हों तो अल्पायु ।

ग्रंथकार ने इतना ही लिखा है, किन्तु इसका सिद्धान्त क्या है ? आयु निर्णय करने के प्रसंग में वराहमिहिर ने बृहज्जातक के अध्याय ७ श्लोक ३ में लिखा है कि यदि पापग्रह बारहवें हो तो उस ग्रह की प्रदत्त आयु के पूरे वर्ष कम हो जाते हैं, ग्यारहवें में हो तो आधे, दसवें में हो तो तीसरा भाग, नवें में हो तो चौथाई, आठवें में हो तो पाँचवाँ भाग, सप्तम में हो तो छठा भाग । यदि एक ही स्थान में दो, तीन, या बहुत ग्रह हों तो सब ग्रहों का भाग नहीं घटता, जो उनमें सबसे अधिक बलवान् है, उसी का एक भाग घटता है अर्थात् जिस भाव में पाप वा शुभग्रह प्रदत्त आयु का जितना भाग घटना है उतनी कमी एक हो ग्रह के प्रदत्त आयु के वर्षों में से होगी । सब ग्रह— जो एक साथ एक राशि में उपर्युक्त स्थान में हों उनके सबके प्रदत्त आयु वर्षों से कमी नहीं होगी । पाप ग्रह प्रदत्त आयु में से

किस भाव में कितना घटाना यह ऊपर बताया गया है। पाप-ग्रह प्रदत्त आयु का जितना भाग कटता है, शुभग्रह का उससे आधा घटता है यह सत्याचार्य का मत है। इस विषय में विस्तृत व्याख्या के लिये देखिये श्रीपति पद्धति अध्याय ५, श्लोक १३-१५।

कहने का तात्पर्य यह है कि ९, १०, ११, १२ भावों में ग्रह-प्रदत्त आयु का अधिक भाग घटाया जाता है ; ५, ६, ७, ८, इन भावों में केवल ७, ८, इन दो भावों में घटाया जाता है, सो भी ९, १०, ११, १२, इन भावों से कम। तथा १, २, ३, ४ भावों में किसी भाव में होने से ग्रहप्रदत्त आयु में से नहीं घटाया जाता, इसी सिद्धान्त पर प्रस्तुत ग्रंथकार ने दीर्घायु, मध्यायु, अल्पायु की व्यवस्था की है। वास्तव में कितनी आयु होगी यह तो ग्रहों के बल पर निर्भर है। बलवान् ग्रह होंगे तो उनकी प्रदत्त आयु में से घटाने पर भी आयु के अधिक वर्ष शेष रहेंगे। यदि ग्रह बलहीन हों तो उनमें से न घटाने पर भी थोड़े वर्ष रहेंगे ।१।

केन्द्रेषु लग्नपतिहीनखराष्टमेशैः
स्वल्पायुषस्तदितरैस्तु चिरायुषः स्युः।
आपोक्लिमेषु विपरीतमिहोक्तखेटै-
र्मध्यायुषः पणफरेषु गतैः समस्तैः ॥२॥

यदि केन्द्र में लग्नेश न हो और अष्टमेश तथा लग्न द्रेष्काण का स्वामी केन्द्र में हों तो जातक अल्पायु होता है। यदि उपर्युक्त (अष्टमेश तथा २२वें द्रेष्काण के स्वामी) के अतिरिक्त अन्य ग्रह केन्द्र में हों तो जातक दीर्घायु होता है। अष्टमेश तथा २२वें द्रेष्काण के स्वामी आपोक्लिम में हों तो दीर्घायु। यदि सब ग्रह पणफर में हों तो मध्यायु। फलदीपिकाकार ने लिखा है कि लग्नेश और शुभ ग्रह यदि केन्द्र में हों तो दीर्घायु, पणफर में हों तो मध्यायु तथा आपोक्लिम में हों तो अल्पायु। यदि अष्ट-

मेश, तथा पाप ग्रह केन्द्र में हों तो अल्पायु, पणफर में हों तो मध्यायु और आपोक्लिम में हों तो दीर्घायु ।२।

मित्रे सूर्यस्य लग्नेशे जन्मेशे वा चिरायुषः ।
मध्यायुष उदासीने शात्रवेऽल्पायुषो नराः ।।३।।

यदि लग्नेश या जन्मेश(जिस राशि में जन्मकुण्डली में चन्द्रमा बैठा हो उसका स्वामी) सूर्य के मित्र हों तो दीर्घायु; सम हों तो मध्यायु; शत्रु हों तो अल्पायु । इसी आशय का सिद्धान्त सर्वार्थ चिन्तामणि में दिया गया है, परन्तु वहाँ जन्म लग्नेश के ही सूर्य के मित्र, सम, शत्रु होने के अनुसार दीर्घायु आदि योग बताये गये हैं । किन्तु यदि लग्न सिंह हो, चन्द्रमा भी सिंह में हो, लग्नेश सूर्य या चन्द्रेश सूर्य के स्वयं के हो जाने से सूर्य का मित्र हो आदि सिद्धान्त लागू नहीं होगा । इसके लिये देखिये त्रिफला (ज्योतिष) पृष्ठ ६९ जहाँ इन सब परिस्थितियों का विचार कर समस्याओं का समाधान किया गया है ।३।

विलग्नजन्मर्क्षतदंशपानां विलग्नजन्माष्टमभांशनाथाः ।
क्रमेण मित्रारिसमा यदि स्युर्जाताश्च दीर्घाल्पसमायुषः स्युः ।।४।।

निम्नलिखित दो-दो ग्रहों में देखिये कि वे मित्र हैं या सम या शत्रु ।

(१) लग्न का स्वामी तथा अष्टमेश ।

(२) चन्द्रराशि का स्वामी तथा चन्द्रराशि से अष्टम राशि का स्वामी

(३) लग्न नवांश का स्वामी तथा अष्टम भाव मध्य जिस नवांश में पड़े, उसका स्वामी ।

(४) चन्द्र नवांश का स्वामी तथा चन्द्र राशि से जो अष्टम भाव मध्य पड़े—उस नवांश का स्वामी ।

यदि ये परस्पर मित्र हों तो दीर्घायु, सम हों तो मध्यायु, शत्रु हों तो अल्पायु ।४।

लग्नसम्बन्धिनामेतेष्वितरेभ्यो यथाक्रमम् ।
बलाधिकसमाल्पत्वे दीर्घमध्याल्पजीविनः ।।५।।

जैसे ऊपर बताया गया है वैसा लग्न से सम्बन्ध करने वाले ग्रह तथा उन उनके अष्टमेशों से भी विचार करें । हमने अपनी पुस्तक सुगम ज्योतिष प्रवेशिका के सोलहवें प्रकरण पृ० १२५-१२९ तथा त्रिफला (ज्यौतिष) पृष्ठ ६४-६८ में आयु निर्णय के आर्ष सिद्धान्त दिये हैं । पाठक अवलोकन करें ।५।

प्रत्येकमेषामष्टानां सर्वेषां वा खचारिणाम् ।
बलपुष्टाल्पमध्यत्वे चिराचिरसमायुषः ।।६।।

निम्नलिखित दो-दो ग्रहों का बल देखिये:

(१) (क) लग्नेश (ख) अष्टमेश ।

(२) (क) चन्द्र राशि का स्वामी (ख) चन्द्र राशि से अष्टम राशि का स्वामी ।

(३) (क) लग्न नवांश का स्वामी (ख) अष्टम भाव मध्य जिस नवांश में पड़ता है, उस नवांश का स्वामी ।

(४) (क) चन्द्र नवांश का स्वामी (ख) चन्द्र राशि से अष्टम भाव का जो भाव मध्य पड़े उस नवांश का स्वामी ।

यदि (१) (२) (३) (४) में (क) (ख) से बली हो तो दीर्घायु, समान बली हो तो मध्यायु और हीन बली हों तो हीनायु या अल्पायु ।६।

सर्वेषां रश्मियोगस्य स्मराधिक्ये चिरायुषः ।
स्वल्पायुषो भयाल्पत्वे मध्यत्वे मध्यमायुषः ।।७।।

जिस जन्म कुण्डली में, रश्मियों का योग २५ से अधिक हो

वह दीर्घायु, जहाँ १५ से २५ हो वह मध्यायु, जब १५ से कम हो तो अल्पायु।

प्रस्तुत ग्रन्थकार ने रश्मि साधन—किस जन्मकुण्डली में कितनी रश्मियाँ है यह निकालना नहीं बतलाया है। हम इसे नीचे समझाते हैं।

(१) यदि सूर्य परमोच्च में हो तो १० रश्मि, परम नीच अंश में हो तो ०।

(२) यदि चन्द्रमा परमोच्च में हो तो ९ रश्मि, परम नीच में हो तो ०।

(३) यदि मंगल अपने परमोच्च में हो तो ५, परम नीच में हो तो ०।

(४) यदि बुध अपने परमोच्च में हो तो ५, परम नीच में हो तो ०।

(५) यदि बृहस्पति अपने परमोच्च में हो तो ७, परम नीच में हो तो ०।

(६) यदि शुक्र अपने परमोच्च में हो तो ८, परम नीच में हो तो ०।

(७) यदि शनि अपने परमोच्च में हो तो ५, परम नीच में हो तो ०।

कौन सा ग्रह किस राशि में किस अंश पर-परमोच्च होता है तथा किस राशि में किस अंश पर परम नीच होता है यह अध्याय १ श्लोक २४ की व्याख्या में बताया जा चुका है।

ऊपर जो सूर्य की १०, चन्द्रमा की ९ आदि रश्मियाँ बताई गई हैं यह महेन्द्र शास्त्र में वर्णित मत है। मणित्थ, मय, बादरायण आदि अन्य आचार्यों के मत से प्रत्येक ग्रह की ७ रश्मि होती हैं। रश्मि साधन में राहु तथा केतु को नहीं लिया जाता है।

रश्मि निकालने का प्रकार यह है कि यदि ग्रह परमोच्च में हो तो पूर्ण रश्मि, परम नीच में हों तो शून्य। मध्य में अनुपात (त्रैराशिक) से निकालना चाहिये। इसके बाद निम्नलिखित संस्कार करने चाहिये।

(१) यदि ग्रह अपने मित्र के द्वादशांश में हो तो उपलब्ध रश्मियों को दुगुना करना।

(२) यदि अपने द्वादशांश या अपनी उच्च राशि के द्वादशांश में हो तो तिगुना करना।

(३) यदि अपनी या अपनी उच्च राशि में ग्रह वक्री हो तो तिगुना करना या इन राशियों के अतिरिक्त किसी राशि में वक्री हो तो दुगुना करना।

(४) यदि वक्रतारंभ स्थान में हो तो दुगुना करना। यदि वक्र त्याग स्थान में हो तो साधित रश्मि को अष्टमांशहीन करना। शत्रु के द्वादशांश में और नीच राशि में हो तो षोडशांशहीन करना।

(५) यदि ग्रह अस्त हो तो उसकी रश्मि संख्या शून्य कर देना। किन्तु यदि शुक्र या शनि अस्त हो तो उसका यह नियम लागू नहीं होता।

जहाँ कई संस्कार द्विगुणित या त्रिगुणित करने के हों, वहाँ हमारे विचारानुसार—एक ही संस्कार जिससे अधिक वृद्धि हो करना चाहिये। इसी प्रकार जहाँ ह्रास के कई संस्कार प्राप्त हों—जो सबसे अधिक ह्रास करने वाला संस्कार हो वही करना चाहिये। विशेष रश्मि फल देखने के लिये सारावली तथा जातकसारदीप ग्रंथों का अवलोकन करें।७।

समुदायाष्टकवर्गे जन्मनि लग्नेऽथवा तदष्टमतः।
अधिकसमाल्पफले स्युर्दीर्घसमाल्पायुषः क्रमान्मनुजाः ॥८॥

समुदायाष्टक वर्ग में देखिये। यदि जन्म लग्न में अष्टम भाव

की अपेक्षा अधिक शुभ बिन्दु हों तो दीर्घायु, समान हों तो मध्यायु, अल्प हों तो अल्पायु। इसी प्रकार जन्मराशि में जन्म-राशि से अष्टम राशि की अपेक्षा अधिक शुभ बिन्दु हों तो दीर्घायु, समान हों तो मध्यायु, कम हों तो अल्पायु ।८।

लग्नेश्वरादतिबली निधनेश्वरोऽसौ
केन्द्रस्थितो निधनरिःफगतैश्च पापैः ।
तस्यायुरल्पमथवा यदि मध्यमायु-
रुत्साहसंकटवशात्परमायुरेति ।।९।।

यदि अष्टमेश लग्नेश से अधिक बलवान् हो और लग्न से केन्द्र में बैठा हो तथा लग्न से अष्टम और द्वादश में पाप ग्रह हों तो जातक की अल्पायु होती है; यदि मध्यायु आती हो और दीर्घायु तक पहुँच जावे तो भी जीवन कष्टप्राय होता है ।९।

केन्द्रत्रिकोणनिधनेषु न यस्य पापाः
लग्नाधिपः सुरगुरुश्च चतुष्टयस्थौ ।
भुक्त्वा सुखानि विविधानि सुपुण्यकर्मा
जीवेच्च वत्सरशतं स विमुक्तरोगः ।।१०।।

यदि केन्द्र, त्रिकोण और अष्टम में पाप ग्रह न हों और लग्नेश तथा बृहस्पति केन्द्र में हों तो विविध पुण्य कर्म करते हुए और अनेक सुखों का उपभोग करते हुए, उत्तम स्वास्थ्य सहित जातक सौ वर्ष तक जीता है (अर्थात् पूर्ण दीर्घायु होता है) ।१०।

लग्नाधिपोऽतिबलवानशुभैरदृष्टः
केन्द्रस्थितः शुभखगैरवलोक्यमानः ।
मृत्युं विहाय विदधाति स दीर्घमायुः
सार्द्धं गुणैर्बहुभिरूर्जितया च लक्ष्म्या ।।११।।

यदि लग्नेश अति बलवान् होकर केन्द्र में हो और उस पर पाप ग्रह की दृष्टि न हो प्रत्युत शुभ ग्रह लग्नेश को देखते हों तो वह मृत्यु को चुनौती देते हुए दीर्घायु होता है और गुणी तथा धनी होता है।११।

लक्षान्दोषान् हन्ति देवेन्द्रपूज्यः
केन्द्रं प्राप्तो दैत्यमन्त्री तदर्द्धम् ।
वीर्योपेतः सोमपुत्रस्तदर्द्धं
चान्द्रं वीर्यं वीर्यबीजं ग्रहाणाम् ॥१२॥

यदि बृहस्पति केन्द्र में हो तो लाखों दोषों को नष्ट करता है। शुक्र यदि केन्द्र में हो दोष नष्ट करने में बृहस्पति की तरह बलवान् तो नहीं होता किन्तु बृहस्पति जितने दोषों को नष्ट करता है, उसके आधे दोष दूर करने में शुक्र क्षम होता है और जितने दोष दूर करने में शुक्र क्षम होता है, उनके आधे दोष दूर करने में बलवान् बुध क्षम होता है। यहाँ प्रसंगानुसार केन्द्र स्थित बुध लेना चाहिये। सब ग्रहों के बल का बीज चन्द्रमा का बल है।१२।

दोषानिमानतिबलः स्फुरदंशुजालो
लग्ने स्थितः प्रशमयेत्सुरराजमन्त्री ।
एको बहूनि दुरितानि सुदुस्तराणि
भक्त्या प्रयुक्त इव शूलधरे प्रणामः ॥१३॥

यदि बृहस्पति बहुत बलवान् हो, उसकी किरण स्फुट हों (अर्थात् सूर्य सान्निध्य से अस्त न हो) और लग्न में स्थित हो तो ऊपर जो बहुत से दोष बताये गये है उनका इसी प्रकार प्रशमन कर देते हैं जैसे भगवान् शंकर को भक्ति पूर्वक किया हुआ एक ही प्रणाम अनेक सुदुस्तर (कठोर) दुरितानि (पापों) का नाश कर देता है।१३।

सौम्यास्त्रिकोणधनकेन्द्रभवाष्टमस्था
दीर्घायुषः सहजषड्भवगाश्च पापाः ।
अन्यत्रगा मरणरोगकराश्च ते स्यु-
र्मान्दिर्मृतौ मृतिकरोऽपि गुणेषु सत्सु ।।१४।।

यदि सौम्य ग्रह त्रिकोण (५, ९) धन (२), केन्द्र (१, ४, ७, १०), भव (११), या अष्टम स्थान में हों और पाप ग्रह लग्न से छठे या ग्यारहवें हों, तो जातक दीर्घायु होता है । यदि उपर्युक्त निर्दिष्ट स्थानों से अन्यत्र हों तो रोगकारक या मृत्युकारक होते हैं । यदि अन्य गुण भी जन्म कुण्डली में हों तो भी यदि मान्दि अष्टम में हो तो मृत्युकारक होता है ।

फलदीपिका अध्याय २५ श्लोक १३ में लिखा है कि मान्दि यदि अष्टमभाव में हो तो जातक विकल नयन वाला हो, उसके मुख या चेहरे में विकार या बीमारी हो, और उसका ह्रस्व देह हो । प्रश्नमार्ग अध्याय १४ श्लोक ६९ में लिखा है कि गुलिक (गुलिक और मान्दि एक ही बात है) यदि अष्टम में हो तो जातक बुद्धिमान् किन्तु अल्पायु हो ; बहुत व्याधियों से ग्रस्त रहे और विष, अग्नि या शस्त्र से उसकी मृत्यु हो । जातक पारिजात अध्याय ९ श्लोक ५ में भी अष्टम स्थित मान्दि का अशुभ फल ही लिखा है ।१४।

सर्वेषामपि पापानां मान्दिर्दोषप्रदोऽधिकम् ।
सोऽतिदोषकरो योगदृग्वर्गवशतः शनेः ।।१५।।

सब पापियों में मान्दि सबसे अधिक दोष देने वाला है अर्थात् मान्दि का अत्यन्त कुप्रभाव है । और यदि मान्दि शनि से युत हो शनि से वीक्षित हो या शनि के वर्गों (द्रेष्काण, सप्तमांश, नवांश, आदि) में हो तो और भी अधिक दोष उत्पन्न करता है ।१५।

बलवत्वं विलग्नेन्द्वोः शुभयोगः शुभेक्षणम् ।
केन्द्रत्रिकोणरन्ध्रस्थेष्वेतयोः शुभसंस्थितिः ॥१६॥

त्रिषडायेष्वसद्वासो विशेषेण गुरूदयः ।
गुरुलग्नेशयोर्योगः केन्द्रे लग्नपतेः स्थितः ॥१७॥

जन्मेशसंस्थितिश्चात्र बलवत्वं तयोर्द्वयोः ।
अनयोरायसंस्थानमायुर्दैर्ध्यकरा गुणाः ॥१८॥

निम्नलिखित बातें दीर्घायु के लिये अच्छी हैं:—

(१) लग्न और चन्द्रमा का बलवान् होना। इनका शुभग्रह युत तथा शुभग्रह वीक्षित होना। इनसे केन्द्र, त्रिकोण और अष्टम में (अर्थात् लग्न से केन्द्र, त्रिकोण और अष्टम में, तथा चन्द्रमा से केन्द्र, त्रिकोण तथा अष्टम में) शुभ ग्रह का बैठना।

(२) लग्न तथा चन्द्रमा से तीसरे, छठे, ग्यारहवें स्थान में पाप ग्रह का बैठना।

(३) विशेषकर बृहस्पति का लग्न में होना।

(४) लग्नेश का केन्द्र में होना।

(५) लग्नेश का गुरु (बृहस्पति) से योग होना अर्थात् लग्नेश और बृहस्पति एक साथ बैठे हों। परस्पर दृष्टि संबंध को भी योग माना जा सकता है।

(६) जन्मेश (जन्म राशि के स्वामी) का केन्द्र में होना।

(७) लग्नेश और जन्मेश का बलवान् होना।

(८) लग्नेश और जन्मेश का एकादश स्थान में बैठना अर्थात् जन्म लग्न से ग्यारहवें घर में बैठना।१६-१८।

दिवा सूर्ये निशा चन्द्रे लग्नादेकादशस्थिते ।
कोटिदोषा विनश्यन्ति गर्गस्य वचनं यथा ॥१९॥

गर्ग का वचन है कि यदि दिन में जन्म हो और सूर्य एकादश में हो या रात्रि का जन्म हो और चन्द्रमा एकादश में हो तो करोड़ दोषों का नाश होता है।१९।

———

छठा अध्याय

आयुर्योग प्रकरण

होरेश्वरेऽर्कयुक्ते जन्मेशे चापि सौम्यदृग्घीने ।
केन्द्रगतैः पापैः स्याज्जातस्याविंशतेर्मरणम् ।।१।।

यदि लग्नेश सूर्य के साथ हो और चन्द्राधीश (जिस राशि में जन्म कुण्डली में चन्द्रमा बैठा है उसका स्वामी) पर सौम्यग्रहों की दृष्टि न हो और केन्द्रों में पापग्रह हों तो जातक का मरण २० वर्ष की अवस्था तक हो जाता है ।१।

कुजरवियुक्ते लग्ने चरराशौ मध्यसंस्थिते जीवे ।
सुतधर्मगते चन्द्रे जातस्याविंशतेर्मृतिर्भवति ।।२।।

यदि जन्म लग्न चर हो, लग्न में सूर्य और मंगल हों, बृहस्पति दशम में हो, चन्द्रमा नवम या पंचम में हो तो २० वर्ष की अवस्था तक मरण हो जाता है । इन योगज आयु के श्लोक में, केवल एक बात घटित होने से मृत्यु नहीं होती है, सभी योग घटित हों तभी अल्पायु कहना ।।२।।

चन्द्राष्टमगैः पापैः सौम्यैरापोक्लिमस्थितैश्चन्द्रे ।
निधनारिगते तस्य स्यादायुर्विंशतिः परमम् ।।३।।

यदि चन्द्रमा लग्न से छठे या अष्टम स्थान में हो और चन्द्रमा से अष्टम में पापग्रह हो तथा चन्द्रमा से तृतीय, षष्ठ, नवम और द्वादश में (एक या अधिक स्थानों में) सौम्यग्रह हो तो परमायु २० वर्ष की होती है ।३।

चापोदये सुरगुरौ शनिदृष्टे राहुणा समेते वा ।
यः कश्चिन्निधनगतो मरणं जनयेद् द्विरुद्रसंख्याब्दे ।।४।।

यदि जन्म लग्न धनु हो, लग्न में बृहस्पति हो और बृहस्पति राहु से युत हो या शनि से वीक्षित हो और कोई ग्रह लग्न से अष्टम में हो, तो २२ वर्ष की आयु होती है ।४।

गुरुणा युक्तः शुक्रो लग्नगतः पञ्चमे कुजार्कसुतौ ।
बलरहितश्चेच्चन्द्रो योगे जातेऽल्पजीवितः पुरुषः ।।५।।

यदि बृहस्पति तथा शुक्र लग्न में हों, तथा पंचम में शनि और मंगल हों तथा चन्द्रमा बल-रहित हो तो जातक अल्पायु होता है ।५।

नीचांशगतश्चन्द्रोऽप्यष्टमसंस्थः क्षयी च मरणकरः ।
मन्दकुजाभ्यां दृष्टस्तस्यायुः पञ्चविंशतिः परमम् ।।६।।

यदि कृष्ण पक्ष का चन्द्रमा अष्टम स्थान में वृश्चिक नवांश का हो और उसको (राशि कुण्डली में) मंगल और शनि देखते हों तो परमायु २५ वर्ष की होती है ।६।

रन्ध्रेश्वरे लग्नधर्मात्मजस्थे लग्नाधिपे क्रूरदृष्टेऽष्टमस्थे ।
जातस्य षड्विंशतिवर्षमायुः शुभेक्षितैस्तैरपमृत्युरेषः ।।७।।

यदि अष्टमेश लग्न, पंचम, या नवम में हो, तथा लग्नेश अष्टम

में बैठा हो और उसको (लग्नेश को) क्रूर ग्रह देखते हों तो परमायु २६ वर्ष की होती है। यदि इनको (लग्नेश तथा अष्टमेश) शुभ ग्रह देखते हों तो अपमृत्यु हो। वृद्धावस्था के पहले सहसा किसी रोग या घटना से मृत्यु होने को अपमृत्यु कहते हैं ।७।

होराजन्माधिपयोः स्फुटयोगः केन्द्रमृत्युराशिस्थः ।
तत्र समेतः पापो निधनं स्यात्सप्तविंशवर्षेषु ॥८॥

लग्नेश की राशि, अंश, कला-विकला तथा जन्मेश (जिस राशि में चन्द्रमा है उस राशि का स्वामी) की राशि अंश, कला, विकला जोड़ लीजिए। जो योगफल आवे वह यदि लग्न से प्रथम, चतुर्थ, सप्तम, अष्टम या दशम भाव में पड़े और वहाँ (उपर्युक्त भावों में से जिस भाव में योगफल पड़े) पापग्रह भी बैठा हो तो २७ वर्ष की आयु होती है ।८।

अष्टाविंशतिवर्षे मरणं चन्द्रार्कराहवो युक्ताः ।
कुर्वन्ति लग्नसंस्था जीवे व्ययभे तदा नियतम् ॥९॥

यदि लग्न में सूर्य, चन्द्र और राहु हों और बृहस्पति बारहवें घर में हो तो २८ वर्ष की आयु होती है ।९।

अर्थव्ययर्क्षसंस्थौ क्रूरौ जीवोऽहिना च संयुक्तः ।
सप्ताष्टमगश्च तदा जातस्यायुः परं त्रिंशत् ॥१०॥

यदि लग्न से द्वितीय तथा द्वादश दोनों स्थानों में पापग्रह हों और लग्न से सप्तम या अष्टम में राहु के साथ बृहस्पति बैठा हो तो ३० वर्ष की परमायु होती है ।१०।

चन्द्रे क्षीणे स्वर्क्षे निधनेशे केन्द्रगेऽष्टमे पापे ।
लग्नेशे बलहीने जातस्यायुः परं त्रिंशत् ॥११॥

यदि क्षीण चन्द्र (कृष्ण चतुर्दशी या अमावास्या का चन्द्रमा क्षीण कहलाता हो) कर्क राशि में हो तथा अष्टमेश केन्द्र में हो तथा जन्म लग्न से अष्टम में पापग्रह हो तथा लग्नेश बलहीन हो तो ३० वर्ष की परमायु होती है।११।

होरेशे षष्ठगते सक्रूरौ चन्द्रभार्गवौ सुतगौ।
निधनेशे केन्द्रगते जातस्यायुः परं त्रिंशत् ॥१२॥

यदि लग्नेश छठे स्थान में हो तथा पापग्रह के साथ चन्द्रमा और शुक्र लग्न से पाँचवें स्थान में हों तथा अष्टमेश लग्न से केन्द्र में हों तो जातक की आयु ३० वर्ष की होती है। इस ग्रंथ की मूल प्रतियों में इस श्लोक का पाठान्तर दिया है जिसके अनुसार अर्थ होता है कि यदि लग्नेश लग्न में हो तथा पापग्रह के साथ सूर्य और चन्द्रमा पंचम में हो तथा अष्टमेश केन्द्र (लग्न, चतुर्थ, सप्तम या दशम) में हो तो उपर्युक्त योग घटित होता है।१२।

आपोक्लिमस्थिते चन्द्रे लग्नेशे च तथैव हि।
पापेक्षिते बलैर्हीने जीवत्यष्टचतुर्गुणम् ॥१३॥

यदि चन्द्रमा लग्न से तीसरे, छठे, नवें या बारहवें हो और लग्नेश भी उपर्युक्त चारों स्थानों में से किसी एक में हो, निर्बल हो और पापग्रह से देखा जावे तो जातक की आयु २४ वर्ष की होती है।१३।

गुरुशुक्रौ च केन्द्रस्थौ लग्नेशे पापसंयुते।
आपोक्लिमस्थे सन्ध्यायां जातस्यायू रवित्रयम् ॥१४॥

यदि संध्या के समय जन्म हो तथा बहस्पति और शुक्र केन्द्र में हों और लग्नेश पापग्रह के साथ लग्न से आपाक्लिम स्थान में बैठा हो तो जातक की आयु ३६ वर्ष की होती है।१४।

रक्तेन्दू लग्नगौ यस्य केन्द्राष्टमविवर्जितैः ।
सौम्यैर्गुलिकवेलाया जातस्यायू रवित्रयम् ।।१५।।

यदि गुलिक काल में जन्म हो, शुभग्रह केन्द्र और अष्टम में न हों और चन्द्रमा तथा मंगल लग्न में हो तो ३६ वर्ष की आयु होती है । गुलिक काल किसे कहते हैं यह बताते हैं—

दिन में गुलिक—दिन में गुलिक काल निकालने की रीति यह है कि दिनमान को आठ से विभाजित कीजिए । जो वार उस दिन हो उससे प्रारम्भ कीजिए । मान लीजिए सोमवार है तो जो दिनमान के आठ भाग किए हैं उनमें पहिला भाग सोम (चन्द्र) का, दूसरा भाग मंगल का, तीसरा बुध का, चौथा बृहस्पति का, पाँचवाँ शुक्र का, छठा शनि का, सातवाँ सूर्य का, आठवें का मालिक कोई नहीं । शनि का भाग (प्रस्तुत उदाहरण में छठवाँ भाग) गुलिक काल कहलाता है । गुलिक को शनि का बेटा कहते हैं । शनि का नाम मन्द भी है । इसलिए इस काल को मान्दि भी कहते हैं ।

रात्रि में गुलिक काल—दिन में गुलिक काल निकालना ऊपर बतलाया है । अब रात्रि में गुलिक काल निकालना बतलाते हैं । रात्रि मान को आठ भागों में विभाजित कीजिए । सोमवार की रात्रि है, इसलिए सोमवार से पंचम-सोम, मंगल, बुध, बृहस्पति, शुक्र—पाँचवाँ शुक्र हुआ, इसलिए शुक्र से गिनना प्रारंभ कीजिए । पहला भाग शुक्र का, दूसरा शनि का । शनि का भाग ही गुलिक है । सातवाराधिपतियों के सात भाग होते हैं । लिखा है कि 'अष्टमांशो निरीशः स्यात् शन्यंशः गुलिकः स्मृतः । अर्थात् आठवें भाग का स्वामी कोई नहीं होता । शनि का भाग ही गुलिक कहलाता है ।१५।

रन्ध्राधिपतौ केन्द्रे स्थिरराशौ जायते नरो यस्तु ।
चत्वारिंशद्वर्षे मरणं रन्ध्रे न शुभसंयुक्ते ।।१६।।

यदि अष्टमेश केन्द्र में स्थिर राशि में बैठा हो और लग्न से अष्टम में कोई शुभ ग्रह न हो तो जातक की आयु ४० वर्ष की होती है।१६।

अष्टमाधिपतौ केन्द्रे भौमे लग्नं समाश्रिते।
अर्कार्कजौ त्रिषष्ठस्थौ जीवेद्रुद्रचतुर्गुणम् ॥१७॥

यदि लग्न में मंगल हों और अष्टमेश केन्द्र में हो, सूर्य और शनि तृतीय और षष्ठ में हों तो जातक की आयु ४४ वर्ष की होती है।१७।

वर्गोत्तमांशगे चन्द्रे लग्नस्थे पापवीक्षिते।
सौम्यैर्बलविहीनैश्च द्वादशाब्दचतुर्गुणम् ॥१८॥

चन्द्रमा यदि लग्न में वर्गोत्तम नवांश में हो और पाप ग्रह से वीक्षित हो, तथा सौम्य ग्रह बलहीन हों तो ४८ वर्ष की आयु होती है।१८।

लग्नेशे निधनांशस्थे लग्नांशे निधनेश्वरे।
पापयुक्ते तदा जातः पञ्चाशद्वर्षजीवितः ॥१९॥

यदि लग्नेश अष्टमेश के नवांश में हो और अष्टमेश लग्न नवांश में हो और लग्नेश तथा अष्टमेश दोनों ग्रह पापयुक्त हों तो ५० वर्ष की आयु होती है।१९।

द्विशरीरोदययाते मन्दे चन्द्रे व्ययेऽष्टमे वाऽपि।
जातस्तत्र मनुष्यो जीवेद्वर्षं त्रिपञ्चाशत् ॥२०॥

यदि द्विशरीर राशि लग्न में हो (एक टीकाकार ने द्विशरीर का अर्थ किया है द्विस्वभाव राशि; कुछ टीकाकारों के मत से वे राशियाँ द्वि शरीर कहलाती हैं—जिनमें दो शरीर हों—यथा मिथुन, धनु, मकर, और मीन। मिथुन का स्वरूप एक पुरुष और एक स्त्री—धनु में ऊपर का भाग मनुष्य का, नीचे का

घोड़ा—मकर में ऊपर का भाग हरिण, नीचे का मगर मच्छ—मीन में दो मछली), शनि लग्न में हो, चन्द्रमा अष्टम या व्यय में हो तो आयु ५३ वर्ष की होती है ।२०।

शन्यंशे लग्नेशे निधनेश्वरसंयुते निशानाथे ।
षष्ठाष्टमव्यये वा जातस्तस्याष्टपञ्चाशत् ॥२१॥

यदि लग्नेश शनि के नवांश में हो और चन्द्रमा अष्टमेश के साथ लग्न से षष्ठ, अष्टम, या व्यय स्थान में हो तो जातक की आयु ५८ वर्ष की होती है ।२१।

लग्नाधीशान्मृत्युषष्ठव्ययस्थाः
पापाः सन्तो नैधनं वर्ज्यसंस्थाः ।
अस्मिन्योगे जायते यो मनुष्य-
स्तस्यायुष्यं षष्ठिवर्षं प्रदिष्टम् ॥२२॥

यदि सब पापग्रह लग्नेश जिस राशि में बैठा है, उससे छठी, आठवीं या बारहवीं राशि में बैठे हों और शुभग्रह अष्टम के अतिरिक्त अन्य भावों में बैठे हों तो जातक की आयु ६० वर्ष की होती है ।२२।

होराजन्माधिपती केन्द्रगतौ मृत्युनाथसंयुक्तौ ।
लग्नचतुष्टयहीने देवगुरौ पञ्चषष्ठिवर्षान्तम् ॥२३॥

यदि लग्नेश और जन्माधिपति (जन्म कुण्डली में चन्द्रमा जिस राशि में हो उसका स्वामी) लग्न से केन्द्र में हों और उनके साथ (किसी एक के साथ) जन्मलग्न से अष्टम का स्वामी बैठा हो, और लग्न से केन्द्र में बृहस्पति न हो तो जातक की ६५ वर्ष की आयु होती है ।२३।

अर्ककुजमन्दयुक्ते लग्ने केन्द्रस्थिते सुराचार्ये ।
चन्द्रे व्ययात्मजस्थे सप्ततिवर्षं च जीवति प्रायः ॥२४॥

यदि सूर्य, मंगल, शनि लग्न में हों, बृहस्पति केन्द्र में हो और

चन्द्रमा लग्न से पंचम या व्यय स्थान में हो तो जातक की प्रायः ७० वर्ष की आयु होती है।२४।

गुरुचन्द्रौ हिबुकस्थौ लग्नेशे लाभगे बलाढ्ये च।
सौम्ये दशमं याते त्वशीतिवर्षं च परमायुः॥२५॥

यदि चन्द्रमा और बृहस्पति जन्म लग्न से चतुर्थ स्थान में हों और लग्नेश बलवान् होकर लग्न से एकादश स्थान में बैठा हो और कोई शुभ ग्रह दशम में बैठा हो तो जातक की ८० वर्ष की आयु होती है।२५।

चरांशकस्था रविमन्दभौमा स्थिरांशकस्थौ भृगुदेवपूज्यौ।
शेषौ तु युग्मांशकसंप्रयुक्तौ तदा समुद्भूतनरः शतायुः॥२६॥

यदि सूर्य, मंगल और शनि तीनों चर नवांश में हों तथा बृहस्पति और शुक्र स्थिर नवांश में हों—बाकी ग्रह द्विस्वभाव नवांश में हों तो (यहां बाकी ग्रह से तात्पर्य है चन्द्रमा और बुध से) जातक की १०० वर्ष की आयु होती है।२६।

केन्द्रत्रिकोणाष्टमगा न पापाः शुक्रे गुरौ केन्द्रगते शतायुः।
न कोऽपि मृत्यावुदये न पापाः केन्द्रे गुरुश्चाष्टशतायुरत्र॥२७॥

(१) यदि पाप ग्रह केन्द्र, त्रिकोण या अष्टम में न हों, और बृहस्पति तथा शुक्र केन्द्र में हों तो १०० वर्ष की आयु होती है। (२) यदि अष्टम में कोई ग्रह न हो तथा लग्न में पाप ग्रह न हो और बृहस्पति केन्द्र में हो तो १०८ वर्ष की आयु होती है। ग्रंथकार ने अपने ग्रंथ में यह योग दिया है परन्तु यह योग बहुत सी कुण्डलियों में होते हुए भी इतनी दीर्घायु नहीं होती। ऐसी कितनी ही जन्म कुण्डलियाँ देखने में आईं जहाँ लग्न और अष्टम भाव शुद्ध है और बृहस्पति भी केन्द्र में है, किन्तु यह योग घटित नहीं होता। इसलिये इस योग से दीर्घायु हो, केवल यह समझना। संभवतः (१) तथा (२) दोनों योग घटित होने से पूर्ण दीर्घायु हो।२७।

लग्ने भृगुः केन्द्रगतश्च जीवश्छिद्रे न पापा ह्यमरायुरत्र ।
शुद्धेऽष्टमे कर्कटलग्नसंस्थौ शशाङ्कजीवौ गुरुभार्गवौ वा ॥२८॥

इसमें अमितायु (जिसकी आयु की कोई सीमा नहीं हो) के दो योग बतलाये हैं। अमितायु तो कोई होता नहीं, इसलिये परम दीर्घायु समझना चाहिये :

(१) लग्न में शुक्र हो, केन्द्र में बृहस्पति हो और अष्टम में पाप ग्रह न हों।

(२) अष्टम में कोई ग्रह न हो, कर्क लग्न हो और लग्न में चन्द्रमा और बृहस्पति हों या लग्न में (कर्क में) बृहस्पति और शुक्र हों।२८।

पापा न केन्द्रे न पुनस्त्रिकोणे जातो नरः स्यादमरोपमायुः ।
अङ्गस्थितौ शुक्रबुधौ च शेषा लाभत्रिषष्ठेष्वमितं तदायुः ॥२९॥

इसमें परमायु (देवताओं के सदृश अमर होना लिखा है—किन्तु वैसा तो मर्त्यलोक में देखा नहीं जाता) के दो योग बतलाये हैं :—

(१) यदि केन्द्र या त्रिकोण में पाप ग्रह न हों।

(२) दूसरा अन्य योग यह निर्दिष्ट किया है कि लग्न में बुध तथा शुक्र हों, तथा शेष ग्रह लाभ में हों।

हमारे विचार से योग (२) घटित नहीं हो सकता क्योंकि लग्न में बुध होगा तो सूर्य लाभ में नहीं हो सकता। बुध सूर्य से २८ अंश से अधिक दूर कभी नहीं होता।२९।

———

सातवाँ अध्याय

मरणनिर्णय प्रकरण

इस अध्याय में यह बताया है कि मृत्यु कब होगी, इसका निर्णय किस प्रकार करना। हमने अपनी पुस्तक सुगम ज्योतिष प्रवेशिका के सोलहवें प्रकरण—पृष्ठ १२४-१३४ में—मारक विचार के अन्तर्गत इसका विवेचन सरल भाषा में किया है। त्रिफला (ज्योतिष) के पृष्ठ ६४ से ७७ तक मारकाध्याय में पाँच संस्कृत टीकाओं के आधार पर इस जटिल विषय के सिद्धान्तों को सरलता से समझाकर पाठकों के हृदयंगम करने का प्रयास किया है। फलदीपिका(भावार्थ बोधिनी)के उन्नीसवें और बीसवें अध्याय में दशा फल और अनिष्ट दशा फल के सिद्धान्तों का ऊहापोह करते हुए, पृष्ठ ४३३-३५ में भावार्थ रत्नाकर से आयु-आरोग्य सम्बन्धी फलित ज्योतिष सम्बन्धी विचार प्रस्तुत किये हैं तथा पृष्ठ ४४६-४४९ पर मारक-तरंग के अन्तर्गत यह बताया है कि किन महादशा तथा किन अन्तर्दशाओं में मारक (मृत्यु) की संभावना हो सकती है। फलदीपिका के पृष्ठ ४४९-४५० पर जातक चन्द्रिका का मत भी दिया गया है।

मारक निर्णय का मत इतना जटिल है कि इसका निर्णय बहुत से विद्वान् भी नहीं कर पाते हैं। यदि किसी की जन्म-कुण्डली में वास्तव में मारक ग्रहों की दशा, अन्तर्दशा न हो और जातक या उसके प्रियजन को कह दिया जावे कि मारक काल उपस्थित है तो उसको निराधार भय में डालकर हम उसके साथ कितना अन्याय करते हैं और जातक को व्यर्थ मानसिक पीड़ा में

डालते हैं। और यदि मारक काल वास्तव में उपस्थित है और हम उसको यह नहीं बतलाते कि उसका मारक उपस्थित है और उसे सावधानी बरतनी चाहिये तो भी हम उसके साथ कितना अन्याय करते हैं। मारक का वास्तव में निर्णय करने में उपर्युक्त सुगम ज्योतिष प्रवेशिका आदि ग्रंथों के निर्दिष्ट प्रकरणों का पठन और मनन बहुत अधिक लाभदायक होगा, इसलिये उनका इस प्रसंग में उल्लेख किया है।

अब प्रस्तुत ग्रंथकार ने मरण-निर्णय के सम्बन्ध में क्या लिखा है यह बताया जाता है।

कष्टखण्डे कष्टराशित्रिकोणे मन्दजीवयोः।
चारे कष्टदशान्येषां कष्टकाले मृतिप्रदाः ॥१॥

जिस खण्ड में कष्ट संभाव्य हो, या जिस राशि में कष्ट की संभावना हो उस खण्ड या उस राशि, या उस खण्ड से त्रिकोण या उस राशि से त्रिकोण में जब गोचर वश शनि और बृहस्पति जावें और अन्यों का कष्टदशा काल हो तो मृत्यु होती है।

कष्ट खंड या कष्ट राशि से क्या तात्पर्य? अष्टक वर्ग प्रकरण ९ के श्लोक ४० में यह बताया गया है कि १२ राशियों को तीन भाग में बाँटकर सर्वाष्टक वर्ग के आधार पर यह निश्चय करना कि जीवन के प्रथम खण्ड में व्याधि और दुःख की विशेष संभावना है या जीवन के द्वितीय खण्ड में या तृतीय खण्ड में। इस खण्ड में भी जिस राशि में सर्वाष्टक वर्ग में सबसे कम रेखा हों उसे कष्ट राशि समझना।

'अन्यों का दशा काल' यह जो शब्द ऊपर व्याख्या में प्रयुक्त हुए हैं, इसका क्या आशय? एक टीकाकार ने लिखा है कि मूल में जो "कष्टदशान्येषां" यह शब्द आये हैं, इनका आशय है कि जिस जातक की कुण्डली का विचार कर रहे हैं उसके पुत्र,

पत्नी आदि निकटतम व्यक्तियों को भी जब कष्टदायक दशा आवे तो मृत्यु होती है। हमारे विचार से इसका अर्थ है कि ऊपर श्लोकार्द्ध में शनि तथा बृहस्पति का गोचर फल बताया है और अब कहते हैं कि अन्य ग्रहों की जब दशा, अन्तर्दशा कष्टकारक हो और शनि तथा बृहस्पति का गोचर भी अनिष्ट हो तब मृत्यु होती है। अन्य ग्रहों में शनि, बृहस्पति तथा अन्य सात ग्रह भी आ गये।१।

नृणां शताधिकसमाः परमायुरुक्त
प्रायो मृतिर्नवतिवत्सरतः पुरा स्यात्।
तस्मात् त्रिधा विहृततत्समयोत्थखण्डाः
कष्टाः क्रमादचिरमध्यचिरायुषां स्युः ॥२॥

यह कहा गया है कि मनुष्य की परमायु १०० वर्ष से भी अधिक होती है किन्तु बहुत कम लोग ९० वर्ष की आयु के ऊपर जाते हैं। इसलिये इस ९० वर्ष के काल को तीन भागों में विभाजित करना चाहिये। प्रथम खण्ड ३० वर्ष तक। द्वितीय खण्ड ३० से ६० तक। तृतीय खण्ड ६० से ९० तक। जो अल्पायु होते हैं उनकी प्रथम खण्ड में, जो मध्यायु होते हैं उनकी द्वितीय खण्ड में और जो दीर्घायु होते हैं, उनकी तृतीय खण्ड में मृत्यु होती है।२।

यो राशिर्गुलिकोपेतस्तत्त्रिकोणं गते शनौ।
मरणं निशि जातानां दिनजानां तदस्तगे ॥३॥

जन्म कुण्डली में देखिये कि गुलिक किस राशि में है। गुलिक को ही मान्दि कहते हैं। यदि रात्रि में जन्म हो तो गुलिक जिस राशि में है, उससे त्रिकोण में जब गोचर वश शनि होता है तब मृत्यु होतो है। यदि दिन में जन्म हो तो गुलिक जिस राशि में है उससे सप्तम राशि में जब गोचर वश शनि भ्रमण करता है तब मृत्यु होती है।३।

जन्मेन्द्वष्टमतद्दृगाणपतयो मान्दीन्दुमन्दाश्च ये
तद्युक्तांशगृहत्रिकोणभगते मन्दे मृतिं निर्दिशेत् ।
लग्नेशस्य नवांशराशिसहिते तस्य त्रिकोणं गते
सूर्याद्रन्ध्ररिपुत्रिकोणभवनं याते शनौ वा मृतिः ।।४।।

(१) नीचे लिखे सात किस राशि और किस नवांश में हैं यह नोट कीजिये:—

(१) जन्म राशि का स्वामी (२) अष्टमेश (३) जन्म कालीन चन्द्रमा जिस द्रेष्काण में है उसका स्वामी (४) अष्टम भाव मध्य जिस द्रेष्काण में हो उसका स्वामी (५) मान्दि (६) चन्द्रमा (७) शनि ।

उपर्युक्त सातों में से किसी की राशि और नवांश पर या उससे त्रिकोण में जब शनि गोचर वश जाता है तब मृत्यु होती है । देखिये

(२) लग्नेश किस राशि तथा नवांश में है । जब शनि इस राशि और नवांश पर या उससे त्रिकोण में जाता है तब मृत्यु हो सकती है ।

(३) सूर्य से नवम, पंचम, षष्ठ या अष्टम स्थान में शनि जा रहा हो, वह जीवन काल आयु के लिये अनिष्ट है ।४।

रिपुनिधनान्त्यपतीनां लग्नाधिपगुलिकभानुजानां वा ।
स्फुटयोगजातराशित्रिकोणगे भानुजे भवेन्मरणम् ।।५।।

(१) निम्नलिखित को जोड़िये:—

१. षष्ठेश की राशि, अंश, कला, विकला ।

२. अष्टमेश की राशि, अंश, कला, विकला ।

३. व्ययेश की राशि, अंश कला, विकला ।

इनका योग फल यदि १२ राशि से अधिक आवे तो राशियों में से १२ घटा दीजिये । इसको कहिये 'क' ।

(२) निम्नलिखित को जोडिये :—
१. लग्नेश, की राशि, अंश, कला, विकला।
२. गुलिक की राशि, अंश, कला, विकला।
३. शनि की राशि, अंश, कला, विकला।

इन का योग फल यदि १२ राशि से अधिक आवे तो राशियों में से १२ घटा दीजिये। इसको कहिये 'ख'।

यदि 'क' या 'ख' जिस राशि में है उसमें या उससे नवम, पंचम राशि में गोचर वश शनि जावे तो मृत्यु हो सकती है।५।

मन्दाष्टवर्गोदितशुद्धपिण्डे स्वस्याष्टमस्थैश्च फलैर्विनिघ्ने।
स्वराशिसंस्थैरुत सप्तभिर्वा साराप्तशिष्टे मृतिमन्दभं स्यात् ॥६॥

शनि के अष्टक वर्ग में शोध्य पिण्ड क्या है ? यह देखिये। शोध्य पिंड ज्ञात करना फलदीपका के चौबीसवें अध्याय में पृष्ठ ५६२-५९९ में विस्तृत विवेचना द्वारा समझाया गया है। विस्तार-मय से यहाँ पिष्ट-पेषण नहीं किया जा रहा है।

(१) इस शोध्यपिंड को—शनि जिस राशि में है उस राशि में शनि के अष्टक वर्ग में जितने शुभ बिन्दु हैं, उससे गुणा कीजिये। जो गुणन फल आवे उसको कहिए 'क'।

(२) इस शोध्यपिंड को—शनि जिस राशि में है, में उससे अष्टम में शनि के अष्टक वर्ग में जितने शुभ बिन्दु हैं, उससे गुणा कीजिए। जो गुणन फल आवे उसे कहिए 'ख'।

(३) इस शोध्य पिंड को—शनि जिस राशि में है उससे सातवीं राशि में शनि के अष्टकवर्ग में जितने शुभ बिन्दु हैं, उससे गुणा कीजिए। जो गुणनफल आवे उसे कहिए 'ग'।

'क' को २७ से विभाजित कीजिए। शेष को कहिए 'का'।
'ख' को २७ से विभाजित कीजिए। शेष को कहिए 'खा'।
'ग' को २७ से विभाजित कीजिए। शेष को कहिए 'गा'।

अश्विनी का १, भरणी का २, इस प्रकार देखिये कि 'का', 'खा' या 'गा' का कौन सा नक्षत्र आता है। इन नक्षत्रों में से किसी में गोचर वश शनि हो तो मृत्यु हो सकती है ॥६॥

जन्मकाले ससौरस्य राशेस्त्र्यायसुतारिषु।
गुरौ स्थिते मृतिस्तेषु तेनादृष्टर्क्षमिष्यते ॥७॥

यदि जन्म के समय शनि जिस राशि में है उससे तृतीय, पंचम, षष्ठ या एकादश स्थान में बृहस्पति हो तो उस समय मृत्यु हो सकती है ? किस समय ? जब शनि बृहस्पति की राशि (जन्मस्थ बृहस्पति जहाँ है) में जावे, यदि बृहस्पति उस समय उस राशि को (जन्मस्थ बृहस्पति जहाँ है) गोचर में नहीं देख रहा हो।

एक टीकाकार ने अर्थ किया है कि शनि जन्म के समय किस राशि में है यह नोट कीजिए। जब इस राशि से तृतीय, पंचम षष्ठ या एकादश में गोचर वश बृहस्पति हो तो मृत्यु हो सकती है किन्तु उस समय वह राशि बृहस्पति से न देखी जा रही हो। लेकिन यहाँ शंका यह होती है कि जब स्वय बृहस्पति उस राशि में जा रहा हो तो उस राशि की बृहस्पति द्वारा वीक्षित होने की सम्भावना हो कैसे हो सकती है। यदि यहाँ यह अर्थ किया जावे कि जब बृहस्पति शनि से तृतीय, पंचम, षष्ठ या एकादश में जावे और जन्मस्थ बृहस्पति उसे (उस राशि को) न देखता हो तो अर्थ संगति हो सकती है ॥७॥

लग्नेन्दुरन्ध्रपतिभांशगते सुरेड्ये
रन्ध्रत्रिभागपतिसंस्थितभांशगे वा।
उद्यद्दृगाणपतिराशिगते च तद्व-
त्तेषां त्रिकोणमथवोपगते विनाशः ॥८॥

अब बृहस्पति के गोचर वश मरणकाल निर्णय बतलाते हैं—

(१) लग्न से अष्टमेश।

(२) चन्द्रमा से अष्टम राशि का स्वामी।

(३) लग्न से २२वें द्रेष्काण का स्वामी (अर्थात् अष्टम भाव मध्य जिस द्रेष्काण में पड़े उसका स्वामी)।

(४) लग्न का मध्य जिस द्रेष्काण में पड़े उसका स्वामी।

उपर्युक्त चारों जिस राशि और नवांश में हों उस पर या उससे त्रिकोण में जब गोचर वश बृहस्पति आवे तब मृत्यु हो सकती है।८।

चन्द्राल्लग्नात्तदंशाद्वा त्रिकोणस्थे गुरौ मृतिः।
सिते षष्ठाष्टमस्थेऽत्र वाताधिपनिरीक्षिते॥९॥

(१) यदि लग्न से षष्ठ या अष्टम में शुक्र हो और उसे शनि देखता हो तो जन्म लग्न या जन्म लग्न नवांश से त्रिकोण में गोचरवश जब बृहस्पति आवे तब मृत्यु हो सकती है।

(२) यदि चन्द्रमा से षष्ठ या अष्टम में शुक्र हो और उसे शनि देखता हो तो चन्द्रमा जिस राशि या नवांश में हो उससे त्रिकोण में जब बृहस्पति गोचरवश हो तब मृत्यु हो सकती है।९।

या द्वादशांशोदितकालहोरा या पादनाडीप्रमिता च तद्वत्।
तदीशसंयुक्तगृहत्रिकोणं जीवे प्रविष्टे किल याति जीवः॥१०॥

यह देखिए कि जन्म के समय किस ग्रह की कालहोरा थी। किसी दिन, किसी समय किस ग्रह की कालहोरा थी यह विषय हमने जन्म की अंग्रेजी तारीख से भविष्यफल ज्ञात करने वाली

अपनी पुस्तक अंक-विद्या (ज्योतिष) में सविस्तार समझाया है। यह भी ज्ञात कीजिए कि जन्म के समय किस ग्रह की पादघटिका थी।

पाद-घटिका क्या ? जिस वार को जन्म हो उस वार को सूर्योदय के बाद चौथाई घटी (६ मिनिट) तक वारेश की पाद घटिका होती है। उसके बाद सूर्य, चन्द्र, मंगल, बुध, बृहस्पति, शुक्र, शनि इस क्रम से पाद घटिकाएँ होती हैं। उदाहरण के लिए—बृहस्पतिवार को जन्म है। प्रथम (सूर्योदय के बाद) ६ मिनिट तक बृहस्पति को पाद-घाटिका। फिर ६ मिनिट शुक्र को। तदुपरांत प्रत्येक ग्रह को शनि, सूर्य, चन्द्र, मंगल, बुध की। तदनन्तर बृहस्पति, फिर शुक्र इत्यादि इस प्रकार जन्म काल में किसको पाद-घटिका थो यह निकालिये।

(१) अब देखिए कि काल होरा के स्वामी की राशि, अंश, कला, विकला क्या हैं ? इसे कहिए 'क'।

(२) पाद-घटो का स्वामो कौन है ? इसकी राशि, अंश, कला, विकला क्या है ? इसे कहिए 'ख'।

जब गोचरवश बृहस्पति 'क' या 'ख' पर या इनसे पंचम या नवम राशियों में जाता हो तब मृत्यु हो सकती है।१०।

रिपुरन्ध्रत्रिकोणस्थे गुरौ मन्दान्मृतिं वदेत्।
मन्दमान्दिगुरूणां वा स्फुटयोगं गतेऽथवा ॥११॥

इसमें बृहस्पति के गोचरवश मरणकाल के दो योग बताए हैं।

(१) जन्म के समय शनि जिस राशि में है उससे षष्ठ, अष्टम या त्रिकोण में जब गोचर वश बृहस्पति हो।

यदि किसी व्यक्ति को जन्म कुण्डलो न हो तो हस्त सामुद्रिक द्वारा मरणकाल निर्णय के लिये देखिए हमारो लिखी पुस्तक हस्त रेखा विज्ञान। यह पुस्तक मोतीलाल बनारसीदास पुस्तक प्रकाशक दिल्लो-वाराणसी-पटना के यहाँ प्राप्य है।

(२) मान्दि स्पष्ट, शनि स्पष्ट तथा बृहस्पति स्पष्ट को जोड़िए। इनका योग यदि १२ राशि से अधिक हो तो राशियों में से १२ घटाइये। जो अवशिष्ट राशि आवे उस पर जब गोचर वश बृहस्पति जा रहा हो ॥११॥

इष्टग्रहस्फुटकलाः पृथगन्नवीरैः
संहृत्य शिष्टगुणितेष्टविहङ्गलिप्ताः।
हृत्वा दिनेशभगणैर्भगणादि लब्धं
तद्राशिगे मरणमिष्टविहङ्गमे स्यात् ॥१२॥

अब किसी भी ग्रह के गोचरवश मरणकाल निर्णय बताते हैं। जिस ग्रह के गोचरवश मरणकाल निर्णय करना हो उसके सम्बन्ध में कहते हैं।

जिस ग्रह का गोचर निकालना हो उसके ग्रह स्पष्ट राशि, अंश, कला की कला बना लीजिये। इनको दो पृथक् स्थानों में रखिए 'क' और 'ख'। 'क' को २४०० से भाग दीजिए। भजनफल का यहाँ प्रयोजन नहीं है। शेष को 'ख' से गुणा कीजिए। गुणनफल को २१६०० से भाग दीजिए। जो भजन फल आवे उसकी राशि, अंश, कला बना लीजिए। जो राशि आवे उसमें गोचर वश जब वह ग्रह आवे (जिसके ग्रह स्पष्ट के आधार पर उपर्युक्त गणित किया गया है) तब मृत्यु हो सकती है।१२।

स्वस्य द्वादशभागकोणगृहगे सूर्ये चरस्थः स चे-
द्यर्कः स्थिरभेऽष्टमेशनवभागर्क्षत्रिकोणस्थिते।
लग्नेशस्य नवांशराशिसहिते तस्य त्रिकोणेऽपि वा
सूर्ये मृत्युमुशन्ति यद्युभयगः सोऽयं भवेज्जन्मनि ॥१३॥

अब सूर्य के गोचरवश किस सौर मास में मृत्यु की संभावना हो सकती है, यह कहते हैं। वैसे तो सूर्य प्रति वर्ष बारहों राशियों

में भ्रमण कर लेता है, बृहस्पति बारह वर्ष में और शनि तीस वर्ष में एक बार घूम लेता है, लेकिन शनि, बृहस्पति तथा सूर्य के अनिष्ट राशियों में गोचरवश होने पर भी मृत्यु नहीं होती। इसके अतिरिक्त शनि के इतने अनिष्ट स्थान बतला दिए, बृहस्पति की भी गौचरवश मृत्यु करने वाली अनेक राशियों का निर्देश कर दिया और सूर्य किस-किस राशि में स्थित होकर मृत्यु कर सकता है यह बतलाने जा रहे हैं, ऐसी स्थिति में हमारे विचार से यह शंका होना स्वाभाविक है कि मरण काल का निर्णय कैसे किया जावे ? इसका समाधान यही है कि पहले दशा, अन्तर्दशावश मरणकाल निश्चित करना चाहिए। फिर उस समय को सीमित करने के लिए शनि का गोचर देखना चाहिए। शनि का एक राशि में भ्रमण प्रायः ढ़ाई वर्ष होता है। इस ढ़ाई वर्ष के काल का और भी सीमित करने के लिए बृहस्पति का गोचर देखना चाहिए। बृहस्पति भी एक राशि में प्रायः एक वर्ष रहता है। इस काल को सीमित करने के लिए सूर्य का गोचर देखना चाहिए। सौर मास कौन सा अनिष्ट होगा इसका निश्चय हो जाने पर चन्द्रमा का गोचर देखें।

अस्तु मरणकाल निर्णय के प्रसंग में अब सूर्य के गोचर का विचार करते हैं—

(१) यदि जन्म के समय सूर्य चर राशि में हो तो वह जब उस राशि में जावे जिस राशि के द्वादशांश में वह था या उससे त्रिकोण राशि में।

(२) यदि जन्म के समय सूर्य स्थिर राशि में हो तो उस राशि में जावे जिस राशि के नवमांश में अष्टमेश (जन्म लग्न से अष्टम का स्वामी) था। या उपर्युक्त (अष्टमेश स्थित नवांश राशि) से त्रिकोण में।

(३) यदि जन्म के समय सूर्य द्विस्वभाव राशि में हो तो उस

राशि में जावे जिसके नवांश में लग्नेश था। या उपर्युक्त (लग्नेश स्थित नवांश राशि) से त्रिकोण में।१३।

अष्टमाधिपयुङ्नवांशकप्राणनाथभवनाश्रिते रवौ।
प्राणहानिरथवा त्रिकोणगे तस्य जन्ममदरिःफरन्ध्रगे ॥१४॥

(१) यह देखिए कि जन्म लग्न से आठवें घर का स्वामी किस नवांश में है। इस नवांश (राशि) को कहिए 'क'। 'क' से जो अष्टम राशि हो उसे कहिए 'ख'। 'ख' राशि के स्वामी को कहिए 'ग'। 'ग' जिस राशि या जिन राशियों का स्वामी है, उन्हें कहिए 'घ'। जब गोचर वश सूर्य 'घ' में जावे उस सौर मास में मृत्यु हो सकती है।

(२) चन्द्रमा जिस राशि में हो—उस राशि में या जन्म राशि से सप्तम, अष्टम या द्वादश में जब सूर्य जावे तब मृत्यु हो सकती है।१४।

कलीकृतौ राहुदिवाकरौ द्वौ तयोर्वधादुन्नतपत्रभक्तम्।
रवौ क्षिपेत्तद्भवनत्रिकोणं याते रवौ प्राणवियोगमेति ॥१५॥

सूर्य स्पष्ट और राहु स्पष्ट की कला बना लीजिए। दोनों को गुणा कोजिए। जो गुणन फल आवे उसमें २१६०० का भाग दीजिए। जो भजन फल आवे उसमें १२ का भाग दीजिए। यह जो राशि आए उस राशि या उससे त्रिकोण में जब गोचरवश सूर्य हो तब मृत्यु हो सकती है।१५।

निधनेशस्थिते राशौ द्वादशांशेऽथवा रविः।
यदा चरेत्तदा मृत्युस्तत्त्रिकोणं गतेऽथवा ॥१६॥

यह देखिए कि जन्म-कुण्डली में अष्टमेश किस राशि में,

किस द्वादशांश में है। जब सूर्य गोचरवश उस राशि या द्वादशांश या उससे त्रिकोण में हो तो मृत्यु हो सकती है।१६।

भानुभानुजमान्दीनां स्फुटयोगं गते रवौ।
लग्नमान्दिस्फुटैक्योत्थभांशगे वा रवौ मृतिः ॥१७॥

इसमें दो प्रकार बतलाए हैं—

(१) सूर्य, शनि तथा मान्दि स्पष्ट का योग कीजिए। यदि योग फल १२ से अधिक हो तो राशियों में से १२ कम कीजिए। उस राशि, उस अंश पर जब सूर्य गोचर में आवे तब मृत्यु हो सकती है।

(२) लग्न स्पष्ट और मान्दि स्पष्ट का योग कीजिए। जो योगफल आवे वह यदि १२ राशि से अधिक हो तो उसकी राशियों में से १२ घटाइये। जो राशि और नवांश आवे उसमें गोचर वश जब सूर्य आवे तब मृत्यु हो सकती है ॥१७॥

चण्डांशुभे वा निधनेशभे वा मन्देन्दुमान्दिस्फुटयोगभे वा।
जन्माद्यनिष्टोदितभांशके वा याते शशाङ्के मरणं वदन्ति ॥१८॥

सूर्य एक राशि में प्रायः ३० दिन रहता है। जब दशा, अन्तर्दशा तथा शनि, बृहस्पति तथा सूर्य के गोचर के आधार पर मरणकाल—तत्रापि मृत्यु मास का निर्णय हो जावे तब चन्द्रमा का गोचर देखना चाहिए।

निम्नलिखित किसी राशि में जब गोचर में चन्द्रमा हो और उस मास में मरणकाल आता हो तब मृत्यु हो सकती है—

(१) जिस राशि में सूर्य हो (२) अष्टमेश जिस राशि में हो (३) चन्द्रमा, शनि और मान्दि स्पष्ट का योग करने से जो राशि आवे (४) जन्म-राशि से अष्टम भाव का स्वामी जिस राशि या नवांश में हो ।१८।

जन्मनि लग्नोपगताच्चन्द्रोपगतान्नवांशकाद्वाऽपि।
चतुरुत्तरषष्ट्यंशकभे लग्ने वा समादिशेन्मरणम् ॥१९॥

अब चन्द्रमा की गोचर स्थितिवश अन्य मरणकालनिर्णय कहते हैं :—

(१) लग्न नवांश से ६४ वें नवांश में जब चन्द्रमा हो या (२) चन्द्र नवांश से ६४ वें नवांश में जब चन्द्रमा हो।

इस श्लोक में यह भी बताया गया है कि चन्द्रमा की गोचर वश ऊपर (१) तथा (२) में जो स्थिति बतायी गई है, वह नवांश जब उदित हो (लग्न का वह नवांश भाग पूर्वीय क्षितिज पर हो) तब भी मृत्यु हो सकती है।१६।

लग्नादष्टमराशौ चन्द्राद्वा लग्नगेऽथवा पुंसाम् ।
मरणं न्यूनफले वा राशौ पिण्डाष्टवर्गेषु ॥२०॥

अब गोचरवश चन्द्रमा अन्य जिन स्थानों में मृत्युकारक हो सकता है—अर्थात् गोचर से जिन स्थानों में जाने से जातक की मृत्यु हो सकती है, वह बतलाते हैं :—

(१) जब लग्न से अष्टम राशि में हो (२) जन्म राशि से अष्टम में हो (३) लग्न राशि में हो (४) सर्वाष्टक वर्ग में जिस राशि में सबसे कम शुभ बिन्दु हों उस राशि में हो।२०।

मान्दीन्दुलग्नसंयोगराशौ मरणमादिशेत् ।
अत्रोदितेषु सर्वत्र त्रिकोणमपि चिन्तयेत् ॥२१॥

लग्न स्पष्ट, चन्द्र स्पष्ट, तथा मान्दि स्पष्ट का योग कीजिये। यदि १२ से अधिक राशियाँ आवें तो राशियों में से १२ घटाइये, इस राशि पर जब गोचरवश चन्द्र आवे तब मृत्यु हो सकती है। ऊपर जहाँ-जहाँ—जिस राशि में गोचरस्थ चन्द्र से मृत्युकाल निर्णय बताया गया है—वहाँ उस राशि के अतिरिक्त उस राशि से त्रिकोण राशि भी समझनी चाहिये।२१।

इष्टखेचरसुतस्फुटात्त्यजेत्तातमातृसुखकारकग्रहान् ।
शिष्टभांशगत इष्टखेचरे तातमातृसुखमृत्युमादिशेत् ।२२।

अब साधारण नियम बतलाते हैं कि किसी भी ग्रह की मृत्यु के समय गोचरस्थिति क्या होगी। विचारणीय ग्रह से जो पंचम भाव पड़ता हो—उसका भावस्पष्ट लीजिये। इस भावस्पष्ट में से जिसकी मृत्यु का विचार कर रहे हैं—उस सम्बन्धी का जो कारक ग्रह है (यथा पिता का सूर्य, माता का चन्द्र आदि) उसका ग्रह-स्पष्ट घटाइये। (यदि भाव-स्पष्ट की संख्या कम हो तो भाव स्पष्ट में १२ राशि जोड़ दीजिये) इसे कहिये 'क'। अब जिस ग्रह के गोचर का विचार कर रहे हैं (जिससे पंचम का भावस्पष्ट ऊपर लिया है) वह गोचरवश 'क' में आवे तब उस सम्बन्धी की (जिस कारक का ग्रह स्पष्ट ऊपर घटाया है) मृत्यु हो सकती है।

इष्टग्रहाद्यावदिनात्मजान्तं तत्तद्दिनात्तावतिथे दिने यः।
मान्दिः स एवेष्टखगात्मजः स्याद्रात्रौ च तत्पञ्चमवासरोक्तः।२३।

इस श्लोक में मान्दि स्पष्ट करना बतलाया गया है। मान लीजिये दिनमान २८ घड़ी ३२ पल है। रात्रि मान ३१ घड़ी २८ पल है)। दिनमान के ८ भाग कीजिये। सूर्योदय के समय जो वार हो उससे गिनना प्रारभ कीजिये। वारेश से प्रारंभ कर सात भागों के स्वामी सात वारेश होते हैं। आठवें भाग का स्वामी कोई नहीं होता। शनि का भाग गुलिक कहलाता है। अब मान लीजिये जन्म के दिन रविवार है। तो २८ घडी.३२ पल के ८ भाग किये तो प्रति भाग ३ घड़ी ३४ पल का आया। रवि सोम इस क्रम से सातवाँ भाग ३-४५ को ७ से गुणा करने से २४ घड़ी ५८ पल आया। २४ घड़ी ५८ पल इष्ट पर जो लग्न आया वही मान्दि स्पष्ट या गुलिक स्पष्ट आया।

मान्दि और गुलिक एक ही बात है। यहाँ यह प्रश्न उठता है कि दिनमान के अष्टमांश ३ घड़ी ३४ पल को ७ से गुणा क्यों किया? क्योंकि जन्म के दिन सूर्यवार है, सूर्य से शनि सानवाँ है। यदि बुधवार होता तो दिनमान के अष्टमांश को किससे गुणा

करते ? बुध, बृहस्पति शुक्र, शनि इस क्रम से बुध से चौथा शनि है, इस कारण दिनमान के अष्टमांश को ४ से गुणा करते। जितने घड़ी पल आते उसे इष्ट मानकर लग्न निकालते। जो लग्न स्पष्ट उस समय आता उसे ही मान्दि स्पष्ट कहते। यदि दिन का जन्म हो तो यह मान्दि स्पष्ट करने की प्रक्रिया है।

यदि रात्रि का जन्म हो तो मान्दि स्पष्ट कैसे किया जावे ? यह अब बतलाते हैं। दिन का जन्म हो तो वारेश से शनि तक गिनते हैं—जैसा ऊपर समझाया गया है। यदि रविवार की रात्रि को मान्दि निकालना है तो रात्रिमान के आठ भाग कीजिये। दिनमान २८ घड़ी ३२ पल है तो रात्रिमान ३१ घड़ी २८ पल आया। इसके ८ भाग किये तो प्रतिभाग ३ घड़ी ५६ पल का हुआ। अब आपको रात्रि के समय मान्दि निकालना है तो वारेश से गणना मत कीजिये। वारेश के पंचम से गणना कीजिये। मान लीजिये रविवार की रात्रि है तो रवि, सोम, मंगल, बुध, बृहस्पति। पंचम बृहस्पति हुआ तो रात्रिका पहिला अष्टमांश बृहस्पति का, दूसरा शुक्र का, तीसरा शनि का हुआ। इसलिये यह गणित कीजिये कि शनि का अष्टमांश कब समाप्त होता है। उपर्युक्त उदाहरण में रात्रिमान के अष्टमांश ३ घड़ी ५६ पल को ३ से गुणा करने से ११ घड़ी ४८ पल आये। अर्थात् रात्रि प्रारंभ होने के ११ घड़ी ४८ पल पर शनि का अष्टमांश समाप्त हुआ। इस समय सूर्योदय से क्या इष्ट हुआ ? दिनमान २८ घड़ी ३२ पल में ११ घड़ी ४८ पल जोड़े तो आये ४० घड़ी २० पल। इस ४० घड़ी २० पल इष्ट पर जो लग्न स्पष्ट आवे वह मान्दि स्पष्ट आया।

मान्दि स्पष्ट के लिये ३ बातें जानना आवश्यक है (१) दिनमान कितना है, रात्रिमान कितना है। जो ३० घड़ी का दिन ३० घड़ी की रात्रि इस स्थूल मान से मान्दि स्पष्ट करते हैं, वह अशुद्ध

है। (२) जिस दिन या रात्रि का मान्दि स्पष्ट करना है, उस दिन सूर्योदय के समय वार क्या था (३) दिन में उत्पन्न हुए बालक का मान्दि स्पष्ट करना या रात्रि के समय उत्पन्न हुए बालक का। दक्षिण भारत में प्रायः नव ग्रहों के साथ मान्दि भी जिस राशि में है यह भी लिख देते हैं। मान्दि जिस भाव में हो उसे प्रायः बिगाड़ता है ।। केवल छठे और ग्यारहवें स्थान में शुभ फल देता है। मान्दि प्रत्येक भाव में क्या फल करता है, इसके लिये देखिये फलदीपिका अध्याय ।२३।

जिस ग्रह की राशि में मान्दि बैठे उस ग्रह के फल को भी बिगाड़ता है और उस ग्रह की दशा, अन्तर्दशा में शुभता की कमी करता है। इसी प्रकार जिस ग्रह के साथ मान्दि बैठे उसको भी बिगाड़ता है ।२३।

पित्रादिकारकविहङ्गमशुद्धपिण्डं
पित्रादिभावगतकृत्स्नफलैर्निहत्य।
सत्राहृते विशति शिष्टभमर्कपुत्रे
पित्रादिमृत्युसमयः किल तत्र वाच्यः ।।२४।।

जिस सम्बन्धी की मृत्यु का विचार कर रहे हैं—उस सम्बन्धी का कारक ग्रह कौन है, यह देखिये। यथा पिता का सूर्य, माता का चन्द्र आदि।

कारक ग्रह यदि सूर्य है तो सूर्य से नवम भाव में जितने शुभ बिन्दु हैं, उनको शोध्य पिंड से गुणा कीजिये (शोध्यपिंड कैसे बनाना है यह फलदीपिका में समझाया गया है) जो गुणनफल आवे उसको २७ से भाग दीजिये, जो शेष बचे उस संख्या वाले नक्षत्र में (जैसे अश्विनी १, भरणी २ इत्यादि) शनि गोचरवश जावे तो पिता को कष्ट हो।

इसी प्रकार चन्द्रमा तथा चतुर्थ से माता, बृहस्पति तथा पंचम से पुत्र, शुक्र और सप्तम से पत्नी का—इत्यादि से विचार करना। यह फलदीपिका के २४ वें अध्याय में विस्तार से समझाया गया है, इसलिये, यहाँ पिष्टपेषण नहीं किया जा रहा है।२४।

आठवाँ अध्याय

योग प्रकरण

स्वोच्चस्वक्षेत्रगतैः केन्द्रस्थैः कुजबुधेड्यसितमन्दैः ।
रुचको भद्रो हंसो मालव्यः शश इति क्रमाद्योगः ॥१॥

उत्साहशौर्यधनसाहसवान् प्रसिद्धः
श्रीमन्रणेषु विजयी नृपवल्लभश्च ।
पित्तोल्बणो बलयुतश्चपलोऽतिरोषो
जातो भवेच्च रुचके कृशमध्यगात्रः ॥२॥

वाग्मी पटुः पवनपित्तकफप्रधानः
शास्त्रार्थविद्धृतियुतो द्विजदेवभक्तः ।
श्यामः कलासु निपुणो बहुवर्षजीवी
भद्रे स्वकर्मनिरतश्च भवेत्प्रजातः ॥३॥

अर्थधर्मसुखभाक् नृपपूज्यः श्लेष्मलो गुरुसुरद्विजभक्तः ।
सुस्वरः प्रथितकीर्तिरुदारो हंसजः सुरुचिरश्चिरजीवी ।४।

गीतप्रियो रजतरत्नपरिच्छदस्त्री-
सद्वस्त्रभूषणयुतो विषयोपभोक्ता ।
रामामनोहरवपुः कफवातशाली
मालव्यजो भवति सप्ततिवर्षजीवी ॥५॥

राजप्रियो देशपुराधिनाथो भक्तो जनन्यां कृषिधान्ययुक्तः ।
वातोल्बणश्यामकृशाङ्गयष्टिः शशोद्भवः स्यात्परशाठ्यवेदी ।६।

यदि मंगल, बुध, बृहस्पति, शुक्र या शनि स्वराशि या अपनी उच्च राशि में–केन्द्र में हो तो क्रमशः रुचक, भद्रक, हंस, मालव्य, शश योग होता है। मंगल स्वराशि या उच्च राशि में हो तो रुचक। बुध से भद्रक, बृहस्पति से हंस, शुक्र से मालव्य और शनि से शश योग होता है।

रुचक योग वाला व्यक्ति उत्साहशौर्य-युक्त, धनवान्, साहसी, प्रसिद्ध श्रीमान्, नृप का वल्लभ, रण में विजयी, बलवान्, चपल, क्रोधी हो। उसमें पित्त (गुण) अधिक होता है। जातक की कमर पतली होती है।

भद्र योग वाला जातक वाग्मी (बोलने में प्रवीण), पटु, शास्त्रों का अर्थ जानने वाला, धैर्ययुत, देवता और ब्राह्मणों का भक्त, श्यामवर्ण, कलाओं में निपुण, अपने कार्य में निरत, तथा दीर्घायु होता है। ऐसे व्यक्ति में वात, पित्त, कफ तीनों अधिक मात्रा में होते हैं।

जो हंस योग में उत्पन्न होता है वह धर्मात्मा, धनवान्, सुखी, राजा से पूजित (सम्मानित), देवता और गुरुओं का भक्त होता है। ऐसे व्यक्ति का स्वर अच्छा होता है; वह देखने में सुन्दर और दीर्घायु होता है। ऐसा व्यक्ति उदार होता है और उसे बहुत यश प्राप्त होता है। उसमें कफ की मात्रा अधिक होती है।

जो व्यक्ति मालव्य योग में उत्पन्न होता है, वह गान-वाद्य का प्रिय होता है और कामिनी के समान मनोहर शरीर वाला होता है। उसमें कफ और वात अधिक मात्रा में होते हैं। ऐसा व्यक्ति चाँदी के पदार्थ, रत्न, सद्वस्त्र, भूषण, स्त्रीसुख आदि भोग पदार्थों को प्राप्त करता है। ऐसे व्यक्ति को ७० वर्ष की आयु होती है।

जो व्यक्ति शश योग में उत्पन्न होता है वह श्याम वर्ण हो, उसमें वात प्रकृति की प्रधानता हो, उसका शरीर कृश हो, वह राजा का प्रिय हो—किसी देश या ग्राम का अधिप हो।

कृषि और धान्य से सम्पन्न हो। अपनी माता का भक्त हो और दूसरों की शठता को ज्ञात करने में कुशल हो। यह पाँचों योग पंचमहापुरुष योग कहलाते हैं। जो ग्रह केन्द्र में स्वराशि या उच्चराशि का होता है, वह बलवान् होता है। स्वभावतः उसके गुण, धर्म जातक में आ जाते हैं।

फलदीपिका के मतानुसार, यदि चन्द्रमा से केन्द्र में स्वराशि या उच्च राशि में मंगल, बुध, बृहस्पति, शुक्र, या शनि हो तो भी रुचक आदि योग होते है। देखिये फलदीपिका (भावार्थ बोधिनी) पृष्ठ ११०-१११।

मानसागरी में लिखा है :—

केन्द्रोच्चगा यद्यपि भूसुताद्या
मार्तण्डशीतांशुयुता भवन्ति।
कुर्वन्ति नोर्वीपतिमात्मपाके
यच्छन्ति ते केवलसत्फलानि॥

अर्थात् पंचमहापुरुष योगों का जो निरूपण किया है उसमें स्वराशिस्थ, या उच्च राशिस्थ मंगल आदि ग्रहों के साथ यदि सूर्य या चन्द्रमा हो तो बहुत उत्कृष्ट राजयोग फल नहीं होता, केवल साधारण अच्छा फल होता है।१-६।

हित्वार्कं सुनफानफा दुरुधरा स्वान्त्योभयस्थैर्ग्रहैः
शीतांशोः कथितोऽन्यथा तु बहुभिः केमद्रुमोऽन्यैस्त्वसौ।
केन्द्रे शीतकरेऽथवा ग्रहयुते केमद्रुमो नेष्यते
केचित्केन्द्रनवांशकेषु च वदन्त्युक्तिः प्रसिद्धा न ते ॥७॥

स्वयमधिगतवित्तः पार्थिवस्तत्समो वा
भवति हि सुनफायां धीधनख्यातिमांश्च।
प्रभुरगदशरीरः शीलवान् ख्यातकीर्ति-
र्विषयसुखसुवेषो निर्वृतश्चानफायाम् ॥८॥

उत्पन्नभोगसुखभुग्धनवाहनाढ्य-
स्त्यागान्वितो दुरुधराप्रभवः सुभृत्यः ।
केमद्रुमे मलिनदुःखितनीचनिःस्वः
प्रेष्यः खलश्च नृपतेरपि वंशजातः ॥९॥

भाग्याधिपे व्ययस्थे व्ययेश्वरे वित्तगे बलक्षीणे ।
विक्रमसंस्थैः पापैर्योगः केमद्रुमो ज्ञेयः ॥१०॥

परदाररतो नित्यं परान्नकांक्षी कुकर्मधर्मरतः ।
बह्वृणभोगी पुरुषो जातः केमद्रुमे भवेद्योगे ॥११॥

शशिशनिशुक्राः केन्द्रे स्थिताः कुजार्कौ तथाष्टमव्ययगौ ।
केमद्रुमोऽपरोऽयं योगे जातो न जन्मभूमिरतः ॥१२॥

इस में चार योग बताये हैं। सुनफा, अनफा, दुरुधरा और केमद्रुम ।

(१) यदि चन्द्रमा से दूसरे सूर्य के अतिरिक्त कोई ग्रह हो या ग्रह हों तो सुनफा योग होता है। जो सुनफा योग में उत्पन्न होता है वह स्वयं धन उपार्जन करता है, राजा या राजा के समान हो, उसकी बुद्धि उत्तम हो, यशस्वी हो तथा धनी हो ।

(२) यदि चन्द्रमा से बारहवें सूर्य के अतिरिक्त कोई ग्रह हो या हों तो अनफा योग होता है। इस योग में उत्पन्न व्यक्ति बहुत से लोगों का स्वामी, शीलवान, प्रसिद्ध, अच्छे वस्त्र आभरण धारण करने वाला, तथा संतोषी, चिन्तारहित और भोगी होता है ।

(३) यदि चन्द्रमा से दूसरे तथा बारहवें सूर्य के अतिरिक्त ग्रह हों तो दुरुधरा योग होता है। इस योग में उत्पन्न व्यक्ति जैसे-जैसे सुख, भोग के साधन उपलब्ध होते हैं वैसे-वैसे उनका

उपभोग करता है, धन और सवारी उसके पास हों। उसके उत्तम भृत्य हों और वह स्वयं त्यागी हो।

(४) यदि उपर्युक्त तीनो योगों में से कोई न हो और चन्द्रमा के दूसरे स्थान में या चन्द्रमा से बारहवें कोई ग्रह न हो तो केमद्रुम योग होता है। केमद्रुम योग में उत्पन्न व्यक्ति मलिन, दु:खित, नीच, निर्धन, खल और अन्य व्यक्ति की मातहती करने वाला होता है। चाहे राजा के वंश में भी उत्पन्न हो, केमद्रुम योग होने से कष्ट उठाना पड़ता है।

इन योगों में सूर्य यदि दूसरे (चन्द्रमा से) या चन्द्रमा से बारहवें हों तो बाधक नहीं होता अर्थात् योगभंग नहीं करता, परन्तु योग उत्पन्न भी नहीं करता।

केमद्रुम योग जो ऊपर बताया गया है उसके कुछ अपवाद हैं, अर्थात् वह योग यदि हो तो केमद्रुम योग नहीं होता।

(१) यदि चन्द्रमा के साथ कोई ग्रह हो या चन्द्रमा से केन्द्र में कोई ग्रह हो तो केमद्रुम नहीं होता। कोई-कोई विद्वान् कहते हैं कि नवांश कुण्डली में यदि चन्द्रमा से केन्द्र में कोई ग्रह हो तो केमद्रुम योग नहीं होता, लेकिन यह उक्ति प्रसिद्ध नहीं है अर्थात् इसको लोग नहीं मानते हैं।

किसी-किसी के मत से यदि चन्द्रमा लग्न से केन्द्र में हो तो भी केमद्रुम नहीं होता। गर्ग के मतानुसार यदि लग्न से केन्द्र में कोई ग्रह हो तो भी केमद्रुम नहीं होता। देवशर्मा तथा गुणाकर के मत से नवांश कुण्डली में यदि सूर्य के अतिरिक्त कोई ग्रह चन्द्रमा से दूसरे या बारहवें हों तो केमद्रुम योग नहीं होता, लेकिन जैसा ऊपर लिख चुके हैं, यह सर्वमान्य नहीं है। श्रुतकीर्ति के अनुसार यदि चन्द्रमा से चतुर्थ में सूर्य के अतिरिक्त ग्रह हो तो सुनफा, चन्द्रमा से दशम में हो तो अनफा और चन्द्रमा से चतुर्थ और दशम—दोनों में ग्रह हों तो दुरुधरायोग होता है। पराशर मतानुसार केमद्रुम योग के कुछ अपवाद हैं—

(१) यदि सब ग्रह चन्द्रमा को देखते हों तो जातक को धनी, दीर्घायु और राजयोग सम्पन्न करते हैं और केमद्रुम योग का नाश करते हैं।

(२) यदि सब ग्रह लग्न से चारों केन्द्रों में हों तो दुष्ट फल को दूर कर अच्छा फल करते हैं।

(५) यदि नवम भवन का स्वामी लग्न से बारहवें हों, और बारहवें घर का स्वामी निर्बल हो और लग्न से द्वितीय हो और लग्न से तृतीय में पापग्रह हो तो केमद्रुम योग होता है। ऐसा व्यक्ति दूसरे की स्त्री में रत, दूसरे का अन्न खाने वाला, कुकर्मी, अधर्मी, कर्ज़दार होता है।

(६) एक अन्य ग्रह संस्थिति से भी केमद्रुम योग होता है। यदि चन्द्रमा, शनि और शुक्र लग्न से केन्द्र में हों और सूर्य तथा मंगल लग्न से अष्टम हों। ऐसा जातक अपनी जन्मभूमि में ही पड़ा रहता है, बाहर जाकर उन्नति नहीं करता।७-१२।

सौम्यैः स्मरारिनिधनेष्वधियोग इन्दो-
स्तस्मिंश्चमूपसचिवक्षितिपालजन्म।
संपत्तिसौख्यविभवाहतशत्रवश्च
दीर्घायुषो विगतरोगभयाश्च जाताः ॥१३॥

यदि चन्द्रमा से छठे, सातवें, आठवें शुभग्रह हों तो अधियोग होता है। यदि साधारण बली हों तो ऐसा व्यक्ति सेनापति हो, यदि अधिक बली हों तो जातक राजा का मंत्री हो; यदि पूर्ण-बली हों तो राजा हो। ऐसे जातक सम्पत्ति तथा सौख्य से युत होते हैं। उनका स्वास्थ्य उत्तम रहता है। उन्हें रोग और भय नहीं सताते। वह दीर्घायु होते हैं और अपने शत्रुपक्ष पर विजय प्राप्त करते हैं।

चाहे छठे में तीनों ग्रह हों, चाहे सप्तम में या अष्टम में। या एक स्थान में एक और एक स्थान में दो या तीनों में एक-एक। बुध, बृहस्पति, शुक्र इन तीनों ग्रहों का छठे, सातवें, आठवें रहना आवश्यक है। सारावली के अनुसार यह योग तभी होता है जब बुध, बृहस्पति, शुक्र अस्त न हों और क्रूरदृष्ट न हों।१३।

अधमसमवरिष्ठान्यर्ककेन्द्रादिसंस्थे
शशिनि विनयवित्तज्ञानधीनैपुणानि।
अहनि निशि च चन्द्रे स्वेऽधिमित्रांशके वा
सुरगुरुसितदृष्टे वित्तवान् स्यात् सुखी च ॥१४॥

इसमें दो योग बताए हैं।

(१) विनय, वित्त, ज्ञान, बुद्धि और निपुणता यह गुण उत्कृष्ट कोटि के हैं या मध्यम कोटि के या अधम कोटि के, इसके ज्ञात करने के लिए योग बताते हैं—

यदि सूर्य से चन्द्रमा केन्द्र में हो तो यह गुण न्यून मात्रा में हों। यदि सूर्य से चन्द्रमा दूसरे, पाँचवें, आठवें या ग्यारहवें स्थान में हो तो मध्यम मात्रा में और यदि चन्द्रमा सूर्य से तृतीय, षष्ठ, नवम या द्वादश में हो तो उत्कृष्ट मात्रा में हो।

(२) यदि चन्द्रमा अपने नवांश में या अपने अधिमित्र के नवांश में हो और दिन का जन्म हो तो बृहस्पति से दृष्ट हो, यदि रात्रि का जन्म हो और शुक्र से दृष्ट हो तो जातक धनी और सुखी होता है। चन्द्रमा के मित्रग्रह केवल सूर्य और बुध हैं। इसलिए यदि नवांशेश सूर्य या बुध चन्द्रमा से द्वितीय, तृतीय, चतुर्थ, दशम, एकादश या द्वादश में हो तभी सूर्य और बुध चन्द्रमा के अधिमित्र हो सकते हैं।१४।

यस्य जन्मसमये शशिलग्नात्सद्ग्रहो भवति कर्मणि स्थितः
तस्य कीर्तिरमला भुवि तिष्ठेदायुषोऽन्तमविनाशितसम्पत् ॥१५॥

यदि जन्म के समय, चन्द्रमा से दशम स्थान में शुभग्रह हो तो अमलायोग होता है। जातक बहुत यशस्वी होता है और वह समस्त जीवन धनी रहता है। दशमभाव प्रतिष्ठा तथा ख्याति का स्थान है। लग्न से या चन्द्रमा से दशम शुभग्रह धन और प्रतिष्ठा-कारक होते हैं। इस ग्रंथ में केवल चन्द्रमा से दशम शुभग्रह का फल दिया है। परन्तु हमने अपना विचार भी दे दिया है कि लग्न से दशम भी ग्रह शुभ फल करते हैं।१५।

धनाधिपे लाभगते लाभेशे धनमागते।
तावुभौ केन्द्रगौ वाऽपि धनलाभमुदीरयेत् ॥१६॥

(१) यदि दूसरे स्थान का स्वामी ग्यारहवें घर में हो और ग्यारहवें घर का स्वामी दूसरे (लग्न से) घर में हो तो धनलाभ कहना चाहिए।

(२) यदि दूसरे तथा ग्यारहवें घर के स्वामी केन्द्र में हों तो भी जातक विशेष धन लाभ करता है।

हमारे विचार से सिंह लग्न में बुध स्वयं धनेश, एकादशेश होकर धन या लाभ में बैठे या कुंभ लग्न में बृहस्पति, धनेश, लाभेश होकर धन या लाभ में बैठे तो धनयोग करेगा। यदि धनेश लाभेश दोनों धन में बैठें या दोनों लाभ में बैठें तो भी उत्तम धनयोग होगा। या यह दोनों कहीं भी एक साथ बैठें या एक-दूसरे को पूर्ण दृष्टि से देखें तो धनयोग करेंगे। दोनों ग्रह जितने अधिक बलवान् होंगे उतना धनयोग अधिक होगा।१६।

पुंनक्षत्रे दिवा पुंसां पुंभे लग्नार्कचन्द्रभे।
महाभाग्य इति ख्यातो योगः स्त्रीणां विपर्ययः ॥१७॥

महाभाग्ये भवेज्जातो नृपतीष्टसमृद्धिमान्।
सुतसौख्ययुतो भोगी दीर्घायुः पण्डितो जयी ॥१८॥

(१) पुरुष की कुण्डली में निम्नलिखित चार बातें होंने से महाभाग्य योग होता है—

(१) दिन में जन्म (२) पुरुष नक्षत्र में लग्न (३) पुरुष नक्षत्र में सूर्य (४) पुरुष नक्षत्र में चन्द्रमा।

(२) स्त्री की कुण्डलो में निम्नलिखित चारों बात होने से महाभाग्य योग होता है—

(१) रात्रि में जन्म (२) स्त्री नक्षत्र में लग्न (३) स्त्रीनक्षत्र में सूर्य (४) स्त्रीनक्षत्र में चन्द्रमा।

हस्त, पुनर्वसु, श्रवण, अभिजित्, पुष्य, अनुराधा, अश्विनी, पूर्वाभाद्र, उत्तराभाद्र यह नौ पुरुषनक्षत्र हैं। मूल, मृगशिर्, शतभिषा नपुंसक नक्षत्र हैं। बाकी स्त्रीनक्षत्र हैं। जो महाभाग्ययोग में उत्पन्न होता है वह राजा का प्रिय, समृद्धिमान्, पुत्रों से युत, सुखी, भोगी, दीर्घायु और पंडित होता है, तथा शत्रुओं पर विजय प्राप्त करता है।१७-१८।

भाग्याधिपे विलग्ने दुश्चिक्ये वाऽपि धर्मगे वाऽपि।
बलवान् स्वोच्चगतो वा येषां ते मानवाः श्रेष्ठाः ॥१९॥

जिनकी कुण्डली में भाग्येश (नवम का स्वामी) अपनी उच्च राशि में या बलवान् लग्न, तृतीय या भाग्य में बैठा हो वे व्यक्ति श्रेष्ठ (भाग्यशाली) होते हैं।१९।

नीचग्रहो जन्मनि यः स्थितः स्यात् तद्राशिनाथोच्चपतिर्ग्रहेन्द्रः।
केन्द्रस्थितश्चेद्यदि तत्र योगे जातो भवेद्भूपतिचक्रवर्ती ॥२०॥

यदि कोई ग्रह अपनी नीच राशि में हो—और उस राशि का स्वामी या उस राशि का उच्चपति (जो ग्रह नीच में है—उसकी उच्चराशि का स्वामी) यदि लग्न से केन्द्र में हो तो जातक चक्रवर्ती राजा होता है। फलदीपिका अध्याय ७ में श्लोक

२६, २७, २८, २९ और ३० नीचभङ्ग राजयोग के हैं अर्थात् किन परिस्थितियों में नीच राशिगत ग्रह के नीचत्व दोष का भंग हो जाता है और वह ग्रह उच्चराजयोग उत्पन्न करता है। पाठक अवलोकन करें। हमारा अनुभव है कि जिन कुण्डलियों में नीचभंग राजयोग होता है उन कुण्डलियों के जातकों की प्रारंभिक स्थिति अच्छी नहीं होती किन्तु बाद में प्रतिकूल परिस्थितियों को काट कर वे तरक्की करते हैं।२०।

लग्नादतीव वसुमान्वसुमाञ्छशाङ्कात्
सौम्यग्रहैरुपचयोपगतैः समस्तैः।
द्वाभ्यां समोऽल्पवसुमांश्च तदूनतायाम-
न्येषु सत्स्वपि फलेष्विदमुत्कटेन ॥२१॥

(१) यदि लग्न से उपचय में समस्त शुभग्रह—चन्द्रमा, बुध, बृहस्पति और शुक्र हों तो अतीव वसुमान् योग होता है। वसुमान् धनाढ्य को कहते हैं। कोई-कोई इसमें चन्द्रमा को नहीं लेते और यदि लग्न से उपचय में बुध, बृहस्पति और शुक्र हों तो अतीव वसुमान् योग मानते हैं।

(२) यदि चन्द्रमा से उपचय में तीनों शुभग्रह हों तो वसुमान् (धनाढ्य) योग होता है।

यदि तीन की बजाय दो ग्रह लग्न से उपचय में हों, या दो ग्रह चन्द्रमा से उपचय में हों तो, इन दोनों पृथक-पृथक् परिस्थितियों में भी धनिक योग होता है, किन्तु उपचय में तीन शुभग्रह जितना अधिक धनयोग करेंगे उससे अल्पफल होगा। लग्न से उपचय में यदि एक भी शुभग्रह होगा तो धनकारक होगा किन्तु न्यून मात्रा में। इसी प्रकार चन्द्रमा से उपचय में एक भी शुभग्रह हो तो धनकारक होगा। किन्तु दो या तीन हों तो स्वभावतः विशेष फल होगा।

निष्कर्ष यह निकला कि यदि कोई शुभग्रह लग्न से उपचय

में न हो, न चन्द्रमा से उपचय में हो तो जातक धनी नहीं होता। और वसुमान् या अतीव वसुमान् योग हो तो, अन्य प्रतिकूलयोग होने पर भी जातक धनी होता है।२१।

सूर्याद्व्ययगैर्वासिर्वित्तगतैश्चन्द्रवर्जितैर्वेसिः।
उभयस्थितैर्ग्रहेन्द्रैरुभयचरी नामतो योगाः ॥२२॥

मन्दगतिर्मृदुवचनो दीनाक्षो बन्धुवत्सलो धृतिमान्।
आयव्ययतुल्यकरो जातः स्याद्वेसियोगेऽस्मिन् ॥२३॥

पापमतिर्विकलाङ्गो निद्रालस्यश्रमान्वितो वासौ।
पापैरेवं सौम्यैर्बलयुक्तैः सर्वसौख्यसंपन्नः ॥२४॥

मुखरो ज्ञानी बलवान् स्वबन्धुनाथो नरेन्द्रदयितः स्यात्।
नित्योत्साही वाग्मी योगे जातः शुभोभचर्यायाम् ॥२५॥

इनमें तीन योग बताये है :—

अब जैसे चन्द्रमा से द्वितीय, द्वादश या दूसरे, बारहवें दोनों घरों में, सूर्य के अतिरिक्त कोई ग्रह हो या हों तो सुनफा, अनफा और दुरुधरा योग बताये हैं— उसी प्रकार सूर्य से द्वितीय या द्वादश या द्वितीय तथा द्वादश दोनों घरों में, चन्द्रमा के अतिरिक्त कोई ग्रह हो तो योग बताते हैं।

(१) यदि चन्द्रमा के अलावा सूर्य से द्वादश में कोई ग्रह हो तो वासि योग होता है। इस योग में उत्पन्न व्यक्ति मन्द गति-धीरे चलने वाला—मृदु वचन, दीनाक्ष (जिसकी आँखों से दीनता प्रकट होती हो) बन्धुओं को प्रेम करने वाला और धैर्यवान् होता है। जितनी उसकी आमदनी होती है, उतना खर्चा हो जाता है। (२) यदि चन्द्रमा के अतिरिक्त कोई पाप ग्रह सूर्य से दूसरे घर में हो तो वासि योग होता है। ऐसा व्यक्ति पाप

र्मत, विकलांग (जिसके किसी अंग में न्यूनता या रोग हो) अधिक निद्रायुत (ज्यादा सोवे) आलसो होता है, किन्तु उसे परिश्रम करना पड़ता है। यदि सूर्य से दूसरे कोई पापग्रह हो तो यह फल होता है किन्तु यदि सूर्य से दूसरे स्थान में कोई बलवान् शुभ ग्रह हो तो जातक सर्वसौख्यसम्पन्न हो।

(३) यदि सूर्य से द्वितोय तथा द्वादश में चन्द्रमा के अतिरिक्त और कोई ग्रह हों तो उभयचरी योग होता है। यदि सूर्य के पास की राशियों में (१२, तथा २रे घर में) शुभ ग्रह हों तो जातक, ज्ञानी, बलयुक्त, वाग्मी, अपने बन्धुओं का नाथ, नित्य उत्साहयुक्त, राजा का प्रिय होता है। यदि सूर्य से द्वितोय और द्वादश में स्थित पापग्रह उभयचरी योग करते हों तो जातक रोगी, पापबुद्धि और दूसरे के अधीन रहने वाला होता है।२५।

लग्नाद्द्वितीयसंस्थैरर्केन्दुविवर्जितैर्ग्रहैः सुशुभा।
अशुभाख्यो व्ययसंस्थैरुभयस्थैः कर्तरी समाख्याता ॥२६॥

सुशुभायोगे जातो धनवान् वनितादृतो नियमशीलः।
नित्योद्युक्तश्चपलः सुवचा भोगान्वितः पुराध्यक्षः ॥२७॥

अशुभायोगे जातो मायावी वाक्शठोऽतिसन्तापी।
क्षोणायुरल्पबुद्धिश्चलस्वभावोऽतिविकलाङ्गः ॥२८॥

कर्तरियोगे जातो बलवान् स्वकुलाधिपो महोत्साही।
कर्तरियोगे पापैः परदेशगतो विषाग्निशस्त्रहतः ॥२९॥

इनमें तीन योग बताये हैं :—

(१) यदि सूर्य, चन्द्र के अतिरिक्त कोई ग्रह द्वितीय में हो या हों तो सुशुभा योग होता है। यदि शुभ ग्रह(सूर्य, चन्द्र के अलावा द्वितीय में हों तो जातक धनवान्, स्त्रियों से आदृत, नियमशील, अच्छे वचन बोलने वाला, भोगान्वित, चपल, नित्य कार्य में

उद्यत होता है। मूल में शुभ ग्रह द्वितीय में हो यह नहीं लिखा है—केवल यह कहा है कि द्वितीय में ग्रह हो किन्तु धनवान्, सुन्दर वाणी वाला आदि जो शुभ फल कहे हैं वे केवल शुभ ग्रह होने से ही होंगे।

(२) यदि कोई ग्रह लग्न से द्वादश स्थान में हो या हों (इनमें सूर्य, चन्द्र शामिल नहीं हैं) तो अशुभा योग होता है। इसमें उत्पन्न जातक मायावी, वाक् शठ (शठ वाणी-या दुष्ट वचन वाला), अति संतापी, अल्पायु, अल्प बुद्धि, अति विकलांग और चल-स्वभाव (किसी एक बात पर कायम न रहने वाला) हो।

(३) यदि लग्न से द्वितीय और द्वादश दोनों स्थानों में ग्रह हो तो कर्तरी योग होता है। कर्तरी कैंची को कहते हैं। जैसे कैंची की दो धारों के बीच कोई आ जावे इसी प्रकार लग्न के दोनों ओर ग्रह होने से कर्तरी योग होता है। यदि कर्तरी योगकारक शुभ ग्रह हो तो जातक अत्यन्त उत्साही, बलवान्-अपने कुल में मुख्य होता है। यदि कर्तरी योगकारक ग्रह पापग्रह हों तो जातक विदेश में रहे, विष, अग्नि और शस्त्र से हत हो। २६-२६।

षट्सप्ताष्टमसंस्थैर्लग्नात्सौम्यैरपापदृष्टियुतैः।
लग्नाधियोगमेतत्पापैः सुखवर्जितो भवति ॥३०॥

लग्नाधियोगजातो मन्त्री पृतनापतिर्धरास्वामी।
बहुदारवान्विनीतो दीर्घायुर्धर्मवानशत्रुगणः ॥३१॥

यदि लग्न से छठे, सातवें, आठवें इन तीनों घरों में शुभ ग्रह हों और वे न पाप ग्रहों से युत हों न दृष्ट हों तो लग्नाधियोग होता है। इस योग में उत्पन्न व्यक्ति राजा का मन्त्री या उच्चपदाधिकारी हो, सेनापति हो या बड़ा ज़मीदार (भूमि का स्वामी) हो। ऐसा जातक धर्मशील, विनीत और दीर्घायु हो।

ऐसे व्यक्ति के बहुत सी स्त्रियाँ होती हैं। पहिले समय में अनेक पत्नी होना भाग्य और भोग का लक्षण समझा जाता था। ऐसा व्यक्ति अपने शत्रुओं पर विजय पाता है।

यदि पाप ग्रह लग्न से छठे-सातवें हों तो मनुष्य सुखवर्जित होता है अर्थात् सुखी नहीं होता*। ३०-३१।

उदयास्तकर्महिबुके ग्रहयुक्ते रिःफनैधने शुद्धे।
यः कश्चिन्नवमगतो योगोऽयं पर्वतो नाम ॥३२॥

पर्वतयोगे जातो भूपालो धर्मवान् विनीतश्च।
ग्रामपुरनगरकर्ता लोके श्रुतवान्युगान्तकीर्तिः स्यात् ॥३३॥

यदि लग्न में तथा चतुर्थ, सप्तम, नवम दशम में ग्रह हों और लग्न से अष्टम तथा द्वादश में कोई ग्रह नहीं हो तो पर्वत-योग होता है। इस योग में उत्पन्न व्यक्ति धर्मवान्, विनीत विद्वान्, ख्यातियुक्त राजा या राजा के समान हो। ऐसा व्यक्ति, ग्राम, पुर या नगर का निर्माण करता है। यवनाचार्य लिखते हैं कि लग्न, सप्तम और दशम में यदि सब शुभ ग्रह हों और पाप ग्रह इन स्थानों में न हों तो पर्वत-योग होता है। इस योग में उत्पन्न व्यक्ति राजा होता है।

पुराने ज्योतिष के ग्रंथों में राजा, भूपाल, महीप, सेनापति मंत्री आदि होने का उल्लेख योगों में किया गया है। जिस समय

---

*१. बहुत से लोग इसका यह भी अर्थ करते हैं कि लग्न से छठे, सातवें, और आठवें पाप दृष्टि, युति से हीन शुभ ग्रह हों और चौथे घर में पाप ग्रह न हो तभी लग्नाधियोग होता है।

२. इस अध्याय में जो योग कहे हैं—वहाँ ग्रह से, सूर्य, चन्द्र, मंगल, बुध बृहस्पति, शुक्र, शनि यह सात ही ग्रह लेना। राहु, केतु को नहीं लेना।

संस्कृत के ये ग्रंथ लिखे गये-भारत वर्ष में दसों हज़ार राजा थे—पचासों हज़ार मंत्री—बीसों हज़ार सेनापति। दस-दस बीस-बीस गाँवों के अधिपति राजा कहलाते थे। हज़ार, पाँच सौ सिपाहियों की सेना होती थी। अब परिस्थिति में महान् परिवर्तन हो गया है। इसलिये इन प्राचीन समय में लिखित श्लोकों का शब्दार्थ न लेकर भावार्थ लेना चाहिये कि इन योग वाले व्यक्तियों का अच्छा अभ्युदय होता है।

केसरियोगे जातो धनवान् स्वकुलाधिपो महाप्राज्ञः।
ग्रामपुरनगरकर्ता सहस्रमासेषु जीवितं विद्यात् ॥३४॥

इस श्लोक में केसरी योग का फल लिखा है किन्तु लक्षण नहीं लिखा इसलिये पहिले अन्य ग्रंथों से इस का लक्षण लिखते हैं:—

साधारणतया चन्द्र से केन्द्र में बृहस्पति हो तो गजकेसरी योग कहलाता है। फलदीपिका अध्याय ६ श्लोक १४ में यही परिभाषा गजकेसरी की दी गई है, किन्तु जातक-पारिजात अध्याय ७ श्लोक ११६ में गजकेसरी योग के लिये तीन बातें आवश्यक हैं (१) चन्द्रमा से केन्द्र में बृहस्पति हो (२) चन्द्रमा न अस्त हो न अपनी नीच राशि में हो (२) चन्द्रमा, बुध, बृहस्पति से दृष्ट हो।

जो केसरी योग में उत्पन्न होता है। वह धनवान्, अपने कुल का स्वामी, महाप्राज्ञ (अत्यन्त बुद्धिमान्), ग्राम, पुर या नगर का निर्माण कराने वाला होता है तथा एक हज़ार मास तक जीवित रहता है। यदि १००० मास के ३० दिन के हिसाब से दिन बनाये तो ३०,००० दिन हुए। इनको ३६५ से भाग दिया तो करीब ८१ वर्ष हुए।

संख्यायोगाः सप्तसप्तर्क्षसंस्थैरेकापायाद्वल्लकी दामिनी च।
पाशः केदारश्च शूलो युगं च गोलश्चान्यान् पूर्वमुक्तान्विहाय।३५।

वीणायोगे जातो विद्वान् विविधार्थभोगसंपन्नः ।
स्वकुलश्रेष्ठो मतिमान्निपुणो गीतप्रियो महोत्साही ॥३६॥

दातान्यकर्मनिरतः पशुपश्च दाम्नि
पाशे धनार्जनसुशीलसुभृत्यबन्धुः ।
केदारजः कृषिकरः सुबहूपयोज्यः
शूरः क्षतो वधरुचिर्विधनश्च शूले ॥३७॥

धनविरहितः पाषण्डी स्याद्युगे त्वथ गोलके
विधनमलिनोऽज्ञानोपेतः कुशिल्प्यलसोऽटनः ।
इति निगदिता योगाः सार्धं फलैरिह नाभसा
नियतफलदाश्चिन्त्या ह्येते समस्तदशास्वपि ।३८।

अब इनमें सातों ग्रह (राहु, केतु की गिनती इनमें नहीं है) जन्म कुण्डली में कै राशियों में हैं—इस आधार पर योग बताये हैं :

(१) यदि सब सात राशियों में हों तो वल्लकी योग। इसे वोणा योग भो कहते हैं। यदि सब ग्रह छः राशियों में हों तो दाम योग, पाँच राशियों में हों तो पाश योग, चार राशियों में हों तो केदार योग, तीन राशियों में हों तो शूलयोग, दो राशियों में हों तो युग योग और यदि सातों ग्रह एक राशि में हों तो गोल योग होता है।

(१) जो वीणा या वल्लकी योग में उत्पन्न होता है वह विविध अर्थ (धन) और भोग से सम्पन्न, अपने कुल में श्रेष्ठ, मतिमान्, निपुण, गीतप्रिय और महान् उत्साहसम्पन्न होता है।

(२) जो दाम योग में उत्पन्न होता है वह दानी, दूसरों के कार्य में निरत और बहुत से पशुओं का स्वामी होता है।

(३) पाश योग में उत्पन्न व्यक्ति सुशील तथा धनोपार्जन में चतुर होता है। उसके अच्छे बन्धु और भृत्य होते हैं।

(४) केदार योग में उत्पन्न जातक कृषिकर्म करता है और बहुतों का उपकारक होता है।

(५) शूल योग में उत्पन्न व्यक्ति की हिंसा में रुचि होती है, उसके शरीर में क्षत के चिह्न भी होते हैं। ऐसा जातक धनहीन होता है।

(६) युग योग में जन्म लेने वाले व्यक्ति, धनहीन और पाखंडी होते हैं।

(७) जो गोल योग में पैदा होता है वह मलिन, आलसी, ज्ञानहीन (मन्दबुद्धि), कार्य करने में अनिपुण, धनहीन, वृथा घूमने वाला होता है। ३५-३८।

लग्नकेन्द्रस्थितैः सर्वैर्योगो मङ्गलकारकः।
मध्यकेन्द्रस्थितैः सर्वैर्मध्ययोग उदाहृतः ॥३९॥

आपोक्लिमगतैः सर्वैः क्लीबयोगसमाह्वयः।
केन्द्रयोगा इमे ख्याता यवनैरप्युदाहृताः ॥४०॥

मङ्गलाख्ये नरो जातो नित्यं कल्याणकारकः।
वाग्मी प्रभावी धीमांश्च दीर्घायुश्चैव विन्दति ॥४१॥

मध्ये जातः प्रवासी च बन्धुक्लेशभयापहः।
अस्थिरार्थोऽल्पपुत्रश्च दुर्मार्गमरणो भवेत् ॥४२॥

क्लीबे दुःखी प्रवासी च नीचस्त्रीं लभते प्रियाम्।
अल्पायुरल्पबुद्धिश्च प्रायो देशान्तरस्थितः ॥४३॥

इन श्लोकों में तीन योग बताये गये हैं :—

(१) यदि सब ग्रह लग्न से केन्द्र स्थानों में हों तो मंगल योग होता है। जो इस योग में उत्पन्न होता है वह नित्य कल्याण (शुभ) कर्म करता है। वह वाग्मी (बोलने में कुशल) बुद्धिमान्, प्रभावशाली और दीर्घायु होता है।

(२) यदि सब ग्रह पणफर स्थान में हों तो मध्य योग कहलाता है। ऐसे जातक परदेश में रहने वाले होते हैं; उनके पुत्र थोड़े होते हैं; उनको लक्ष्मी भी स्थिर नहीं रहतो। उनका दुर्मार्ग (खराब रास्ते चलने से अर्थात् अनुचित कार्य करने) से मरण होता है। किन्तु वे अपने बन्धुओं के क्लेश और भय को दूर करते हैं।

(३) जिनकी कुण्डली में सब ग्रह आपोक्लिम में होते हैं— उन्हे क्लीब योग कहते हैं। ऐसे जातक, दुःखी, प्रवासी, अल्पायु, अल्पबुद्धि होते हैं और प्रायः विदेश में रहते हैं। उनको नोच स्त्री प्राप्त होती है। मूल में नोच स्त्री शब्द आया है। इसके दो अर्थ हो सकते हैं। नोच कुल को स्त्री या जो नोच विचार-छोटे ख़यालों की हो। ३७-४३।

बन्धुधर्मगृहाधीशावन्योन्यं केन्द्रमाश्रितौ।
लग्नाधीशे बलवति योगः काहलसंज्ञितः ॥४४॥

विद्याविनयसंपन्नो रूपवान्विजितेन्द्रियः।
आज्ञापरो महाभोगी योगे स्यात्काहले नरः ॥४५॥

यदि चतुर्थ और नवम के स्वामी एक दूसरे से केन्द्र में हों, और लग्नेश बलवान् हो तो काहल योग होता है। इस योग में उत्पन्न पुरुष विद्या-विनयसम्पन्न, रूपवान्, जितेन्द्रिय, आज्ञापर तथा महाभोगी होता है। चतुर्थ सुख स्थान है, नवम भाग्य और धर्म का। इनके परस्पर केन्द्र में होने से एक प्रकार से केन्द्र-त्रिकोण सम्बन्ध हुआ। लग्नेश बलवान् होना सब राजयोगों का मूल है।

कर्माधिपे स्वोच्चगते राजमन्त्री भवेन्नरः।
स्वक्षेत्रे मित्रभे वाऽपि प्रतापबहुलो भवेत् ॥४६॥

यदि लग्न से दशम का स्वामी अपनी उच्च राशि में हो तो जातक राजा का मंत्री होता है। यदि दशमेश स्वगृही या अपने मित्र की राशि में हो तो भी जातक की बहुत प्रतापवृद्धि होती है। हमारे विचार से यदि दशमेश उच्च राशिस्थ होकर लग्न में हो (जैसे कन्या लग्न हो तो दशम में मिथुन का स्वामी बुध कन्या के १५ अंश पर हो। मूल श्लोक में केवल यह लिखा है कि दशम का स्वामी अपनी उच्च राशि में हो किन्तु हमारे विचार से ग्रह अपनी उच्च राशि-परमोच्च अंश में हो) तो और भी विशेष प्रभावशाली होगा, हमने उपर्युक्त कन्या लग्न का उदाहरण इसलिये दिया है कि दशमेश न केवल अपनी उच्चराशि में होगा अपितु अच्छे भाव में भी होगा। यदि सिंह लग्न हो और दशमेश शुक्र उच्च राशि का होकर अष्टम में पड़ा हो, या तुला लग्न हो और दशमेश चन्द्रमा अपनी उच्च राशि में रन्ध्र स्थान में स्थित हो, तो वैसा उत्तम प्रभाव कैसे दिखलावेगा ? यदि वृष या वृश्चिक लग्न हो तो दशमेश उच्च राशि में स्थित होकर लग्न से छठे भाव में पड़ेगा। दशमेश षष्ठ स्थान स्थित होने से जातक प्रायः नौकरी करता है। वैसे उच्चस्थ सूर्य की बहुत प्रशंसा है किन्तु अब्दुल रहीम खानखाना के मत यदि उच्च राशि का सूर्य छठे घर में हो तो अच्छा प्रभाव नहीं दिखाता है। वह कहते हैं :—

यदा मर्ज़खाने भवेदाफतावो
ज़लीलो गनी ख़ूब रोहं अवाचः।
सदा मातृपक्षोद्धतस्यायलब्धि-
निरोगो नरः शत्रुमर्दी तदा स्यात् ॥

अर्थात् यदि जन्म स्थान से षष्ठ भाव में सूर्य हो तो वह मनुष्य बलवान्, विजयी, सुन्दर, मितभाषी, मातृपक्ष (नाना,

मामा के घर) से धन लाभ करने वाला और शत्रु को पराजित करने वाला होता है। परन्तु आगे चलकर राजयोगाध्याय में खानखाना षष्ठस्थ सूर्य के शुभ फल का एक अपवाद बताते हैं—

यदा शत्रुखाने पड़े उच्च का
करै खाक दौलत फिरे जा बजा।

अर्थात् यदि सूर्य उच्च का होकर षष्ठ स्थान में हो तो जातक अपनी सारी दौलत को खाक में मिलाकर जगह-जगह भटकता है। अस्तु खानखाना का लिखा हुआ यह योग प्रसंगवश बता दिया है। अब प्रकृत विषय पर आइये। जितना दशमेश की अपनी उच्चराशि में होने का फल उससे कम स्वराशि स्थित होने का, उससे कम अपने मित्र की राशि में होने का। यहाँ मित्र से अधिमित्र समझना चाहिए।

अपनी स्वराशिस्थिति के भी दो भेद हो सकते हैं। मान लीजिए कर्क लग्न है। दशमेश मंगल हुआ। अब मंगल मेष में हो या वृश्चिक में हो—दोनों स्थितियों में स्वगृही हुआ किन्तु मेष का मंगल जितना राजयोगकारक हो सकता है उतना वृश्चिक का कैसे होगा?

इस श्लोक का फलितार्थ यह है कि दशमेश बलवान होने से जातक उच्चपदाधिकारी और प्रतापी होता है॥४६॥

शशिमङ्गलसंयोगो यस्य जन्मनि विद्यते।
विमुञ्चति न तं लक्ष्मीर्लज्जा कुलवधूमिव॥४७॥

जिसकी जन्म कुण्डली में चन्द्रमा और मंगल एक राशि में हों, उस व्यक्ति को लक्ष्मी उसी प्रकार नहीं छोड़ती है जैसे लज्जा कुलवधू को नहीं छोड़ती। कहने का तात्पर्य यह है कि ऐसा व्यक्ति सदैव धनवान् रहता है। मंगल साहस का कारक है। 'चन्द्रमा मनसो जातः'—चन्द्रमा भगवान् के मन से उत्पन्न

हुआ अर्थात् चन्द्रमा मन का कारक है। इस कारण चन्द्र-मंगल संयोग से जातक साहसी होता है और लक्ष्मी का उपार्जन साहस से होता है। चाहे युद्ध क्षेत्र में, चाहे व्यापार क्षेत्र में चाहे नौकरी में—जो साहसी होता है वही लक्ष्मी-उपार्जन करता है ॥४७॥

वर्गोत्तमगते चन्द्रे लग्ने वा चतुरादिभिः।
ग्रहैर्निरीक्षते तस्मिन् जातो नरपतिर्भवेत् ॥४८॥

इसमें दो योग बताए गए हैं :

(१) यदि चन्द्र वर्गोत्तम हो (वही राशि वही नवांश होने से वर्गोत्तम होता है) और उसे चार या अधिक ग्रह पूर्ण दृष्टि से देखें तो जातक राजा होता है।

(२) यदि लग्न वर्गोत्तम हो और उसे चार या अधिक ग्रह पूर्ण दृष्टि से देखें तो जातक राजा होता है ॥४८॥

अश्विन्यां लग्नगः शुक्रः सर्वग्रहनिरीक्षितः।
करोति पृथिवीपालं निर्जितारातिमण्डलम् ॥४९॥

यदि मेष लग्न हो, अश्विनी नक्षत्र में शुक्र हो अर्थात् मेष राशि में शुक्र के अंश १३ अंश २० कला से कम हों और उसको सब ग्रह देखते हों तो जातक राजा होता है। सूर्य शुक्र से ४८ अंश से अधिक दूर नहीं हो सकता। बुध सूर्य से २८ अंश से अधिक दूर नहीं हो सकता। यह ज्योतिष शास्त्र का नियम है। इस कारण सूर्य, बुध को केवल एक चरण दृष्टि बुध पर हो सकती है। अन्य ग्रहों की पूर्ण दृष्टि होनी चाहिए।

सारावली में अश्विनी के अतिरिक्त, कृत्तिका, पुष्य, स्वाती तथा रेवती नक्षत्रस्थित शुक्र को भी राजयोग कारक कहा गया है।

शत्रुनीचगृहं त्यक्त्वा कुटुम्बस्थः सभार्गवः ।
लग्नेश्वरो बली यत्र स नरः पृथिवीपतिः ॥५०॥

शुक्र सकल भोग पदार्थों का अधिष्ठाता है। शुक्र की अधिदेवता इन्द्राणी शची है। शुक्र बलवान् होने से सकल भोग पदार्थ—ऐहिक सुखों के साधन जातक को प्राप्त होते हैं—यह सब, धन से ही सम्भव है। इसलिए कहते हैं कि यदि कन्या राशि या अपनी शत्रु राशि—अपने शत्रु की राशि—इनके अलावा किसी राशि में स्थित होकर शुक्र धन स्थान (लग्न से द्वितीय स्थान) में हो और लग्नेश बलवान् हो तो जातक राजा होता है।

धन भाव का विचार करना हो या भाग्ययोग या राज्य प्राप्ति या राजयोग का तो लग्न के बलाबल का विचार अवश्य करना चाहिए। लग्न भाव सिर है—राजा है, सर्वोपरि है। लग्न और लग्नेश के बलवान् होने से जातक साहसी, उद्यमी, क्रियाशील और सफल होता है। लग्न और लग्नेश के निर्बल होने से मनुष्य धैर्यहीन, निरुद्यमी, निष्क्रिय और असफल होता है। एक लौकिक उदाहरण दिया जाता है। मान लीजिए एक स्वस्थ मनुष्य घर में है; घर में खाने की कोई वस्तु नहीं है तो वह बाज़ार जाकर भी कुछ वस्तु खाने की ले आवेगा, किन्तु घर में अनेक प्रकार के व्यञ्जन होने पर भी, यदि वह रुग्ण, चारपाई पर पड़ा है और घर में कोई व्यक्ति नहीं है तो वह रसोई घर या भंडारगृह तक जाने में भी अक्षम होने के कारण भूखा ही पड़ा रहेगा।

जिन योगों में मनुष्य के स्वयं के पुरुषार्थ से लक्ष्मी उपार्जन का योग हो वहाँ लग्न और लग्नेश के बल का विचार अवश्य करना चाहिए ॥५०॥

नीचांशकान् परित्यज्य त्र्यादिः क्षेत्रोच्चसंस्थितः ।
तेषामेको विलग्नस्थः कुर्वीत पृथिवीपतिम् ।।५१।।

एक अन्य राजयोग बताते हैं। यदि तीन या अधिक अर्थात् चार, पाँच, या छः ग्रह—किन्तु कम से कम तीन ग्रह अपनी उच्चराशि में हों—किन्तु कोई उच्चराशिस्थ ग्रह अपने नीच नवांश में न हो और इन तीन ग्रहों में से एक ग्रह लग्न में हो तो जातक राजा होगा ।५१।

भौमे सचन्द्रे लग्नस्थे धर्मकर्मगतेऽपि वा ।
गुरौ बलान्विते सूर्ये जातो नरपतिर्भवेत् ।।५२।।

यदि चन्द्रमा और मंगल एक साथ लग्न में हों, नवम या दशम में बृहस्पति हो और सूर्य बली हो तो जातक राजा होता है। मंगल चन्द्र का योग पहिले वर्णन कर चुके हैं। बृहस्पति नवम में भाग्यवृद्धि करता है। सूर्य लग्न और दशम का कारक है। इस कारण चार ग्रह बलवान् हो जाने से राजयोग कहा। महामहोपाध्याय पंडित हृषीकेश जी उपाध्याय जो ज्योतिष तथा अन्य विषयों के विख्यात विद्वान् थे फलादेश के समय कहा करते थे कि जिस व्यक्ति के दशम में बृहस्पति होता है–उसके यहाँ एक आँजला(दोनों हाथों के खोलकर जोड़ने में जितना नमक आवे, उतना) नमक प्रतिदिन खर्च होता है। अर्थात् उसके यहाँ इतने आदमी नित्य भोजन करते हैं कि आधा सेर नमक उनकी रसोई में लगता है। जब तक मनुष्य भाग्यशाली नहीं होगा इतने आदमियों को नित्य भोजन कैसे करावेगा ?

पत्युर्दिवौकसां मन्त्री बुधं पश्येद्यदा तदा ।
शिरसा शासनं तस्य धारयन्ति नरेश्वराः ।।५३।।

यदि जन्म के समय देवताओं का मन्त्री अर्थात् बृहस्पति बुध को देखे तो राजा लोग भी उसकी बात को आदरपूर्वक मानते

हैं। कहने का आशय यह है कि उसकी बात इतनी युक्तियुक्त, बुद्धिमत्तापूर्ण और ज्ञानशील होती है कि राजा लोग भी उसकी मन्त्रणा आदरपूर्वक ग्रहण करते हैं। मूल में दिवौकसां मंत्री यह शब्द आए हैं। इनसे ध्वनित होता है कि जैसे बृहस्पति की बात इन्द्र मानते हैं वैसे जातक की बात राजा मानते हैं। बुध बुद्धि और विचार, ऊहापोह तथा तर्क शक्ति का अधिष्ठाता है; बृहस्पति ज्ञान, विज्ञान, गाम्भीर्य तथा पाण्डित्य का प्रतीक है। जब इन दोनों प्रकार के नैसर्गिक गुणों का एकत्र सन्निवेश हो जावे तो कहना ही क्या? हमारे विचार से यदि धन, लग्न हो या कन्या लग्न हो और कन्या में बुध, मीन में बृहस्पति हो या मिथुन में बुध, धनु में बृहस्पति होने से जितना उत्तम यह योग होगा उतना अन्य राशियों में होने से नहीं। योगों का विचार करते समय राशि, भाव आदि का भी विचार कर लेना चाहिए ।।५३।।

सिंहे सूर्योदये यस्य शुक्रांशकविवर्जिते।
कन्यां गते बुधे जातो नीचोऽपि पृथिवीपतिः ।।५४।।

यदि (१) जन्म के समय सूर्योदय हो (२) सिंह राशि में सूर्य हो तथा शुक्र के नवांश में सूर्य न हो तथा कन्या राशि में बुध हो तो नीच कुल में उत्पन्न व्यक्ति भी राजा होता है। यह तीनों योग घटित होने चाहिएँ तभी राजयोग होगा। शुक्र के दो नवांश सिंह राशि में होते हैं एक वृषभ दूसरा तुला। तुला नवांश में सूर्य होने से नीच नवांश में हो जावेगा और यह ज्योतिष का मान्य सिद्धान्त है कि ग्रह नीच नवांश में होने से उत्कृष्ट प्रभाव देने में असमर्थ हो जाता है। फिर शुक्र का दूसरे नवांश—वृषभ की क्यों निन्दा की? सिंह राशि में नौ नवांश होते हैं। २ मंगल के, १ चन्द्रमा का, २ बुध के, १ सूर्य का, १ बृहस्पति का तथा २ शुक्र के। अन्य ग्रह सूर्य के मित्र या सम हैं। शुक्र सूर्य का

शत्रु है। इस कारण शत्रु नवांश में सूर्य यदि होगा तो उसके प्रभाव में विशेष न्यूनता हो जावेगी, इसीलिए मूल श्लोक में कहा कि शुक्र नवांश में सूर्य नहीं होना चाहिए। प्रत्येक श्लोक में ग्रन्थकार पूर्ण तर्क उपस्थित नहीं करते थे। पहिले की प्रणाली ही ऐसी थी—गागर में सागर भरने की—परन्तु योगों का विचार करते समय—शत्रु नवांश, नीच नवांश आदि का भी विचार विद्वानों को कर लेना चाहिए ।।५४।।

मीने मीनांशके लग्ने शुक्रे जातो नृपो भवेत् ।
लग्नात्मजास्पदस्थौ च कुजमन्दौ यदा तदा ॥५५॥

इस योग में तीन बात होना आवश्यक है। मीन लग्न हो। लग्न में मीन नवांश हो। मीन लग्न में मीन नवांश २६°-४०' से ३०° तक होता है। शुक्र मीन राशि, मीन नवांश में हो, तो जातक राजा हो।

संपूर्णचन्द्रे भाग्यस्थे जातो राजा भविष्यति ॥५६॥

श्लोक ५६ की एक पंक्ति लुप्त है। सम्भवतः एक ही पंक्ति हो।

यदि लग्न, पंचम या दशम में मंगल और शनि हों और लग्न से नवम स्थान में सम्पूर्ण चन्द्र हो तो जातक राजा होता है।

जातक परिजात में यह योग इस प्रकार दिया है : यदि दशम पंचम अथवा लग्न में मंगल और शनि हों और नवम में सम्पूर्ण चन्द्र बृहस्पति की राशि में हों तो जातक राजा होता है। नवम में धनु या मीन में चन्द्रमा होगा तो नवम में धनु होने से मंगल शनि का योग लग्नेश दशमेश योग हो जावेगा और यह योग सर्वोत्तम तब होगा जब मंगल शनि मकर में हों। लग्न में

मंगल शनि होने से मंगल तो बलवान् होगा किन्तु शनि नीच राशि का हो जावेगा। पंचम में मंगल, शनि दोनों सिंह के हो जावेंगे। शनि किंचित् पंचम स्थान को बिगाड़ेगा ही, किन्तु केन्द्रेश का त्रिकोण में बैठना राजयोग की दृष्टि से अच्छा ही होता है। मीन राशि यदि नवम में हों तो हमारे विचार से मंगल शनि योग पंचमेश, दशमेश, सप्तमेश अष्टमेश का योग होगा जो राजयोग उत्पन्न करने में समर्थ नहीं हो सकता। यदि बृहस्पति की राशि में पूर्ण चन्द्र भाग्य में हो यह बात जो जातक पारिजात में कही गई है और जो जातकादेशमार्ग में नहीं कही गई है न ली जावे और केवल पूर्ण चन्द्र किसी भी राशि में हो यह लिया जावे तो निम्नलिखित लग्नों में विशेष फलीभूत होगा —(१) मकर लग्न, लग्न में मंगल शनि, नवम में पूर्ण चन्द्र। (२) कुंभ लग्न—लग्न में मंगल शनि, नवम में पूर्ण चन्द्र। (३) वृश्चिक लग्न—लग्न में शनि, मंगल, नवम में चन्द्र। (४) वृष लग्न—नवम में पूर्ण चन्द्र, दशम में मंगल शनि ।५६।

अधिमित्रगृहे केन्द्रे जन्माधिपतिर्विलग्नपतियुक्तः।
पश्यति बलपरिपूर्णो लग्नं स्यात्पुष्कलो योगः ॥५७॥

पुष्कलयोगे जाता जायन्ते भूमिपालका नित्यम्।
क्षितिपतिवंशे जाता मुकुटच्छत्रान्विता भूपाः ॥५८॥

जन्म कुण्डली में चन्द्रमा जिस राशि में हो उसके स्वामी को कहिए 'क'। लग्न के स्वामी को कहिए 'ख'। यदि 'क' 'ख' के साथ हो और 'क' पूर्ण बलवान् होकर अपने अधिमित्र के घर में केन्द्र में (लग्न से केन्द्र में) बैठकर पूर्ण दृष्टि से लग्न को देखे तो पुष्कल योग होता है।

जो पुष्कल योग में उत्पन्न होते हैं वह भूमि पालक होते हैं—अर्थात् भू सम्पत्ति के अधिपति या भूमि पर शासन करने

वाले । यदि राजवंश में उत्पन्न व्यक्ति की कुण्डली में यह योग हो तो वह निश्चित रूप से राजा होते हैं । इस योग में दिए गए सिद्धान्त से हमें चार बात सीखनी चाहिए ।

(१) केवल लग्नेश ही बलवान् नहीं होना चाहिए । चन्द्र-राशीश भी बलवान् होना चाहिए तभी राजयोग होता है ।

(२) लग्नेश और चन्द्रराशीश का योग उत्तम होता है ।

(३) यदि ग्रह अधिमित्र राशि में स्थित होकर केन्द्र में बैठे तो उत्तम है । ऐसा ग्रह बलवान् होता है ।

(४) यदि लग्नेश और चन्द्र राशीश लग्न को देखें तो उत्तम योग है । इससे जातक बलवीर्य सम्पन्न और प्रभावशाली होता है ।५८।

लग्नाधिपतिः स्वोच्चे पश्यन्मृगलाञ्छनं नृपं कुरुते ।
बहुगजतुरगबलौघैः क्षपितविपक्षं महाविभवम् ।।५९।।

यदि लग्न का स्वामी अपनी उच्चराशि में बैठकर चन्द्रमा को पूर्ण दृष्टि से देखे तो जातक राजा होता है—उसकी सेना विशाल होती है । वह महावैभवयुक्त—बहुत से घोड़े और हाथियों का मालिक होता है और अपने दुश्मनों को हराता है । इस योग में दिए गए तीन सिद्धान्त स्मरण रखने चाहिएँ । (१) यदि लग्नेश उच्चराशि में हो तो राजयोग कारक है । किन्तु नीच नवांश या शत्रु नवांश में नहीं होना चाहिए (२) यदि चन्द्रमा पक्ष बली हो तो राजयोगकारक होता है (३) यदि लग्नेश और चन्द्रमा में दृष्टि सम्बन्ध हो तो शुभफल होता है ।।५९।।

लग्नं विहाय केन्द्रे सकलकलापूरितो निशानाथः ।
भार्गवदेवगुरुभ्यां दृष्टो राजा भवेन्नियतम् ।।६०।।

यदि चन्द्रमा सम्पूर्ण हो (अर्थात् पूर्णिमा का चन्द्रमा हो) और लग्न के अतिरिक्त अन्य तीनों केन्द्रों में से किसी में हो

अर्थात् सम्पूर्ण चन्द्र लग्न से चतुर्थ, सप्तम या दशम में हो और उस चन्द्रमा को बृहस्पति तथा शुक्र पूर्ण से देखते हों तो जातक निश्चय राजा होता है। इस योग में तीन सिद्धान्त बताए गए हैं। (१) पूर्ण चन्द्रमा लग्न में राजयोग कारक नहीं होता, अन्य केन्द्रों में राजयोग उत्पन्न करता है। (२) चन्द्रमा पर बृहस्पति की दृष्टि शुभ है। (३) चन्द्रमा पर शुक्र की दृष्टि शुभ है।

बृहज्जातक में एक योग दिया गया है कि चन्द्रमा अपने या अपने अधिमित्र के नवांश में हो और यदि दिन में जन्म हो और बृहस्पति से पूर्ण दृष्ट हो या रात्रि में जन्म हो और उस पर शुक्र की पूर्ण दृष्टि हो तो जातक बहुत धनी होता है। कहने का तात्पर्य यह है कि चन्द्रमा पर बृहस्पति तथा शुक्र की दृष्टि शुभ है। सर्वार्थचिन्तामणि के अनुसार चन्द्रमा सम्पूर्ण हो और त्रिकोण में स्थित होकर बृहस्पति तथा शुक्र से दृष्ट हो तो भी जातक राजा होता है।

ऊपर कह चुके हैं कि लग्न में यदि पूर्ण चन्द्र हो तो राजयोगकारक नहीं होता किन्तु इसका एक अपवाद सारावली में दिया है कि वृष का चन्द्रमा यदि लग्न में हो, शुक्र तुला में हो तो भी राजयोगकारक होता है। किन्तु कल्याणवर्मा यह भी लिखते हैं कि बुध चतुर्थ में हो। यदि लग्न में पूर्ण चन्द्र हो तो सप्तम में सूर्य होगा और सप्तम में सूर्य हो तो चतुर्थ में बुध कैसे हो सकता है ?

लग्नस्थ चन्द्र के फल निरूपण के प्रसंग में बृहज्जातकोक्त लग्नस्थित चन्द्रमा का फल बताते हैं। यदि चन्द्रमा लग्न में हो तो जातक मूक (बोलने में अपटु), उन्मत्त (मानसिक भ्रान्ति-युक्त), जड़ (चतुर नहीं), अन्ध (कम नेत्रज्योति वाला), नीच (कुत्सित कार्य करने वाला), बधिर (कान से कम सुनने वाला), प्रेष्य (नौकरी पेशा) होता है किन्तु यदि स्वराशि (कर्क) या उच्च राशि (वृषभ) का चन्द्रमा लग्न में हो तो जातक धनी होता है ॥६०॥

विदधाति सार्वभौमं लग्नाधिपतिः स्वतुङ्गगः केन्द्रे ।
मुक्त्वाऽरिनीचभागान्नान्यग्रहसंयुतो भवेन्नियतम् ।।६१।।

यदि लग्नेश अपनी उच्चराशि में केन्द्र में हो और नोच नवांश या शत्रु नवांश में न हो तथा किसी अन्य ग्रह के साथ न हो तो जातक को राजा बनाता है अर्थात् ऐसा जातक उच्च पदवी प्राप्त करता है। इस योग में तीन सिद्धान्त बताए गए हैं। (१) लग्नेश का उच्च राशि में होना राजयोगकारक है। (२) लग्नेश का केन्द्र में होना लग्न को बल प्रदान करता है। (३) लग्नेश किसी ग्रह के साथ हो तो उतना बली नहीं रहता।

यह तो पहिले ही बता चुके हैं कि नोच या शत्रु नवांश में होने से ग्रह निर्बल हा जाता है ।।६१।।

द्व्येको वाप्युच्चगतो लग्ने स्वर्क्षे निशाकरे बलिनि ।
भूपतिवंशे जातं राजानं लोकपूजितं जनयेत् ।।६२।।

यदि दो ग्रह अपनी उच्चराशि में हों, या कम से कम एक ग्रह अपनी उच्चराशि में हो और बलवान् चन्द्रमा स्वराशि में लग्न में हो तो यदि जातक राजवंश में उत्पन्न हो तो राजा होता है। यदि राजवंश में न हो तो भी लोकपूजित (उच्च पदाधिकारी) होता है।

यहाँ भी हमारे विचार से उच्चग्रह या चन्द्रमा नीच या शत्रु नवांश में होंगे तो उत्तम राजयोग नहीं होगा। बली चन्द्रमा से तात्पर्य है कि शुक्ल-पक्ष का चन्द्रमा हो, पक्षबल उत्तम हो और शुभ ग्रहों से दृष्ट हो ।६२।

पूर्वपक्षे दिवा जन्म लग्नेशे स्वोच्चभं गते ।
धनकेन्द्रगते जीवे योगश्चामरसंज्ञकः ।।६३।।

योगेऽस्मिन् चामरे जातो दीर्घायुर्धर्मवान् सुखी ।
बहुदेशाधिनाथः स्याद्धर्मिष्ठो वेदपारगः ॥६४॥

इस योग के लिए तीन बात होना आवश्यक है : (१) शुक्ल-पक्ष में जन्म हो। (२) लग्नेश अपनी उच्चराशि में हो। (३) बृहस्पति लग्न से द्वितीय या लग्न से केन्द्र में हो। यह तीनों बातें होने से चामरयोग होता है। जो चामरयोग में उत्पन्न होता है वह दीर्घायु धार्मिक, सुखी, वेदों का ज्ञाता, शुभ कर्म करने वाला, बहुत भूमि का स्वामी होता है।६३-६४।

केन्द्रत्रिकोणगाः सर्वे तिष्ठन्ति यदि खेचराः ।
यः कश्चित्स्वोच्चराशिस्थो योगः स्याच्छङ्ख ईरितः ॥६५॥

शङ्खयोगोद्भवो मर्त्यो राजा वा तत्समोऽपि वा ।
देवतावद्भोगयुक्तो दाने नृपसमो भवेत् ॥६६॥

यदि सब ग्रह केन्द्र और त्रिकोण में हों (अर्थात् केन्द्र और त्रिकोण के अतिरिक्त किसी भाव में कोई ग्रह न हो) और इनमें कोई एक ग्रह अपनी उच्च राशि में हो तो शंखयोग होता है। इस योग में उत्पन्न व्यक्ति राजा या उसके समान वैभव-शाली हो। देवों के सदृश उसे सब भोग के साधन उपलब्ध हों और राजा के समान ही दानी हों। इस योग से दो सिद्धान्तों का ज्ञान होता है। (१) केन्द्र या त्रिकोण स्थान में स्थित ग्रह बली होते हैं (२) उच्चराशिस्थ ग्रह अच्छा फल करता है।६५-६६।

परमोच्चगते केन्द्रे भाग्यनाथे शुभेक्षिते ।
लग्नाधिपे बलाढ्ये तु लक्ष्मीयोग इतीरितः ॥६७॥

वर्गोत्तमगते शुक्रे भाग्ये तस्मिन् शुभग्रहे ।
उच्चग्रहे तृतीयस्थे लक्ष्मीयोग इतीरितः ॥६८॥

गुणाभिरामो बहुदेशनाथो विद्यामहाकीर्तिमनोभिरामः ।
दिगन्तविश्रान्तनृपालवन्द्यो राजाधिराजो बहुदारपुत्रः ।।६९।।

इन श्लोकों में दो पृथक्-पृथक योग बताये गये हैं । दोनों योग लक्ष्मीयोग ही कहलाते हैं ।

(१) यदि लग्न से नवम का स्वामी अपनी उच्चराशि में—परमोच्च अंश पर लग्न से केन्द्र में हो और उस भाग्येश पर शुभ ग्रह की दृष्टि हो और लग्नेश भी बलवान् हो तो लक्ष्मीयोग होता है ।

यह योग केवल मेष, कर्क, कन्या, और वृश्चिक, लग्न की कुण्डलियों में हो सकता है क्योंकि अन्य लग्नों में भाग्येश यदि उच्च होगा तो केन्द्र में नहीं होगा ।

अब एक अन्य लक्ष्मोयोग बताते हैं । यदि शुक्र लग्न से नवम स्थान में वर्गोत्तम में हो (जिस राशि में हो उसी नवांश में हो तब वर्गोत्तम होगा) और शुक्र के अतिरिक्त कोई अन्य भी नवम में बैठा हो तथा कोई ग्रह अपनी उच्चराशि में लग्न से तृतीय स्थान में बैठा हो तो लक्ष्मी योग होता है ।

केवल वृष, सिंह तथा वृश्चिक लग्न में यह योग संभव है । मेष, मिथुन, कन्या, तुला, धनु लग्न होने से तृतीय स्थान में किसी ग्रह की उच्च राशि नहीं पड़ेगी । यदि कुंभ लग्न हो, सूर्य तृतीय में उच्च राशि में होगा परन्तु नवम में शुक्र नहीं हो सकता, कर्क लग्न होने से तृतीय में बुध हो सकता है परन्तु शुक्र उससे सप्तम (लग्न से नवम) कैसे हो सकता है ? मकर लग्न होने से मीन में शुक्र उच्च राशि का होगा किन्तु यहाँ लग्न से नवम नहीं हो सकता ।

ऊपर दो योग बताये गये हैं । इनमें से किसी योग में जो उत्पन्न होता है वह अनेक गुणों से सम्पन्न, बहुत भूमि का स्वामी, मनोहर, विद्वान्, यशस्वी, स्त्री पुत्रों से युक्त, सर्व सम्मानित होता है । उसकी ख्याति दूर-दूर तक फैलती है । ६७-६९।

कुलसमकुलमुख्यबन्धुपूज्या
धनिसुखिभोगिनृपाः स्वभैकवृद्धया ।
परविभवसुहृत्स्वबन्धुपोष्या
गणपबलेशनृपाश्च मित्रभेषु ।।७०।।

यदि एक ग्रह अपनी राशि में हो तो जातक अपने कुल के सदृश उत्तम । (२) यदि दो ग्रह स्वगृही हों तो कुल मुख्य—अपने परिवार में मुखिया । (३) तीन ग्रह स्वराशि में हों तो बन्धुओं से पूजित । (४) चार ग्रह अपने-अपने घरों में हों तो धनी । (५) पांच ग्रह स्वगृही हों तो सुखी (६) छः ग्रह अपनी-अपनी राशि में हों तो भोगी । (७) और सात ग्रह स्वराशि में हों तो राजा होता है ।

अब एक या अधिक ग्रह अपने मित्र की राशि में हों तो उसका फल बताते हैं । यदि ऐसा एक ग्रह हो तो दूसरे के वैभव से जातक का पालन पोषण होता है । (२)दो ग्रह हों तो मित्रों के धन से लाभ उठाता है । (३) तीन मित्रराशि के ग्रह हों तो अपने बाहुवल से पोषित । (४) चार ऐसे ग्रह हों तो बन्धुओं से लाभ हो । (५) पांच मित्रगृही ग्रह हों तो गण (यूनियन, जन समुदाय, व्यक्तियों की पार्टी समूह) का नेता । (६) छः ग्रह मित्र राशिस्थ हों तो सेना का स्वामी । (७) और सात ऐसे ग्रह हों तो राजा होता है ।

कहने का तात्पर्य यह है कि स्वगृहो या मित्रगृही ग्रह अच्छा प्रभाव दिखाते हैं । जितने अधिक ग्रह स्वराशिस्थ या मित्रराशिस्थ हों उतना ही अधिक अच्छा । यहाँ मित्र शब्द से नैसर्गिक मित्र लेना चाहिये किन्तु नैसर्गिक मित्र यदि तात्कालिक शत्रु हो जावे तो मित्रराशिस्थ ग्रह का जो फल बताया गया है, वह नहीं होगा ।।७०।।

जनयति नृपमेकोऽप्युच्चगो मित्रदृष्टः
प्रचुरधनसमेतं मित्रयोगाच्च सिद्धम् ।

विवसुविसुखमूढव्याधिता बन्धतप्ता
वधदुरितसमेताः शत्रुनिम्नर्क्षगेषु ॥७१॥

यदि एक भी उच्च ग्रह हो और वह अपने मित्र (नैसर्गिक मित्र) से पूर्ण दृष्ट हो तो मनुष्य राजा होता है। यदि उच्चग्रह अपने नैसर्गिक मित्र के साथ हो तो जातक बहुत धनी होता है। अपने जातकतत्त्व में महादेव शास्त्री जी ने लिखा है'एकोऽप्युच्चगो मित्रदृष्टो भूपतिः । एकस्मिन्नप्युच्चेऽङ्गे समित्रे प्रचुरधनः सिद्धः ॥' अर्थात् एक भी उच्चग्रह मित्रग्रह से दृष्ट हो तो जातक भूपति होता है। लग्न में एक भी उच्चग्रह हो और मित्रग्रह के साथ हो तो प्रचुर धनशाली हो। परन्तु इस जातकादेशमार्ग में उच्चग्रह का लग्न में होना आवश्यक नहीं माना है। वैसे लग्न में उच्चग्रह जितना शुभ फल करेगा उतना द्वादश, अष्टम या, षष्ठ में नहीं करेगा, इस सामान्य शास्त्र से सब परिचित ही हैं।

अब नीचे की दो पंक्तियों का भावार्थ बताया जाता है। यदि एक या अधिक ग्रह शत्रु राशि या नीच राशि में हों तो क्या अनिष्ट फल होता है यह बताते हैं: यदि ऐसा (नीचराशिस्थ या शत्रुराशिस्थ) एक ग्रह हो तो जातक धनहीन हो। (२) दो ग्रह ऐसे हों तो सुखहीन हों। (३) तीन ग्रह ऐसे हों तो मूढ, बुद्धि हीन हो। (४) चार ग्रह शत्रु या नीच राशि के हों तो व्याधि ग्रस्त। (५)पांच ग्रह इस स्थिति में हों तो बन्धन(जेल, हिरासत) को प्राप्त हो। (६) छः ग्रह ऐसे हों तो ऐसा जातक वधपरायण हो। (७) और यदि सातों ग्रह इस प्रकार की दुःस्थिति में हों तो अनेक पाप कर्म करने वाला हो ॥७१॥

यातेष्वसत्स्वसमभेषु दिनेशहोरां
ख्यातो महोद्यमबलार्थयुतोऽतितेजाः ।
चान्द्री शुभेषु युजि मार्दवकान्तिसौख्य-
सौभाग्यधीमधुरवाक्ययुतः प्रजातः ॥७२॥

यदि सब क्रूर ग्रह ओज (१, ३, ५, ७, ९, ११) राशियों में हों और सूर्य की होरा में हों (उपर्युक्त राशियों में सूर्य की होरा प्रारंभिक १५ अंशों तक होती है) तो जातक महा उद्यमी, धनी और अतितेजस्वी होता है।

यदि सब सौम्यग्रहयुग्म (२, ४, ६, ८, १०, १२) राशियों में हों और चन्द्रमा की होरा में हों (उपर्युक्त राशियों में चन्द्रमा की होरा प्रारंभिक १५ अंशों तक होती है) तो जातक, मृदु, कान्तियुक्त, सुखी, सौभाग्यशाली, बुद्धिमान्, मधुरभाषी होता है। इस योग में दो सिद्धान्त बतलाये गये हैं। क्रूर ग्रह (सूर्य, मंगल, शनि) का ओज राशि, सूर्य होरा में होना अच्छा। शुभ ग्रह चन्द्र, बुध, बृहस्पति तथा शुक्र) का युग्मराशि चन्द्रहोरा में बैठना अच्छा है ॥७२॥

नवमोदयात्मजस्थौ रविचन्द्रौ भ्रातृकेन्द्रगे जीवे।
युक्ते शनिकुजवारे जातः सोन्माद इव चपलः स्यात् ॥७३॥

बुधचन्द्रौ केन्द्रगतौ नान्यग्रहसंयुतौ न पतिदृष्टौ।
योगोऽयं पैशाचस्तत्रोत्पन्नस्स सोन्मादी ॥७४॥

भृगुचन्द्रौ केन्द्रगतौ रन्ध्रे वा पञ्चमेऽथवा पापैः।
योगो महागदाख्यस्तत्रोत्पन्नस्त्वपस्मारी ॥७५॥

शशिबुधशुक्राः केन्द्रे संयुक्ता राहुसंयुते लग्ने।
चण्डालयोगमस्मिन् जातो निजवंशकर्मरहितः स्यात्॥७६॥

सारे शनौ विलग्ने लग्नेशे वित्तरन्ध्रहानिस्थे।
सौम्यैः केन्द्रबहिष्ठैर्जातस्त्वाजीवनं रोगी ॥७७॥

इन पाँच श्लोकों में विविध रोगों के योग बताये हैं। क्या ग्रहयोग होने से कौन सा रोग होता है, यह नीचे कहते हैं।

(१) यदि मंगलवार या शनिवार को जन्म हो और सूर्य

और चन्द्र एक साथ लग्न, या पंचम या नवम में हों और बृहस्पति लग्न से तृतीय या लग्न से केन्द्र में हो तो जातक पागल मनुष्य के समान चंचल होता है।

जातकपारिजात में एक इसी प्रकार का योग दिया है :—यदि धनु लग्न हो, बृहस्पति तृतीय या केन्द्र में हो, लग्न या त्रिकोण (पंचम, नवम) में सूर्य चन्द्र हों तो जातक सोन्माद बुद्धि (जिसको बुद्धि में पागलपन हो) होता है।

(२) चन्द्रमा और बुध केन्द्र में हों—इनके साथ कोई अन्य ग्रह न हो—जिस राशि में यह बैठे हों उसके स्वामी से दृष्ट न हों तो पैशाचयोग होता है। इस योग में उत्पन्न व्यक्ति सोन्माद (पागल-मस्तिष्क विकार वाला) होता है।

जातकपारिजात में लिखा है कि (१)यदि केन्द्र में चन्द्रमा और बुध हों और शुभ ग्रहों के नवांशों में न हों तो जातक भ्रमयुक्त (जिसके दिमाग में शक रहता हो या ठीक से विचारशक्ति काम न करती हो या दिमाग फिरा हुआ हो) होता है। (२) एक अन्य योग जो जातकपारिजात में दिया है वह यह है कि यदि सूर्य, चन्द्र, और शनि केन्द्र में हों तो जातक जड(निर्बुद्धि)और शराबी होता है।

(३) यदि चन्द्रमा और शुक्र केन्द्र में हों और तीनों पापग्रह लग्न से पंचम या अष्टम में हों तो महागद नामक योग होता है। महागद भयानक बीमारी या रोग को कहते हैं। इस योग में व्यक्ति अपस्मार (मिरगी) से ग्रस्त होता है।

(४) यदि चन्द्र, बुध और शुक्र केन्द्र में एक साथ हों और राहु लग्न में हो तो चाण्डालयोग होता है। ऐसा व्यक्ति अपने वंशानुरूप कार्य नहीं करता। पतित कर्म करता है।

(५) यदि मंगल और शनि लग्न में हों और लग्नेश द्वितीय, अष्टम या व्यय में हो और शुभ ग्रह केन्द्र से अन्य स्थानों में हों तो जातक आजीवन रोगी रहेगा ॥७३-७७॥

अतिशयबलयुक्तः शीतगुः शुक्लपक्षे
बलविरहितमूर्ति प्रेक्ष्यते लग्ननाथम् ।
यदि भवति तपस्वी दुःखितः शोकतप्तो
धनजनपरिहीनः कृच्छ्रलब्धान्नपानः ॥७८॥

चन्द्रमा शुक्ल पक्ष में बलवान् होता है । यदि चन्द्रमा बहुत पक्ष बली हो और निर्बल लग्नेश को देखे तो ऐसा जातक यदि तपस्वी होता है जो दुःखित और शोकतप्त रहे, धन और जन से परिहीन हो और उसे खाना पीना भी कठिनता से प्राप्त हो ।

इस श्लोक में यह सिद्धान्त बताया गया है कि लग्नेश की दुर्बलता के कारण बलवान् चन्द्रमा की दृष्टि यद्यपि जातक को तपस्वी बना सकती है किन्तु सांसारिक सुख यथा धन, भोजन मित्र, परिवार आदि उसे प्राप्त नहीं होते हैं और न वह मानसिक सुख या शांति का अनुभव करता है । तपस्वी भी भिन्न-भिन्न कोटि के और भिन्न-भिन्न परिस्थिति के होते हैं । लग्नेश बलवान् होने से मन और शरीर दोनों बलिष्ठ होते हैं । लग्नेश दुर्बल होने से मन और शरीर दोनों निर्बल रहते हैं । यदि अन्य ग्रहों के योग से वैराग्य हो जावे और जातक संन्यासी भी हो जावे, तो भी लग्नेश की निर्बलता सांसारिक साधनों का एवं मानसिक सुख और शांति का अभाव करती है । निष्कर्ष यह निकला कि लग्नेश के बल को सर्वाधिक महत्त्व देना चाहिये ।।७८।।

नीचारिभांशकगता भृगुणा त्रिकोणे
पापा विलग्नभवने शुभदृष्टिहीने ।
गार्हस्थ्यधर्मरहितो मुनियोगमेत-
दाजीवनं सकललोकहितानुकारी ॥७९॥

यदि शुक्र और पाप ग्रह नीच नवांश या शत्रु नवांश में स्थित होते हुए लग्न में या त्रिकोण में बैठे हों और उन पर शुभ ग्रहों

की दृष्टि न हो तो गार्हस्थ्य धर्म रहित मुनि होता है और सकल लोक का हित करता रहता है। इस योग में चार सिद्धांत बताये हैं।

(१) शुक्र सांसारिक सुख का कारक है और नीच या शत्रु-नवांश में होने से सांसारिक सुख देने का उसका प्रभाव न्यून हो जाता है। पाप ग्रहों से युति होने से ऐहिक सुख देने की क्षमता और भी अल्प हो जाती है। (२) पाप ग्रह लग्न में होने से सुख-प्राप्ति नहीं होती (३) कोई ग्रह शत्रु या नीच नवांश में हो तो शुभ फल देने की क्षमता में ह्रास हो जाता है। (४) यदि शुभ ग्रह किसी ग्रह को देखे तो अपेक्षाकृत उसके दोष में कमी और शुभ गुण में वृद्धि हो जाती है ।।७९।।

———

नवाँ अध्याय

अष्टकवर्ग प्रकरण

पुरवासदुग्धनाकं गतनयमाद्यं गुणाक्षि धनपारम् ।
शेषधियं तुच्छेन्द्रं प्रथमं लघुतानकारमर्कस्य ॥१॥

लूतः सिंहनटं कुजान्तसनिकं श्रीबाणाताळानटं
काले धर्मसदानकं परवसाहीनोयमित्थं विधोः ।
वर्गं न्यस्य तु गर्भमासधनिकं गौणान्तिकं चाष्टमं
गीतिज्ञोयमिति क्रमेण कथितं सूर्यादिलग्नान्तिकम् ॥२॥

भौमस्य बाणतनयं लिप्ताद्यं पुत्रवत्सदीनाढ्यम् ।
गुणतुष्टस्तनयारिस्तेजः पात्रं कविः सदा धनिकम् ॥३॥

कलितनयश्चेदर्काद्गिगदितं वाक्यं क्रमेण लग्नान्तम् ।
शीतळपात्रं रंभा तज्जनकं पुत्रवासदुग्धनयम् ॥४॥

यागशतो धनपारं तेजकरं पुत्रगर्भमदधन्यम् ।
यात्रा वसुदळनष्टं पुरभक्तजनाढ्यमिन्दुपुत्रस्य ॥५॥

जीवस्य पुत्रलाभैस्सन्दिग्धनयं रणार्थधैर्यं च ।
पुरवसुजनकं परवशतालनटं पात्रलाभसौजनिकम् ॥६॥

श्रीमतिधनिकं गौरणीतारं परवर्गतुच्छधानुष्कम् ।
निदधातु शुक्रवर्गं दैत्येन्द्रं पात्रलवरणदुग्धकरम् ॥७॥
लाभस्तब्धाकारं गुरणेषु धन्या महीधनिका ।
पुरलवरणदुग्धनष्टं लवमदधनिका परागविशदधियम् ॥८॥
मन्दस्य परावस्था जनका लतिका गुरणस्तनाकारम् ।
तेजो धीनाकारं मोक्षकरं तस्करं गुरणस्तेयम् ॥९॥
कुलवित्तनयं चेति क्रमशोऽक्षरसंख्यया मयोक्तानि ।
एतैः स्वाधिष्ठितभादुक्तस्थानेषु विन्यसेदक्षम् ॥१०॥

इसमें अष्टक वर्ग बनाना बताया गया है। सूर्य, चन्द्रमा, मंगल, बुध, बृहस्पति, शुक्र तथा शनि सातों ग्रहों के पृथक्-पृथक् सात अष्टक वर्ग बनते हैं। किन्तु सूर्याष्टक वर्ग में भी न केवल सूर्य से शुभ स्थानों में—चन्द्र, मंगल आदि अन्य ग्रहों से भी शुभ स्थानों में तथा लग्न से शुभ स्थानों में बिन्दु लगाये जाते हैं। इसी प्रकार चन्द्राष्टक वर्ग में सातों ग्रहों से भिन्न-भिन्न शुभ स्थानों में तथा लग्न से भी शुभ स्थानों में बिन्दु लगाये जाते हैं। न केवल सूर्याष्टक वर्ग, चन्द्राष्टक वर्ग में अपितु सब ग्रहों के अष्टक वर्ग बनाने में यही पद्धति अपनाई जाती है। यह पुस्तक दक्षिरण भारत में लिखी गई है, इसलिये शुभ स्थानों में बिन्दु लगाना लिखा है। उत्तर भारत के ज्योतिषग्रंथों में शुभ स्थानों में रेखा लगाने का विधान है। बात एक ही है; शुभ स्थानों को रेखा के संकेत से स्पष्ट कीजिये या बिन्दु से। अष्टक वर्ग बनाना हमने अपनी पुस्तक फलदीपिका (भावार्थबोधिनी) में वहुत विस्तार से समझाया है, इसलिये उसकी पुनरावृत्ति यहाँ नहीं को जाती है। जिज्ञासु पाठक उस पुस्तक का अवलोकन करें।

अब सूर्य, चन्द्र आदि विविध ग्रहों के अष्टकवर्ग में किन-किन स्थानों में शुभ बिन्दु लगाये जाते हैं, यह निर्देश किया जाता है ॥१-१०॥

सूर्याष्टक वर्ग में

सूर्य से १, २, ४, ७,८,९,१०,११	बृहस्पति से ५, ६, ९, ११
चन्द्रमा से ३, ६, १०, ११	शुक्र से ६, ७, १२
मंगल से १, २,४,७,८,९,१०,११	शनि से १, २,४,७,८,९,१०,११
बुध से ३, ५, ६, ९, १०, ११,१२	लग्न से ३, ४, ६, १०, ११,१२

चन्द्राष्टक वर्ग में

सूर्य से ३, ६, ७, ८, १०, ११	बृहस्पति से १,२,४,७,८,१०,११
चन्द्र से १, ३, ६, ७, १०, ११	शुक्र से ३, ४, ५, ७, ९,१०,११
मंगल से २, ३, ५, ६,९,१०,११	शनि से ३, ५, ६, ११
बुध से १, ३, ४, ५,७,८,१०,११	लग्न से ३, ६, १०, ११

मंगल के अष्टक वर्ग में

सूर्य से ३, ५, ६, १०, ११	बृहस्पति से ६, १०, ११, १२
चन्द्र से ३, ६, ११	शुक्र से ६, ८, ११, १२
मंगल से १, २, ४, ७,८,१०,११	शनि से १, ४, ७, ८,९, १०,११
बुध से ३, ५, ६, ११	लग्न से १, ३, ६, १०, ११

बुध के अष्टकवर्ग में

सूर्य से ५, ६, ९, ११, १२	बृहस्पति से ६, ८, ११, १२
चन्द्र से २, ४, ६, ८, १०, ११	शुक्र से १, २, ३, ४, ५, ८,९,११
मंगल से १,२,४,७,८,९,१०,११	शनि से १, २, ४,७,८,९,१०,११
बुध से १, ३, ५,६,९,१०,११,१२	लग्न से १, २, ४, ६, ८,१०,११

बृहस्पति के अष्टकवर्ग में

सूर्य से १,२,३,४,७,८,९,१०,११	बृहस्पति से १,२,३,४,७,८,१०,११
चन्द्र से २, ५, ७, ९, ११	शुक्र से २, ५, ६, ९, १०, ११
मंगल से १, २, ४, ७,८,१०,११	शनि से ३, ५, ६, १२
बुध से १, २, ४,५,६,९,१०,११	लग्न से १,२,४,५,६,७,९,१०,११

शुक्र के अष्टकवर्ग में

सूर्य से ८, ११, १२	बृहस्पति से ५, ८, ९, १०, ११
चन्द्र से १,२,३,४,५,८,९,११,१२	शुक्र से १, २,३,४,५,८,९,१०,११
मंगल से ३, ४, ६, ९, ११, १२	शनि से ३, ४, ५, ८, ९, १०,११
बुध से ३, ५, ६, ९, ११	लग्न से १, २, ३, ४, ५,८,९,११

शनि के अष्टकवर्ग में

सूर्य से १, २, ४, ७, ८, १०, ११	बृहस्पति से ५, ६, ११, १२
चन्द्र से ३, ६, ११	शुक्र से ६, ११, १२
मंगल से ३, ५, ६, १०, ११,१२	शनि से ३, ५, ६, ११
बुध से ६, ८, ९, १०, ११, १२	लग्न से १, ३, ४, ६, १०, ११

अष्टकवर्ग बनाने का प्रकार फलदीपिका व्याख्या में समझाया गया है।

इस प्रकार सातों अष्टकवर्ग में पृथक्-पृथक् शुभ बिन्दुओं का (प्रत्येक राशि में) योग कर लिया जाता है।१-१०।

देवो धवो धिगो विष्णुः क्षमी रामो धिगः क्रमात् ।
अष्टवर्गोक्तशुक्लाक्षसंख्याः सूर्यात्समीरिताः ॥११॥

सूर्य के अष्टकवर्ग में कुल ४८ शुभ बिन्दु पड़ते हैं; चन्द्रमा के अष्टक वर्ग में ४९, मंगल के अष्टक वर्ग में ३९, बुध के अष्टक वर्ग में ५४, बृहस्पति के अष्टक वर्ग में ५६, शुक्र के अष्टक वर्ग में ५२ और शनि के अष्टक वर्ग में ३९।

त्रिद्व्येकाक्षयुतः शून्यो यो राशिः सोऽधमः क्रमात् ।
मध्यमश्चतुरक्षः स्यात्पश्चाद्यक्षः क्रमाच्छुभः ॥१२॥

यदि किसी राशि में ३ बिन्दु पड़ें तो अशुभ फल। यदि २ बिन्दु हों तो और अधिक अशुभ। १ बिन्दु पड़े तो और भी अशुभ

और कोई बिन्दु न पड़े तो घोर अशुभ फल। अब उत्तमता की ओर आइए। यदि ४ बिन्दु पड़ें तो सामान्य, ५ बिन्दु पड़ें तो शुभ, ६ बिन्दु पड़ें तो और शुभ। ७ बिन्दु पड़ें तो उससे भी अधिक शुभ और ८ बिन्दु पड़ें तो उत्तमोत्तम शुभ।

हमारे विचार से बृहस्पति के अष्टकवर्ग में कुल ५६ बिन्दु होते हैं। औसत ५ बिन्दु से कुछ न्यून हुई क्योंकि ५६ में १२ का भाग दिया तो ४.६६ आया। इस बृहस्पति के अष्टकवर्ग में ५ बिन्दु पड़ें तो सामान्य और ५ से अधिक बिन्दु पड़ें तो क्रमशः शुभ मानना चाहिए। शनि के अष्टकवर्ग में कुल शुभ बिन्दु ३९ होते हैं। इसलिए प्रत्येक राशि में ३.२५ की औसत आई। इसलिए ४ बिन्दु हों तो सामान्य, ४ से अधिक हों तो क्रमशः शुभ मानना चाहिए।१२।

मार्तण्डाष्टकवर्गके बहुफले मासे विवाहादिकं
सर्वं कर्म शुभं शुभार्थिभिरथो कार्यस्य चारंभणम्।
दूरे वा गमनं फलाय न चिराद्धर्माश्च कार्याः परे
नाल्पाक्षे चरतीन एतदखिलं कार्यं फलप्रेप्सुभिः ।।१३।।

अक्षाधिकायां दिशि दत्तवासः सेव्यः शिवो भूमिपतिश्च भूत्यै।
शिवप्रदोपावनिपाश्च दृश्या देवार्चनं तद्दिशि च स्वगेहे ।।१४।।

सूर्याधिष्ठिततत्तनूजनवमादीनां चतुष्कत्रये
यान्यक्षाण्यभियुज्य तानि तु पृथक् बह्वक्षताद्ये यदि।
आद्योंऽशो दिवसस्य कर्मसु शुभो मध्यो द्वितीये यदि
त्र्यंशोन्त्यस्तु तृतीयके यदि पुनः स्वल्पाक्षभागोऽशुभः। १५।।

गोचर वश कितने शुभ बिन्दु से कितना शुभ या अशुभ फल होगा यह तो ऊपर बता चुके हैं। अब इसके अतिरिक्त सूर्याष्टकवर्ग से क्या-क्या विचार करना यह बताते हैं।

(१) जिस राशि में सूर्याष्टकवर्ग में अधिक बिन्दु हों उस राशि में जब सूर्य हो—उस सौर मास में कोई नवीन कार्य का प्रारम्भ करना चाहिए अर्थात् उस मास में कार्य प्रारम्भ करने से कार्य सफल होता है। उस मास में विवाह आदि सब शुभ कार्य करे। ऐसे समय में दूर की यात्रा की जावे तो सफल होती है; धार्मिक कार्य यज्ञ, अनुष्ठानादि भी विशेष कार्यसिद्धि कराते हैं। जब सूर्य ऐसी राशि में हो जिसमें शुभ बिन्दु कम हों तब सफलता की कामना वाले व्यक्तियों को उपर्युक्त कोई कार्य नहीं करने चाहिएँ क्योंकि ऐसे सौर मास में किए गए कार्यों में फल-सिद्धि नहीं होती है।

कुल बारह राशियाँ होती हैं। मेष, सिंह तथा धनुराशियों में सूर्याष्टक वर्ग में जितने बिन्दु हों उनका योग करे। यह पूर्व राशि के बिन्दु हुए। वृष, कन्या, मकर के बिन्दुओं का योग करे। यह दक्षिण दिशा के बिन्दु हुए। मिथुन, तुला, कुंभ के बिन्दुओं का योग करे। यह पश्चिम दिशा के बिन्दु हुए। कर्क, वृश्चिक, मीन राशियों के बिन्दुओं का योग करे। यह उत्तर दिशा के बिन्दु हुए।

जिस दिशा में—सूर्याष्टक वर्ग में—अधिक बिन्दु हों उस दिशा में (अपने घर से) शिव का मन्दिर बनवाए, या उस दिशा के शिव मन्दिर में भगवान् शंकर की आराधना करे। उसी दिशा में जो राजा हो उसकी सेवा से विशेष फल प्राप्ति होगी। उसी दिशा के शिव मन्दिर में देवार्चन करे—उस दिशा में रहने वाले राजा से मिलने जावे तो भेंट सफल होगी। मान लीजिये किसी की जन्म कुंडली में पूर्व की ओर (सूर्याष्टक वर्ग में) अधिक बिन्दु हैं। तो अपने घर में—पूर्व की ओर जो कमरा है—उसमें शिवाराधन करने से भगवान् शंकर शीघ्र प्रसन्न होंगे। यहाँ भगवान् शंकर और राजा दो का ही उल्लेख किया

गया है। परन्तु सूर्य से जिन जिन का विचार किया जाता है—उन सबके विचार में उपर्युक्त सिद्धान्त लागू करना चाहिए।

(क) सूर्य जिस राशि में जन्म कुण्डली में है उससे प्रथम, द्वितीय, तृतीय, चतुर्थ राशियों के बिन्दुओं का योग कीजिये। यह हुआ प्रथम खण्ड। सूर्य जिस राशि में है—उससे पाँचवीं, छठी, सातवीं, आठवीं राशियों के बिन्दुओं का योग कीजिये। यह हुआ द्वितीय खण्ड। जन्म कुण्डली में सूर्य जिस राशि में है—उससे नवम, दशम, एकादश, द्वादश में जो बिन्दु हैं, उनका योग कीजिये यह हुआ तृतीय खंड।

(ख) दिन के तीन भाग कीजिये। जिस दिन कोई कार्य विशेष करना हो उस दिन का दिनमान लेना चाहिये। मान लीजिये ६ बजे सूर्योदय होगा और ६ बजे सूर्यास्त होगा तो प्रातः ६ बजे से १० बजे तक प्रथम खंड; १० बजे से २ बजे तक द्वितीय खंड—मध्याह्न, और २ बजे से शाम के ६ बजे तक अपराह्न तृतीय खंड हुआ।

यदि सूर्याष्टक (क) में बताई गई पद्धति से प्रथम खण्ड में अधिक शुभ बिन्दु हों तो प्रातः कार्य करने से विशेष सफलता होगी। यदि द्वितीय खण्ड में अधिक बिन्दु हों तो मध्याह्न में अभिलषित उद्योग करे; यदि तृतीय खण्ड में अधिक बिन्दु हों तो अपराह्न में कार्य करे। यह विचार विशेष कार्य के लिये है, नित्य-प्रति के कार्य के लिये नहीं।१३-१५।

शीतांशोरष्टवर्गे बहुफलभवने सन्निषण्णे शशाङ्के
चौलाद्यं कर्म कुर्यात्सकलमभिमतं प्रारभेतापि कार्यम् ।
पूर्णाक्षर्क्षेन्दुजाता युवतिरपि पतिर्भूपतिः सेवको वा
भृत्यश्छात्रो गुरुर्वा सुहृदपि नियतं संपदे संभवेयुः ॥१६॥

पूर्णाक्षर्क्षेन्दुजातानां प्रातर्दर्शनमुत्तमम् ।
तेभ्यो वस्त्रादिदानं च भवेन्नूनं समृद्धये ॥१७॥

शून्याक्षगे शशिनि कर्म शुभं न कुर्यात्
प्रारब्धमत्र विफलं सकलं हि कार्यम् ।
स्वल्पाक्षभोत्थसहवर्तनमात्रमेषां
प्रार्तविलोकनमपीह परं विपत्त्यै ॥१८॥

स्नाने च पाने च फलाधिकाशा-
तटाककूपादिजलं शुभं स्यात् ।
दुर्गा च राज्ञी च दिशीह दृश्या
स्वल्पाक्षदिश्येतदसत्समस्तम् ॥१९॥

अब चन्द्रमा के अष्टक वर्ग से क्या-क्या विशेष कहना, यह बताया जाता है । बार-बार चन्द्रमा के अष्टकवर्ग से—यह पुनरावृत्ति नहीं की जावेगी क्योंकि श्लोक १६ से १९ तक चन्द्रमा के अष्टक वर्ग का ही प्रकरण है ।

जब चन्द्रमा ऐसी राशि में हो जिसमें चन्द्राष्टक वर्ग में अधिक शुभ बिन्दु हों तो चौल (मुण्डन, चूड़ाकरण) आदि शुभ कर्म करे । और भी यदि अभिलषित नवीन या बड़ा कार्य करना हो या प्रारंभ करना हो तो अपनी जन्म कुण्डली में—जिस राशि में चन्द्राष्टक वर्ग में अधिक बिन्दु हों—उस राशि में गोचरवश जब चन्द्रमा हो तो शुभ कार्य करने चाहियें ।

अपनी कुण्डली में यह देखे—कि किस राशि में—चन्द्राष्टक वर्ग में अधिक बिन्दु हैं । उस राशि वाली (जिसकी कुण्डली में उस राशि में उसका चन्द्रमा हो) स्त्री से विवाह करे तो बहुत प्रेम रहे—सम्पत्ति बढ़े । उस राशि वाला व्यक्ति यदि पति हो (यदि कोई स्त्री अपने चन्द्राष्टकवर्ग से विचार करना चाहे कि किस चन्द्रराशि वाले व्यक्ति से विवाह किया जावे) तो दाम्पत्य सुखप्राप्ति और सम्पत्ति होती है । यदि उस राशि वाला स्वामी,

राजा, सेवक, गुरु, मित्र या छात्र हो तो उससे सुख प्राप्त होगा-सम्पत्ति की वृद्धि होगी।

अपनी कुण्डली के चन्द्राष्टक वर्ग में देखें कि किस राशि में ८ बिन्दु हैं। यदि ८ किसी राशि में न हों तो देखे कि ७ या ६ बिन्दु किस राशि में हैं। उस चन्द्र राशि वाले व्यक्ति का प्रातः काल दर्शन करे (उसका मुँह देखें) तो वह दिन बड़ा शुभ होगा। उस राशि वाले व्यक्ति को वस्त्र आदि दान दे तो विशेष फलीभूत होगा।

इससे निष्कर्ष यह निकला कि जातक की जन्मकुण्डली में चन्द्राष्टक वर्ग में—जिस राशि में कम बिन्दु हों या कोई भी बिन्दु न हो उनका प्रातःदर्शन या उस चन्द्रराशि वाला अपना पति या अपनी पत्नी या राजा, स्वामी, सेवक, मित्र, गुरु या शिष्य हो तो उसके सम्पर्क से असंतोष तथा असामञ्जस्य होता है।

जिस राशि में अपनी जन्मकुण्डली के चन्द्राष्टक वर्ग में कोई बिन्दु न हो—उस राशि में जब गोचरवश चन्द्रमा हो तो कोई शुभ कार्य न करे। यदि कोई कार्य ऐसे समय प्रारंभ किया जावे तो वह सारा कार्य विफल हो जावेगा। अपनी कुण्डली में चन्द्राष्टक वर्ग में—जिन राशियों में कम शुभ बिन्दु हों—उस या उन चन्द्रराशि वाले व्यक्तियों के साथ सहवास नहीं करना चाहिये, न उन से सम्पर्क रखे, न प्रातः काल उनका दर्शन करे-इनसे विपत्ति होती है।

चन्द्रमा के अष्टक वर्ग में(पूर्व बताई गई पद्धति के अनुसार—मेष+सिंह+धनु=पूर्व दिशा)यह देखे कि किस दिशा में अधिक बिन्दु हैं। जिस दिशा में अधिक बिन्दु हों—उस दिशा में स्थित नदी, कुंआ, तालाब के जल से स्नान करे, और उस दिशा में स्थित जलाशय से लाया हुआ जल पीवे तो शुभ होता है। उस दिशा में जो दुर्गा का मन्दिर हो उसमें आराधना करने से विशेष और शीघ्र-फलप्राप्ति होती है। उस दिशा में जो रानी रहती हो उससे भेंट

करने से अच्छा लाभ होगा। अपने मकान में उस दिशा में जो कमरा हो उसमें दुर्गा का पूजन करने से शीघ्र मनोरथ प्राप्ति होगी। इस श्लोक में केवल जल, दुर्गा और रानी इन तीन का उल्लेख है किन्तु हमारे विचार से चन्द्रमा जिन-जिन वस्तुओं का कारक है उन सबके विचार में उपर्युक्त सिद्धान्त लागू करना चाहिये।१६-१९।

भौमाष्टकवर्गे यः फलपूर्णो राशिरत्र कुजचारे।
भूकनकस्वीकारप्रभृतिकमखिलं समृद्धिदं कर्म ॥२०॥

सेनान्यो दर्शनं स्यात् क्षितिपदिविषदां भूमिकार्यं च भूत्यै
पूर्णाक्षायां दिशायां पचनहवनकर्मापि तत्र स्वगेहे।
पूर्णाक्षाशा रिपूणामपि विजयकरी राशिरप्यक्षपूर्णः
स्वल्पाक्षाशाक्षशून्यं भमिह गतिरमुष्योदितेष्वेषु नेष्टा ॥२१॥

अब मंगल के अष्टक वर्ग में क्या-क्या विशेष देखना, यह बताते हैं। अपनी जन्मकुण्डली में मंगल के अष्टक वर्ग में जिस राशि में अधिक शुभ बिन्दु हों—उस राशि में जब गोचरवश मंगल जा रहा हो उस समय ज़मीन, जायदाद खरीदना या कब्जा लेना, सोना खरीदना, सोने के आभूषण बनाना—इन सब कार्यों में समृद्धि होती है। कहने का अभिप्राय यह है कि मंगल जिन वस्तुओं या कार्यों का कारक है, वह सब उस समय करना चाहिये, जब मंगल उस राशि में हो—जिसमें उसके अष्टकवर्ग में अधिक बिन्दु हों।

पहिले बताई गई पद्धति से निकालिये कि पूर्वीय, (मेष, सिंह, धनु) राशियों में कितने बिन्दु हैं; पश्चिम में कितने, उत्तर में कितने और दक्षिण में कितने। जिस दिशा में सबसे अधिक बिन्दु हों उस दिशा में यदि अपनी सेना बढाई जावे, उस दिशा में युद्धकर भूमि पर कब्जा किया जावे, उस दिशा में निवास

करने वाले भूमिपति या सेनापति से भेंट की जावे—या उस दिशा में भूमिकार्य (खेती, जमीन खरीदना, जायदाद लेना आदि) श्रेयस्कर है। उस दिशा में जो सुब्रह्मण्य—कार्तिक स्वामी (या हनुमान जी) का मन्दिर हो उसमें आराधना करने से सुगमता से फलप्राप्ति या आराधनासिद्धि होती है। अपने घर में—उस ओर के कमरे में—जिस दिशा में मंगल के अधिक बिन्दु हों—हवन करना या रसोई घर बनाना उत्तम है। मंगल सम्बन्धी कार्य—जो ऊपर बताये गये हैं उस दिशा में नहीं करने चाहिये जिस दिशा में मंगल के शुभ बिन्दु कम हों। मंगल जब ऐसी राशि में गोचरवश जा रहा हो—जिसमें मंगल के अष्टक वर्ग में कम बिन्दु हों तो मंगल-ग्रह से सम्बन्धित कार्य करने से अनिष्ट होता है ॥२०-२१॥

शशितनयाष्टकवर्गे बुधयुतराशेर्द्वितीयभे न यदि।
फलमप्येकं मूकस्त्रिद्वेचकत्वे बुधस्य चञ्चलवाक् ॥२२॥

फलानि चत्वारि यदीह वक्ता परोक्तशेषं यदि पञ्च षड्वा।
सत्संमतौचित्यवती च वाणी करोति काव्यं फलसप्तकं चेत् ।२३।

यस्याष्टकस्य भारत्या न च कोप्युत्तरं वदेत्।
सकार्योक्त्यसमर्थोऽत्र शून्ये लग्नाद्द्वितीयभे ॥२४॥

पापाक्षयुक्ते तु सदंभधाष्ट्र्यं शुभाक्षयुक्ते वचनं गुणाढ्यम्।
ज्ञानोपदेशात्मकमत्र भानोरसच्छनेर्विग्रहवाक्कुजस्य ॥२५॥

मनोहरत्वादियुता बुधस्य गुरोः स्फुटा वागपि युक्तियुक्ता।
पुराणकाव्यार्थवती प्रमोदयुक्ता भृगोर्व्याजवती शनेः स्यात् ॥२६॥

जाड्यान्वितं संशययुक्तवाक्यं चन्द्रस्य नीचारिगृहस्थितस्य।
वचोऽतिदुष्टं ध्वजमान्दिसर्पा बुधद्वितीयोपगता यदि स्युः ॥२७॥

असभ्यवाचा वचनं सभायां चौर्यादि शापादि वृथेरणं च ।
स्याद्भ्रष्टदुर्वृत्तकथा च तस्य यस्य त्रयोऽमी बुधवाक्समेतः ।।२८।।

अब बुध के अष्टक वर्ग से क्या-क्या विचार करना, यह बताते हैं। बुध का अष्टक वर्ग बनाइये। जिस राशि में बुध है (जन्म कुण्डली में) उससे दूसरे घर में—बुधाष्टक वर्ग में यदि एक भी बिन्दु न हो तो जातक गूंगा हो या बोलने में समर्थ नहीं हों। अर्थात् उसकी वाक् शक्ति अति निर्बल हो। यदि बिन्दु एक, दो या तीन हों तो चंचल वाक् हो(हकलावे, तुतलावे, अस्पष्ट उच्चारण करे या स्थिरतापूर्वक किसी विषय पर भाषण न कर सके)।

यदि चार बिन्दु हों (बुध से द्वितीय में) तो जातक वक्ता (अच्छा बोलने वाला) होता है। यदि पाँच या छः बिन्दु हों तो जो अन्य लोगों ने भाषण किया है—उनका सर्वांगीण निरूपण अपने भाषण में कर सकता है अर्थात् वाक् शक्ति सुन्दर और प्रबल हो। यदि सात बिन्दु हों तो ऐसी वाणी बोलता है, जो विद्वानों से सम्मत हो और काव्य करने में भी प्रशस्त होता है अर्थात् उसकी वाक्शक्ति शास्त्रीय विषय तथा काव्य में निष्णात होती है। हमारे विचार से इन सब सिद्धान्तों को लग्न से द्वितीय में—बुधाष्टक वर्ग में कितनी रेखा हैं, इस पर भी लागू करना चाहिये।

जिसके द्वितीय स्थान में ८ शुभ बिन्दु हों उसकी वाक् शक्ति इतनी प्रबल होगी कि शास्त्रार्थ में कोई उसका उत्तर नहीं दे सकेगा। बुध के अष्टक वर्ग में बुध से द्वितीय में कोई शुभ बिन्दु नहीं पड़ता, इसलिये बुध से द्वितीय में ८ बिन्दु किसी कुण्डली में नहीं हो सकते। इसलिये ८ बिन्दु वाला नियम केवल लग्न से द्वितीय स्थान को लागू हो सकता है। यदि लग्न से द्वितीय स्थान में कोई बिन्दु न हो तो जातक अपने अभिप्राय को ठीक तरह व्यक्त नहीं कर सकेगा।

बुधाष्टक वर्ग में वाणी स्थान (लग्न से द्वितीय स्थान) में यदि बिन्दु पाप ग्रह से गिनने पर पड़ें (उदाहरण के लिये बुधाष्टक वर्ग में शनि से १, २, ४, आदि स्थानों में बिन्दु पड़ता है, इसलिये यदि मान लीजिये जन्मकुण्डली में शनि एकादश में है तो शनि से चतुर्थ—लग्न से द्वितीय में एक बिन्दु पड़ा। ऐसी स्थिति में शनि को बिन्दु प्रदाता कहते हैं। सातों ग्रह और लग्न प्रत्येक अष्टक वर्ग में बिन्दु प्रदाता होते हैं) अर्थात् बिन्दु प्रदाता यदि पापग्रह हो तो जातक दंभयुक्त और धृष्ट (सौजन्य विनयादिहीन, कठोर, अपमान जनक वाणी) वचन बोलता है; यदि बिन्दुप्रदाता शुभ ग्रह हो तो गुणाढ्य (जिस वाणी में अनेक गुण हों, विद्वत्तायुक्त, तर्कपूर्ण सौजन्य सौशील्य, विनय आदि वाणी के गुण हैं) वाणी बोलता है। अब बिन्दु प्रदाता ग्रह के गुण, धर्म, प्रकृति के अनुसार यह बताते हैं कि यदि बिन्दुप्रदाता सूर्य हो तो ज्ञानोपदेशात्मक वाणी होती है; यदि चन्द्रमा बिन्दुप्रदाता हो और चन्द्रमा नीच या शत्रु राशि में हो तो जातक की वाणी में जाड्य (जड़ता—मूर्खता,) और संशय (अपने अभिप्राय को स्पष्ट प्रकट न कर सकना) होगा; यदि मंगल बिन्दु प्रदाता हो तो वाणी कलहकारक होगी; यदि बिन्दुप्रदाता बुध हो तो वाणी मनोहर (सुन्दर, मनको आकर्षण करने वाली) हो; यदि बिन्दु प्रदाता बृहस्पति हो तो वाणी स्फुट (स्पष्ट) और युक्तियुक्त (तर्कसम्मत) हो; यदि बिन्दुप्रदाता शुक्र हो तो पुराण, काव्य के सम्मत अर्थवती हो और यदि बिन्दुप्रदाता शनि हो तो असत् (अच्छी नहीं या मिथ्या) तथा व्याजपूर्ण (धोखा देने वाली कपटयुक्त) वाणी हो।

एक टीकाकार के मत से इन सब नियमों को बुध जिस राशि में जन्म-कुण्डली में हो—उससे द्वितीय राशि में बिन्दुप्रदाता ग्रहों के अनुसार लागू करना चाहिए। परन्तु बुधाष्टक वर्ग में—बुध अपने से दूसरे स्थान में बिन्दुप्रदाता हो नहीं सकता

क्योंकि बुध से १, ३, ५, ६, ६, १०, ११, १२ स्थानों में ही बिन्दु पड़ते हैं—२रे स्थान में बिन्दु नहीं पड़ता, इसलिए हमने इन नियमों को लग्न से दूसरे स्थान में—बुधाष्टकवर्ग में बिन्दु-प्रदाताओं पर लागू किया है।

यद्यपि मूल ग्रंथ में यह नहीं लिखा है किन्तु पूर्वपद्धति अनुसार विविध राशिस्थित बिन्दुओं को जोड़कर यह ज्ञात कीजिए कि किस दिशा में बुध के शुभ बिन्दु सर्वाधिक हैं। हमारे विचार से उस दिशा में बुधसम्बन्धी कार्य, व्यापार, मंत्री, प्रकाशन करना (इन सबका विचार बुध से किया जाता है) आदि श्रेयस्कर होगा।

बुध जिस राशि में हो उससे दूसरे स्थान में यदि राहु हो तो जातक भ्रष्ट (गन्दी, स्पष्ट वाणी में नहीं) तथा दुर्वृत्त (खराब हालात, गन्दे किस्से, शैतानी का वर्णन) भाषण करेगा। यदि बुध से दूसरे केतु हो तो असभ्यवाणी (जिसमें शिष्टाचार न हो और सभ्यता के विरुद्ध हो) बोले; यदि बुध से द्वितीय मान्दि (गुलिक) हो तो चोरों का हाल, शापवचन तथा व्यर्थ की—ऊलजलूल वचन बोलने वाला हो।२२-२८।

अक्षाधिक्ययुते गृहे सुरगुरौ स्वीयाष्टवर्गे स्थिते
मन्त्राणां ग्रहणं पुरश्चरणमग्न्याधानयागादयः।
वेदाभ्यासमहीसुराशनसुतप्राप्त्यर्थसर्वक्रिया
द्रव्योपार्जनसंग्रहाश्च फलदाः स्वल्पाक्षगे निष्फलाः॥२६॥

अब बृहस्पति के अष्टकवर्ग से किन-किन बातों से लाभ उठाना, यह बताते हैं। यह देखिए कि किस राशि में सर्वाधिक बिन्दु हैं। जब बृहस्पति इस राशि में हो तब मंत्रग्रहण, पुरश्चरण, अग्न्याधान, यज्ञ, वेदाभ्यास, ब्राह्मणभोजन, सुतप्राप्ति की सर्व क्रिया, द्रव्योपार्जन आदि बृहस्पतिसम्बन्धी सब कार्य करने चाहिएँ।

हमारे विचार से बैंक में खाता खोलना, फलदार वृक्ष लगाना, धर्मशाला या मन्दिर बनवाना, तीर्थयात्रा, देवाभिषेक आदि कार्य भी उस समय विशेष सफल होंगे क्योंकि यह सब कार्य बृहस्पति सम्बन्धी हैं । यद्यपि मूलग्रंथ में यह नहीं लिखा है किन्तु हमारे मत से मेष, सिंह, धनु-पूर्व—इस पद्धति से यह निकालकर कि किस दिशा में—बृहस्पति के अष्टकवर्ग में सर्वाधिक बिन्दु हैं—उस दिशा में बैंक एकाउन्ट खोलना आदि विशेष श्रेयस्कर होगा ।२९।

बह्वक्षे भवने यदा भृगुसुतः स्वीयाष्टवर्गे चरेत्
शय्याद्याशयनोपकारि सकलं संपादनीयं तदा ।
संगीताभ्यसनं विवाहकरणं कामोपभोगाय यत्
कर्तव्यं तदपि श्रिये पुनरपि क्षौमादिसंपादनम् ॥३०॥

अब शुक्र के अष्टक वर्ग से क्या-क्या विशेष विचार करना, यह बताते हैं। जब शुक्र गोचरवश ऐसी राशि में जा रहा हो जिसमें अधिक बिन्दु हों तब निम्नलिखित कार्य श्रेयस्कर हैं। शय्या आदि शयन के उपकरण खरीदना या बनवाना, संगीताभ्यास, विवाह, कामोपभोग तथा उसके साधन, समस्त सुख देने वाले पदार्थ कामोपभोग या काम्य के अन्तर्गत आ जाते हैं यथा आभूषण, रेशमी वस्त्र आदि इन्द्रिय सुखके पदार्थ । आजकल के युग में चित्र, नृत्य, सिनेमा आदि भी शुक्र के अन्तर्गत ले सकते हैं ।३०।

स्वस्मिन्नष्टकवर्गके बहुफले राशौ चरत्यर्कजे
दासादिग्रहणं कृषिश्च फलदा चाक्षाधिकायां दिशि ।
कार्यं स्यात्कृविरात्मधाम्नि शुभदा चण्डालदासस्थिति-
स्तत्रोच्छिष्टमलादिकत्यजनमत्रापाद्यमेधोगृहम् ॥३१॥

अब शनि के अष्टकवर्ग में क्या विशेष विचार करना यह,

बताते हैं। जब शनि ऐसी राशि में जा रहा हो—जिसमें शनि के अष्टकवर्ग में अधिक बिन्दु हों तो दासग्रहण (अब दासप्रथा तो रही नहीं), अर्थात् नौकर रखना, खेती आदि शनि वर्ग सम्बन्धी कार्य फलद होते हैं।

तीन-तीन (मेष, सिंह, धनु पूर्व में) राशियों के बिन्दुओं का योग करके देखिए कि किस दिशा में सर्वाधिक बिन्दु हैं। अपने घर से उसही दिशा में खेती-बाड़ी, नौकरों के मकान बनवाना, ईंधन रखने का स्थान, गोबर, कंडे आदि रखना, पाखाना बनवाना, जूठन या कूड़ा फेंकना आदि श्रेयस्कर हैं।३१।

त्रिभ्यः शोध्यस्त्रिकोणेष्वनधिकसदृशं क्वापि शून्ये न शुद्धिः
साम्ये सर्वं च शोध्यं विधिरयमुभयोस्त्वेवमेकाधिपत्ये।
कित्वस्मिन्नैव शोध्यं ग्रहयुतभवने शिष्टकाणं पृथक्स्थं
हत्वा राशिग्रहोक्तैर्निजनिजगुणकैस्तद्युतिः शुद्धपिण्डः ॥३२॥

इस श्लोक में त्रिकोणशोधन और एकाधिपत्यशोधन बताया है। यह दोनों प्रक्रियाएँ हमने उदाहरण सहित फलदीपिका में समझाई हैं, इसलिए उपर्युक्त श्लोक का अर्थ मात्र नीचे दिया जा रहा है। विस्तृत व्याख्या नहीं की जा रही है। उदाहरण भी नहीं दिया जा रहा है। जिज्ञासु पाठक विस्तृत प्रक्रिया फलदीपिका में अवलोकन करें। उस ग्रंथ के चौबीसवें अध्याय में सविस्तर समझाया गया है।

(१) यदि त्रिकोण राशियों में (१, ५, ९ त्रिकोण राशियाँ हैं। इसी प्रकार २, ६, १० दूसरा त्रिकोण, मिथुन, तुला, कुंभ तीसरा त्रिकोण और ४, ८, १२ चतुर्थ त्रिकोण) किसी में कम बिन्दु हों तो उसके सदृश अन्य दोनों राशियों में शोधन करें; यदि तीनों राशियों में से एक में शून्य हो तो उस त्रिकोण में शुद्धि नहीं होती। यदि तीनों राशियों में बिन्दु संख्या समान हो तो तीनों का शोधन करे अर्थात् तीनों में शून्य रख दें।

(२) अब एकाधिपत्यशोधन बतलाते हैं। किसी एक ग्रह की दो राशियों के शोधन को एकाधिपत्यशोधन कहते हैं। यहाँ मेष, वृश्चिक—वृष, तुला—मिथुन, कन्या—धनु, मीन—मकर, कुंभ इन पांचो जोडों में—एक-एक राशि में कितनी, यथा—मेष और वृश्चिक के परस्पर बिन्दुओं की गणना की जाती है। यदि मेष और वृश्चिक दोनों में—ग्रह हों तो एकाधिपत्य शोधन नहीं करना। यदि दो राशियों में (यथा मेष और वृश्चिक में) से एक में त्रिकोण शोधन के बाद कोई बिन्दु न हो तो भी शोधन नहीं करना। यदि एक राशि सग्रह हो और उसमें अधिक बिन्दु हों तो दूसरी राशि के बिन्दुओं को हटा दीजिये। यदि दोनों राशियों में ग्रह नहीं हो और दोनों में समान बिन्दु हों तो दोनों राशियों के बिन्दु हटा दीजिये। यदि दोनों राशियों में से एक में ग्रह हो और दोनों में समान बिन्दु हों तो जो ग्रहहीन राशि है उसमें से बिन्दु हटा दीजिये। यदि दोनों राशियाँ ग्रहहीन हों और एक में कम, एक में अधिक बिन्दु हों– जो जिस राशि में थोड़े बिन्दु हों उसके समान ही अन्य राशि में कर दीजिये। यदि सग्रह राशि में थोड़े बिन्दु हों और ग्रह हीन राशि में विशेष तो ग्रहहीन राशि में उतने ही बिन्दु कर दीजिये जितने सग्रह राशि में। यह एकाधिपत्य—किसो ग्रह को दोनों राशियों में होता है–यथा मेष—वृश्चिक, वृष—तुला, मिथुन—कन्या आदि।

उपर्युक्त त्रिकोण शोधन और एकाधिपत्य शोधन में, अन्य मतों से भिन्नता है।

त्रिकोण शोधन और एकाधिपत्य के बाद जो बिन्दु हों उन्हें राशि और ग्रहगुणकों से गुणा करना चाहिये।

सन्नाहे वनमासेदं धीमान् पूज्यः प्रियः क्रमात्।
शशी हि मानसात्मेति सूर्यादपि गुणाः क्रमात् ॥३३॥

राशिगुणाक निम्न लिखित हैं:—मेष ७, वृष १०, मिथुन ८,

कर्क ४ सिंह १०, कन्या ५, तुला, ७, वृश्चिक ८, धनु ६, मकर ५, कुम्भ ११, मीन १२।

ग्रहगुणक निम्न लिखित हैं:—सूर्य ५, चन्द्र ५, मंगल ८, बुध ५, बृहस्पति १०, शुक्र ७, शनि ५।

रेखास्तिर्यङ्नवोर्ध्वं लिखतु लयमिताः पङ्क्तयस्तिर्यगष्टौ
कक्ष्याः स्युर्द्वादशान्याः क्रियमुखभवनान्यष्टधा खण्डितानि।
मन्देड्यारार्कशुक्रेन्दुजशशिवपुषां तासु कक्ष्यासु तैस्तै-
र्वर्ग्यैस्तत्तत्स्थितर्क्षान्न्यसतु फलमिति प्रस्तरेदष्टवर्गम् ॥३४॥

इस में प्रस्ताराष्टक वर्ग बनाना बताया गया है। ९६ कोष्ठ का वर्ग तैयार कीजिये। बनाने का प्रकार फलदीपिका के पृष्ठ ५५४ पर बताया गया है।

इसमें प्रत्येक राशि में जो शुभ बिन्दु पड़ते हैं उनका परिपाक कब होगा यह मालूम पड़ता है। किसी भी राशि के ३० अंश होते हैं। किसी भी राशि में अधिक से अधिक ८ बिन्दु पड़ सकते हैं। ० से ३$\frac{3}{4}$ अंशतक शनि की कक्षा; ३$\frac{3}{4}$ अंश से ७$\frac{1}{2}$ अंश तक बृहस्पति की कक्षा; ७$\frac{1}{2}$ से ११$\frac{1}{4}$ अंश तक मंगल की कक्षा; ११$\frac{1}{4}$ से १५ अंश तक सूर्य की कक्षा; १५ अंश से १८$\frac{3}{4}$ तक शुक्र की कक्षा; १८$\frac{3}{4}$ से २२$\frac{1}{2}$ तक बुध की कक्षा; २२$\frac{1}{2}$ से २६$\frac{1}{4}$ तक चन्द्र की कक्षा और २६$\frac{1}{4}$ से ३० अंश तक लग्न की कक्षा।

अब मान लीजिये वृष राशि में शनि के अष्टक वर्ग में ६ बिन्दु हैं और बिन्दुप्रदाता सूर्य, चन्द्र, बुध, बृहस्पति शनि और लग्न हैं। तो ऊपर जो सूर्य, चन्द्र, बुध, बृहस्पति शनि और लग्न की कक्षा बताई हैं—वृष राशि में जब उन-उन कक्षाओं में शनि गोचरवश जावेगा—अर्थात् उन-उन अंशों के बीच गोचरवश रहेगा तब शुभ फल देगा। अन्य स्थानों में मंगल

और शुक्र (जहां जन्म कुण्डली में है) से शुभ स्थान शनि के अष्टक वर्ग में—वृष में नहीं है इसलिये मंगल और शुक्र—शनि अष्टक वर्ग में वृष में बिन्दुप्रदाता नहीं है। इस कारण वृष राशि में जब शनि मंगल की कक्षा में (७½ अंश से ११¼ अंश तक) जावेगा या शुक्र की कक्षा में (१५ अंश से १८¾ अंश तक) जावेगा तब शनि गोचरवश अशुभ फल करेगा।

बालो बलिष्ठो लवणाङ्गमत्सरो
रागी मुरारिः शिखरोन्द्रगाथया।
भौमो गणेन्द्रो लघुभावतोऽसुरो
गोकर्णरक्ता तु पुराणमैथिली ॥३५॥

रुद्रः परं गह्वरभैरवस्थलो
रागी बली भास्वरगीर्भगाचलः।
गौरो विवस्वान् बलवद्विवक्षया
शूली मम प्रीतिकरोऽत्र तीर्थकृत् ॥३६॥

सर्वाष्टक वर्ग—सब अष्टक वर्गों के जोड़ को कहते है। मेष राशि में प्रत्येक वर्ग में (सातों ग्रहों के पृथक्-पृथक् अष्टक वर्गों में) जो शुभ बिन्दु पड़े—उनको जोडिये। यह मेष राशि में सर्वाष्टक वर्ग में बिन्दु हुए। इसी प्रकार वृषभ, मिथुन आदि में सब बिन्दु जोड़ने से सर्वाष्टक वर्ग हो जाता है।

प्रत्येक ग्रह सब अष्टक वर्गों में—अपनी राशि से गिनने पर, प्रथम, द्वितीय आदि कितने भावों में—कितने-कितने बिन्दु डालता है यह नीचे लिखा जाता है:—

सूर्य	३, ३, ३, ३, २, ३, ४, ५, ३, ५, ७, २,	=४३
चन्द्र	२, ३, ५, २, २, ५, २, २, २, ३, ७, १,	=३६
मंगल	४, ५, ३, ५, २, ३, ४, ४, ४, ६, ७, २,	=४९
बुध	३, १, ५, २, ६, ६, १, २, ५, ५, ७, ३,	=४६

बृहस्पति	२, २, १, २, ३, ४, २, ४, २, ४, ७, ३,	=३६
शुक्र	२, ३, ३, ३, ४, ४, २, ३, ४, ३, ६, ३,	=४०
शनि	३, २, ४, ४, ४, ३, ३, ४, ४, ४, ६, १,	=४२
लग्न	५, ३, ५, ५, २, ६, १, २, २, ६, ७, १,	=४५
	सब का योग	=३३७

सूर्यादिलग्नान्तसमेतराशेरारभ्य भद्वादशके निदध्यात् ।
बालो बलिष्ठाक्षरसंख्यकाक्षाणीत्यष्टवर्गः समुदायनामा ॥३७॥

चाहे तो आप ऊपर दी गई श्लोक ३५, ३६ की व्याख्या के अनुसार सर्वाष्टक वर्ग बनाइये, चाहे, एक साथ, सूर्य से प्रथम स्थान में ३, द्वितीय में ३, तृतीय में ३, चतुर्थ में ३, पंचम में २......चन्द्रमा जहाँ हो उस राशि में २, उसके द्वितीय राशि में ३......इस क्रम से उपर्युक्त संख्या रखकर, सर्वाष्टक बनाइये। एक सा बनेगा। इसी सर्वाष्टक वर्ग को समुदायाष्टकवर्ग भी कहते हैं।३७।

त्रिंशद्‌द्व्यूचो येऽधिकाक्षा अपि शरकृतितो राशयो ये तदूनाः
श्रेष्ठा मध्याश्च कष्टाः क्रमश इति मता गृह्यतां श्रेष्ठराशिः ।
सर्वास्विष्टक्रियासु त्यजतु च गमनाद्येषु कार्येषु कष्टान्
सम्बन्धे संपदापत्सतियुवतिनृणां श्रेष्ठकष्टर्क्षजानाम् ॥३८॥

जिन राशियों में(समुदायाष्टकवर्ग में) ३० या अधिक विन्दु पड़ें, वे उत्तम। जिनमें २५ से ३० तक पड़ें, वे मध्यम और जिन राशियों में २५ से कम बिन्दु पड़ें वे अधम। शुभ कार्यों के लिए अधिक बिन्दु वाली राशियाँ लेनी चाहिएँ। कम बिन्दु वाली राशियों में बड़ा या शुभ कार्य प्रारम्भ करने से कष्ट होता है। ज़ो जातक श्रेष्ठ राशि में उत्पन्न हों उनसे कारवार, सरोकार, विवाह आदि करने से सम्पत्ति वृद्धि और सुख होता है और कष्ट-

राशि (जिन राशियों में अपने सर्वाष्टक वर्ग में बिन्दु कम हों) वालों से सम्बन्ध करने से विपत्ति होती है। यहाँ श्रेष्ठ राशियों में उत्पन्न से आशय है—जिनका चन्द्रमा उस राशि में हो।

लग्नाद्यक्षचतुस्त्रिकोणभवनं बन्ध्वाह्वयं सेवकं
तद्वत्पोषकघातकाह्वयममीष्वक्षाणि संयोजयेत्।
आधिक्यं खलु पोषकस्य यदि चेद्धन्तुर्धनी स्यादधो
दारिद्र्यं यदि पोषकादधिकता स्याद्घातकस्य ध्रुवम् ॥३९॥

निम्नलिखित प्रकार से सर्वाष्टक वर्ग की तीन-तीन राशियों को जोड़िए।

लग्न + पंचम + नवम = बंधु
द्वितीय + षष्ठ + दशम = सेवक
तृतीय + सप्तम + एकादश = पोषक
चतुर्थ + अष्टम + द्वादश = घातक

लग्न से तात्पर्य है कि जो राशि लग्न में पड़े। पंचम से तात्पर्य है कि जो राशि लग्न से पाँचवें हो। नवम से तात्पर्य है जो राशि लग्न से नवम भाव में हो। इसी प्रकार अन्यत्र समझिये।

यदि पोषक की संख्या घातक से अधिक हो तो जातक धनी होगा। परन्तु यदि घातक में पोषक से अधिक संख्या हो तो धनहीन होगा।३९।

मीनेन्द्वालयवृश्चिकप्रभृतिकं खण्डत्रयं कल्पये-
दाद्येऽक्षाधिकतादिमे तु वयसस्त्र्यंशे विदध्यात्सुखम्।
मध्ये मध्यवयस्यथान्तिमवयस्त्र्यंशेऽन्त्यखण्डे हि सा
हीनाक्षस्तु वयस्त्रिभाग इह योऽत्र व्याधिदुःखोद्भवः ॥४०॥

विविध राशिगत—सर्वाष्टक वर्ग में जो बिन्दु हों, उन्हें निम्नलिखित प्रकार से जोड़िए—

मीन + मेष + वृष + मिथुन = जीवन का प्रथम भाग
कर्क + सिंह + कन्या + तुला = जीवन का मध्य भाग
वृश्चिक + धनु + मकर + कुंभ = जीवन का तृतीय भाग

जिस खंड में अधिक बिन्दु हों—जीवन का वह भाग श्रेष्ठ रहेगा। जिस खंड में सब से कम बिन्दु हों—जीवन का वह भाग निकृष्ट रहेगा।४०।

केन्द्रस्थाक्षं पणफरगतमापोक्लिमगतं च युक्त्वापि ।
तेषामधिकाल्पत्वात्प्रथमादिवयः शुभाशुभं ज्ञेयम् ॥४१॥

अब जीवन को तीन खंडों में बाँटकर कौन सा खंड कैसा जावेगा—इसके निर्णय का अन्य प्रकार बताते हैं

समुदायाष्टक वर्ग में केन्द्रगत समस्त (चारों केन्द्रों के) शुभ बिन्दुओं को जोडिये। यह जीवन का प्रथम भाग। चारों पणफर स्थान स्थित बिन्दुओं को जोडिये—यह जीवन का मध्य भाग। चारों आपोक्लिम स्थित राशियों के बिन्दु जोडिये—यह जीवन का अन्तिम—तृतीय भाग। जीवन का वही भाग श्रेष्ठ होगा जिसमें बिन्दु अधिक हों।

लग्नाम्बवात्मजकामधर्मगगनस्थाक्षाणि संयोजये-
दन्तर्भाग इहायमत्र फलबाहुल्ये मनस्तुष्टता ।
विद्याज्ञानसुकर्मदाननिरतिश्चान्यस्थिताक्षान्वयो
भागोऽन्यत्र फलाधिके सति मनःपीडा च डंभाधिकम् ॥४२॥

अब यह देखना बताते हैं कि मनुष्य का अंतःकरण कैस है। निम्न लिखित भावों में—अर्थात् इन भावों में जो राशियाँ पड़ती हैं—उन राशियों में सर्वाष्टक वर्ग में जो शुभ बिन्दु पड़े हों उनको जोडिये :

(क) प्रथम, चतुर्थ, पंचम, सप्तम, नवम, तथा दशम।

अब निम्नलिखित भावगत राशियों के शुभ बिन्दु जोडिये:—

(ख) द्वितीय, तृतीय, षष्ठ, अष्टम, एकादश, द्वादश ।

(क) भाग आभ्यन्तर और (ख) भाग बाह्य कहलाता है ।

यदि (क) में अधिक बिन्दु हों तो विद्या, ज्ञान, सुकर्म, दानप्रियता, मन की तुष्टि (संतोष) आदि सात्त्विक गुण जातक में विशेष मात्रा में होते हैं । यदि (ख) में अधिक बिन्दु हों तो मन की पीड़ा रहे, दंभ, पाखंड आदि राजसिक तथा तामसिक गुण अधिक हों ॥४२॥

लग्नादारभ्य सूर्यात्मजगतभवनाक्षान्तमेकत्र युक्त्वा
सुघ्ने तस्मिन् सुखाप्ते गतवति फलतुल्याब्दके रोगशोकाः ।
मन्दादालग्नमेवं क्षितिसुतगतभाच्चाविलग्नं विलग्ना-
दाभौमं चेति कृत्वा विधिमशुभमतिर्वादिशेच्चोदिताब्दे ॥४३॥

लग्न से लेकर शनि जिस राशि में है उस तक सब राशियों के बिन्दु जोड़िये (लग्न की राशि तथा शनि जिस राशि में हैं—वह बिन्दु भी इसमें जुड़ेंगे) । इस योग को ७ गुणा कीजिए । गुणनफल में २७ का भाग दीजिए । जो शेष बचे उस वर्ष में रोग और शोक होते हैं ।

इसी प्रकार शनि से लग्न तक की राशियों के बिन्दुओं को जोड़िए (शनि जिस राशि में है, तथा लग्न के भी बिन्दु इसमें शामिल हैं) । ७ से गुणा कर २७ का भाग दीजिए । शेष समान वर्ष में रोग तथा शोक हो ।

जैसे लग्न से शनि तक और शनि से लग्न तक बिन्दुओं का योग कर अनिष्ट वर्ष निकालने की पद्धति बताई है, वैसे ही लग्न से मंगल तक सब बिन्दुओं का योग कर ७ से गुणा कर २७ से भाग देकर अनिष्ट वर्ष निकालना चाहिए । इसी प्रकार मंगल से लग्न तक सब बिन्दु जोड़कर उपर्युक्त पद्धति से अनिष्ट वर्ष ज्ञात करे ॥४३॥

यो राशिः फणिनाश्रितोऽत्रगफलैः संख्यासमे वत्सरे
नृणां पन्नगदंशनं गरलभुक्तिर्वाहिपेऽनिष्टगे ।

वर्षे भौमगतालयस्थितफलैस्तुल्ये तु शस्त्रक्षति-
र्मन्दाक्रान्तफलैः समानवयसि स्यू रोगशोकादयः ॥४४॥

यह देखिए कि राहु किस राशि में है। इस राशि में सर्वाष्टक वर्ग में जितने बिन्दु हो—उतनी संख्या के वर्ष में, साँप से काटा जाना, विष भक्षरण (food poisoning) आदि का भय होता है। दक्षिरण भारत में जहाँ यह ग्रन्थ लिखा गया सर्पों का आधिक्य है। राहु सर्प का अधिष्ठाता है। राहु को सर्प या भुजग भी कहते हैं। हमारे विचार से वह कष्ट का वर्ष होगा—यही अभिप्राय है।

मंगल जिस राशि में है—उस राशि में सर्वाष्टक वर्ग में जितने बिन्दु हों उस समान वर्ष में अग्निभय, चोट, व्रण आदि का भय होता है।

शनि जिस राशि में हो—उसमें सर्वाष्टक वर्ग में जितने बिन्दु हों उस समान वर्ष में रोग और शोक हो।

उपर्युक्त विचार के समय दशा, अन्तर्दशा का भी विचार कर लेना चाहिए ॥४४॥

इति निगदितमिष्टं नेष्टमन्यद्विशेषा-
दधिकफलविपाकं जन्मभात्तत्र दद्युः।
उपचयगृहमित्रस्वोच्चगैः पुष्टमिष्टं
त्वपचयगृहनीचारातिगैर्नेष्टसंपत् ॥४५॥

यह श्लोक बृहज्जातक अध्याय ६ का ८वाँ श्लोक है। वहाँ से लिया गया है। अष्टक वर्ग प्रसंग में किन-किन ग्रहों से किन-किन स्थानों में शुभ बिन्दु पड़ते हैं यह बताया गया है। उदाहरण के लिए सूर्याष्टक वर्ग में सूर्य से १, २, ४, ७, ८, ६, १०, ११

स्थान में गोचरवश सूर्य शुभ बताया गया है। इससे समझना कि सूर्याष्टक वर्ग में सूर्य से ३,५,६,१२ स्थानों में अशुभ होता है। इसी प्रकार अन्यत्र समझना। कक्षावश—शुभ राशि में—किन अंशों के मध्य में शुभ फल होगा, यह भी श्लोक ३४ की व्याख्या में बता चुके हैं।

यहाँ यह विशेष कहा है कि यदि ग्रह, उपचय में, अपनी उच्चराशि, स्वराशि में हो या मित्रराशि में हो तो—अधिक बिन्दु वाली राशि में भ्रमण के समय और भी अधिक शुभ फल देता है। और यदि ग्रह अपनी अपचयराशि में हो नीच या शत्रु राशि में हो और ऐसी राशि में जा रहा हो जिसमें कम बिन्दु हों तो और भी अधिक अशुभ फल करता है। यहाँ शंका उठती है कि उपचय, मित्रराशि, स्वराशि, उच्चराशि या अपचय, नीच-राशि, शत्रुराशि का जो उल्लेख किया वह जन्म कुंडली में देखना या गोचर के समय। हमारे विचार से जन्म-कुंडली तथा गोचर के समय दोनों में विचार करना। क्योंकि जन्म कुंडली में जो बलवान् ग्रह हैं वह गोचर में उतना अनिष्ट नहीं करते। जन्म-कुंडली में किस भाव का स्वामी है यह भी विचार कर तारतम्य करना चाहिए वृषभ या तुलाराशि वालों को या वृषभ या तुला लग्न वालों को शनियोग कारक होने से गोचर वश उतना खराब नहीं होता। इसी प्रकार गोचरवश ग्रह यदि नीचराशि में जा रहा हो या अस्त हो तो अच्छा गोचरवश होने पर भी उतना अच्छा नहीं करता और यदि गोचरवश ख़राब हो तो और भी निकृष्ट फल करता है।

इस श्लोक में एक शब्द आया है 'जन्मभाद्' जिसके दो अर्थ होते हैं। एक तो यह कि शुभ बिन्दुओं के जो स्थान बताए वे जन्मकुंडली में जिस राशि में ग्रह हों वहाँ से गिनना। दूसरा अर्थ यह है जो उदाहरण से स्पष्ट करते हैं। मान लीजिए किसी जातक का सिंह लग्न है; बृहस्पति तुला का है। बृहस्पति के अष्टकवर्ग

में सिंह राशि में सात रेखा पड़ती हैं, तो बृहस्पति की जन्मकाल की राशि तुला होने से—सिंह वहाँ से एकादश होने के कारण लाभ में हुआ तो आर्थिक लाभ अधिक करावेगा।

इस अष्टकवर्ग के प्रकरण में एक बात और बताकर हम इसको समाप्त करते हैं। लग्न को प्रथम वर्ष मान, द्वितीय को दूसरा, द्वादश को बारहवाँ वर्ष, इस क्रम से लग्न पुनः १३वाँ वर्ष, द्वितीय १४वाँ वर्ष इत्यादि। इस प्रकार लग्न से, १, १३, २५, ३७, ४९, ६१, ७३, ८५वें वर्ष का विचार करेंगे। एकादश भाव के वर्ष हुए ११, २३, ३५, ४७, ५९, ७१, ८३। जो अच्छा भाव हो उसमें सर्वाष्टकवर्ग में अधिक रेखा पड़े तो वह वर्ष अच्छा जाता है। जन्मपत्रिकाविधानम् में लिखा है कि जिस राशि में क्रूर ग्रह हों और समुदायाष्टवर्ग में भी कम रेखा हों वह वर्ष अतिकष्टकर जाता है। हमारे विचार से क्रूरग्रह स्वक्षेत्री हो तो अनिष्ट प्रभाव नहीं दिखलावेगा। मान लीजिए नीच का शनि नवम में है और नवम भाव में कुल शुभ बिन्दु सर्वाष्टक वर्ग में २० ही हैं तो ९वाँ, २१वाँ, ३३वाँ, ४५वाँ, ५७वाँ और ६९वाँ वर्ष नेष्ट होगा।

यदि कुल १४ बिन्दु हों तो मरण, यदि १५ बिन्दु हों और क्रूर ग्रह भी उस राशि में हो तो मरण; १६ बिन्दु हों तो शरीर पीड़ा; १७ बिन्दु हों तो नाश; १८ हों तो धनक्षय; १९ हों तो दुर्बुद्धि और बान्धवों को पीड़ा; २० बिन्दु हों तो कलह; २१ हों तो दुःख; २२ हों तो कुमति दैन्य और पराभव; २३ हों तो धर्म, अर्थ, काम की हानि; २४ हों तो अकस्मात् धन व्यय। इस प्रकार जिस वर्ष में जितने बिन्दु हों वैसा फल कहना चाहिए। मान-लीजिए किसी राशि में ४० बिन्दु हों तो वह वर्ष बहुत उत्कृष्ट रहेगा ॥४५॥

———

दसवाँ अध्याय

भावविचार प्रकरण

जन्मकुण्डलो में बारह भाव होते हैं। प्रत्येक भाव से कई बातों का विचार किया जाता है। प्राचीन पद्धति के अनुसार जन्मलग्न में जो राशि हो उसे प्रथम भाव, जन्मलग्न से जो दूसरी राशि हो उसे द्वितीय भाव—इस प्रकार बारहों राशियों से बारह भाव लिये जाते थे। प्राचीन मतानुसार यदि लग्न के ६ अंश उदित हों और लग्न का भाव मध्य—मान लीजिये सिंह के ६ अंश पर हो तो कन्या के ६ अंश पर द्वितीय भाव का मध्य, तुला के ६ अंश पर तृतीय भाव का मध्य—इसी प्रकार प्रत्येक भाव का मध्य उस-उस राशि के ६ अंश पर मानते थे—परन्तु अरब देशों की ज्योतिष संस्कृति के प्रभाव से दशम मध्य निकाल कर भाव स्पष्ट करने की परिपाटी भारत में भी प्रचलित हो गयी है। भावस्पष्ट करने का यह प्रकार वर्तमान काल में प्रचलित हो जाने से, हमने अपने ग्रंथ सुगमज्योतिषप्रवेशिका में समझाया है। देखिये उस पुस्तक के पृष्ठ ४४-४६।

प्राचीन पद्धति के अनुसार यदि सिंह के ६ अंश उदित हों तो दोनों ओर १५-१५ अंश तक अर्थात् कर्क के २१ अंश से सिंह के २१ अंश तक प्रथम भाव रहेगा। सिंह के २१ अंश से कन्या के २१ अंश तक द्वितोय भाव। कन्या के २१ अंश से तुला के २१ अंश तक तृतीय भाव। इसी प्रकार आगे समझना चाहिये। अब प्रश्न यह उठता है कि मान लीजिये सिंह के २५ अंश पर कोई ग्रह है तो उसे प्रथम भाव में माना जावे (क्योंकि जन्मलग्न सिंह है) या गणितानुसार सिंह के २१ अंश से कन्या के २१

अंश तक द्वितीय भाव है—इस कारण उसे द्वितीय भाव में माना जावे। इस सम्बन्ध में विद्वानों में मतभेद है। वराह मिहिर ने अपने प्रसिद्ध ग्रंथ बृहज्जातक में लिखा है (अध्याय १ श्लोक ४)।

'राशिक्षेत्रगृहर्क्षभानि भवनं चैकार्थसम्प्रत्यये।

अर्थात् राशि, क्षेत्र, गृह (घर), ऋक्ष, भ, भवन यह सब एक ही अर्थ में प्रयुक्त होते हैं। इस आधार पर यदि सिंह राशि लग्न स्थान में उदित होती है तो प्राचीन मत वाले सिंह राशि के किसी अंश पर ग्रह हो उसे लग्न में ही मानेंगे।

इस प्रकार इस अध्याय में बारहों भावों का शुभाशुभ विवेचन का प्रकार बताया गया है और इस अध्याय का नाम भाव-विचार-प्रकरण रखा गया है।

सर्वत्र भावगृहतत्पतिकारकाख्यै-
स्तद्युक्तवीक्षकखगैरपि तद्गणैश्च।
चिन्त्यानि भावजफलान्यखिलानि युक्त्या
नृणां विलग्नभवनादथवा शशाङ्कात् ॥१॥

किसी भाव का विचार करते समय किन-किन बातों का विचार करे यह कहते हैं :—

(१) भाव (२) उसके स्वामी (३) उसके कारक (४) उस भाव में जो ग्रह हो (५) उस भाव को जो ग्रह देखते हों (६) उसके स्वामी के साथ जो ग्रह हों (७) उसके स्वामी को जो ग्रह देखते हों (८) उसके कारक के साथ जो ग्रह हों (९) उसके कारक को जो ग्रह देखते हों।

अब इसको समझाया जाता है। मान लीजिये आपको किसी पुरुष की जन्मकुण्डली का विचार करना है और उसमें पत्नी-सुख कैसा है इसका विचार अभिप्रेत है। उदाहरण के लिये ऊपर एक कुण्डली दी जा रही है। सिंह लग्न है। तृतीय में तुला के बृहस्पति, केतु हैं; चतुर्थ में वृश्चिक के सूर्य, मंगल, शुक्र हैं; पंचम में धनु का बुध है। अष्टम में मीन का चन्द्रमा है। नवम में मेष के शनि आर राहु हैं। पत्नी का विचार करना है (१) लग्न से सप्तम कुम्भ राशि है। कुंभ राशि ओज राशि है; क्रूर है। इस कारण यह अच्छा नहीं। (२) इसका स्वामी शनि है—क्रूर-स्वभाव है, परिश्रमी है किन्तु नीच राशि में है। नवम भाव में होना अच्छा है परन्तु नीच राशि में होना अच्छा नहीं। पत्नी अपने से निम्न कुल से आवे परन्तु सप्तमेश भाग्य-स्थान में होने से जातक का विवाहोत्तर भाग्योदय हो। (३) स्त्री का कारक शुक्र है उसका चतुर्थ स्थान में बैठना अच्छा है, केन्द्र में है, दिग्बली भी है किन्तु सप्तमेश से षष्ठाष्टक सम्बन्ध करता है और पाप ग्रह की राशि में यह अच्छा नहीं। (४) सप्तम भाव में कोई ग्रह नहीं अन्यथा उसका भी प्रभाव पड़ता—शुभग्रह, शुभस्थान का स्वामी सप्तम में होता तो शुभ प्रभाव। पाप ग्रह, पाप स्थान का स्वामी कोई ग्रह सप्तम में होता तो अनिष्ट प्रभाव। (५) सप्तम भाव को बृहस्पति

पूर्णदृष्टि से देखता है इसलिये यह बहुत उत्तम है। बृहस्पति की दृष्टि बहुत दोषों का निराकरण करती है, और भाव को शुभता प्रदान करती है। (६)सप्तम स्थान के स्वामी शनि के साथ पाप-ग्रह राहु है यह अच्छा नहीं (७) सप्तमेश को बृहस्पति पूर्णदृष्टि से देखता है यह अच्छा-शुभ प्रभाव है। (८) कारक शुक्र, सूर्य तथा मंगल दो क्रूर ग्रहों के साथ बैठा है यह अच्छा नहीं (९) कारक पर चन्द्रमा की आधी दृष्टि है। चन्द्रमा शुभ ग्रह है। इसको कारक पर पूर्ण दृष्टि होतो तो बहुत उत्तम होता किन्तु आधी दृष्टि है यह भी अच्छा ही है। शनि की त्रिपाद दृष्टि है। यह क्रूर-ग्रह की दृष्टि होने से अच्छा नहीं।

इस प्रकार ऊपर जो ९ विचार बताये गये उन सब का विचार करना चाहिये। यह विचार करने के साथ-साथ मूल श्लोक में लिखा है कि चन्द्रलग्न से भी इसी प्रकार विचार करना। प्रस्तुत कुण्डली में चन्द्रमा मीन राशि में है, इसलिये चन्द्रलग्न मीन हुआ।

चन्द्र कुण्डली

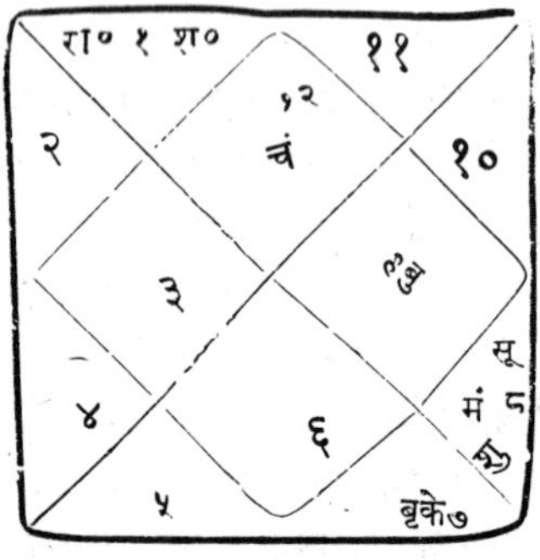

चन्द्रकुण्डली से सप्तम राशि कन्या है (१) कन्या शुभराशि है। स्त्रीस्वभाव और सौम्य राशि है (२) इसका स्वामी शुभ

ग्रह की राशि में है, शुभ ग्रह है, यह शुभ प्रभाव है। (३) कारक शुक्र ही रहेगा—जिसका विचार पहिले कर चुके हैं। अतः पुनः विवेचन करने की आवश्यकता नहीं। (४) सप्तम भाव कन्या में कोई ग्रह नहीं (५) सप्तम भाव कन्या को इस का स्वामी बुध चौथाई दृष्टि से देखता है, यह अच्छा है। यदि पूर्णदृष्टि से देखता तो बहुत उत्तम था। अस्तु चौथाई दृष्टि से देखने से कुछ तो शुभ फल हुआ। बुध शुभ ग्रह है। वैसे ज्योतिष शास्त्र का नियम है कि चाहे शुभ ग्रह हो, चाहे पापग्रह भाव स्वामी यदि भाव में बैठा हो या उसे देखता हो तो अच्छा ही है। (६) सप्तमेश बुध के साथ कोई ग्रह बैठा नहीं है, अन्यथा उसके प्रभाव का भी विचार करना पड़ता (७) सप्तमेश बुध को पाप-ग्रह शनि आधी दृष्टि से देखता है यह अच्छा नहीं। बृहस्पति बुध को चौथाई दृष्टि से देखता है बृहस्पति शुभ ग्रह है, इसकी दृष्टि उत्तम है। (८) तथा (९) कारक शुक्र ही रहेगा जिसका विचार पहिले कर आये हैं। अतः पुनः विचार करने की आवश्यकता नहीं।

किस भाव के लिये कौन सा ग्रह कारक है, इसके लिये देखिये हमारी लिखी भावार्थबोधिनी फलदीपिका अध्याय १५ श्लोक १७ ॥१॥

सौम्याः शुभानि खलु भावफलानि कुर्यु-
रन्यानि हन्युरपरे विपरीतमेव।
एकग्रहस्य तु शुभाशुभकारकत्वे
प्राप्ते ह्ययं बलयुतः शुभदोऽन्यथान्यः ॥२॥

शुभग्रह भाव में बैठे हों, भाव को देखते हों या भावेश के साथ बैठे हों या भावेश को देखते हों या कारक के साथ बैठे हों या कारक को देखते हों तो भाव की वृद्धि करते हैं। पापग्रह भाव में बैठे हों, भाव को देखते हों, भावेश के साथ बैठे हों

या भावेश को देखते हों, कारक के साथ बैठे हों या कारक को देखते हों तो भाव की हानि करते हैं। यदि एक ही ग्रह शुभता तथा अशुभता दोनों प्रकार का प्रभाव करने वाला हो तो यदि वह बलवान् हो तो शुभ फल करेगा और यदि निर्बल होगा तो अशुभ फल करेगा।

इस सम्बन्ध में वराहमिहिर ने बृहज्जातक अध्याय ८ श्लोक २३ में कहा है; यह श्लोक प्रस्तुत ग्रंथकार ने इसी अध्याय में आगे (श्लोक ३२) दिया है। उसके अनुसार एक ही ग्रह में किसी कारण से किसी भाव के फलवृद्धि की क्षमता हो और किसी अन्य कारण से उसी भाव के फल का ह्रास(कमी)भी करता हो तो परस्परविरोधी गुण एक दूसरे को काट देते हैं— न भाव की वृद्धि होती है, न भाव का ह्रास होता है। ऐसा कब होता है? जब दोनों विरोधी गुण—भाव के फल को बढ़ाने वाले और भाव के फल की कमी करने वाले—समान मात्रा में हों। किन्तु यदि दोनों प्रकार के गुण समान मात्रा में न हों— किन्तु एक प्रकार का गुण (मान लीजिये भाव की वृद्धि करने वाला गुण) विशेष बलवान् हो तो भाव की वृद्धि होती है। यदि भाव को नाश करने का गुण विशेष बलवान् हो तो भाव का नाश होता है। कहने का अभिप्राय यह है कि यदि एक ही ग्रह से विरुद्ध गुण सदृश या समान मात्रा में हों तो एक दूसरे को काट देते हैं किन्तु यदि राशि, नवांश स्थिति, दृष्टि आदि के तारतम्य से किसो एक प्रकार के (शुभ या अशुभ) गुणों की विशेषता हो तो जितनो विशेषता हो उसी का परिपाक होता है। किन्तु यदि दो विभिन्न ग्रहों में—एक दूसरे के विरुद्ध गुण हों—जैसे मंगल अधर्मनिरत लोगों में प्रोति करता है और बृहस्पति धर्मनिरत लोगों में प्रीति; तो यह एक दूसरे के गुण, स्वभाव, प्रभाव को नहीं काटते। मंगल की दशा, अन्तर्दशा, प्रत्यन्तर्दशा में मंगल का प्रभाव होगा। गुरु की दशा, अन्तर्दशा, प्रत्यन्तर्दशा में गुरु का प्रभाव ॥२॥

पापग्रहा बलयुताः शुभवर्गसंस्थाः
सौम्या भवन्ति शुभवर्गगसौम्यदृष्टाः ।
प्रायेण पापगणगा विबलाश्च सौम्याः
पापा भवन्त्यशुभवर्गगपापदृष्टाः ॥३॥

इसमें बताया गया है कि पापग्रहों को उनके पापमात्र होने से पाप (अशुभ) नहीं समझ लेना चाहिये और शुभग्रहों को उनके शुभमात्र होने से शुभ नहीं समझना। यदि पापग्रह (१) बलवान् हो (पाप करने की क्षमता में बलवान् नहीं किन्तु षड्-बल, स्थानबल, कालबल दिक्बल, चेष्टाबल, दृग्बल आदि में बलवान्) (२) शुभ वर्गों में स्थित हो (वर्ग कौन-कौन से होते हैं यह प्रथम अध्याय में समझाया गया है) (३) शुभ वर्गों में स्थित शुभग्रहों से दृष्ट हो तो वह शुभ हो जाता है। अर्थात् बल, शुभवर्ग स्थिति, शुभवर्गों में स्थित शुभग्रहों की दृष्टि— इन तीनों कारणों से पापग्रह भी सौम्य हो जाता है।

इसी प्रकार सौम्य (नैसर्गिक शुभ) ग्रह यदि (१) बलहीन हो (षड्बल में निर्बल) (२) पापग्रहों के वर्ग में स्थित हो (३) पापवर्गों में स्थित पापग्रहों से दृष्ट हो तो पाप (अशुभ प्रभाव दिखाने वाला) हो जाता है ॥३॥

भावेशभावगतभावनिरीक्षकैस्तै-
र्भावस्वभाववपुरादिगुणाश्च चिन्त्याः ।
भावानुभूतिरिह भावविलग्नपत्योः
संबन्धतो भवति चारवशाद्दशादौ ॥४॥

किसी भावसम्बन्धी वपु (शरीर), स्वभाव, गुण आदि का विचार कैसे करना। वपु से तात्पर्य है कि मान लीजिये किसी जातक के स्वयं के शरीर, स्वभाव, गुणों का विचार करना है

तो जन्मकुण्डली के लग्नभाव को देखिये। यदि उसकी पत्नी के शरीर (वर्ण, आकृति) आदि का विचार करना है तो सप्तम भाव को देखिए। जिस भावसम्बन्धी वपु, स्वभाव, गुणों का विचार करना हो उस (१) भावेश (२) उस भाव में जो ग्रह बैठे हों (३) तथा उस भाव को जो ग्रह देखते हों, उनसे फल कहना।

ऊपर एक सज्जन की कुण्डली दी जाती है। इनकी पत्नी के शरीर, स्वभाव, गुणों की समीक्षा करनी है। सप्तम में चन्द्रमा है (शुभग्रह और स्वरूपवान्) इसको बृहस्पति (शुभग्रह और स्वरूपवान्) पूर्णदृष्टि से देखता है। मंगल भी पूर्णदृष्टि से देखता है। बृहस्पति और चन्द्रमा शान्त स्वभाव के ग्रह हैं किन्तु मंगल उग्र स्वभाव का ग्रह है किन्तु इसमें तीन गुण हैं। यह लग्नेश है, अपनी राशि का है, चन्द्रमा से दृष्ट है। सप्तम भाव पर सूर्य, बुध, शुक्र तीन ग्रहों की एकपाद दृष्टि है। एक पाद चौथाई को कहते हैं। बुध और शुक्र शुभग्रह हैं। सूर्य क्रूर ग्रह है, किन्तु पंचम (त्रिकोण) का स्वामी होने से शुभ है। सप्तमेश स्वयं शुक्र है जो शुभ और सुन्दर है। इन कारणों से इस जातक की पत्नी बहुत सुन्दर और उत्तम स्वभाव वाली गुणवती है।

शरीर सौन्दर्य, गुण, स्वभाव, आदि का विचार करते समय

देश, काल, पात्र का भी विचार कर लेना चाहिए। एक नीग्रो (हवशी) और एक अंग्रेज का एक ही अस्पताल में एक ही समय जन्म हो तो जन्मकुण्डली तो एक ही होगी किन्तु देशगत भेद होने से वपु, स्वभाव आदि में अन्तर होगा ही।

अब इस श्लोक के अन्तिम दो चरणों में जो सिद्धान्त बताया गया है वह बतलाते हैं। भावानुभूति कब होती है अर्थात् भाव का फल कब होता है ? (१) जब लग्नेश का और भावेश का गोचर में सम्बन्ध हो (२) जब इन दोनों (लग्नेश तथा भावेश) की दशा अन्तर्दशा हो।

उदाहरण के लिये गोचर में जब लग्नेश एकादशेश या लग्नेश धनेश का सम्बन्ध हो तो धनप्राप्ति। लग्नेश, षष्ठेश सम्बन्ध से शत्रुता या रोग। इसमें दशा अन्तर्दशा का विचार करना भी आवश्यक है। लग्नेश, चतुर्थेश का सम्बन्ध वर्ष में कई बार होता है किन्तु वर्ष में कई बार भूमि, मकान, वाहन (चतुर्थ भाव सम्बन्धी शुभ फल) प्राप्त नहीं होते। इसीलिए कहा है कि दशा, अन्तर्दशा आदि का विचार कर लेना चाहिए। सम्भावना भी देखनी चाहिए। सम्भावना से तात्पर्य क्या ? उदाहरण के लिए किसी का सिंह लग्न है। लग्नेश सिंह की प्रतिवर्ष में एक बार पंचमेश बृहस्पति से युति होगी, दो बार त्रिकोण-सम्बन्ध से बृहस्पति की सूर्य पर पूर्णदृष्टि होगी, एक बार परस्पर सप्तम दृष्टि से सम्बन्ध होगा। ऐसी स्थिति में क्या वर्ष में कई बार पुत्र प्राप्ति होगी या क्या प्रतिवर्ष पुत्र जन्म होगा ? नहीं। इसीलिए फलनिर्देश करते समय सम्भावना का भी विचार कर लेना चाहिए। इस सम्बन्ध में देखिए त्रिफला (ज्योतिष)* पृष्ठ १०१ ॥४॥

---

* यह फलित ज्योतिष की अद्भुत पुस्तक है। पुस्तक प्राप्ति स्थान : मोतीलाल बनारसीदास पुस्तक प्रकाशक और विक्रेता दिल्ली-वाराणसी-पटना।

भावे शुभर्क्षे शुभनाथमित्रैर्युक्ते बलाढ्यैरवलोकिते वा ।
भावाधिपे कारकखेचरे वा बलान्विते सिद्धिमुपैति भावः ॥५॥

भाव की सिद्धि कब होती है अर्थात् भाव का शुभ फल किस स्थिति में प्राप्त होता है ? (१) भाव में शुभ राशि हो (२) उस भाव में भावेश या शुभग्रह या भावेश के मित्र बैठे हों या इन सब (भावेश, शुभग्रह, भावेश के मित्रों) से भाव दृष्ट हो । यह जो भावेश, शुभग्रह और भावेश के मित्रों से युक्त या वीक्षित जो शुभ लक्षण बतलाए तभी पूर्ण शुभफल करते हैं जब वे बलवान् हों (३) भावाधिप बलवान् हो या कारक बलवान् हो । कारक से तात्पर्य क्या है ? पुत्रकारक गुरु है, गुरु (बृहस्पति) के बलवान् होने से पुत्रसुख । कलत्रकारक शुक्र के बलवान् होने से स्त्रीसुख । सूर्य प्रथमभाव (शरीर) का कारक होने से सूर्य बलवान् हो तो उत्तम शरीर (स्वास्थ्य) । सूर्य पिता का भी कारक है । चन्द्रमा माता का कारक है इत्यादि ॥५॥

पापारिरन्ध्रेशसमेतदृष्टेष्वेतेषु विद्यादिह भावनाशम् ।
बलान्वितेष्वेषु शुभेशमित्रैरयुक्तदृष्टेषु च भावलाभः ॥६॥

ऊपर जो बातें बताई गईं—भाव, भावेश, शुभग्रह तथा भावेश के मित्रों से युक्त या दृष्ट होना तथा भावेश और कारक का बलवान् होना इनकी यदि पाप ग्रह, षष्ठेश, रन्ध्रेश (अष्टमेश) से युति हो या पापग्रह, षष्ठेश, अष्टमेश (इनमें से एक या अधिक) भाव, भावेशकारक या देखने वाले शुभग्रह को देखते हों तो भाव के शुभफल का नाश करते हैं । यदि भाव, भावेश, कारक तथा भाव, भावेशकारक से युक्त या इनको देखने वाले शुभग्रह पापयुति, षष्ठेशयुति, अष्टमेशयुति या पापदृष्टि, षष्ठेशदृष्टि, अष्टमेश दृष्टि से असम्बन्धित हों तो भाव का लाभ होता है अर्थात् उस भावसम्बन्धी शुभफलप्राप्ति होती है ।

यहाँ यह निर्देश करना आवश्यक है कि प्रायः कोई भी कुण्डली ऐसी देखने में नहीं आती जिसमें सब शुभ लक्षण जो ऊपर बताए गए हैं मिल जावें या जिसमें सब अनिष्टकारी लक्षण ही पाए जावें। यहाँ क्या शुभ है, क्या अशुभ है इसका निर्देश कर दिया है। शुभ लक्षण अधिक हैं या कितने अधिक हैं या पाप लक्षण अधिक हैं और कितने अधिक हैं—इसका तारतम्य कर फलादेश करना उचित है। ग्रह के बलों का भी विचार कर लेना चाहिए ॥६॥

पार्श्वद्वयस्थैश्चतुरस्रगैर्वा त्रिकोणगैर्वा सकलैश्च पापैः।
भावस्य नाशं शुभदैश्च वृद्धि समादिशेत्कारकतो विशेषात् ॥७॥

इसमें दो बातें बताई हैं। यदि (१) किसी भाव के दोनों ओर पापग्रह हों (२) उस भाव से चतुर्थ और अष्टम में पापग्रह हों (३) उस भाव से त्रिकोण-नवम पंचम में पापग्रह हों तो उस भाव का नाश होता है। इसी प्रकार किसी भाव के कारक के (१) दोनों ओर—दोनों ओर से तात्पर्य है कि कारक से द्वितीय और द्वादश में पापग्रह हों (२) कारक से चतुर्थ तथा अष्टम में पापग्रह हों (३) कारक से त्रिकोण में नवम तथा पंचम में पापग्रह हों तो जिस भाव का वह कारक है उस भावसम्बन्धी शुभफल का नाश होता है।

अब यदि जिन स्थानों में पापग्रह बतलाए हैं उनमें पापग्रह न हों प्रत्युत शुभग्रह हों तो उनका फल बतलाते हैं। यदि (१) किसी भाव के दोनों ओर शुभ ग्रह हों (२) उस भाव से चतुर्थ और अष्टम में शुभग्रह हों (३) उस भाव से नवम तथा पंचम में शुभग्रह हों तो उस भाव की वृद्धि होती है अर्थात् उस भावसम्बन्धी शुभफल की प्राप्ति होती है। अब कारक को लीजिए। यदि (१) कारक के बगल की दोनों राशियों में शुभग्रह हों (२)

कारक से चौथे तथा आठवें शुभग्रह हों (३) यदि कारक से नवम तथा पंचम में शुभग्रह हों तो जिस भाव का वह ग्रह कारक है उस सम्बन्धी शुभफल की प्राप्ति होती है।

भाव से उपर्युक्त विचार करना तथा कारक से भी विचार करना यह दो बातें बतलाई गई हैं। अब कहते हैं कि भाव के विचार की अपेक्षा कारक से विचार विशेष महत्त्वपूर्ण है। पाठक विचार करें कि ऊपर भाव से ६ स्थान स्थित ग्रहों का विचार बताया गया और कारक से ६ स्थान स्थित ग्रहों का विचार। इन बारहों स्थानों में न शुभग्रह हो सकते हैं, न पापग्रह ही क्योंकि ग्रह कुल ९ हैं। ग्रंथकार ने एक साथ यह नहीं कह दिया कि भाव से द्वितीय, चतुर्थ, पंचम, अष्टम, नवम तथा द्वादश में पापग्रह हों तो अनिष्ट फल और शुभ ग्रह हों तो इष्टफल प्रत्युत द्वितीय और द्वादश—इस प्रकार दो दो जोड़ों में बाँटा है। इसका कारण ? यदि द्वितीय और द्वादश दोनों में ग्रह होंगे तो पापकर्तरी (कैंची की दो धारों के बीच) योग हो जावेगा। शुभग्रहों के मध्य में भाव होने से शुभकर्तरी हो जावेगा। इसी प्रकार अन्यत्र समझना चाहिए।

पापेन पत्या बलिना समेते दृष्टे च भावे सति दुष्टभावः।
तेनाबलेनात्र युते च दृष्टे कृच्छ्राद्भवेत्कुत्सितभावलाभः ॥८॥

यदि किसी भाव का स्वामी पापग्रह बली हो और उस (अपने) भाव में बैठा हो या उस (अपने) भाव को देखता हो तो उस भाव का दुष्ट फल होता है। यदि पापग्रह निर्बल होकर अपने भाव में बैठा हो या उसको देखता हो तो कठिनता से उस भावसम्बन्धी कुछ प्राप्ति हो सकती है।

यह सिद्धान्त कुछ अन्य ज्योतिष ग्रहों के सिद्धान्तों से कम मेल खाता है। लघुजातक के अध्याय १ श्लोक १४ में लिखा है—

अधिपयुतो दृष्टो वा बुधजीवनिरीक्षितश्च यो राशिः ।
स भवति बलवान्न यदा युक्तो दृष्टोऽपि वा शेषैः ।।

अर्थात् यदि कोई राशि अपने स्वामी, बुध, बृहस्पति से युत या वीक्षित हो और अन्य ग्रहों से युत, वीक्षित न हो तो वह बलवान् होती है । शंभु होरा प्रकाश में भी लिखा है ।

स्व स्वामिना वीक्षित संयुतो वा बुधेन वाचस्पतिना प्रदिष्टः ।
स एव राशिर्बलवान् किल स्यात् शेषैर्युतो दृष्टयुतो नचात्र ॥

राशि का स्वामी अपनी राशि में होने से राशि बलवान् होती है । ग्रह भी बलवान् होता है । यहाँ पाप सौम्य का भेद नहीं है । किन्तु उडुदायप्रदीप की सज्जनरञ्जनी टीका ने पाप ग्रह के स्वराशिस्थ होने को सर्वत्र अच्छा नहीं माना है । देखिये त्रिफला (ज्योतिष) पृष्ठ २०।

यह तो हुआ जन्मकुण्डली में यदि पाप ग्रह अपनी राशि में हो, उस सम्बन्ध में । अब फलदीपिका (भावार्थबोधिनी) के अध्याय २३ श्लोक २३ की व्याख्या देखिये जहाँ लिखा है कि गोचर में यदि पापग्रह अपनी ही राशि में हो तो जन्मकुंडली में वह राशि जिस भाव में हो उसकी वृद्धि करता है । स्वगृही दशा का ज्योतिष में बहुत शुभ फल लिखा है । इसलिये जातकादेश मार्ग के इस मत से, कि बलवान् पापग्रह अपनी राशि में बैठकर अपने भाव को (जिसमें बैठा है उसको) विगाड़ता है, हम सहमत नहीं हैं । हाँ, यह मत हमारा अवश्य है कि बलवान् पापग्रह स्वराशिस्थ होकर द्वादश में बैठा हो तो अत्यधिक व्यय करावेगा ।।८।।

सर्वत्र लग्नेश्वरयोगदृष्टिकेन्द्रत्रिकोणोपगतत्वमिष्टम् ।
षष्ठाष्टमान्त्येश्वरयोगदृष्टयाद्यन्योन्यबन्धस्त्वशुभः प्रदिष्टः ।।९।।

अब भाववृद्धि तथा भावह्रास के अन्य कारण बताते हैं। किसी भी भाव का लग्नेश से योग होना, लग्नेश से दृष्टि सम्बन्ध होना, लग्नेश से केन्द्र, त्रिकोण में उस भावेश का बैठना अच्छा है।

किसी भावेश का षष्ठेश, अष्टमेश या व्ययेश से योग, दृष्टि या सम्बन्ध या इनसे (षष्ठेश, अष्टमेश या व्ययेश से) केन्द्र त्रिकोण में बैठना या इनसे स्थान विनिमय करना अच्छा नहीं।

पाराशरी ज्योतिष में ग्रहों के चार प्रकार के सम्बन्ध माने हैं :—

(१) दोनों एक राशि में हों।

(२) 'अ' ग्रह 'ब' की राशि में हो और 'ब' ग्रह 'अ' की राशि में।

(३) दोनों ग्रह एक दूसरे को पूर्ण दृष्टि से देखते हों।

(४) (क) 'अ' ग्रह 'ब' की राशि में बैठकर 'ब' को देखे।

(ख) 'अ' ग्रह 'ब' की राशि में बैठे और 'ब' 'अ' को देखे।

फलदीपिका ने इन चार सम्बन्धों के अतिरिक्त और भी संबन्ध माने हैं जिसके लिये देखिये फलदीपिका (भावार्थबोधिनी) अध्याय १५ श्लोक ३० की व्याख्या ॥९॥

लग्नलग्नेशसंबन्धात्तद्भावानुभवः स्मृतः।
सम्बन्धात्पुनरन्येषां तादृशं फलमादिशेत् ॥१०॥

लग्न और लग्नेश के सम्बन्ध से उस-उस भाव का अनुभव होता है। अर्थात् लग्नेश चतुर्थ में होगा या चतुर्थेश लग्न में होगा तो चतुर्थ भाव सम्बन्धी फल में दृढता होगी—चतुर्थ भाव सम्बन्धी फल विशेष रूप से प्राप्त होगा।

यदि अन्य भवन से या यदि अन्य भवन के स्वामी से, किसो भाव या भावेश का सम्बन्ध हो तो अन्य भवन सम्बन्धी फल में विशेषता होगो। उदाहरण के लिये पंचमेश षष्ठ में बैठे या षष्ठेश पंचम में बैठे तो पुत्र को रोग या उससे शत्रुता। सप्तमेश नवम में बैठे या नवमेश सप्तम में बैठे तो स्त्री से या विवाहोत्तर भाग्योदय। दशमेश अष्टम में हो या अष्टमेश दशम में बैठे तो पितृसुख में कमो। इसी सिद्धान्त पर ज्योतिष में कहा गया है कि किसो भावेश का षष्ठ, अष्टम, व्यय में बैठना अच्छा नहीं, न किसो भाव में षष्ठेश, अष्टमेश या व्ययेश का बैठना। जब दो भावों का सम्बन्ध हो जाता है(जैसे 'क' भाव का स्वामी 'ख' भाव में बैठे या 'ख' भाव का स्वामो 'क' भाव में बैठे) तो दोनों भावों का सम्बन्ध हो जाता है और तदनुरूप फल होता है। इसीलिये हमने फलदोपिका को भावार्थबोधिनी व्याख्या में पृष्ठ ३१८ पर लिखा है कि (१) लाभेश जिस भाव के स्वामी के साथ हा (२) लाभेश जिस भाव में हो (३) जो ग्रह या जो भावेश लाभ में बैठे हों, इन तीनों के अनुरूप वस्तु का लाभ कहना चाहिये। उदाहरण के लिये लाभेश पंचम में बैठे, या पंचमेश लाभ में बैठे या लाभेश पंचमेश एक साथ हों तो विद्या, पुत्र, बुद्धि, सट्टे से लाभ कहना क्योंकि पंचम से इसका विचार किया जाता है। इसो प्रकार यदि लाभेश सप्तमेश का सम्बन्ध हो या सप्तमेश लाभ में बैठे या लाभेश सप्तम में बैठे तो स्त्री से, सांझेदारी से या व्यापार से लाभ कहना।

जो भावेश बारहवें घर में बैठे या बारहवें घर का स्वामो जिस भाव में बैठे उस भाव के अनुरूप वस्तु का नाश कहे। उदाहरण के लिये चतुर्थेश व्यय में हो तो सवारो का व्यय, या भूमि का व्यय। पंचमेश व्यय में हो या व्ययेश पंचम में हो तो पुत्र द्वारा या सट्टे से धन का व्यय कहना चाहिये।१०।

अरातिरोगाद्यमरातिनाथो मृतीश्वरो मृत्युभयं करोति ।
व्ययाधिपो भ्रशंदरिद्रताद्यं योगेक्षणाद्यैरशुभो विशेषात् ॥११॥

छठे भवन का स्वामी रोग और शत्रुभय करता है। अष्टमेश मृत्युभय करता है। तथा व्ययेश स्थान से पतन (उच्च पद से नीचे आना, नौकरी छूटना) दरिद्रता आदि दुष्फल करता है। यह इन ग्रहों का नैसर्गिक प्रभाव बतलाया। कब यह फल करता है यह नहीं लिखा है। हमारे विचार से अपनी दशा, अन्तर्दशा में और गोचरवश जब अनिष्ट होगा तब उपर्युक्त अनिष्टफल दिखलावेगा।

आगे लिखते हैं। विशेष कर योग और दृष्टि से। किसके योग और किसकी दृष्टि से यह इंगित नहीं किया। हमारे विचार से इस योग और दृष्टि के दो अर्थ हो सकते हैं। (१) जैसे षष्ठेश, अष्टमेश का योग हो या परस्पर दृष्टि हो, या अष्टमेश व्ययेश का योग या उनमें परस्पर दृष्टि हो या षष्ठेश, व्ययेश का योग हो या उनमें परस्पर दृष्टि हो तो नीम पर करेला चढा वाली कहावत चरितार्थ होगी। (२) दूसरा अर्थ योगेक्षण का यह समझना चाहिये कि षष्ठेश अष्टमेश या व्ययेश यदि पापग्रह से योग करें या वीक्षित हों तो विशेष अनिष्ट प्रभाव दिखाता है।

लग्नेशजन्मेश्वरभावनाथा येषु स्थिता भेष्वथवांशकेषु ।
तद्राशिजाताश्च फलन्ति भावास्तदीयनीचोच्चगृहोद्भवा वा ॥१२॥

यह देखिये कि (१) लग्नेश किस राशि, अथवा नवांश में है (२) जन्मेश्वर जन्मकालीन चन्द्रमा जिस राशि में है उसका स्वामी किस राशि या नवांश में है। (३) जिस भाव का विचार कर रहे हैं उस भाव का नाथ (स्वामी) किस राशि और नवांश में है। यह राशियाँ जिस भाव में हैं उन भावों का फल होगा। या इन तीनों ग्रहों—लग्नेश जन्मेश्वर, भावनाथ की जो उच्च राशियाँ हैं या नीच राशियाँ हैं—उनका फल होगा।

ज्योतिष शास्त्र का एक सिद्धान्त यहाँ समझाया जाता है। मान लीजिये किसो का सिंह लग्न है। सूर्य को महादशा है। सूर्य की उच्च राशि है मेष। मेष नवम में पड़ी तो नवम भाव-सम्बन्धी उत्कर्ष सूर्य की दशा में होगा। सूर्य की नीच राशि है तुला। तुला तृतोय भाव में है, इसोलिये तृतीय भावसम्बन्धी अपकर्ष(गिरावट या दुष्ट फल)होगा। अब सिंह लग्नवाले को चन्द्रमा की दशा आई। चन्द्रमा को उच्चराशि है वृषभ जो लग्न से दशम में पड़ी। इसलिए चन्द्रमा की महादशा में दशम भाव-सम्बन्धी उत्कर्ष होगा। चन्द्रमा की नोचराशि वृश्चिक है। यह सिंह लग्नसे चतुर्थ में पड़ी इसलिए चन्द्रमा की महादशा में चतुर्थ भाव सम्बन्धी क्लेश। इसी प्रकार अन्य ग्रहों को महादशाओं में उनकी उच्च राशियाँ लग्न से जिस भाव में पड़तो हैं—उन-उन भाव सम्बन्धी उत्कर्ष और जो महादशानाथ की नीच राशि है, वह लग्न से जिस भाव में पड़ती है, उस भाव सम्बन्धी हानि कहना ॥१२॥

भावेशतद्युक्तनिरीक्षकाणामृक्षेषु जाताश्च तथैव शस्ताः।
भावा व्ययारातिमृतीश्वराणां राश्यंशकादौ तु भवन्त्यनिष्टाः ॥१३॥

निम्नलिखित ग्रह किसी भाव के लिए अच्छे हैं—

(१) जो ग्रह भावेश की राशि में बैठे हों। (२) जो ग्रह भाव में बैठा है उसकी राशि में बैठे हों। (३) जो ग्रह भाव को देखते हों उनकी राशियों में बैठे हों।

निम्नलिखित ग्रह किसी भाव के लिए अनिष्ट हैं—

(१) जो राशि कुंडली या नवांश कुण्डली में उस भाव से छठे, आठवें, बारहवें के स्वामी हों ॥१३॥

लग्नाधिपकारकयोर्लग्नाधिपभावनाथयोरथवा।
स्फुटयोगजनक्षत्रे भावानां जन्म निर्दिशेन्मतिमान् ॥१४॥

वैसे भावमध्य को सबसे मार्मिक स्थान माना जाता है। जब कोई ग्रह भावमध्य पर से जाता है तो अपना प्रभाव दिखाता है—विशेषकर यदि उस स्थान पर स्थिर हो जावे। ग्रह स्थिर कब और कैसे होता है ? जो ग्रह मार्गी हों और वक्र होने को हों—वे आगे जाते-जाते जब जिस अंश, कला पर वक्री होते हैं—वहाँ थोड़ी देर के लिए स्थिर हो जाते हैं। इसी प्रकार वक्री पीछे की ओर जाता हुआ ग्रह जब रुक जाता है और उसकी गति आगे की ओर होने लगती है, तब वह उस अंश, कला पर थोड़ी देर के लिए स्थिर हो जाता है। इसको हम एक दृष्टान्त द्वारा समझाते हैं। जब मोटर आगे की ओर जा रही हो और उसे बैक (पीछे की ओर चलाना हो) या बैक (पीछे की ओर जा रही) हो, और उसे आगे की ओर चलाना हो तो एक सेकिंड के लिए उसकी गति शून्य हो जाती है और मोटर स्थिर हो जाती है। यही दशा ग्रहों की होती है। जब वह मार्गी से वक्री हों या वक्री से मार्गी तो स्थिर होने से बहुत प्रभावशाली हो जाते हैं और गोचर में बहुत उत्कट प्रभाव दिखाते हैं। सूर्य, चन्द्र, सदैव मार्गी रहते हैं; राहु तथा केतु सदैव वक्री रहते हैं, इसलिए ये कभी स्थिर नहीं होते किन्तु अन्य ताराग्रह—मंगल, बुध, बृहस्पति, शुक्र तथा शनि मार्गी से वक्री और पुनः मार्गी होते हैं। अतः यह मार्गी से जब वक्री होते हैं, या वक्री से जब मार्गी होते हैं तो स्थिर हो जाते हैं। यदि किसी भावमध्य पर स्थित हो जावें तो विशेष प्रभावशाली होते हैं। भावमध्य कौन-सा होता है इस विषय में भी मतभेद है। भारत में प्रचलित रीति केशवीय-जातक या श्रीपतिपद्धति के अनुसार भाव स्फुट करने की है। आर्षपद्धति यह है कि जो भाव मध्यलग्न का हो—अर्थात् लग्न स्पष्ट उसमें एक-एक राशि जोड़ते जाने से आगे-आगे का भाव-मध्य हो जाता है। जैसे लग्न स्पष्ट यदि ४।६।३७ है तो द्वितीय भाव ५।६।३७, तृतीयभाव ६।६।३७, चतुर्थभाव ७।६।३७ इत्यादि। अंग्रेजी ज्योतिष में—हम जिसे भावमध्य कहते हैं उसे

वे भावप्रारम्भ कहते हैं। वहाँ भो भाव स्पष्ट करने की चार पद्धतियाँ हैं। प्लैसिडस, रिजुमाण्टस, कैम्पेनस, पौरिफ़िरी। पौरिफिरी की भाव स्फुट करने को पद्धति श्रीपति या केशवीयजातक से मिलती-जुलती है, अन्तर यह है कि हम जिसे भावमध्य कहते हैं उसे वे भाव प्रारम्भ। अन्य अंग्रेज़ी पद्धतियों में अन्तर है जिसके लिए अंग्रेज़ी ज्योतिष को पुस्तकों को देखना चाहिए।

यह तो हुआ भावों के विषय में। अब आइए प्रस्तुत ग्रंथकार क्या कहते हैं, इस पर विचार करें। यह कहते हैं कि किसी भाव का जन्म कहाँ है, यह निम्नलिखित दो प्रकारों में से किसी एक से मालूम करना चाहिए—

(१) लग्नेश तथा उस भाव के कारक की राशि, अंश, कला, विकला का योग कोजिए। यह योग फल जिस नक्षत्र में आवे वह भाव का जन्म नक्षत्र हुआ। (२) लग्नेश तथा भावेश की राशि, अंश, कला, विकला का योग कीजिए। यह योगफल जिस नक्षत्र में आवे वह भाव का जन्म नक्षत्र हुआ ।।१४।।

कारकयुक्ते राशौ नवांशके वाऽथ तन्नवांशे वा।
कारकदिनकरयोर्वा स्फुटयोगे भावजन्म वक्तव्यम् ।।१५।।

अब भाव के जन्म स्थान को ज्ञात करने का अन्य उपाय बताते हैं।

(१) उस भाव का कारक जिस राशि या नवांश में हो।

(२) या उस भाव के कारक का जो नवांश हो।

(३) कारक तथा सूर्य की राशि, अंश, कला, विकला को जोड़ने से जो योगफल आवे।

भावेशभावगतवीक्षकदिग्भवा वा
भावेशकारकगृहांशकदिग्भवा वा।

भावा भवन्त्युदितखेटगृहांशकैस्तै-
र्मार्गप्रमाणमपि तत्र वदेच्चराद्यैः ॥१६॥

अब यह बताते हैं कि भाव का फल किस दिशा में होता है और वह फल जन्मप्रदेश में होगा या कुछ दूर या बहुत दूर। अब भाव का फल किस दिशा में होगा इसका विचार करते हैं। इसका प्रयोजन यह है कि कोई यह प्रश्न करे कि मेरा विवाह किस दिशा में होगा? या मैं बंबई में नौकरी करने जाऊँ या कलकत्ता? या मैं अपने घर से किस दिशा में दुकान करूँ? इत्यादि प्रश्नों में दिशाविचार की आवश्यकता पड़ती है।

भाव का फल निम्नलिखित दिशाओं में होता है—

(१) भावेश की दिशा। (२) भाव में जो ग्रह बैठा हो उसकी दिशा। (३) भाव को जो ग्रह देखता हो उसकी दिशा। (४) भावकारक जिस राशि में बैठा हो या जिस नवांश में बैठा हो उसकी दिशा। (५) भावेश जिस राशि या नवांश में बैठा हो उसकी दिशा। ग्रहों की दिशा अध्याय १ श्लोक १६ में बताई हैं। बृहज्जातक अध्याय १ श्लोक ११ में लिखा है कि मेष, सिंह, धनु की पूर्व दिशा, वृष, कन्या, मकर की दक्षिण दिशा, मिथुन, तुला, कुंभ की पश्चिम दिशा तथा कर्क, वृश्चिक, मीन की उत्तर दिशा। रुद्रभट्ट इसकी टीका में लिखते हैं कि जो राशियाँ बलवती हों उनकी दिशा में कार्य प्राप्ति होती है।

बृहज्जातक अध्याय ५ श्लोक २१ में सूतिकागृह विचार के प्रसंग में राशियों को निम्नलिखित दिशाएँ दी गई हैं। मेष, वृष-पूर्व; मिथुन आग्नेय; कर्क; सिंह दक्षिण; कन्या नैर्ऋत्य; तुला, वृश्चिक पश्चिम; धनु वायव्य; मकर; कुंभ उत्तर; मीन ईशान। परन्तु जातकादेशमार्ग के इस श्लोक में जो विचार बताया गया

है उसमें राशियों की प्रसिद्ध दिशा यथा—मेष, सिंह, धनु पूर्व इस परिपाटी से ही विचार करना चाहिए।

अब दूसरा प्रकरण लीजिए। भाग्योदय स्वदेश में होगा, किसी पास के देश में या दूर देश में। इसके निर्णय का प्रकार यह है कि भाग्यभावेश या भाग्यकारक (या जिस भाव का विचार कर रहे हों उसका भावेश और कारक यथा स्त्रीभाव का विचार कर रहे हों तो सप्तमेश तथा शुक्र), चरराशि में हो तो दूर देश में, द्विस्वभाव राशि में हो तो पास के देश में, स्थिर राशि में हों तो स्वदेश में। भावेश, भावगत ग्रह, तथा कारक की चर, स्थिर, द्विस्वभाव स्थितिवश जो फल बताया गया है वह उनको नवांश स्थिति से भी विचार करना ॥१६॥

भावेशभुक्तांशसमानसंख्या भावास्तदंशेशगुणान्विता स्युः।
तैर्दुर्बलैर्भावविनाशमाहुर्बलान्वितैस्तैरपि भावसिद्धिम् ॥१७॥

यह देखिये कि भावेश राशि के किस अंश में हैं—यह अंश किस ग्रह के नवांश में पड़ता है। यदि इस नवांश का स्वामी बलवान् है तो भाव का फल अच्छा रहेगा। परन्तु यदि यह नवांशेश ग्रह दुर्बल है तो भाव का फल भी कमज़ोर रहेगा।

उत्तर भारत में ग्रह बली है या दुर्बल, यह देखने का एक प्रकार यह है कि मान लीजिए कुंभ लग्न है। सप्तमेश सूर्य हुआ। सूर्य वृश्चिक में है, इस वृश्चिक का स्वामी मंगल यदि बलवान् है तो सूर्य को बल मिला क्योंकि सूर्य मंगल की राशि में है और सूर्य सप्तम भाव स्वामी है इसलिए सप्तम भाव सम्बन्धी अच्छा फल।

दक्षिण भारत में नवांश को बहुत महत्त्व दिया जाता है। वहाँ की परिपाटी है कि प्रत्येक जन्मकुंडली में राशिचक्र के साथ-साथ नवांशचक्र भी दिया रहता है। नवांशविचार वहाँ एक मुख्य विचार है। होना भी चाहिए। उदाहरण के लिए

यदि उच्चराशि का सूर्य हो किन्तु तुला (नवांश) में हो बहुत निकृष्ट फल दिखाता है। इसके विपरीत सूर्य यदि नीच राशि का हो किन्तु उच्च नवांश में हो तो अच्छा ही फल दिखाता है। इस श्लोक में यह सिद्धान्त बताया गया है कि यदि किसी ग्रह का नवांशाधिपति (जिस नवांश में ग्रह है, उसका स्वामी) बलवान् हो तो ग्रह अच्छा प्रभाव दिखाता है। मान लीजिए सिंह लग्न है। चतुर्थ भाव का विचार करना है। चतुर्थेश मंगल वृषभ राशि के २ अंश पर है अर्थात् मकर नवांश में (क्योंकि वृष राशि का प्रथम नवांश मकर होता है) है तो मकर नवांश का स्वामी शनि यदि बलवान् है तो उसके नवांश में बैठा मंगल— अपने गृहों का—चतुर्थ तथा नवम का (सिंह लग्न होने से मंगल चतुर्थ और नवम का स्वामी हुआ) अच्छा फल दिखायेगा। यदि शनि जन्मकुण्डली में दुर्बल है तो इसके नवांश में बैठा मंगल अपने भावों (चतुर्थ तथा नवम) की सिद्धि करने में सफल नहीं होगा ॥१७॥

भावे तदीशस्थितभांशके वा तेषां त्रिकोणे च यदा चरन्ति।
लग्नेशभावाधिपकारकाख्यास्तदा तु भावाः सफला भवन्ति ॥१८॥

अब भावसिद्धि कब होतो है अर्थात् भाव की फलप्राप्ति कब होती है—इसका समय बतलाते हैं। जब (i) लग्नेश या (ii) भावेश (iii) या उस भाव का कारक।

(१) उस भाव में जाते हैं— जिस का विचार करना है। (२) उस भाव में जाते हैं जिसमें भावेश हैं। (३) उस नवांश में जाते हैं जिसमें भावेश है। (४) विचारणीय भाव से त्रिकोण में जाते हैं। (५) भावेश जिस राशि में है उससे त्रिकोण में जाते हैं। (६) उस नवांश से त्रिकोण में जाते हैं, जिसमें भावेश जन्मकुण्डली में हैं।

तब भाव सफल होता है अर्थात् उसका शुभ फल प्राप्त होता है। यहाँ यह शंका स्वाभाविक है कि तीन ग्रहों के गोचर बता दिये—लग्नेश भावेश और कारक के और शुभ फल भी ऊपर(१)से (६) तक छः स्थानों का बता दिया। ऊपर (४), (५), (६) में प्रत्येक स्थान से त्रिकोण भी बता दिये—इतने अधिक गोचर के शुभस्थान बता दिये कि कहीं न कहीं तो उपर्युक्त स्थानों में ग्रह जाते ही रहेंगे—तब क्या सदैव शुभफल होता ही रहेगा ? इस शंका का समाधात यह है कि पहिले राशि का गोचर देखिये। राशि में अधिक काल रहने वाला ग्रह है और शुभ फल का समय सीमित करना है तो नवांश गोचर देखिए। भाव, भावेश और कारक जिस राशि में जा रहे है वहाँ अष्टक वर्ग वश शुभता कितनी है, इसका भी विचार कीजिये। दशा, अन्त-र्दशा का भी विचार कीजिये। जब शुभ दशा, अन्तर्दशा जा रही हो और अन्तर्दशाकाल लम्बा हो तब समय सीमित करने में उपर्युक्त गोचर के नियम लागू करने चाहियें।

जब अन्तर्दशाकाल लम्बा होता है, तब बहुत से ज्योतिषी प्रत्यन्तर निकाल कर यह निश्चित करते हैं कि फल कब होगा। किंतु कभी-कभी प्रत्यन्तर भी लंबे समय के होते हैं। ऐसे समय गोचर का आश्रय लिया जाता है। पृथु यशस ने किस सौर मास में अन्तर्दशापति अपना फल करेगा यह निर्णय करने का एक प्रकार बताया है। होरासार के अध्याय २१ श्लोक १९ में लिखा है :

अन्तर्दशाधिपे क्षेत्रे वर्तते भास्करो यदा।
तस्मिन्काले दशाप्रोक्तफलं भवति निश्चितम् ॥

अर्थात् अन्तर्दशा काल में, जब अन्तर्दशा पति के क्षेत्र में सूर्य जावे तब उस अन्तर्दशापति का फल निश्चित रूप से होता है। क्षेत्र कहते हैं राशि को। मंगल की अन्तर्दशा चल रही हो।

मंगल की राशि—मेष या वृश्चिक में जब सूर्य जावेगा तो मंगल की अन्तर्दशा का फल अवश्य होगा। मान लीजिये बृहस्पति की अन्तर्दशा चल रही है। बृहस्पति की दो राशियाँ होती है—धनु तथा मीन। जब गोचर में सूर्य धनु या मीन राशि में हो तब बृहस्पति की अन्तर्दशा का फल होगा। इसी प्रकार अन्य अन्तर्दशा का फल होगा। इसी प्रकार अन्य अन्तर्दशा पतियों के फल के विषय में समझना चाहिए।

रुद्रभट्ट ने अपने होराशास्त्र के विवरण में पृष्ठ ५९ पर लिखा है कि सूर्य किस समय अपना विशेष शुभ फल दिखाता है। जब सूर्य उत्तरायण में हो, सिंह में बृहस्पति हो, सिंह में सूर्य हो, सिंह में चन्द्रमा हो, कृत्तिका, उत्तरफाल्गुनी या उत्तराषाढ नक्षत्र हो। इनमें जब सूर्य या बृहस्पति हो, सूर्यवार हो, सूर्य की कालहोरा हो। इसी प्रकार अन्य ग्रहों के विषय में समझना चाहिए ॥१८॥

यदा चरन्ति तत्रैव रन्ध्रपो मान्दिभेश्वरः।
खरद्रेक्काणपो वाऽपि भावनाशस्तदा भवेत् ॥१९॥

जिस भाव के सम्बन्ध में विचार कर रहे हों—उसका भावेश जिस राशि में हो उसमें—जब गोचर में मान्दि राशिपति (जन्मकुण्डली में जिस राशि में मान्दि हो उसका स्वामी) या उस भावमध्य से बाइसवें द्रेष्काण का स्वामी गोचरवश जा रहे हों तब उस भावसम्बन्धी दुष्ट फल करते हैं।

प्रश्नमार्ग अध्याय १४ श्लोक ४९ में लिखते हैं:—

मूर्त्याद्या निजरंध्रपेण शनिना वा स्युर्यदा संयुता
स्वस्वारिव्ययरन्ध्रपापहृतयस्तत्स्थस्य वा चेत्तदा।
तत्तद्भावविपत्तिरस्ति नियमादेवं वराङ्गादिषु
ब्रूयादंघ्रियुगान्तिमेषु च वपुर्भागेषु रोगान् सुधीः ॥

अर्थात् लग्न आदि भाव में गोचरवश जब शनि आता है, या विचारणीय भाव से अष्टमभाव का स्वामी जब गोचर वश विचारणीय भाव में आता है तब शरीर के उस भाग में (प्रथम भाव शिर, द्वितीय भाव मुख इत्यादि) पीड़ा या रोग होता है या उस भावसम्बन्धो कष्ट होता है। विचारणीय भाव से षष्ठेश, अष्टमेश, व्ययेश की, या विचारणीय भाव से षष्ठ, अष्टम या व्यय में बैठे हुए ग्रह की अन्तर्दशा आती है तो शरीर के उस भाग में पीड़ा होती है (जिस शरीर के भाग का विचारणीय भाव से विचार किया जाता है) या उस भाव सम्बन्धी पीड़ा होती है। इसे उदाहरण द्वारा स्पष्ट किया जाता है। मान लीजिए पंचमभाव का विचार करना है। जब पंचमभाव में गोचारवश व्ययाधिप (जन्मलग्न से बारहवें घर का स्वामी—क्योंकि वह पंचम से अष्टम का स्वामी हुआ) जावेगा या शनि जावेगा तो उदर पीड़ा, उदर विकार या सन्तान पीड़ा होगी। इसी प्रकार पंचम से छठे, आठवें, बारहवें के स्वामी या वहाँ बैंठे हुए ग्रह की (पंचम से छठे, आटवें, बारहवें घर हुए लग्न से दशम, द्वादश और चतुर्थ भाव के स्वामी या इन स्थानों में बैठे हुए ग्रह की) अन्तर्दशा होगी तो पंचम भाव सम्बन्धी अनिष्ट फल होगा।१९।

लग्नं लग्नेशस्थराश्यादिकं वा
भावाधीशे कारके वोपयाते।
भावप्राप्तिर्भावलग्नाधिपत्यो-
र्योगेऽन्योन्यं वीक्षणे वा तथा स्यात् ॥२०॥

अब भाव फल कब प्राप्त होगा इसका निर्णय करने के दो अन्य प्रकार बतलाते हैं:

(१) जहाँ लग्न हो या जहाँ लग्नेश हो वहां गोचरवश जब भावेश आवे। या लग्न राशि के अंश पर या लग्नेश के राशि और अंश पर गोचर वश उस भाव का कारक आवे।

(२) जब लग्नेश और भावेश गोचर में युक्त हो जावें—अर्थात् एक ही राशि-अंश पर मिलें। या जब लग्नेश और भावेश एक दूसरे को (गोचर में) पूर्ण दृष्टि से देखें।

जीवे तु भावाधिपयुक्तभांशत्रिकोणसंस्थे सति भावलाभः।
लग्नेशभावाधिपतिस्फुटैक्यभांशत्रिकोणोपगते च तद्वत् ॥२१॥

अब भाव के शुभ फल होने के समय निश्चित करने का एक अन्य प्रकार बताते हैं।

(१) भावेश जिस राशि और नवांश में है जब उसमें या उससे त्रिकोण में गोचर वश बृहस्पति आवे।

(२) लग्नेश तथा भावेश के राशि, अंश, कला, विकला जोड़ लीजिए। देखिए यह क्या राशि और क्या नवांश हुआ। इसमें या इससे त्रिकोण (नवम, पंचम) में जब गोचरवश बृहस्पति आवे तब भावसम्बन्धी शुभफल होता है।

यद्वा लग्नेशभावेशकारकाणा स्फुटैक्यभम्।
यदा गच्छति देवेड्यस्तदा भावाप्तिरुच्यते ॥२२॥

भाव सिद्धि काल निर्णय करने का एक अन्य प्रकार बतलाते हैं:—

(१) लग्नेश, भावेश, तथा कारक के राशि, अंश, कला, विकला का योग कीजिए। जो योग आता है वह कौनसी राशि, कितने अंश हैं यह देखिए। गोचर वश जब इस स्थान पर बृहस्पति आवे तो शुभफल प्राप्ति होगी ॥२२॥

लग्नेशस्थनवांशेशक्षेत्रे गुर्विन्दुकारकाः।
यदा विशन्ति तत्काले भावाप्तिः प्रायशः स्मृता ॥२३॥

एक अन्य प्रकार बतलाते है। यह देखिये कि लग्नेश किस नवांश में है। इस नवांश का कौनसा ग्रह स्वामी है। इस ग्रह को कहिए'क'। 'क' की राशि जिस राशि का स्वामी 'क' है) में जब

चन्द्रमा, भावकारक और बृहस्पति गोचर से जाते हैं तब—उस समय भावफल प्राप्ति होती है ॥२३॥

येन ग्रहेण यद्वाच्यं फलं यस्य स्वजन्मनि ।
तस्मिन् ग्रहे लग्नगते तस्य तत्फलमादिशेत् ॥२४॥

प्रत्येक ग्रह का भिन्न-भिन्न फल होता है—अच्छा या ख़राब। जन्मकुण्डली में पहिले यह विचार कीजिए कि कौन सा ग्रह शुभ है और उसका क्या शुभ फल होना चाहिए या कौन सा ग्रह अशुभ फल दाता है, और क्या अशुभ फल होना चाहिए। कोई भी ग्रह जब लग्न में गोचरवश जाता है तब यदि जन्म-कुण्डली में शुभ है तो शुभ प्रभाव दिखलावेगा। यदि जन्म-कुण्डली में अशुभ है तो जन्म लग्न में अशुभ फल दिखलावेगा। यहाँ क्या शुभ और क्या अशुभ फल दिखलावेगा यह जिज्ञासा स्वाभाविक है। इसका उत्तर यह है कि जन्म कुण्डली में जो उसका शुभ या अशुभ फल देय है वह दिखलावेगा। उदाहरण के लिए सिंह लग्न है। षष्ठेश शनि जन्मकुण्डली में नीच का पड़ा है। जब गोचर में शनि लग्न में जावेगा तो शत्रुता या रोग करेगा। सिंह लग्न है पंचमेश बृहस्पति जन्मकुण्डली में बलवान् पड़ा है। जब गोचरवश बृहस्पति, सिंह (में जावेगा) तो पुत्रसुख में वृद्धि करेगा। मान लीजिये जन्म कुण्डली में बृहस्पति एकादश (लाभभाव) में पड़ा है या लाभ को देखता है। तो उसका देय फल धनलाभ कराना भी है। वैसे भी बृहस्पति धनकारक है। तो जब बृहस्पति सिंह में गोचरवश जावेगा तो धनलाभ करावेगा। सिंह में क्यों ? क्योंकि जातक का सिंह लग्न है।२४।

लग्नेशस्थितराश्यंशत्रिकोणमथवा गते ।
स्वराश्यंशत्रिकोणं वा गते तस्मिन् फलं वदेत् ॥२५॥

गोचर में अपना जन्मकालीन प्रभाव ग्रह कब दिखलाता है? जन्मकालीन प्रभाव से क्या तात्पर्य? जन्मकाल में ग्रह प्रभाव क्या दिखावेगा इसका निर्णय कैसे करना? जन्मकुंडली में ग्रह जिस राशि में, जिस भाव में बैठा है, जिस राशि, जिस भाव का स्वामी है, जिन भावों का कारक है, जिन भावों को देखता है, जिन भावेशों से सम्बन्ध करता है उनका फल दिखलाता है। विशेष विवरण के लिए देखिए फलदीपिका (भावार्थबोधिनी)। इस श्लोक में बतलाते हैं कि ग्रह गोचर में अपना प्रभाव तब दिखलाता है जब

(१) लग्नेश जिस राशि, जिस अंश में है उसमें या उससे त्रिकोण में गोचर वश आता है या

(२) वह ग्रह स्वयं जिस राशि, जिस अंश में है उसमें या उससे त्रिकोण—नवम पंचम में आता है ॥२५॥

फलदग्रहसंयुक्तभवनांशत्रिकोणभम् ।
यदा चरति लग्नेशस्तदा वा तत्फलं वदेत् ॥२६॥

या जिस देने वाले ग्रह का विचार कर रहे हैं—वह जिस राशि और अंश पर (जन्मकुण्डली में) है उस पर या उससे नवम, पंचम गोचरवश जब लग्नेश जाता है ॥२६॥

यदा चरन्ति तत्रैव जीवभानुसुधाकराः ।
तदा वा तत्फलं वाच्यमशुभं शुभमेव वा ॥२७॥

या जिस फल देने वाले ग्रह का शुभ या अशुभ फल जो देय है (जन्मकुंडली में वह ग्रह कैसा पड़ा है—इस विचार के अनुसार) वह उस समय प्राप्त होता है जब ग्रह (विचारणीय ग्रह) जिस राशि और अंश में है उस पर या उससे त्रिकोण में सूर्य, चन्द्र और बृहस्पति जाते हैं ॥२७॥

भावेशभावस्थितवीक्षकानां तत्कारकस्यापि दशागमे वा।
भावा भवेयुर्यदि भावलाभो नाशप्रदाश्चेदिह भावनाशः ॥२८॥

अब दशा, अन्तर्दशा के फल के विषय में बतलाते हैं। किसी भाव का फल निम्नलिखित ग्रहों की दशा, अन्तर्दशा में होता है:

(१) जो भाव का स्वामी हो। (२) जो भाव में बैठा हो। (३) जो भाव को देखता हो। (४) जो भाव का कारक हो। यदि ग्रह सुस्थान स्थित शुभप्रद है तो उस भावसम्बन्धी शुभ फल प्रदान करता है; यदि दुःस्थानस्थित पापप्रद है तो उस भाव के फल का नाश करता है। उदाहरण के लिए शुक्र स्त्री-कारक, भोगकारक है। सप्तम भाव का कारक है। यदि अपनी नीच राशि में लग्न से षष्ठ स्थान में है तो अपनी दशा, अन्तर्दशा में पीड़ा करेगा। यदि बलवान् होकर शुभ स्थान में पड़ा है तो स्त्री सम्बन्धी शुभफल की वृद्धि करेगा। मान लीजिए चतुर्थेश मंगल अष्टम में पड़ा है तो मंगल की दशा, अन्तर्दशा में चतुर्थभावसम्बन्धी कष्ट करेगा। यदि बलवान् है तो चतुर्थ-भावसम्बन्धी शुभ फल करेगा ॥२८॥

भावेशकारकाभ्यामाश्रितराश्यंशपेषु विहगेषु।
बलसहितस्य दशायामपहारे वा भवन्ति भावास्ते ॥२९॥

ऊपर चार ग्रह बताए गए जिनकी दशा अन्तर्दशा में उस भावसम्बन्धी फल होना कहा है। अब अन्य कौन (इन चार के अतिरिक्त) उस भावसम्बन्धी फल करेगा यह बतलाते हैं। मान लीजिए सिंह लग्न है। आपको धनसम्बन्धी विचार करना है कि धनप्राप्ति कब होगी। तो देखिए कि (१) धनेश यानी द्वितीयेश बुध—(सिंह लग्न होने से द्वितीय में कन्या राशि पड़ी जिसका स्वामी बुध हुआ)—यह बुध किस ग्रह की राशि और किस ग्रह के नवांश में पड़ा है। बुध जिस राशि में पड़ा है उसके स्वामी को कहिए 'क'। जिस नवांश में पड़ा है, उसके स्वामी

को कहिए 'ख'। (२) धन भाव का विचार कर रहे हैं इसलिए इस भाव के कारक बृहस्पति को देखिए कि किस ग्रह की राशि में बैठा है और किस ग्रह के नवांश में पड़ा है। बृहस्पति जिस राशि में है उसके स्वामी को कहिए 'ग' और बृहस्पति जिस नवांश में है उसके स्वामी को कहिए 'घ'।

अब 'क', 'ख', 'ग', 'घ'—इन चारों में जो-जो बली हों उनकी दशा, अन्तर्दशा में धनप्राप्ति होगी। संक्षेप में इसको इस प्रकार कह सकते हैं कि भावेश और कारक जिन राशियों और नवांशों में हो, उनके स्वामी यदि बलवान् हों तो उनकी दशा, अन्तर्दशा में भावफल की प्राप्ति होती है ॥२९॥

भावभावपतिकारकेषु यो भावदो भवति तद्दशागमे।
तद्युतांशपदशागमेऽथवा भावसिद्धिरिति केऽपि सूरयः ॥३०॥

बहुत से विद्वानों के मत से (१) भाव, (२) भावेश, (३) तथा कारक जो फल देने वाला हो उसकी दशा में भावसिद्धि होती है। अथवा (१) भाव, (२) भावेश, (३) कारक जिस ग्रह के नवांश में हों, उस नवांशपति की दशा में भावसिद्धि होती है।

विंशोत्तरी दशा में केवल ग्रहों की दशा होती है, तब भाव की दशा कैसे होगी इस शंका के समाधान में कहते हैं कि कालचक्रदशा आदि में भावदशा भी होती है।

उदाहरण के लिए विवाह का विचार करना है। सप्तमभाव में जो नवांश पड़ता है उसके स्वामी की दशा, अन्तर्दशा में, सप्तमेश जिस नवांश में है उसकी दशा अन्तर्दशा में, सप्तम भाव का कारक जिस नवांश में हो उसकी दशा, अन्तर्दशा में विवाह सम्भव है। इस श्लोक में यही बताया गया है कि केवल भाव, भावेश और कारक ही अपनी दशा, अन्तर्दशा में फल नहीं दिखाते अपितु भाव, भावेश तथा कारक के नवांशाधिपति भी उस भाव सम्बन्धी फल को दिखलाते हैं ॥३०॥

तत्तद्भावपराभवेश्वरखरद्रेक्काणपा दुर्बला:
भावार्यष्टमकामगा निजदशायां भावनाशप्रदा: ।
पापा भावगृहात् त्रिशत्रुभवगा: केन्द्रत्रिकोणे शुभा:
वीर्याढ्या: खलु भावनाथसुहृदो भावस्य सिद्धिप्रदा: ॥३१॥

इस श्लोक में यह बताया है कि किस-किस ग्रह की दशा में भावनाश होता है और किन-किन ग्रहों की दशा में भावसिद्धि (भाव सम्बन्धी शुभ फल प्राप्ति) होती है। जो दशा के विषय में कहा गया है, वह अन्तर्दशा के विषय में भी समझना चाहिए।

निम्नलिखित ग्रहों की दशा में भावनाश होता है—

(१) विचारणीय भाव से जो ग्रह अष्टम भाव या २२वें द्रेष्काण के स्वामी हों और दुर्बल हों।

(२) ग्रह निर्बल होकर उस (विचारणीय) भाव से छठे, सातवें या आठवें भाव में हो।

एक टीकाकार ने (१) तथा (२) को मिला दिया है। उनके मत से यदि (१) तथा (२) दोनों बतलाए हुए लक्षण घटित हों तभी उस ग्रह की दशा में भावनाश होता है। मंत्रेश्वर ने अपनी फलदीपिका अध्याय २० श्लोक ५८ में बतलाया है कि किस स्थिति में विचारणीय भाव से बारहवें का स्वामी या विचारणीय भाव से बारहवें घर में बैठा ग्रह, विचारणीय भाव सम्बन्धी अशुभ फल करता है। इसके लिए देखिए फलदीपिका (भावार्थ-बोधिनी) पृष्ठ ४१९-२०।

अब प्रस्तुत ग्रंथकार बतलाते हैं किन-किन ग्रहों की दशा या अन्तर्दशा में भाव (विचारणीय) सम्बन्धी शुभ फलप्राप्ति होती है—

(१) जो ग्रह भावेश के मित्र हों।

(२) पापग्रह यदि भाव से तृतीय, छठे या ग्यारहवें पड़े हों।
(३) शुभग्रह यदि भाव से केन्द्र या त्रिकोण में हों ॥३१॥

एकग्रहस्य सदृशे फलयोर्विरोधे
नाशं वदेद्यदधिकं परिपच्यते तत् ।
नान्यो ग्रहः सदृशमन्यफलं हिनस्ति
स्वां स्वां दशामुपगताः स्वफलप्रदाः स्युः ॥३२॥

यदि एक ही ग्रह किन्हीं दो विभिन्न कारणों से विरोधी फल देने वाला हो (एक कारण से शुभ, अन्य कारण से अशुभ) और दोनों परस्पर विरोधी गुण समानरूप से बली हों तो एक-दूसरे के फल का नाश कर देते हैं और न शुभ फल प्राप्ति होती है, न अशुभ फलप्राप्ति। किन्तु यदि दो विरुद्ध गुणों में एक अधिक बलवान् हो और एक निर्बल; तो जिस प्रकार के गुण प्रबल होते हैं, उसका फल प्राप्त होता है। जैसे अच्छा और खराब फल आठ-आठ आना है तो एक-दूसरे के प्रभाव को काट देते हैं। शेष में न अच्छा रहता है, न ख़राब। किन्तु मान लीजिए शुभ गुण दस आना है, अशुभ फल ६ आना। तो शेष में चार आना शुभ फल रहा और इस चार आने शुभ फल का प्रभाव होता है। या इससे विपरीत उदाहरण लीजिए। किसी ग्रह का अशुभ प्रभाव दस आना है, शुभ प्रभाव चार आना। तो शेष में छः आना अशुभ प्रभाव रहा। इसी छः आने अशुभ प्रभाव का फल होगा। किन्तु यह—विरोधी गुणों का एक-दूसरे को काटना—तभी होता है जब एक ही ग्रह में दोनों विरोधी प्रभाव हों।

यदि दो भिन्न ग्रह हों—एक शुभ प्रभाव वाला और एक अशुभ प्रभाव वाला—तो दोनों ग्रह अपने विरोधी प्रभाव को नहीं काटते। अशुभ प्रभाव वाले ग्रह की दशा या अन्तर्दशा में अशुभ-फल होता है। शुभ प्रभाव वाले ग्रह की दशा या अन्तर्दशा में शुभ फल होता है ॥३२॥

ग्रहचारोक्तकालानां बहूनां सङ्गतिर्यदा ।
तदा तदनुकूलोक्तदशादौ तत्फलं वदेत् ॥३३॥

जब बहुत से ग्रह गोचरवश शुभ स्थानों में जा रहे हों तो शुभफल की पुष्टि होती है । किन्तु उस समय शुभ दशा, अन्तर्दशा जा रही हों तो शुभ फल प्राप्ति की विशेष सम्भावना होती है । इसी प्रकार जब गोचर में अनेक ग्रह अशुभ स्थानों में जा रहे हों तो अनिष्ट फल विशेष होता है, विशेषकर यदि दशा, अन्तर्दशा भी अशुभ जा रही हो । इस श्लोक में दो सिद्धान्त समझाए गए हैं । एक तो यह कि शुभ या अशुभ जब गोचर में अधिक ग्रह जा रहे हों तो विशेष प्रभावशाली होते हैं । दूसरे, केवल गोचर ही नहीं देखना चाहिए, अपितु दशा, अन्तर्दशा का भी सामञ्जस्य कर लेना चाहिए ॥३३॥

षष्ठं द्वादशमष्टमं च मुनयो भावाननिष्टान्विदुः
तन्नाथान्वितवीक्षिता यदधिपा ये वा च भावाः स्वयम् ।
तत्रस्थाश्च यदीश्वरास्त्रय इमे नो सन्ति भावा नृणां
जाता वा विफला विनष्टविकलास्तत्रातिकष्टोऽष्टमः ॥३४॥

(१) मुनियों ने—अर्थात् ज्योतिषशास्त्र के प्रवर्तक ऋषियों ने छठे, अष्टम और द्वादश स्थानों को अनिष्ट कहा है ।

(२) छठे, आठवें या बारहवें के स्वामी जिस भाव में बैठते हैं, या जिस भाव को देखते हैं उसको भी ख़राब करते हैं ।

(३) छठे, आठवें या बारहवें के स्वामी जिस भावेश के साथ बैठते हैं या जिस भावेश को देखते हैं—उसको भी बिगाड़ते हैं ।

(४) जो ग्रह छठे, आठवें या बारहवें घर में बैठते हैं उनका अच्छा फल नहीं होता ।

(५) छठे, आठवें तथा बारहवें घर के स्वामी अच्छा फल नहीं करते। यह पांच सिद्धान्त बताने के बाद ग्रंथकार कहते हैं कि इन भावों का शुभ फल नहीं होता, विनष्ट, विकल फल होता है। छठे, आठवें तथा बारहवें—तीनों भावों को अनिष्ट कहा है किन्तु इनमें अष्टम सबसे अधिक कष्टदायक है।

त्रिफला (ज्योतिष) में भावेशों का विस्तृत विचार किया गया है कि व्ययेश या अष्टमेश या षष्ठेश किन परिस्थितियों में शुभ फल करता है। भावेशों की इतनी विस्तृत विवेचना ज्योतिष के किसी अन्य ग्रंथ में नहीं है। यह पुस्तक मोतीलाल बनारसीदास पुस्तकप्रकाशक और विक्रेता दिल्ली-वाराणसी-पटना के यहाँ से प्राप्य है। षष्ठेश, व्ययेश या अष्टमेश यदि बली और शुभ स्थान (यथा एकादश) में स्थित हों तो उनकी महादशा या अन्तर्दशा में क्या शुभफलप्राप्ति होती है, इसके लिए देखिए फलदीपिका (भावार्थबोधिनी) पृष्ठ ३४६-४८५ ।।३४।।

भावाधीशे च भावे सति बलरहिते च ग्रहे कारकाख्ये
पापान्तस्थे च पापैररिभिरपि समेतेक्षिते नान्यखेटैः।
पापैस्तद्बन्धुमृत्युर्व्ययभवनगतैस्तत्त्रिकोणस्थितैर्वा
वाच्या तद्भावहानिः स्फुटमिह भवति द्वित्रिसंवादभावात्॥३५॥

अब इस श्लोक में यह बतलाते हैं कि किसी भाव की हानि जन्मकुंडली में किन-किन ग्रहस्थितियों से होती है—

(१) भाव यदि बलरहित हो। (२) भावेश यदि निर्बल हो। (३) कारक यदि दुर्बल हो। (४) यदि भाव के दोनों ओर पापग्रह हों। (५) यदि कारक के दोनों ओर पापग्रह हों। (६) यदि भावेश के दोनों ओर पापग्रह हों। (७) यदि भाव पापयुत या शत्रुयुत हो और अन्य (शुभग्रहों) से युत न हो। (८) यदि भावेश पापयुत या शत्रुयुत हो और अन्य शुभग्रहों से युत न

हो। (९) यदि कारक पापयुत या शत्रुयुत हो और अन्य शुभ ग्रहों से युत न हो। (१०) यदि भाव पापग्रह या शत्रुग्रह से वीक्षित हो और अन्य शुभग्रह से वीक्षित न हो। (११) यदि भावेश पापग्रह या शत्रुग्रह से वीक्षित हो और अन्य शुभग्रह से वीक्षित न हो। (१२) यदि कारक पापग्रह या शत्रुग्रह से वीक्षित हो और अन्य शुभग्रह से वीक्षित न हो। (१३) यदि भाव से चतुर्थ, अष्टम, द्वादश और त्रिकोण में पापग्रह हों। (१४) यदि भावेश से चतुर्थ, अष्टम, द्वादश, नवम, पंचम में पापग्रह हों। (१५) यदि कारक से चतुर्थ, अष्टम, द्वादश, नवम, पंचम में पापग्रह हों।

इन पन्द्रह लक्षणों से भाव की हानि होती है। इन पन्द्रह में से जितने अधिक लक्षण घटित होंगे उतनी ही अधिक भावहानि होगी ॥३५॥

स्वामी कारकखेचरश्च बलिनौ यस्येष्टभावस्थितौ
संपूर्णोऽनुभवक्षमश्च नियतं भावः स नृणां भवेत्।
रिःफारातिमृतिस्थितौ च विबलौ यत्कारकाधीश्वरौ
भावोऽयं न हि संभवेदिह नृणां कस्यानुभूतौ कथा ॥३६॥

जिस भाव का स्वामी और कारक ग्रह (जैसे पंचम भाव का कारक बृहस्पति, सप्तम का शुक्र) दोनों बली हों और अच्छे भाव में स्थित हों उस भावसम्बन्धी पूर्ण शुभ फल जातक को प्राप्त होता है। किन्तु यदि भावेश और कारक दोनों निर्बल हों और छठे, आठवें, बारहवें आदि अनिष्ट स्थानों में स्थित हों तो उस भाव का फल ही नहीं होता—अर्थात् अच्छा फल नहीं होता।

अन्य ग्रंथकारों के मत से शुक्र यदि द्वादश में हो तो अच्छा ही होता है। उनके मत से शनि अष्टम में भी अच्छा होता है। ॥३६॥

स्वोच्चादीष्टगृहेषुकारकपती रन्ध्राद्यनिष्टस्थितौ
यद्भावस्य स संभवेदविकलो नास्यानुभूतिर्नृणाम्।

नीचाद्याश्रयतोऽबलौ शुभतरे लाभादिभावे स्थितौ
यद्भावाधिपकारकौ स विकलोऽप्यस्यानुभूतिर्भवेत् ॥३७॥

अब ऐसी स्थिति का वर्णन करते हैं जहाँ भावेश या कारक राशि के हिसाब से— अपनी उच्च आदि राशि में बैठा हो किन्तु अष्टम आदि अनिष्ट भाव में पड़ा हो। ऐसी स्थिति में उस भाव की अविकल अनुभूति (सुखपूर्वक अनुभव अर्थात् शुभ फल) नहीं होती। अब इससे विपरीत उदाहरण लीजिये। भावेश और कारक नीच आदि निर्बल राशि में पड़े हों किन्तु जिस भाव में वह हों वह भाव अच्छा हो— उदाहरण के लिये मेष का शनि लाभस्थान में हो। ऐसी स्थिति में यद्यपि ग्रह या कारक राशि में निर्बल होते हुए भी, अच्छे स्थान में स्थित होने के कारण जिस भाव का वह स्वामी या कारक है, उस भावसम्बन्धी शुभ-फल का अनुभव कराता है, अर्थात् उस भावसम्बन्धी शुभफल कराता है। इस श्लोक में ग्रंथकार ने राशिस्थिति की अपेक्षा भावस्थिति को विशेष महत्त्व दिया है ॥३७॥

लग्नेशभावाधिपती पृथक्स्थौ राशिग्रहोवर्तैर्गुणकैर्यथोक्तम्
हत्वा तदैक्यं गुणपिण्डमाहुस्तदृक्षमिष्टं यदि भावलाभः ॥३८॥

वैनाशिकाष्टमर्क्षादिसंस्थितो गुणपिण्डकः।
यद्भावसंभवो यस्य तद्भावस्तस्य दुर्लभः ॥३९॥

संहारतारा दुरितांशकाश्च गण्डान्तमुष्णं विषनाडिका च।
विष्टिश्च रिक्ता करणं स्थिराख्यं लाटार्गलौ वैधृतसार्पशीर्षे ॥४०॥

धूमादि रिःफारिमृतीशपापैर्योगेक्षणे रिःफरिपुस्थितत्वम्।
पृष्ठोदयाधोमुखपापभांशाः सर्वत्र तोयक्षय इत्यनिष्टाः ॥४१॥

युग्मभांशकगतत्वमनिष्टं षण्डवीक्षणयुती सुतभस्य।
किन्तु तत्र यमकण्टकमान्द्योर्योगवीक्षणमुखानि शुभानि ॥४२॥

प्राणांशदेहांशकसृष्टितारा: पीयूषनाड्यः शुभदृष्टियोगौ ।
जलधिरूर्ध्वाननकोऽपि यस्य केन्द्रत्रिकोणोपगतत्वमिष्टम् ॥४३॥

(१) पहिले इन श्लोकों का शब्दार्थ बताया जाता है। फिर इनमें ज्यौतिष के जो बहुत से पारिभाषिक शब्द आये हैं, उनको समझाया जावेगा।

(१) लग्नेश के राशि, अंश, कला, विकला एक स्थान पर रखिये। लग्नेश के गुणक से उन्हें गुणा कीजिये। जो गुणन फल आवे उसे कहिये 'अ'। लग्नेश जो ग्रह हो उसके गुणक से गुणन करना चाहिये। लग्नेश का गुणक क्या है? प्रत्येक ग्रह का एक गुणक होता है सूर्य का ५, चन्द्रमा का ५, मंगल का ८, बुध का ५, बृहस्पति का १०, शुक्र का ७, और शनि का ५।

(२) लग्नेश जिस राशि में है उस राशि के गुणक से लग्नेश की राशि, अंश, कला विकला को गुणा कीजिये। यह जो गुणन फल आया इसे कहिए 'आ'। राशि के गुणक से क्या अभिप्राय? प्रत्येक राशि का गुणक होता है—मेष का ७, वृष का १०, मिथुन का ८, कर्क का ४, सिंह का १०, कन्या का ५, तुला का ७, वृश्चिक का ८, धनु का ९, मकर का ५, कुम्भ का ११, मीन का १२। जिस राशि में ग्रह हो उसके गुणक से लग्नेश के ग्रहस्पष्ट को गुणा करना चाहिए।

'अ' और 'आ' को जोड़िए। इस योग फल को कहिए 'क'।

(३) भावेश की राशि, अंश, कला, विकला को भावेश के गुणक से गुणा कीजिये। ऊपर बता चुके हैं कि किस ग्रह का कौन सा गुणक है। इस गुणन फल को कहिए 'इ'।

(४) भावेश ग्रह जिस राशि में बैठा है उस राशिगुणक से भावेश स्पष्ट को गुणा कीजिये। किस राशि का कौनसा गुणक है यह ऊपर बता चुके हैं। इस गुणन फल को कहिए ई।

'इ' और "ई" को जोड़िये। इस योग फल को कहिए 'ख'।

(५) 'क' और 'ख' को जोड़िए। इस योग फल को कहिए

'ग'। यदि 'ग' की राशि संख्या १२ से अधिक आवे तो राशियों में १२ से भाग दीजिए। जो शेष रहे उसे राशि के स्थान में रखिए। अंश आदि में भाग नहीं लगेगा इसे कहिए 'घ'। यदि यह 'घ' लग्न से अच्छे भाव में पड़े तो जिस भावेश का ऊपर (३) तथा (४) में विचार किया है—उस भावसम्बन्धी अच्छा फल होगा।

इसे एक उदाहरण द्वारा स्पष्ट करते हैं। दशम अध्याय के प्रारंभ में जो कुंडली सिंह लग्न की दी है उसमें मान लीजिए धनभाव का विचार करना है। लग्नेश सूर्य है। सूर्य स्पष्ट ७-२६-११-३८ है। बुध स्पष्ट ८-११-५१-३८ है। बुध द्वितीय भाव का स्वामी है।

(१) लग्नेश सूर्य है। इसकी गुणकसंख्या ५ है।

रा०अ०क०वि०
७-२६-११-३८
×५
३९-१०-५८-१० इसे कहिए 'अ'।

(२) लग्नेश सूर्य वृश्चिक राशि में है, इसलिए सूर्य को वृश्चिक राशि की गुणकसंख्या ८ है इसलिए ८ से गुणा कीजिए।

रा०अ०क०वि०
७-२६-११-३८
×८
६२-२९-३३-४ इसे कहिए 'आ'।

'अ', ३९-१०-५८-१० और
'आ' ६२-२९-३३-४ का
योग १०२-१०-३१-१४ इसे काहिये 'क'।

(३) द्वितीयेश बुध है। इसकी गुणकसंख्या ५ है।

रा०अ०क०वि०
८-११-५१-३८
×५
४१-२९-१८-१० इसे कहिए 'इ'।

(४) बुध धनु राशि में है। धनुराशि की गुणक संख्या ९ है। इसलिये बुध स्पष्ट को ९ से गुणा किया।

रा०अ०क०वि०
८-११-५१-३८
×९
७५-१६-४४-४२ इसे कहिये 'ई'

'इ' ४१-२९-१८-१० और
'ई' ७५-१६-४४-४२ का
योग ११७-१६-२-५२ इसे कहिये 'ख'

(५) 'क' और 'ख' को जोडिये।

'क' १०२-१०-३१-१४
'ख' ११७-१६- २-५२
योग २१९-२६-३४- ६ इसे कहिए 'ग'

इसमें २१९ राशियाँ आईं। १२ का भाग देने से शेष राशि रहीं ३। अतः 'घ' हुआ ३-२६-३४-६। यह आश्लेषा नक्षत्र पड़ा। जिसकी कुण्डली है उसका जन्म नक्षत्र है रेवती। यदि यह 'घ' की स्थिति अच्छे नक्षत्र या राशि में पड़े तो भावसम्बन्धी शुभफल होता है ॥३८॥

(२) यदि यह 'घ'—जिसे गुणपिण्ड कहते हैं जातक के वैनाशिक नक्षत्र में पड़े या अष्टम भाव में (जातक के लग्न से अष्टम भाव के नक्षत्र में) पड़े तो जो जिस भाव का विचार कर रहे हैं उसका अच्छा फल नहीं होता ॥३९॥

(३) यदि यह गुण पिण्ड (जिसे हमने उदाहरण में 'घ' कहा है) संहार नक्षत्र, या दुरितांशक, गण्डान्त, नक्षत्रों के उष्ण भाग, विष नाडिका, विष्टिकरण, स्थिरकरण, रिक्तातिथि, लाट, अर्गल, वैधृति, सापशीर्ष, धूम में पड़े तो अच्छा नहीं ॥४०॥

(४) यदि यह छठे या बारहवें में पड़े या जिस राशि तथा अंश में गुणपिण्ड पड़ता है वह छठे, आठवें, बारहवें के स्वामी या पाप ग्रहों से युत या वीक्षित हो तो अच्छा नहीं। यदि यह पृष्ठोदयराशि, अधोमुखराशि या पापग्रह के नवांश में पड़े तो अच्छा नहीं। तोयक्षय राशि में पड़ना भी अच्छा नहीं ॥४१॥

(५) यदि पंचम भाव का गुणपिंड समराशि, समनवांश में पड़े और नपुंसक ग्रह से युत या वीक्षित हो तो अच्छा नहीं। किन्तु यदि यम कण्टक या मान्दि से युत या वीक्षित हो तो अच्छा है ॥४२॥

(६) यदि यह गुणपिंड प्राणांश, देहांश, अमृत घटिका में पड़े या जलधि या ऊर्ध्वानन राशि में हो या केन्द्र या त्रिकोण में हो तो शुभ फल होता है। गुणपिंड की शुभग्रह से युति हो या यह शुभ ग्रहों से दृष्ट हो तो भी शुभ फल होता हैं ॥४३॥

उपर्युक्त व्याख्या में ज्योतिष के कतिपय पारिभाषिक शब्द आए है, जिनका अर्थ बहुत से पाठकों को ज्ञात नहीं होगा, इसलिए उनको नीचे समझाया जाता है।

वैनाशिक नक्षत्रः जन्म नक्षत्र से बाईसवां नक्षत्र वैनाशिक नक्षत्र होता है।

संहार ताराः अश्विनी से रेवती तक २७ नक्षत्रों को ९ भागों में विभाजित कीजिए। प्रत्येक खण्ड का अन्तिम नक्षत्र संहार नक्षत्र होता है। यथा कृत्तिका, आर्द्रा, आश्लेषा आदि।

दुरितांशक : संहार नक्षत्रों के तृतीय तथा चतुर्थ चरण दुरितांशक कहलाते हैं।

गण्डान्त : कर्क का अन्तिम नवांश तथा सिंह का प्रथम नवांश,

बृश्चिक का अन्तिम नवांश तथा धनु का प्रथम नवांश, मीन का अन्तिम नवांश तथा मेष का प्रथम नवांश।

विष्टि—भद्रा

स्थिर करण—शकुन, चतुष्पाद नाग तथा किं स्तुघ्न।

उष्ण—अश्विनी, रोहिणी, पुनर्वसु, मघा और हस्त नक्षत्र के ७½ घड़ी बाद और १५ घड़ी तक

(२) भरणी मृगशिर्, पुष्य, पूर्वाफाल्गुनी, तथा चित्रा की अन्तिम ५ घड़ी।

(३) कृत्तिका, आर्द्रा, आश्लेषा, उत्तरा फाल्गुनी के २१ घड़ी बाद ३० घड़ी तक।

(४) विशाखा, मूल, श्रवण की प्रारंभिक ८ घड़ी।

(५) अनुराधा, पूर्वाषाढ़, धनिष्ठा और उत्तराभाद्र की अंतिम ८ घड़ी।

(६) ज्येष्ठा, उत्तराषाढ, शतभिषा और रेवती की २० घड़ी ९ पल बाद ३० घड़ी ९ पल तक।

नक्षत्रमान ६० घड़ो मानकर उपर्युक्त 'उष्ण' काल बताया गया है। यदि नक्षत्रमान ६० घड़ी से कम या अधिक हो तो अनुपात से हिसाब लगाना चाहिए।

विषघटी—देखिए भावार्थबोधिनी फलदीपिका पृष्ठ २५३।

रिक्ता तिथि : चतुर्थी, नवमी, चतुर्दशी।

लाट : वैधृति।

पृष्ठोदय : देखिए फलदीपिका पृष्ठ २२-२३।

ऊर्ध्व मुख : देखिए फलदीपिका पृष्ठ २३।

सार्पशीर्ष : सूर्यस्पष्ट और चन्द्रस्पष्ट को जोड़िए। यदि १२ राशियों से अधिक योग हो तो १२ कम कर दीजिए। यदि यह योगफल ७-३-२०—वृश्चिक राशि के ३ अंश २० कला से १६ अंश २० कला तक हो तो सार्पशीर्ष होता है।

धूम : देखिए फलदीपिका अध्याय २५।

प्राणांश : लग्न में जो नवांश उदित हो।

देहांश : चन्द्रमा जिस नवांश में हो।

पीयूषनाडी : अश्विनी आदि विविध नक्षत्रों में पीयूषनाड़ी या अमृतघटिका निम्नलिखित घड़ियों में होती है। पीयूष अमृत को कहते हैं। दक्षिण भारत में घटी को नाड़ी तथा पल को विनाड़ी कहते हैं।

अश्विनी ४२-४६, भरणी ४८-५२, कृत्तिका ५४-५८, रोहिणी ५२-५६, मृगशिर् ३८-४२, आर्द्रा ३५-३९, पुनर्वसु ५४-५८, पुष्य ४४-४८, आश्लेषा ५६-६०, मघा ५४-५८, पूर्वाफाल्गुनी ४४-४८, उत्तराफाल्गुनी ४२-४६, हस्त ४५-४९, चित्रा ४४-४८, स्वाती ३८-४२, विशाखा ३८-४२, अनुराधा ३४-३८, ज्येष्ठा ३८-४२, मूल ४४-४८, पूर्वाषाढ ४८-५२, उत्तराषाढ ४४-४८, श्रवण ३४-३८, धनिष्ठा ३४-३८, शतभिषा ४२-४६, पूर्वाभाद्र ४०-४४, उत्तराभाद्र ४८-५२, रेवती ५४-५८।

तोयक्षय : यदि चन्द्रमा लग्न के अंश से प्रारम्भ कर चतुर्थ भाव मध्य तक हो या सप्तम भाव मध्य से दशम भाव मध्य तक हो तो तोयक्षय। अन्य स्थान में चन्द्रमा हो तो तोयर्द्धि या जलर्द्धि।

एवं भावग्रहाणां च गुणदोषौ विचिन्तयेत्।
स्वस्फुटादेव सर्वेषां भानुं त्यक्त्वा तिथिं विदुः ॥४४॥

इस प्रकार ग्रहों का तथा भावों के गुण दोषों का विचार करना चाहिए। किसी भी ग्रह स्फुट से (ग्रह स्पष्ट से) यदि सूर्य स्पष्ट घटाया जावे तो उस ग्रह की तिथि ज्ञात हो जाती है। जैसे सूर्य, चन्द्र के स्पष्ट से सुगम ज्योतिष प्रवेशिका के पृष्ठ १८-१९ पर चन्द्र तिथि निकालना बताया गया है, उसी प्रकार किसी भी ग्रह की तिथि निकाली जा सकती है ॥४४॥

———

ग्यारहवाँ अध्याय

गोचरफल प्रकरण

पिछले अध्याय के कुछ श्लोकों में यह बतलाया है कि गोचर वश कब फल होता है। नवें अध्याय में अष्टकवर्ग द्वारा शुभाशुभ गोचर निर्णय करना भी विस्तारपूर्वक बतलाया गया है। अब इसमें बिना अष्टकवर्ग बनाए, गोचरफल—शुभ होगा या अशुभ—इसका प्रकार निर्दिष्ट किया जाता है। अष्टकवर्ग में सम्पूर्ण जन्मकुंडली की आवश्यकता पड़ती है। लग्न तथा सातों ग्रह किन राशियों में हैं यह ज्ञात होना आवश्यक होता है। इस अध्याय में केवल जन्मराशि के आधार पर (जन्म के समय चन्द्रमा किस राशि में था) गोचरफल बतलाया है। बहुत से लोगों की जन्मकुंडली ज्ञात नहीं होती। जन्म समय भी ज्ञात नहीं होता, इसलिए जन्मकुडली नहीं बन सकती। तब अष्टकवर्ग कहाँ से बनेगा? इसके अतिरिक्त अष्टकवर्ग बनाने में बहुत आयास होता है। किन्तु जन्म राशि के आधार पर गोचरफल बताना सरल है। जिनकी जन्मराशि ज्ञात नहीं हो उनके नाम के प्रथम अक्षर के आधार पर जन्मराशि स्थिर की जाती है। जन्म या प्रचलित नाम के किस अक्षर से कौन सी राशि होगी इसका निर्णय करने के लिए देखिए सुगमज्योतिषप्रवेशिका* पृष्ठ २५।

---

* यह ज्योतिष विषयक—जन्मकुंडली, वर्षफल, प्रश्न और मुहूर्त ज्ञान के लिए सरल सर्वोपयोगी पुस्तक है। पृष्ठ संख्या ३३३। मोतीलाल बनारसीदास पुस्तक प्रकाशक दिल्ली-वाराणसी-पटना से प्राप्य है।

सर्वे लाभगृहे स्थितास्त्रिखरिपुष्वर्कोऽसृजार्कौ त्रिषट्
प्राप्तौ त्र्याद्यखमैथुनारिषु शशी खास्तारिवर्जं भृगुः
धीधर्मास्तधनेषु वाक्पतिररिस्वाष्टाम्बुखस्थो बुधः
श्रेष्ठो जन्मगृहाद्धि गोचरविधौ विद्धो न चेत्स्याद्ग्रहैः ॥१॥

गोचर में जब कोई भी ग्रह चन्द्रमा से एकादश में जाता है तो शुभफल करता है। सूर्य, चन्द्रमा (जन्मराशि) से जब तीसरे, छठे, या ग्यारहवें में भ्रमण करते हैं तब शुभ है। मंगल या शनि जब जन्मराशि से तृतीय या षष्ठ स्थान में होते हैं तो शुभ होते हैं। चन्द्रमा गोचर में जन्मराशि से प्रथम, तृतीय, षष्ठ, सप्तम तथा दशम में शुभ फलप्रद हैं। शुक्र जन्मराशि से छठे, सातवें, दसवें शुभफल नहीं करता। अन्य स्थानों में शुभ फलदायक है। बृहस्पतिगोचर में जन्मराशि से द्वितीय, पंचम, सप्तम तथा नवम में शुभ होता है। बुध जब जन्म राशि से द्वितीय, चतुर्थ, अष्टम या दशम में भ्रमण करता है तब शुभफल देता है। यह पहले ही बता चुके हैं कि सभी ग्रह जन्मराशि से गोचर में जब ग्यारहवें स्थान पर हों तो शुभ फल देते हैं।

ऊपर दिए गए नियम का एक अपवाद है। जिस स्थान में ग्रह का शुभफल देना कहा गया है, वहाँ यदि उस ग्रह का वेध हो रहा हो तो शुभफल नहीं देता। वेध किसे कहते हैं? जैसे जन्मराशि से तृतीय में सूर्य शुभ है किन्तु जन्मराशि से नवम में कोई ग्रह हो तो सूर्य का शुभफल रुक जावेगा। इसे वेध कहते हैं। वेध के विषय में दो मत हैं।

(१) एक तो यह कि वेध स्थान जन्मराशि से गिनना। मान लीजिए जिस जातक का विचार कर रहे हैं उसकी मीन राशि है। मीन से तृतीय वृष में सूर्य शुभफलदायक होगा यदि मीन से नवम अर्थात् वृश्चिक में कोई ग्रह न हो।

(२) दूसरे मत वाले कहते हैं कि जन्मराशि मीन को तृतीय अर्थात् वृष में सूर्य शुभ होगा—यादि वृष से नवम अर्थात् मकर में कोई ग्रह न हो।

ऊपर जो (१) बताया गया है वह नारद का मत है। नं० (२) कश्यप का मत है। अस्तु नारद का मत विशेष प्रचलित है। वेध विषयक विस्तृत विचार के लिये देखिये सुगमज्योतिष-प्रवेशिका का बाईसवाँ प्रकरण पृष्ठ १८१-२०१। किसी शुभ स्थान का कौन सा वेध-स्थान होता है, यह इसी अध्याय में आगे श्लोक ९ से १३ तक बतलाया गया है।

प्राचीन सभी आचार्य इस विषय में सहमत हैं कि पिता-पुत्र का वेध नहीं होता। सूर्य का पुत्र शनि है। सूर्य-शनि पिता-पुत्र हैं। चन्द्रमा का पुत्र बुध है, चन्द्र-बुध पिता पुत्र हैं। इसलिए सूर्य का गोचर फल विचार कर रहे हों तो वेध-स्थान में शनि के होने से वेध नहीं होता। या यदि शनि का गोचर विचार कर रहे हों और सूर्य वेध-स्थान में हो तो सूर्य, शनि के गोचरफल का नाश नहीं करता। चन्द्र का गोचर विचार कर रहे हों, बुध वेध-स्थान में हो तो वेध नहीं होता क्योंकि बुध चन्द्रमा का पुत्र है। या बुध का गोचर विचार कर रहे हों और वेध-स्थान में चन्द्रमा हो तो बुध का वेध नहीं होता, क्योंकि चन्द्रमा बुध का पिता है ॥१॥

आयभ्रातृद्विषदुपगतौ स्थानमानादिलाभं
वित्ते वित्तक्षयमथ सुहृत्पुत्रगौ क्लेशभीतिम् ।
कामे रोगान्व्यसनमतुलं धर्मगौ सूर्यभौमौ
भौमो भङ्गं दिशति दशमे कर्मसिद्धिं दिनेशः ॥२॥

जन्म राशि से गिनने पर प्रत्येक स्थान में सूर्य और मंगल क्या फल दिखाते हैं, इसका वर्णन इस श्लोक में किया गया है। इस अध्याय में जन्मराशि से गिनने पर प्रथम, द्वितीय, तृतीय आदि प्रत्येक स्थान का गोचर फल बतलाया गया है। इसलिए सर्वत्र 'जन्मराशि से गिनने पर' इस वाक्यांश की पुनरावृत्ति नहीं की जावेगी।

सूर्य और मंगल तृतीय, षष्ठ और एकादश स्थान में स्थान

मानादि लाभ कराते हैं—अर्थात् स्थान लाभ, मान लाभ, धन लाभ इत्यादि। द्वितीय स्थान में धन क्षय, चतुर्थ और पंचम में क्लेश और भय; सप्तम में रोग, नवम में चिन्ता, क्लेश, व्यसन। इन स्थानों में गोचरवश सूर्य और मंगल का एक सा फल कहा। गोचरस्थ सूर्य यदि दशम में जावे तो कर्मसिद्धि कराता है किन्तु मंगल यदि जन्मराशि से दशम में जावे तो कार्य भंग कराता है। अन्य स्थानों में एक सा फल होने पर भी दशम में भिन्न-भिन्न फल है। एक कार्य की सिद्धि कराता है—दूसरा कार्य में निष्फलता उत्पन्न करता है। अष्टम, द्वादश का फल आगे बतलावेंगे। देखिए श्लोक ॥२॥

क्रमेण भोगोदयमर्थहानिं जयं भयं शोकमरातिभङ्गम्।
सुखान्यनिष्टं गदमिष्टसिद्धिं मोदं व्ययं च प्रददाति चन्द्रः ॥३॥

जन्म राशि से गिनने पर गोचर में चन्द्रमा क्या फल देता है, यह बतलाते हैं :

(१) भोगों का उदय (२) धन की हानि (३) जय (४) भय (५) शोक (६) शत्रुनाश (७) सुख (८) अनिष्ट (९) रोग (१०) इष्टसिद्धि (११) हर्ष (१२) व्यय ॥३॥

अर्थक्षयं श्रियमरातिभयं धनाप्तिं
भार्यासुतादिकलहं विजयं विरोधम्।
पुत्रार्थलाभमथ विघ्नमशेषसौख्यं
पुष्टिं पराभवभये च करोति चान्द्रिः ॥४॥

अब बुध का गोचर फल बताते हैं कि जन्मराशि से गिनने पर बारहों भाव में वह क्या फल प्रदान करता है।

(१) धन क्षय (२) धन प्राप्ति (३) शत्रुभय (४) धनागम (५) भार्या, पुत्र आदि से कलह (६) विजय (७) विरोध (८) पुत्र से

हर्ष, धन लाभ (९) विघ्न (१०) बहुत अधिक सुख (११) पुष्टि (१२) पराजय, नीचा देखना ॥४॥

नानादुःखं वित्तसमृद्धि स्थितिनाशं
बन्धुक्लेशं पुत्रधनाप्ति रिपुबाधाम् ।
भोगान्रोगान्वित्तसुखाप्ति धनहानिं
स्थानप्राप्ति दुःखभयं यच्छति जीवः ॥५॥

अब बृहस्पति का (जन्मराशि से गिनने पर) प्रत्येक स्थान में गोचरवश क्या फल होता है, यह बताते हैं ।

(१) नाना प्रकार के दुःख (२) धनसमृद्धि (३) स्थितिनाश—कार्य बिगड़ना, हालत ख़राब होना (४) बन्धु-क्लेश (५) पुत्र-विषयक हर्ष, धनप्राप्ति (६) शत्रुओं से बाधा या पीड़ा (७) भोग—सुखसाधन प्राप्ति और उनके उपयोग से आनन्द (८) रोग (९) धन और सुख की प्राप्ति (१०) धनहानि (११) स्थान प्राप्ति (१२) दुःख और भय ॥५॥

अखिलविषयभोगं वित्तसिद्धि विभूति
सुखसुहृदभिवृद्धि पुत्रलब्धि विपत्तिम् ।
युवतिजनितबाधां संपदं स्त्रीसुखाप्ति
कलहमभयमर्थप्राप्तिमिन्द्रारिमन्त्री ॥६॥

अब जन्मराशि से गिनने पर प्रत्येक स्थान में गोचरवश शुक्र क्या प्रभाव दिखलाता है यह बतलाते हैं :—

(१) अनेक प्रकार के भोग (२) धनसिद्धि (३) विभूति (धन तथा ऐश्वर्य के लक्षण) (४) सुख और मित्रों की वृद्धि (५) पुत्रविषयक हर्ष—'पुत्रविषयक' इस शब्द के अन्तर्गत कन्या विषयक हर्ष भी आ जाता है (६) विपत्ति (७) स्त्री के कारण बाधा या परेशानी (८) सम्पत्ति (९) स्त्रीसुख (१०) कलह (११)

अभय (चिन्ता, व्यग्रता, परेशानी या भय का न होना)(१२) धन-प्राप्ति ॥६॥

नानारोगशुच सुखार्थविहृतिं स्थानार्थभृत्यादिकं
स्त्रीबन्ध्वर्थसुखच्युतिं धनसुखभ्रंशं सपत्नक्षयम् ।
मार्गासक्तिमनल्पदुःखनिचयं धर्मप्रणाशामयान्
दारिद्र्यं धनलाभमर्थविहृतिं धत्ते क्रमादर्कजः ॥७॥

अब शनि गोचर में क्या फल दिखलाता है इसका निर्देश करते हैं : नीचे जो स्थान दिए गए हैं, उन्हे जन्मकालीन चन्द्रमा से गिनना चाहिए ।

(१) अनेक प्रकार के रोगों से क्लेश (२) सुख और धन का नाश (३) स्थानप्राप्ति, अपने नौकरों की संख्या में वृद्धि (४) स्त्री को कष्ट, बन्धुओं को कष्ट, मकान या नौकरी छूटना (५) धनक्षय, सुखनाश (६) शत्रुओं का नाश, जातक अपने शत्रुओं पर विजय प्राप्त करे (७) यात्रा जिसमें सुखोपलब्धि न हो (८) बहुत अधिक और अनेक प्रकार के दुःख । (९) धर्म का नाश— अर्थात् जातक से अधर्म या पाप का कार्य बन पड़े (१०) दरिद्रता (११) धनलाभ (१२) धननाश ॥७॥

द्वादशजन्माष्टमगाः पुंसां दिननाथभौमशनिजीवाः ।
वित्तक्षयं प्रवासं रोगान् जनयन्ति मरणभीतिं वा ॥८॥

जब सूर्य, मंगल, बृहस्पति तथा शनि जन्म राशि से द्वादश, अष्टम या जन्मराशि में गोचरवश जाते हैं तब धननाश, प्रवास (परदेश में रहना जिसमें कष्ट हो), रोग और मृत्यु का भय करते हैं । ऊपर श्लोक २ में सूर्य और मंगल का जन्मराशि से अष्टम तथा द्वादश में गोचर वश क्या फल होता है, यह नहीं

बताया था। यहाँ बताते हैं। हमारे विचार से बृहस्पति तथा शनि का गोचरवश जन्मकालीन चन्द्र से अष्टम तथा द्वादश का पहले फल बता देने के उपरान्त जो यह श्लोक दिया है, उसका आशय यह है कि जब सूर्य, मंगल, बृहस्पति तथा शनि एक साथ —कोई जन्मराशि में, कोई अष्टम में, कोई द्वादश में गोचर-वश हों तो बहुत अनिष्ट फल होता है। यदि चारों एक साथ अष्टम द्वादश या जन्मराशि में होंगे तो भी बहुत अनिष्ट फल होगा ॥८॥

व्योमगं धनवस्तोत्रमर्कगोचरवेधयोः।
सारो यमस्तोत्रयाजी नवो गो धृग्विधोर्मतः ॥९॥

गात्रं श्यामतळं भौमे मन्दे चापि तथैव च।
रामा भोगक्षुधादीपनाथा यात्रा बुधस्य तु ॥१०॥

रौद्रो व्याजो धनी शंभुः सालः सुरगुरोस्तथा।
यदा रथो लिपिर्भानुर्मधुर्देशो धिया व्रतम् ॥११॥

यागः शुक्रे नव वै हि गोचरा वेध एव च।
अर्कार्की सोमसौम्यौ द्वावन्योन्यं न च विध्यतः ॥१२॥

अब नीचे ग्रहों के शुभ गोचरस्थान और वेधस्थान बताए जाते हैं।

सूर्य

शुभस्थान	३,	६,	१०,	११,
वेधस्थान	९,	१२,	४,	५,

यदि सूर्य गोचर में जन्मराशि से तृतीय हो तो जन्मराशि से नवाँ वेधस्थान हुआ। यदि गोचर में सूर्य जन्मराशि से षष्ठ

में हो तो जन्म राशि से बारहवाँ वेधस्थान हुआ। इसी प्रकार सर्वत्र समझना चाहिए। ऊपर गोचर में शुभ स्थान लिखा—ठीक उसके नीचे उसका वेधस्थान लिखा है।

चन्द्र

शुभस्थान	१,	३,	६,	७,	१०,	११,
वेधस्थान	५,	९,	१२,	२,	४,	८,

मंगल

शुभस्थान	३,	६,	११,
वेधस्थान	१२,	५,	९,

जो मंगल के शुभ स्थान और वेध स्थान हैं वही शनि के हैं।

बुध

शुभस्थान	२,	४,	६,	८,	१०,	११,
वेधस्थान	५,	३,	९,	१,	७,	१२,

बृहस्पति

शुभस्थान	२,	५,	७,	९,	११,
वेधस्थान	१२,	४,	३,	१०,	८,

शुक्र

शुभस्थान	१,	२,	३,	४,	५,	८,	९,	११,	१२,
वेधस्थान	८,	७,	१,	१०,	९,	५,	११,	३,	६,

वेधाह्वया गोचरगस्य यस्य
स्ववेध्यगः कोऽपि खगो यदि स्यात्।
अगोचरानिष्टफलं स हित्वा
शुभप्रदो वामकवेधशक्त्या ॥१३॥

ऊपर जो शुभस्थान और प्रत्येक का वेधस्थान बताया गया, इसका प्रयोजन यह है कि जब गोचर में ग्रह शुभस्थान में जा रहा हो और उसके वेधस्थान में भी कोई ग्रह जा रहा हो तो ग्रह का शुभ फल रुक जाता है, अर्थात् वह शुभ फल देने में अक्षम हो जाता है।

इसी प्रकार यदि कोई ग्रह अनिष्ट स्थान में जा रहा हो और उसका विपरीत वेध होता हो तो वह अशुभ फल नहीं करता। विपरीतवेध का विस्तृत विवेचन सुगमज्योतिषप्रवेशिका में पृष्ठ १९४-१९६ में किया गया है। पाठक कृपया अवलोकन करें। प्रस्तुत अध्याय में राहु-केतु के गोचर का विवेचन नहीं किया है। इसके लिए भी सुगमज्योतिषप्रवेशिका का अवलोकन करें जहाँ राहु, केतु के गोचर, वेधस्थान विपरीतवेध आदि विस्तृत रूप से समझाये गए हैं ॥१३॥

इत्थं समस्तजगतामशुभं शुभं च
संजायते हि निखिलं ग्रहचारशक्त्या ।
पूजास्तुतिप्रणतिभिर्मुदिता ग्रहास्ते
कुर्वन्त्यनिष्टगतयोऽपि जनस्य लक्ष्मीम् ॥१४॥

ग्रहों के मण्डल में संचार से समस्त जगत् के लिए शुभ और अशुभ फल होते हैं। जब ग्रह गोचर से अनिष्ट हों तो उनकी, पूजा, स्तुति, प्रणाम आदि करने से वह अनिष्ट होने पर भी, प्रसन्न किए जाने पर, शुभ फल प्रदान करते हैं ॥१४॥

बारहवाँ अध्याय

दशापहारच्छिद्र प्रकरण

अर्केन्द्वारभुजङ्गजीवशनिवित्केत्वाख्यशुक्राः क्रमा-
दग्न्यादेर्नवकत्रयर्क्षपतयः प्रोक्तास्तदब्दाः पुनः ।
तन्नित्यं स जयस्तपो धटसटं सूनुर्नरज्ञः क्रमात्
साब्दघ्ना जनितारकैष्यघटिकानीताहृता स्वा दशा ॥१॥

कृत्तिका से आरंभ कर—९ नक्षत्रों में जन्म होने से क्रमशः सूर्य, चन्द्र, मंगल, राहु, बृहस्पति, शनि, बुध, केतु तथा शुक्र की प्रारंभिक दशा होती है। कृत्तिका में जन्म होने से सूर्य की, रोहिणी में जन्मकालीन चन्द्र हो तो चन्द्रमा की इत्यादि। उत्तरा फाल्गुनी से आरंभ कर पूर्वाषाढ नक्षत्र तक प्रत्येक नक्षत्र के हिसाब से क्रमशः सूर्य आदि ग्रहों की—जो क्रम ऊपर बताया गया है—उसी क्रम से विंशोत्तरी दशा होती है। उत्तराषाढ, श्रवण आदि से प्रारभ कर भरणी तक ९ नक्षत्रों में जन्म होने से सू० चं० मं० रा० बृ० श० बु० के० तथा शुक्र की महादशा होती है। सूर्यादि नव ग्रहों के महादशावर्ष निम्न लिखित हैं:—

सूर्य ६ वर्ष, चन्द्रमा १० वर्ष, मंगल ७ वर्ष, राहु १८ वर्ष, बृहस्पति १६ वर्ष, शनि १९ वर्ष, बुध १७ वर्ष, केतु ७ वर्ष, शुक्र २० वर्ष। जिस नक्षत्र में जन्म हुआ उसका मान देखिये। नक्षत्र कुल कितने घटी कितने पल था। जितने घटी पल जन्म के बाद शेष रहा—त्रैराशिक से निकालने पर उतने वर्ष, मास, दिन महा-

दशा शेष रही। साधारणतः ज्योतिषप्रेमी भोग्य दशा निकालना जानते हैं, इसीलिए इस विषय को विस्तार से नहीं समझाया जा रहा है। जो नवीन पाठक हों और जिनको भुक्त, भोग्य दशा निकालने में कठिनता हो उन्हें सुगमज्योतिषप्रवेशिका के पृष्ठ ७२-७७ अवलोकन करने चाहियें ॥१॥

योज्याः शेषदशाः क्रमादपहृतिः कार्यापहर्तुर्दशा
निघ्ना मूलदशाऽथ नारकहृता तस्यापहारो मतः।
आदौ मूलदशापतेरपहृतिः शेषास्तु मूलक्रमा-
द्वाच्यं स्यादुडुजातकोदितफलं ज्ञात्वा ग्रहाणां बलम् ॥२॥

प्रत्येक महादशा में ९ अन्तर्दशा होती हैं। प्रत्येक महादशा में सबसे पहिले उसी ग्रह की अन्तर्दशा होती है जिसकी महा-दशा हो, बाद में सू० चं० मं० रा० बृ० श० बु० के० शु० इसी क्रम से अन्तर्दशाएँ होती हैं। मान लीजिये बृहस्पति की महादशा में अन्तर्दशा निकालनी है तो अन्तर्दशा क्रम होगा—बृ० श० बु० के० शु० आ० चं० मं० रा०। विशेष विवरण के लिए देखिए सुगमज्योतिषप्रवेशिका पृष्ठ ७८-८०। किस महादशा में किस ग्रह को कितनी अन्तर्दशा होती है, प्रायः यह पंचांगों में दिया रहता है। इसलिए अन्तर्दशा सारिणी यहाँ नहीं दी जा रही है। जिनको ज्ञात न हो वे फलदीपिका में पृष्ठ ६७४ का अवलोकन करें जहाँ अन्तर्दशा सारिणी दी गई है ॥२॥

त्रिगुणितमूलदशाब्दादपहाराधिपसमाहतादर्द्धम्।
छिद्राधिपाब्दनिहतं नीतिविभक्तं दिनं भवति ॥३॥

इस श्लोक में किसी महादशा में प्रत्येक ग्रह का अन्तर्दशा मान निकालना बताया गया है और किसी अन्तर्दशा में प्रत्येक ग्रह का प्रत्यन्तर्दशामान निकालना बताया गया है। साधारणतया यह त्रैराशिक से निकालते हैं।

(१) यदि १२० वर्ष में शुक्र की महादशा २० वर्ष हो तो सूय की महादशा ६ वर्ष में शुक्र की अन्तर्दशा

$$= \frac{२० \times ६}{१२०} = १ \text{ वर्ष}$$

(२) यदि सूर्य की महादशा में शुक्र की अन्तर्दशा १ वर्ष तो शुक्र की अन्तर्दशा में चन्द्रमा का अन्तर $= \frac{१ \times १०}{१२०}$

$$= \frac{१}{१२} \text{ वर्ष} = १ \text{ मास}$$

हमने त्रिफला (ज्योतिष) पृष्ठ १०४-१०९ पर कुछ ऐसे गुर बताए हैं जिनसे बिना कागज़ पर गुणा किए ही किसी महादशा में कौनसी अन्तर्दशा कितनी होगी तथा किसी अन्तर्दशा में कौनसी प्रत्यन्तर्दशा कितनी होगी यह मौखिक ही निकाला जा सकता है ।।३।।

राश्योर्जन्मविलग्नयोर्मृ तिपती मृत्युस्थतद्वीक्षकौ
मन्दः क्रूरदृगाणपो गुलिकपस्तैर्यु क्तराश्यंशपाः ।
राहुश्चैषु सुदुर्बलो जनुषि यो भावेऽनभीष्टे स्थितः
पापालोकितसंयुतो निजदशायां प्राणनाशप्रदः ।।४।।

नीचे कुछ ग्रह बताये जाते हैं जिनकी दशा प्राणनाशप्रद होती है, अर्थात् मारक होती है :—

(१) लग्न से अष्टम का स्वामी (२) जन्म राशि से अष्टम का स्वामी (३) लग्न से अष्टम में बैठा हुआ ग्रह (४) जन्म राशि से अष्टम में बैठा हुआ ग्रह (५) जो जन्म लग्न से अष्टम भाव को देखता हो (६) जो चन्द्रमा से अष्टम भाव को देखता हो । (७) शनि (८) जन्म लग्न से बाईसवें द्रेष्काण का स्वामी (९) गुलिक जिस राशि में बैठा हो उसका स्वामी । (१०) जन्म लग्न से २२वें द्रेष्काण का स्वामी जिस राशि और नवाँश में बैठे हों उनके स्वामी (११) शनि जिस राशि और नवांश में हो—उनके

स्वामी। (१२) गुलिक जिस ग्रह की राशि में बैठा है—वह ग्रह जिस राशि और नवांश में है—उनके स्वामी। (१३) राहु।

इनमें जो ग्रह दुर्बल हो, जन्मकुण्डली में अनिष्ट भाव में बैठा हो, पापग्रह से युत और वीक्षित हो वह अपनी दशा में मारक होता है। प्रश्नमार्ग के मत से उस ग्रह की दशा या अन्तर्दशा मारक हो ॥४॥

पापानां चेद्दशायामपहृतिरसतां चिन्तनीयोऽत्र मृत्यु-
र्गोमासर्क्षेश्वराणामपि निजजनिभाद्दोषदः पाककालः।
द्वित्र्यादीनां दशानां युगपदवसतिर्यत्र कालः स कष्टः
सर्वासां वा दशानामवसतिरशुभा दोषदानां विशेषात् ॥५॥

पापग्रह की दशा में जब पापग्रह की अन्तर्दशा हो तो मृत्यु कर सकती है। जन्मनक्षत्र से तृतीय (विपत्) पञ्चम (प्रत्यरि) या सप्तम (वधतारा) नक्षत्र के स्वामी की दशा भी अनिष्टकारक हो सकती है, यदि यह दशानाथ—भावेश, भावस्थिति आदि से अनिष्ट हो। विपत्, प्रत्यरि या वध तारा की दशा कैसे ज्ञात करना यह बतलाया जाता है। मान लीजिए किसी जातक का जन्मनक्षत्र रेवती है। तो रेवती से गिनिए। (१) रेवती (२) अश्विनी (३) भरणी (४) कृत्तिका (५) रोहिणी (६) मृगशिर् (७) आर्द्रा (८) पुनर्वसु (९) पुष्य। अब तृतीय नक्षत्र भरणी है—इसका स्वामी शुक्र है तो शुक्र की महादशा या अन्तर्दशा विपत्-ताराधीश की हुई। पंचम नक्षत्र रोहिणी है। इसके स्वामी चन्द्रमा की महादशा या अन्तर्दशा, प्रत्यरि ताराधीश की दशा हुई। सप्तम नक्षत्र आर्द्रा है। इसके स्वामी राहु की महादशा या अन्तर्दशा वधताराधीश की दशा या अन्तर्दशा हुई।

जब जन्मनक्षत्र दशा, लग्न नक्षत्र, दशा (इनको आगे बतलायेंगे) आदि कई दशाओं के विचार से निकृष्ट दशा या अन्तर्दशा आवे तब वह समय कष्टकारक होता है। एक टीकाकार ने मूल संस्कृत में जो "वसतिः" शब्द आया है, उसका अर्थ

किया है कि जब कई प्रकार से—भिन्न-भिन्न प्रकार की दशाओं का अन्त एक ही समय आवे तब वह समय कष्टकारक होता है। सब दशाओं का यह स्वभाव है कि जब वह समाप्त होने लगती हैं तो कष्टकारक होती हैं ।।५।।

दोषो रन्ध्राधिपत्यादिजातः सर्वदशासमः ।
दशासूडुभवास्वेव गोमासर्क्षाधिपत्यजः ।।६।।

अष्टमेश या अनिष्टभाव का स्वामी होने के कारण दशानाथ में जो अशुभ कर्तृत्व दोष होता है वह सब प्रकार की दशाओं को लागू होता है। किन्तु जन्मनक्षत्र से तृतीय, पंचम या सप्तम नक्षत्र के स्वामी होने से जो दोष ऊपर श्लोक ५ में बताया गया है, वह केवल उडु (नक्षत्र) दशा को ही लागू होता है ।।६।।

सौम्यानां बलिनां दशास्वभिमतद्रव्यात्मसौख्योदयान्
स्त्रीपुत्रात्मजसुहृत्समागममुखान्वस्त्रान्नभूषादिकान् ।
हस्त्यश्वागमवाहनार्थसुकृतक्षेत्रप्रभावोदयान्
राज्ञां माननलब्धिकीर्तिविभवानन्तर्दशायां वदेत् ।।७।।

यदि बलवान् सौम्य (शुभ) ग्रह की महादशा हो और उसमें शुभ अन्तर्दशा हो तो उसमें निम्नलिखित शुभफल कहने चाहिएँ।

इच्छित द्रव्य की प्राप्ति, अपने सुख की वृद्धि (पद, धन, शरीर तथा चित्त की शांति में तरक्की), स्त्री, पुत्र, पौत्र, दौहित्र, मित्र आदि से समागम, वस्त्र, भूषण, अन्न आदि की उपलब्धि, हाथी, घोड़े आदि वाहनों की प्राप्ति, धनलाभ, पुण्य और शुभ कर्म होना, अपने प्रभाव और प्रतिष्ठा में वृद्धि, विभव, राजा से सम्मान प्राप्ति, भूसम्पत्ति उपार्जन, यश आदि शुभफल।

हमारे विचार से सभी शुभफल सभी को प्राप्त नहीं होते। इनमें से कौन-कौन से प्राप्त होंगे यह विचार करने के लिए ग्रह

विवेचन करना चाहिए कि ग्रह (महादशानाथ तथा अन्तर्दशा-नाथ) किन घरों के स्वामी हैं, किन भावों में बैठे हैं और किन भावों को देखते हैं। दूसरे यह भी विचार अपेक्षित है कि अब हाथी या घोड़ों की उपलब्धि नहीं होती किन्तु स्कूटर, मोटर आदि की उपलब्धि वाहन के रूप में होती है। देश, काल, पात्र का विचार दैवज्ञ के लिए सर्वत्र अपेक्षित है ॥७॥

दशेशवैरी तु निजापहारे मृतिं प्रदद्यादशुभो विशेषात् ।
दशादिकालेऽपि तदीश्वराणामनिष्टमेवासदरीक्षणाद्यम् ॥८॥

महादशानाथ की दशा में जब महादशानाथ के शत्रुग्रह की अन्तर्दशा हो, विशेषकर अन्तर्दशानाथ यदि अशुभ ग्रह हो तो जातक की मृत्यु या मृत्युतुल्य कष्ट करता है। किसी ग्रह की यदि दशा या अन्तर्दशा जा रही हो और उसको (दशा या अन्तर्दशा के पाक के समय) शत्रुग्रह या पापग्रह देख रहे हों तो अनिष्टफल होता है। जो नियम दशानाथ और अन्तर्दशानाथ के सम्बन्ध में बताया गया है, वह अन्तर्दशानाथ और प्रत्यन्तर्दशानाथ के सम्बन्ध में भी लागू करना चाहिए, ऐसा हमारा विचार है ॥८॥

विलग्नकर्मोपगतग्रहाणां विलग्नकर्माधिपयोश्च तद्वत् ।
दशादिकाले प्रबलस्य चैषां मर्त्यः प्रयायात्स्वगृहाधिपत्यम् ॥९॥

इस श्लोक में चार प्रकार की दशा बताई गई है। निर्याण-दशा, आधानदशा, महादशा और उत्पन्नदशा। प्रत्येक दो-दो प्रकार की वर्णित की गई है। एक जन्मकुण्डली में चन्द्र स्पष्ट के आधार पर। दूसरी जन्मकुण्डली में अष्टमेश स्पष्ट के आधार पर।

इस तरह दो प्रकार की निर्याणदशा, दो प्रकार की आधान दशा, दो प्रकार की महादशा और दो प्रकार की उत्पन्नदशा बताई गई है। मंत्रेश्वर ने फलदीपिका अध्याय २२ श्लोक १५

(देखिए फलदीपिका पृष्ठ ५२६-२७) में उत्पन्न, आधान और क्षेम इन तीन प्रकार की जो महादशा बताई हैं, उनको निकालने के प्रकार में और प्रस्तुत ग्रंथ में जो विधान दिया है उसमें कुछ अन्तर है। इसलिए प्रस्तुत ग्रंथ के अनुसार निर्याण दशा, आधान दशा, महादशा और उत्पन्नदशा निकालना बताया जाता है। चन्द्रस्पष्ट या अष्टमेश स्पष्ट में क्या जोड़ने या घटाने से जो राशि, अंश, कला, विकला आवे—उस आधार पर नवीन दशा लगाने का प्रकार नीचे बताया जाता है ॥९॥

नेत्राङ्गानङ्गयुक्तोनितशिशिरकरान्नेत्रगात्राढ्ययुक्ता-
न्नूनं नाकाढ्ययुक्तादपि निधनपतेश्चापि नीताः क्रमेण ।
निर्याणाधानसंज्ञे पुनरपि च महासंज्ञितोत्पन्नसंज्ञे
प्रोक्तान्त्या मृत्युसंज्ञा मयथवनमणित्थादिभिः शास्त्रविद्भिः ॥१०॥

अध्याय १० के प्रारंभ में जो जन्मकुंडली दी गई है—उसे उदाहरण में प्रस्तुत किया जाता है। इन दशाओं का आधार चन्द्रस्पष्ट और अष्टमेशस्पष्ट है। प्रस्तुत कुंडली में चन्द्रस्पष्ट ११-२०-३७-४९ है। बृहस्पतिस्पष्ट ६-१३-२७-४४ है। अब आगे बढ़िए।

निर्याणदशा

१ (क) निर्याण महादशा जन्म के समय कितनी थी यह निकालने के लिए चन्द्र स्पष्ट में ३-३°-२०′ जोड़िए।

चन्द्र स्पष्ट	११-२०-३७-४९
जोड़िए +	३- ३-२०
योग	१४-२३-५७-४९

यदि राशि बारह से अधिक आवे तो १२ कम कीजिए।

१४-२३-५७-४६
—१२- ०- ०- ०

शेष २-२३-५७-४६

इस चन्द्र स्पष्ट से जन्म के समय भोग्य बृहस्पतिदशा ११ वर्ष २ मास २६ दिन आई। यह निर्याणदशा चन्द्रस्पष्ट के आधार पर हुई।

१ (ख) अब दूसरे प्रकार की निर्याण दशा अष्टमेश स्पष्ट से निकालना बताया जाता है।

बृहस्पति स्पष्ट ६-१३-२७-४४
जोड़िए ३- ३-२०

योग ९-१६-४७-४४

अब मान लीजिए यह चन्द्र स्पष्ट होता तो कौन सी महादशा का कितना भोग्य रहता। यदि चन्द्रस्पष्ट ९-१६-४७-४४ हो तो जन्म के समय चन्द्रमा की भोग्य दशा ४ वर्ष १० महीने २४ दिन शेष रहती। यह अष्टमेश के आधार पर निर्याण दशा हुई।

आधानदशा

२ (क) अब आधानदशा लगाना बताया जाता है। चन्द्रस्पष्ट में से ३-३°-२०' घटाइए।

चन्द्र स्पष्ट ११-२०°-३७'-४६"
घटाइए — ३- ३ -२० - ०

शेष ८-१७ -१७ -४६

इस चन्द्रस्पष्ट पर भोग्य शुक्रदशा १४ वर्ष ० मास २० दिन हुई।

२ (ख) अब अष्टमेश स्पष्ट पर आधान दशा लगाना बताया जाता है। इसमें भो ३-३°-२०' घटाने वाली प्रक्रिया है।

बृहस्पति स्पष्ट	६-१३-२७-४४
घटाइये	३-३- २०-०
शेष	३-१०-७- ४४

इस स्पष्ट पर यदि चन्द्रमा होता तो भोग्य शनिदशा ६ वर्ष ३ मास २८ दिन हुई। आगे वही क्रम चलेगा। बु० के० शु० आदि।

महादशा

३ (क) चन्द्र स्पष्ट में १-२३°-२०′ जोड़ना पड़ता है।

चन्द्र स्पष्ट	११-२०-३७-४६
जोड़िये	१- २३-२०-०
योग	१३-१३-५७-४६

यदि १२ से अधिक राशि संख्या आवे तो राशि में से १२ कम किये। शेष आया १-१३-५७-४६। इस चन्द्रस्पष्ट के आधार पर भोग्य चन्द्रमहादशा हुई ७ वष ० मास १० दिन।

३ (ख) अब अष्टमेश के आधार पर महादशा लगाइये। इसमें भी अष्टमेश स्पष्ट में १-२३°-२०′ जोड़िये।

अष्टमेश स्पष्ट	६-१३-२७-४४
जोड़िये	१-२३-२०
योग	८-६- ४७-४४

यदि यह चन्द्रस्पष्ट हो तो किस ग्रह की कितनी दशा जन्म के समय भोग्य रहती ? केतु की महादशा भोग्य ३ वर्ष ५ महीने ६ दिन।

उत्पन्न दशा

४ (क) उत्पन्न दशा लगाने में, चन्द्रस्पष्ट में या अष्टमेश स्पष्ट में १-१०° जोडना पड़ता है :—

चन्द्र स्पष्ट	११-२०-३७-४९
जोड़िये	१-१०-०- ०
योग	१३-०-३७-४९

राशि संख्या बारह से अधिक है इसलिये राशि से १२ कम किये तो चन्द्र स्पष्ट १-०-३७-४९ हुआ और भोग्यदशा सूर्य की ४ वर्ष २ महीने १७ दिन हुई।

४ (ख) अब अष्टमेश स्पष्ट में १-१०' जोड़िये।

अष्टमेश	६-१३-२७-४४
जोड़िये	१-१०-० -०
	७-२३-२७-४४

उपर्युक्त प्रक्रिया से बुध की भोग्य दशा हुई ८ वर्ष ४ मास

दो-दो प्रकार की चारों दशायें

निर्याणदशा

(१) (क)	व०मा०दि०	१ (ख)	व०म०दि०
भोग्य बृ०	११-२- २६	भोग्य चन्द्र	४-१०-२४
शनि	१९-०-०	मंगल	७-०- ०
बुध	१७-०-०	राहु	१८-०- ०
केतु	७-०-०	बृहस्पति	१६-०- ०
	५४-२-२६	शनि	१०-०- ०
शुक्र	२०-०-०		६४-१०-२४
	७४-२-२६	बुध	१७-० - ०
सूर्य	६-०-०		८१-१०-२४
	८०-२-२६		

आधानदशा

(२) (क)	व०मा०दि०
भोग्य शुक्र	१४-० -०
सूर्य	६ -० -०
चन्द्र	१०-० -०
मंगल	७-० -०
राहु	१८-० -०
	५५-०-२०
बृह०	१६-०- ०
	७१-०-२०

२ (ख)	व०मा०दि०
भोग्य शनि	९- ३ -२८
बुध	१७-० - २०
केतु	७-० - ०
शुक्र	२०-० - ०
	५३-३ -२०
सूर्य	६-० -०
चन्द्र	१०-० -०
	६९-३ -२८
मंगल	७-० - ०
	७६-३-२८

महादशा

(३) (क)	व०मा०दि०
भोग्य चन्द्र	७-० -१०
मंगल	७-० - ०
राहु	१८-०- ०
जीव	१६-०- ०
शनि	१९-०- ०
	६७-०-१०
बुध	१७-०- ०
	८४-०-१०

३ (ख)	व०मा०दि०
भोग्य केतु	३-५- ६
शुक्र	२०-०- ०
सूर्य	६-०- ०
चन्द्र	१०-०- ०
मंगल	७-०- ०
राहु	१८-०- ०
	६४-५- ६
जीव	१६-०- ०
	८०-५- ६

उत्पन्न दशा

(४) (क)	व०मा०दि०	(४) (ख)	व०मा०दि०
सूर्य भोग्य	४-२-१७	भोग्य बुध	८-४- ०
चन्द्र	१०-०- ०	केतु	७-०- ०
मंगल	७-०- ०	शुक्र	२०-०- ०
राहु	१८-०- ०	सूर्य	६-०- ०
जीव	१६-०- ०	चन्द्र	१०-०- ०
शनि	१९-०- ०	भौम	७-०- ०
बुध	६४-२-१७	राहु	१८-०- ०
	१७-०- ०		७६-४- ०
	८१-२-१७		

इस प्रकार देखने से महादशा परिवर्तन १ (ख) में ६४ वर्ष १० मास २४ दिन पर होता है। ३ (ख) में ६४ वर्ष ५ मास ६ दिन पर। ४ (क) में ६४ वर्ष २ मास १७ दिन पर। तीन प्रकार की दशाओं में ६५वें वर्ष में दशा परिवर्तन होता है इसलिए इस निर्णय पर पहुँच सकते हैं कि ६५वाँ वर्ष मारक होगा। यदि इस वर्ष मरण न हो तो ७७वें वर्ष में २ (ख) तथा ४ (ख) इन दो महादशाओं में दशा परिवर्तन होता है, तब मृत्यु हो या ८१ अथवा ८२ वर्ष की दशा में जब (१) क, १ (ख), ३ (ख), ४ (क) की दशा में परिवर्तन होता है। किन्तु अधिकतर संभावना ६५वें वर्ष की ही प्रतीत होती है। विंशोत्तरी दशा, अन्तर्दशा का भी विचार कर लेना चाहिए ॥१०॥

लग्ने बलिन्युदयलग्नगतोडुतः स्यात्
इन्दोरिवोडुपदशाधिपतिक्रमेण।
कृत्वा दशामखिलखेटगतोडुशेषात्
संयोज्य कल्प्यमखिलाब्दसमं तदायुः ॥११॥

यदि लग्न बलवान् हो तो लग्नस्पष्ट को चन्द्रस्पष्ट मान-विंशोत्तरी दशा निकालनी चाहिए। हम एक उदाहरण देते हैं। मान लीजिए सिंहलग्न के ६ अंश ४० कला उदित हैं। तो केतु का मघा नक्षत्र ४-०-० से ४-१३°-२०′ तक होता है। यहाँ ६°-४०′ बिल्कुल बीच में हैं। इस कारण मघा नक्षत्र—केतु की महादशा ७ वर्ष के आधे भुक्त हुए। केतु भोग्य ३ वर्ष ६ मास उसके बाद शुक्र २० वर्ष, सूर्य ६ वर्ष, चन्द्रमा १० वर्ष, मंगल ७ वर्ष, राहु १८ वर्ष इत्यादि।

इसी प्रकार सब ग्रहों की दशा निकालने से जो वर्ष आवें वह आयु होती है। इसमें राहु, केतु को मिलाकर कुल ९ भोग्य दशाओं का योगफल आयुर्दाय होगा ॥११॥

येषां जन्म निशासु रात्रिभवने चन्द्रे बलिष्ठे तदा
तेषां स्यादुडुजातकं स्वफलदं सम्यग्विशेषादपि।
यत्तारांशगतः शशी तदधिपेनालोकितो वा युत-
स्तेषां चक्रदशा विशेषफलदा यत्तां प्रवक्ष्याम्यहम् ॥१२॥

उडु दशा या चन्द्र स्थित नक्षत्र के भुक्त भोग्य काल से जो महादशा लगाई जाती है उनका (महादशा का) फल विशेष उन जातकों की जन्मकुण्डली में मिलता है जिनका जन्म रात्रि में, रात्रि बली राशि में हो और जिनके जन्म के समय चन्द्रमा विशेष बलवान् हो।

जिस जन्मकुण्डली में चन्द्रमा अपने नक्षत्राधिप (जिस नक्षत्र में चन्द्रमा स्थित हो उसके स्वामी ग्रह) से युत या वीक्षित हो, उसकी दशाओं का फल कालचक्र दशा से विशेष मिलता है। एक टीकाकार ने अर्थ किया है कि चन्द्रमा जिस नवांश में हो, उस नवांश स्वामी से युत या दृष्ट हो तो कालचक्र दशा का फल विशेष घटित होता है। अब आगे कालचक्र दशा बतलाते हैं।

प्रस्तुत ग्रंथकार ने आगे के १७ श्लोकों में कालचक्र दशा का

सम्पूर्ण वर्णन कर दिया है। हमने अपनी फलदीपिका (भावार्थ-बोधिनी में पृष्ठ ४८६-५२६) इन चालीस पृष्ठों में बहुत विस्तार-पूर्वक कालचक्र दशा का गणित और फलित निरूपण किया है। उन सबका यहाँ पुनः व्याख्यान करना पिष्टपेषण होगा। इसलिए यहाँ केवल श्लोकों का अर्थ मात्र दिया जा रहा है। व्याख्या के लिए पाठक महानुभाव फलदीपिका का अवलोकन करें ॥१२॥

दस्राग्न्यदितिसर्पार्कपवनासुरविश्वभे।
एकांघ्रौ पूषभे वाऽपि क्रमात्पादचतुष्टये ॥१३॥

आदौ वाक्यचतुष्कं स्याद्याम्येड्यत्वष्टृतोयभे।
बुद्ध्यां च वेद्यं वाक्यानां चतुष्कं दासिकादिकम् ॥१४॥

रोहिण्याद्रामिखाभाग्यशूर्पेन्द्रहरिवारुणे।
बुद्ध्यां च वेद्यं वाक्यानां चतुष्कं धेनुरादिकम् ॥१५॥

शशिपूर्वभमैत्रर्क्षवसुभेष्वंशकक्रमात्।
प्राप्यस्निग्धादिवाक्यं स्यात्कालचक्रक्रमायुषि ॥१६॥

अश्विन्यादीन्दक्षिणतो रोहिण्यादींस्तु वामतः।
दक्षिणं वाममन्येषां नक्षत्राणां त्रिकं त्रिकम् ॥१७॥

मुनिः पुत्रः सनिर्धेनुर्नृपस्तापो ध्वनिः क्रमात्।
सूर्यादिवत्सराः प्रोक्ता मुनिभिश्चक्रजातके ॥१८॥

पारं लोभे शान्तः सजळो नित्य प्रादात्सीता विमला।
रूपं प्राप्य स्निग्धकराङ्गो वाणी तासां दधिनान्यत्र ॥१९॥

दासो तव मूलं खे पात्रं स्यान्नालीकं रागी विशति।
सिंहधनाढ्यो आहं सीता भीमगुरुः पुत्रैर्यज्ञोन्धः ॥२०॥

धेनुव्याघ्री पारगमेवा तस्थौ दीप्रोप्यनधी दासः ।
तस्मिन् भागे रूपधनाढ्यं प्रायो रागी शिवते साही ॥२१॥

प्राप्य स्निग्धो हिसते शंभुगारी योद्धा नित्यं प्रकरम् ।
गोरणा भुत सौहि प्राप्यान्नं धीदासस्ते शंभुर्गरिका ॥२२॥

१. अश्विनी, कृत्तिका, पुनर्वसु, आश्लेषा, हस्त, स्वाती, मूल, उत्तराषाढ, पूर्वाभाद्र तथा रेवती इन दस नक्षत्रों का दशाक्रम (एक के बाद दूसरी राशि की किस क्रम से दशा आना) एक ही प्रकार का है।

(१) यदि उपर्युक्त दस नक्षत्रों में से किसी के प्रथम चरण में जन्म हो तो दशाक्रम अधोनिर्दिष्ट है—

(१) मेष-कुज, (२) वृषभ-शुक्र, (३) मिथुन-बुध, (४) कर्क-चन्द्र, (५) सिंह-रवि, (६) कन्या-बुध, (७) तुला-शुक्र, (८) वृश्चिक-मंगल (९) धनु-बृहस्पति। सम्पूर्ण दशामान १०० वर्ष।

(२) यदि उपर्युक्त दस नक्षत्रों में से किसी के द्वितीय चरण में जन्म हो तो दशाक्रम नीचे लिखे अनुसार होता है—

(१) मकर-शनि, (२) कुंभ-शनि, (३) मीन-बृहस्पति, (४) वृश्चिक-मंगल, (५) तुला-शुक्र, (६) कन्या-बुध, (७) कर्क-चन्द्र, (८) सिंह-रवि, (९) मिथुन-बुध। सम्पूर्ण दशामान ८५ वर्ष।

(३) यदि उपर्युक्त दस नक्षत्रों में से किसी के तृतीय चरण में जन्म हो तो दशाक्रम निम्नलिखित होता है—

(१) वृष-शुक्र, (२) मेष-मंगल, (३) मीन-बृहस्पति, (४) कुंभ-शनि, (५) मकर-शनि, (६) धनु-बृहस्पति, (७) मेष-मंगल, (८) वृष-शुक्र, (९) मिथुन-बुध। सम्पूर्ण दशामान ८३ वर्ष।

(४) यदि ऊपर जो दस नक्षत्र दिए गए हैं उनमें से किसी नक्षत्र के चतुर्थ चरण में जन्म हो तो दशाक्रम अधोलिखित होता है—

(१) कर्क-चन्द्र, (२) सिंह-रवि, (३) कन्या-बुध, (४) तुला-शुक्र, (५) वृश्चिक-मंगल, (६) धनु-बृहस्पति, (७) मकर-शनि, (८) कुंभ-शनि, (९) मीन-बृहस्पति। सम्पूर्ण दशामान ८६ वर्ष।

२. भरणी, पुष्य, चित्रा, पूर्वाषाढ, उत्तराभाद्र इन पाँचों नक्षत्रों में दशाक्रम एक ही प्रकार का है।

(१) यदि उपर्युक्त पाँचों नक्षत्रों में से किसी नक्षत्र के प्रथम चरण में जन्म हो तो दशाक्रम निम्नलिखित है—

(१) वृश्चिक-मंगल, (२) तुला-शुक्र, (३) कन्या-बुध, (४) कर्क-चन्द्र, (५) सिंह-रवि, (६) मिथुन-बुध, (७) वृष-शुक्र, (८) मेष-मंगल, (९) मीन-बृहस्पति। सम्पूर्ण दशामान १०० वर्ष।

(२) यदि ऊपर लिखे हुए पाँच नक्षत्रों में से किसी नक्षत्र के द्वितीय चरण में जन्म हो तो दशाक्रम नीचे लिखे प्रकार से होगा—

(१) कुंभ-शनि, (२) मकर-शनि, (३) धनु-बृहस्पति, (४) मेष-मंगल, (५) वृष-शुक्र, (६) मिथुन-बुध, (७) कर्क-चन्द्र, (८) सिंह-रवि, (९) कन्या-बुध। सम्पूर्ण दशामान ८५ वर्ष।

(३) यदि उपर्युक्त पाँच नक्षत्रों में से किसी नक्षत्र के तृतीय चरण में जन्म हो तो दशाक्रम अधोलिखित प्रकार से होगा—

(१) तुला-शुक्र, (२) वृश्चिक-मंगल, (३) धनु-बृहस्पति, (४) मकर-शनि, (५) कुंभ-शनि, (६) मीन-बृहस्पति, (७) वृश्चिक-मंगल, (८) तुला-शुक्र, (९) कन्या-बुध। सम्पूर्ण दशामान ८३ वर्ष।

(४) यदि ऊपर लिखे पाँच नक्षत्रों में से किसी नक्षत्र के चतुर्थ चरण में जन्म हो तो दशाक्रम नीचे लिखे अनुसार होगा।

(१) कर्क-चन्द्र, (२) सिंह-रवि, (३) मिथुन-बुध, (४) वृष-शुक्र, (५) मेष-मंगल, (६) मीन-बृहस्पति, (७) कुंभ-शनि, (८) मकर-शनि, (९) धनु-बृहस्पति। सम्पूर्ण दशामान ८६ वर्ष।

३. अब रोहिणी, मघा, विशाखा, श्रवण, इन चार नक्षत्रों में जन्म हो तो निम्नलिखित दशाक्रम होता है—

(१) यदि प्रथम चरण में जन्म हो तो (१) धनु-बृहस्पति, (२) मकर-शनि, (३) कुंभ-शनि, (४) मीन-बृहस्पति, (५) मेष-मंगल, (६) वृष-शुक्र, (७) मिथुन-बुध, (८) सिंह-रवि, (९) कर्क-चन्द्र। सम्पूर्ण दशामान ८६ वर्ष।

(२) यदि इन नक्षत्रों में से किसी नक्षत्र के द्वितीय चरण में जन्म हो तो—

(१) कन्या-बुध (२) तुला-शुक्र (३) वृश्चिक-मंगल (४) मीन-बृहस्पति (५) कुम्भ-शनि (६) मकर-शनि (७) धनु-बृहस्पति (८) वृश्चिक-मंगल (९) तुला-शुक्र। सम्पूर्ण दशामान ८३ वर्ष।

(३) यदि इन नक्षत्रों में से किसी नक्षत्र के तृतीय चरण में जन्म हो तो—

(१) कन्या-बुध (२) सिंह-रवि (३) कर्क-चन्द्र (४) मिथुन-बुध (५) वृषभ-शुक्र (६) मेष-मंगल (७) धनु-बृहस्पति (८) मकर-शनि (९) कुम्भ-शनि। सम्पूर्ण दशामान ८५ वर्ष।

(४) यदि इन नक्षत्रों में से किसी नक्षत्र के चतुर्थ चरण में जन्म हो तो—

(१) मीन-बृहस्पति (२) मेष-मंगल (३) वृष-शुक्र (४) मिथुन-बुध (५) सिंह-रवि (६) कर्क-चन्द्र (७) कन्या-बुध (८) तुला-शुक्र (९) वृश्चिक-मंगल। पूर्ण दशा मान १०० वर्ष।

इन ग्रंथकार के मत से विविध चरणानुसार जो दशा क्रम रोहिणी, मघा, विशाखा और श्रवण के लिये बताया है वही आर्द्रा, उत्तरा फाल्गुनी, ज्येष्ठा तथा शतभिषा नक्षत्रों में भी लागू करना चाहिये। परन्तु जातक-पारिजात, तथा फलदीपिका के अनुसार आर्द्रा, उत्तरा फाल्गुनी, ज्येष्ठा तथा शतभिषा के किसी नक्षत्र चरण में जन्म हो तो उनमें नक्षत्र चरणानुसार वह

दशाक्रम लगाना चाहिये जो नीचे मृगशिर्, पूर्वाफाल्गुनी, अनुराधा और धनिष्ठा के लिये बता रहे हैं।

४. यदि मृगशिर् पूर्वाफाल्गुनी, अनुराधा या धनिष्ठा नक्षत्र में जन्म हो तो—

(१) यदि उपर्युक्त नक्षत्र के प्रथम चरण में जन्म हो तो दशाक्रम निम्नलिखित होगा—

(१) मीन-बृहस्पति (२) कुम्भ-शनि (३) मकर-शनि (४) धनु-बृहस्पति (५) वृश्चिक-मंगल (६) तुला-शुक्र (७) कन्या-बुध (८) सिंह-रवि (९) कर्क-चन्द्र। सम्पूर्ण दशामान ८६ वर्ष।

(२) यदि उपर्युक्त नक्षत्र के द्वितीय चरण में जन्म हो तो—

(१) मिथुन-बुध (२) वृष-शुक्र (३) मेष-मंगल (४) धनु-बृहस्पति (५) मकर-शनि (६) कुम्भ-शनि (७) मीन-बृहस्पति (८) मेष-मंगल (९) वृष-शुक्र। सम्पूर्ण दशामान ८३ वर्ष।

(३) यदि उपर्युक्त नक्षत्र के तृतीय चरण में जन्म हो तो—

(१) मिथुन-बुध (२) सिंह-रवि (३) कर्क-चन्द्रमा (४) कन्या-बुध (५) तुला-शुक्र (६) वृश्चिक-मंगल (७) मीन-बृहस्पति (८) कुम्भ-शनि (९) मकर-शनि। सम्पूर्ण दशामान ८५ वर्ष।

(४) यदि उपर्युक्त नक्षत्र के चतुर्थ चरण में जन्म हो तो—

(१) धनु-बृहस्पति, (२) वृश्चिक-मंगल, (३) तुला-शुक्र, (४) कन्या-बुध, (५) सिंह-रवि, (६) कर्क-चन्द्र (७) मिथुन-बुध (८) वृष-शुक्र, (९) मेष-मंगल। सम्पूर्ण दशामान १०० वर्ष।

(५) अश्विनी, भरणी, कृत्तिका, पुनर्वसु, पुष्य, आश्लेषा, हस्त, चित्रा, स्वाती, मूल, पूर्वाषाढ़, उत्तराषाढ़, पूर्वाभाद्र, उत्तराभाद्र, रेवती यह १५ नक्षत्र सव्य नक्षत्र कहलाते हैं।

रोहिणी, मृगशिर्, आर्द्रा, मघा, पूर्वा फाल्गुनी, उत्तरा फाल्गुनी, विशाखा अनुराधा, ज्येष्ठा, श्रवण, धनिष्ठा, शताभिषा यह १२ नक्षत्र अपसव्य नक्षत्र कहलाते हैं।

(६) मेष-मंगल की तथा वृश्चिक-मंगल की प्रत्येक की दशा ७ वर्ष।

वृष-शुक्र तथा तुला-शुक्र की प्रत्येक की दशा १६ वर्ष।

मिथुन-बुध तथा कन्या-बुध की प्रत्येक की दशा ९ वर्ष।

कर्क-चन्द्र की दशा २१ वर्ष।

सिंह-रवि की दशा ५ वर्ष।

धनु-बृहस्पति तथा मीन-बृहस्पति प्रत्येक की १० वर्ष।

मकर-शनि तथा कुम्भ-शनि की प्रत्येक की दशा ४ वर्ष।

(७) सव्य नक्षत्र में जन्म हो तो—

(१) प्रथम चरण में जन्म होने से देहाधिप मंगल जीवाधिप बृहस्पति (२) द्वितीय चरण में जन्म होने से देहाधिप शनि जीवाधिप बुध (३) तृतीय चरण में जन्म होने से देहाधिप शुक्र जीवाधिप बुध (४) चतुर्थ चरण में जन्म होने से देहाधिप चन्द्र जीवाधिप बृहस्पति।

अपसव्य नक्षत्र में जन्म हो तो—

(१) प्रथम चरण में जन्म होने से देहाधिप चन्द्र, जीवाधिप बृहस्पति। (२) द्वितीय चरण में जन्म हो तो देहाधिप शुक्र, जीवाधिप बुध (३) तृतीय चरण में जन्म हो तो देहाधिप शनि जीवाधिप बुध (४) चतुर्थ चरण में जन्म हो तो देहाधिप मंगल जीवाधिप बृहस्पति होता है।

सव्य नक्षत्रों की दशाक्रम में जो सबसे पहिले राशि आवे उसका स्वामी देहाधिप। जो राशि सबसे अंत में आवे उसका स्वामी जीवाधिप। अपसव्य नक्षत्रों में इसका विपरीत है। किसी नक्षत्र चरण की दशा में जो सबसे पहिले राशि आवे उसका स्वामी जीवाधिप। जो राशि सबसे अन्त में आवे उसका स्वामी देहाधिप होता है ॥१३-२२॥

अंशस्यैष्यकलास्तदंशकदशेशाब्दैर्गुणित्वा पुन-
र्भक्ताः स्युर्नखैः समाः पुनरतः शेषाच्च मासादयः ॥२३॥

इसमें जन्म के समय भुक्त भोग्य निकालना बताया गया है। इस सम्बन्ध में दो भिन्न प्रक्रिया हैं। मान लीजिये चन्द्र स्पष्ट ०-१-४० है। अर्थात् मेष राशि में चन्द्रमा का १ अंश ४० कला स्पष्ट है। प्रथम मतानुसार अश्विनी के प्रथम चरण में जन्म होने से मेष-मंगल की दशा प्रारंभ होती है। एक चरण का मान ३°-२०′ होता है; आधा व्यतीत हो चुका इसलिये मेष मंगल भोग्य ३ वर्ष ६ मास फिर वृष शुक्र १६ वर्ष इत्यादि।

दूसरे मतानुसार अश्विनी नक्षत्र के प्रथम चरण के लिए १०० वर्ष की दशा निर्दिष्ट है और इसका (एक चरण का) आधा व्यतीत हो चुका। इस कारण भोग्य दशा ५० वर्ष हुई। विस्तृत विवेचना के लिये देखिये फलदीपिका (भावार्थबोधिनी) अध्याय बाईस ॥२३॥

मीनाद्वृश्चिकभं व्रजेद्यदि तदा षष्ठादथो कर्कटं
सिंहाद्वा मिथुनं ततोऽपि हरिभं चापाच्च मेषं तथा।
कष्टः स्यादिह तत्प्रवेशसमयः कष्टा दशा चोत्तरा
चारो राश्यनतिक्रमेण शुभदो राश्यन्तरस्थोऽशुभः ॥२४॥

अब यह बतलाते हैं कि जब मीन राशि की दशा समाप्त होने पर, वृश्चिक राशि की दशा प्रारंभ होती है तब कष्ट होता है। इसी प्रकार जब कन्या की दशा समाप्त होकर कर्क की दशा प्रारंभ होती है, या सिंह की दशा समाप्त होकर मिथुन की दशा प्रारंभ होती है या मिथुन की दशा का अंत होकर सिंह की दशा प्रारंभ होती है, या धनु की दशा का अन्त होकर मेष की दशा प्रारंभ होती है, तो यह समय कष्टकारक होता है और आगे वाली दशा कष्टकारक होती है। जैसे धनु के बाद मेष की दशा प्रारंभ हुई तो मेष की दशा कष्टकारक होती है। जब एक राशि के बाद दूसरी राशि की दशा क्रम से होवे जैसे मिथुन की दशा के बाद कर्क की दशा, कर्क की दशा के बाद सिंह की दशा, सिंह के

बाद कन्या की दशा तो इस प्रकार का दशा परिवर्तन शुभ है किन्तु जब यह क्रम छोड़कर अपने अव्यवहित राशि सान्निध्य को त्याग कर एक राशि के बाद दूसरी राशि की दशा प्रारंभ होती है जैसे सिंह से मिथुन, या मिथुन से सिंह, कर्क से कन्या या कन्या से कर्क या धनु से मेष तो ऐसी राशियों के स्वाभाविक क्रम के उल्लंघन से जब दशाएँ आती हैं तो अशुभ होती हैं ॥२४॥

देहो दक्षिणतारासु वाक्योक्तेष्वादिमं गृहम् ।
जीवः स्यादन्तिमो राशिर्विपरीतं हि वामभे ॥२५॥

इसमें किस नक्षत्र चरण में जीवाधिप कौनसा ग्रह होता है, देहाधिप कौनसा ग्रह यह बताया गया है जो पहिले बता चुके हैं ॥२५॥

देहजीवेशयोरेकस्यासद्योगो गदप्रदः ।
तयोः सह स चेन्मृत्युर्दशा चेदशुभा ध्रुवम् ॥२६॥

जब गोचर से जीवाधिप और देहाधिप किसी पापग्रह से युत या वीक्षित होता है तो रोग आदि कष्ट होते हैं । यदि दशा भी अनिष्ट चल रही हो और जीवाधिप तथा देहाधिप दोनों पापाक्रान्त, पापयुत, पापदृष्ट हों तो जातक की मृत्यु हो जाती है ॥२६॥

दशा नीचस्थमूढानां नियमेन मृतिप्रदाः ।
कालचक्रापहारस्य प्रक्रियाथ प्रदर्श्यते ॥२७॥

नीच ग्रह, मूढ ग्रह (सूर्य सान्निध्य के कारण जब कोई ग्रह अस्त हो) की दशा मृत्यु कारक होती है । जब जन्म कुण्डली में भी कोई ग्रह नीच या अस्त हो और जब उसकी दशा वर्तमान हो तब भी नीच या अस्त हो तो विशेष कष्टकारक होता है । हमारे विचार से इस सिद्धान्त को विंशोत्तरी दशा में भी लागू कर सकते हैं ॥२७॥

तत्तद्राशित्रिकोणस्थचरादिनवराशिपाः ।
क्रमेण ह्यपहर्तार इष्टाब्दैर्मूलवत्सरम् ॥२८॥

निहत्य स्वहरैर्लब्धा ह्यब्दास्तस्यापहारकाः ।
ज्ञानाढ्या मदना गुंजा क्षोदा नोऽजादिहारकाः ॥२६॥

इसमें किसी राशि की दशा में अन्तर्दशा लगाना बताया है। किसी राशि में अन्तर्दशा ६ होती हैं—उन ६ राशियों की—जिनकी दशा उस नक्षत्र चरण के लिये बताई है। अन्य ग्रंथकार अन्तर्दशा क्रम वही लेते हैं जो महादशा राशियों का क्रम—उस नक्षत्र के लिये देते हैं।। उदाहरण के लिये अश्विनी नक्षत्र में, प्रथम चरण में जन्म है। तो ६ दशा निम्नलिखित होंगी।

मेष-मंगल ७ वर्ष, वृष-शुक्र १६ वर्ष, मिथुन-बुध ६ वर्ष, कर्क चन्द्र २१ वर्ष, सिंह-रवि ५ वर्ष, कन्या-बुध ६ वर्ष, तुला-शुक्र १६ वर्ष, वृश्चिक-मंगल ७ वर्ष, धनु-बृहस्पति १० वर्ष। अब मान लीजिये तुला-शुक्र १६ वर्ष में इन नवों राशियों की अन्तर्दशा निकालनी हैं। तो इस नक्षत्र चरण का दशाओं का सम्पूर्ण मान १०० वर्ष है, इसलिए १०० वर्ष में १६ तो १६ वर्ष में कितना इस प्रकार त्रैराशिक से निकालना। बम्बई से प्रकाशित बृहत्पाराशर होरा में काल चक्र दशा की प्रत्येक राशि में ६ अन्तर्दशा कितने काल की होती हैं इसकी सारिणी दी है। हमने भी अपनी भावार्थ बोधिनी फलदीपिका में २२वें अध्याय में सारिणी दी हैं। पाठक अवलोकन करें। त्रैराशिक से अन्तर्दशा निकालने का परिश्रम बच जावेगा। उपर्युक्त अश्विनी नक्षत्र के प्रथम चरण में जन्म होने पर यदि वृष-शुक्र में अन्तर्दशा निकालना हो तो क्रम होगा वृषभ-शुक्र-मिथुन बुध-कर्क-चन्द्र-सिंह रवि-कन्या-बुध, तुला-शुक्र-वृश्चिक मंगल-धनु-बृहस्पति-मेष-मंगल।

यही क्रम जातक पारिजात, तथा बृहत्पाराशर में दिया है।

परन्तु प्रस्तुत ग्रंथकार के मत से जिस राशि में अन्तर्दशा निकालना हो वह चर हो तो प्रारंभिक अन्तर्दशा उसकी होगी। फिर क्रम से अन्य राशियों की। किन्तु यदि वह चर राशि न हो तो उस राशि से त्रिकोण में जो चर राशि हो उससे अन्तर्दशा प्रारंभ करना। अधिक सम्मत मत फल-दीपिका में दिया जा चुका है अतः विस्तार भय से यहाँ अधिक विवेचन नहीं किया जा रहा है ॥२८-२९॥

तेरहवाँ अध्याय

भार्याविचार प्रकरण

दसवें अध्याय में भावविचार समझाया गया है। उस अध्याय में निर्दिष्ट सिद्धान्तों के अनुसार सभी भावों—प्रथम से द्वादश तक—का विचार किया जा सकता है। तत्रापि भार्या-विचार, पुत्र-विचार आदि महत्वपूर्ण भावों पर विचार करने के लिए इस ग्रन्थ में पृथक् अध्यायों का समावेश किया गया है और भार्या-विचार में क्या-क्या विशेष विचार करना यह बताया गया है।

द्यूने बलोद्रिक्तशुभेशमित्रप्राप्तेक्षिते द्यूनपतौ सिते वा।
सद्वर्गसंस्थे सबले च भार्या भवन्ति तत्खेटगुणानुरूपाः ॥१॥

यदि सप्तम भाव अपने बलवान् स्वामी, बलवान् शुभ ग्रह, बलवान् मित्र (सप्तमेश का मित्र) से युत या वीक्षित अथवा युत और वीक्षित हो और सप्तमेश तथा स्त्रीकारक शुक्र यह दोनों बलवान् हों तथा बलवान् शुभग्रह तथा बलवान् मित्र ग्रहों से युत तथा वीक्षित हो तो भार्यासुख पूर्णमात्रा में होता है। इसके अतिरिक्त तीन बातें और कही हैं। (१) सप्तम भाव मध्य का शुभ वर्गों में होना, (२) सप्तमेश का शुभ वर्गों में होना तथा (३) शुक्र का शुभवर्गों में होना। ऐसा तो कदाचित् ही किसी कुण्डली में देखने में आवे कि भाव, भावेश तथा कारक पूर्ण बली भी हों, शुभग्रह तथा मित्रों से युत भी हों तथा शुभ ग्रह और मित्रों से वीक्षित भी हों और शुभग्रह के वर्गों में भी हों। इसीलिए जितनी मात्रा में शुभता हो उतनी मात्रा में शुभता कहना। कौन-कौन से वर्ग लेने ? जो पहिले अध्याय में बतला चुके हैं ॥१॥

पापः पापेक्षितो वा यदि बलरहितः पापवर्गस्थितो वा
पुत्रस्थानाधिपो वा यदि मृतिभपतिर्मान्दिराशीश्वरो वा ।
नीचस्थश्चामरेड्यो मधुपगतसितः पापसंयुक्तशुक्रः
कुर्युस्ते दारनाशं मदनमुपगताः सौम्ययोगेक्षणोनाः ॥२॥

निम्नलिखित यदि सौम्य ग्रहों से युत या वीक्षित न हों और सप्तम भाव में हों तो दारा (पत्नी) का नाश करते हैं—(१) पापग्रह (२) पापदृष्टग्रह (३) बलरहित तथा पापवर्गों में स्थित ग्रह (४) पञ्चमेश (५) अष्टमेश (६) मान्दि जिस राशि में हो उसका स्वामी (७) मकर राशि का बृहस्पति (८) वृश्चिक का शुक्र (९) पापसंयुक्त शुक्र । उपर्युक्त नौ ग्रह सप्तम भाव में स्थित दोष कारक हैं । इनमें से एक, दो या जितने भी अधिक और जितनी अधिक मात्रा में दोष युक्त ग्रह सप्तम में होंगे उतना ही उस भाव को बिगाड़ेंगे ॥२॥

क्षीणेन्दुना युवतिभेऽस्तगतः सुरेड्यः
पापः सुखे यदि वदन्ति कलत्रहानिम् ।
स्त्रीसंगमार्पितधनो मदनेऽहिभान्वो-
र्मन्दाब्जयोस्तु विसुतो विकलत्रको वा ॥३॥

अब कलत्र हानि (स्त्री हानि या स्त्री सुख हानि) के अन्य योग बतलाते हैं—

क्षीण चन्द्र कन्या में हो मूल संस्कृत में 'युवतिभे' शब्द आया है जिसका अर्थ कन्या राशि तथा सप्तम भाव दोनों हो सकता है; बृहस्पति सप्तम में तथा चतुर्थ में पापग्रह ।

अब सप्तम भाव से सम्बन्धित अन्य योग कहते हैं—

(१) यदि सप्तम में सूर्य और राहु हो तो स्त्री-संग से धन-नाश होता है, अर्थात् ऐसा जातक स्त्रियों पर अति धन व्यय करे ।

(२) यदि सप्तम में चन्द्रमा और शनि हों तो जातक अविवाहित रहे, या विवाह हो जावे तो पुत्र न हो ॥३॥

शुक्रे धीधर्मास्तगे भानुयुक्ते भौमाढ्ये वा दारवैकल्यमाहुः ।
सौम्ये नीचारातिभे सप्तमस्थे भार्या दुष्टा जारिणी वैशिकी वा॥४॥

यदि शुक्र, सूर्य के साथ पंचम, सप्तम या नवम में हो, अथवा शुक्र मंगल के साथ पंचम, सप्तम या नवम में हो तो दारवैकल्य (स्त्री सुख में कमी, पत्नी का रोगिणी होना या अन्य कारण से पत्नी सुख में कमी होना) होता है। एक टीकाकार ने अर्थ किया है कि सूर्य और शुक्र या सूर्य और मंगल उपर्युक्त भावों में हो तो ऐसा फल होता है, परन्तु मूल का भाव वही है, जो हमने ऊपर दिया है। वैसे सूर्य तथा मंगल यदि जायाभाव में बैठें तो उसे बिगाड़ेंगे ही, यह उनके नैसर्गिक क्रूर होने से सिद्ध है ही।

अब एक अन्य योग कहते हैं। यदि नीच या शत्रु राशि का सौम्य ग्रह सप्तम में बैठे तो उसकी पत्नी दुष्टा तथा जारिणी होती है ॥४॥

भार्याधिपे व्ययगते तनुजन्मपत्योः
पापाढ्ययोर्मदगयोः सुतदारहीनः ।
सौरारयोर्मदयोरमृतांशुराशि-
संप्राप्तयोरिह भवेत्किल शोभना स्त्री ॥५॥

इस श्लोक में दो योग बतलाये हैं :—

(१) यदि सप्तमेश व्यय में हो तथा लग्नेश और जन्म राशि का स्वामी पाप ग्रह के साथ सप्तम में हों तो जातक सुत और स्त्री से हीन होता है।

(२) यदि कर्क राशि के मंगल और शनि सप्तम में हों तो जातक को शोभना (शरीर और स्वभाव से सुन्दर) पत्नी प्राप्त होती है ॥५॥

उग्रग्रहैः सितचतुरस्रसंस्थितै-
र्मध्यस्थिते भृगुतनयेऽथवोग्रयोः ।

सौम्यग्रहैरसहितसंनिरीक्षिते
जायावधो दहननिपातपाशजः ॥६॥

यदि शुक्र से चतुर्थ और अष्टम में पापग्रह हों, या शुक्र पाप ग्रहों के बीच में हो और शुभ ग्रहों से युत या वीक्षित न हो तो पत्नी की मृत्यु अग्नि से, ऊपर से गिरने से या फाँसी लगने से होती है ॥६॥

कोणोदये भृगुतनयेऽस्तचक्रसन्धौ
वन्ध्यापतिर्यदि न सुतर्क्षमिष्टयुक्तम् ।
पापग्रहैर्व्ययमदलग्नराशिसंस्थैः
क्षीणे शशिन्यसुतकलत्रजन्म धीस्थे ॥७॥

(१) यदि शनि का उदय हो रहा हो (अर्थात् लग्नांश के पास हो) शुक्र सप्तम भाव में कर्क, वृश्चिक या मीन के अन्त में या मेष, सिंह या धनु के प्रारंभ में हो और पंचम भाव शुभ ग्रह से युत या दृष्ट न हो तो जातक की पत्नी वन्ध्या होती है।

(२) यदि पाप ग्रह लग्न, सप्तम और व्यय में हों और क्षीण चन्द्रमा पंचम में हो तो पत्नी नहीं होती, न पुत्र होता है अर्थात् जातक स्त्रीहीन, पुत्रहीन होता है ॥७॥

असितकुजयोर्वर्गेऽस्तस्थे सिते तदवेक्षिते
परयुवतिगस्तौ चेत्सेन्दू स्त्रिया सह पुंश्चलः ।
भृगुजशशिनोरस्तेऽभार्यो नरो विसुतोऽपि वा
परिणततनू नृस्त्र्योर्दृष्टौ शुभैः प्रमदापती ॥८॥

इसमें चार योग बतलाए हैं :—

(१) यदि शुक्र सप्तम में मेष, वृश्चिक, मकर या कुम्भ नवांश में हो और मंगल या शनि से दृष्ट हो तो जातक व्यभिचारी होता है। मूल में 'वर्ग' शब्द आया है। "वर्ग" मुख्यतः दस होते हैं—होरा, द्रेष्काण आदि। किसी न किसी वर्ग में तो सप्तमस्थ शुक्र, शनि या मंगल के वर्ग में आ ही जावेगा इसलिए

ऊपर वर्ग के स्थान में नवांश लिखा है। परन्तु वर्ग में राशि भी आ जाती है, इसलिए हमारे विचार से मंगल या शनि की राशि में शुक्र सप्तम में हो और मंगल या शनि से दृष्ट हो तो भी जातक व्यभिचारी होगा। वैसे ज्योतिष के प्रत्येक योग में अन्तर्गभित सिद्धान्त क्या है यह कहना कठिन होता है परन्तु उपर्युक्त योग में क्या सिद्धान्त है, यह स्पष्ट है। शुक्र का पाप वर्ग में होना और पापदृष्ट होना ही हेतु है।

(२) यदि चन्द्रमा, मंगल और शनि लग्न में हों और शनि या मंगल के वर्ग में बैठा हुआ शुक्र सप्तम में हो तो जातक तथा उसकी पत्नी दोनों व्यभिचारी होते हैं। यह रुद्रभट्ट का मत है। भट्टोत्पल के मत से यदि चन्द्रमा, मंगल और शनि सप्तम में हों और शनि या मंगल के वर्ग में बैठा हुआ शुक्र इनको देखता हो तो जातक और उसकी स्त्री दोनों व्यभिचारी होते हैं।

(३) यदि चन्द्रमा और शुक्र किसी एक राशि में हों (किस भाव में इसका निर्देश नहीं किया गया है—इसलिए किसी भाव में हों) और चन्द्र-शुक्र से सप्तम में मंगल तथा शनि हों तो जातक भार्याहीन या पुत्रहीन होता है।

(४) यदि एक पुरुषग्रह तथा एक स्त्रीग्रह लग्न में हों और मंगल, शनि सप्तम में हों और मंगल, शनि शुभ दृष्ट हों तो अधिक अवस्था में अधिक उम्र की स्त्री से विवाह होवे ॥८॥

शुक्रे बलोने शनिवर्गसंस्थे दास्यादिसक्तः शनियुक्तदृष्टे।
कुजेन दृष्टे कुजवर्गसंस्थे जीवेक्षणोने परदारसक्तः ॥९॥

(१) यदि शुक्र निर्बल हो, शनि के वर्ग में हो और शनि से युक्त या दृष्ट हो तो जातक निम्न श्रेणी की (दासी आदि) स्त्री में आसक्त होता है।

(२) यदि शुक्र मंगल के वर्ग में हो, मंगल से दृष्ट हो और शुक्र पर बृहस्पति की दृष्टि न हो तो जातक अपनी पत्नी के अतिरिक्त अन्य स्त्रियों में आसक्त होता है ॥९॥

लग्नेन्दुजामित्रतदीशशुक्रे द्विदेहराश्यंशगते द्विभार्यः ।
स्वोच्चादिकस्थैर्बहुवल्लभः स्यात्कलत्रगैर्वा विहगैर्विकल्प्यः ॥१०॥

इसमें दो योग बतलाये हैं:—

(१) यदि लग्न या चन्द्रमा से सप्तम का स्वामी तथा शुक्र मिथुन, कन्या, धनु या मीन राशि—या इन नवांशों में हों तो दो भार्या होती हैं ।

(२) यदि लग्न या चन्द्रमा से सप्तम में कई ग्रह (स्वक्षेत्र, उच्च आदि) में हों तो अनेक पत्नियाँ होती हैं ।

प्राचीन समय में बहु विवाह की प्रथा थी । अनेक पत्नियाँ होना सौभाग्य का लक्षण समझा जाता था । अब भारत वर्ष में हिन्दुओं के लिए बहु-विवाह वर्जित हो गया है । इन सब परिस्थितियों पर भी, फलादेश करते समय विचार कर लेना चाहिए ॥१०॥

जन्मेशलग्नेशमदेश भांशत्रिकोणनीचोच्चगृहेषु जातम् ।
दारेशदारस्थितवीक्षकाणां तारेषु जातं च वदेत्कलत्रम् ॥११॥

जातक की पत्नी की जन्म राशि निम्नलिखित में से कोई सी होगी :—

(१) जातक की जन्म राशि या नवांश या इनसे त्रिकोण राशियाँ ।

(२) जातक की लग्न राशि या लग्न नवांश या इनसे त्रिकोण राशियाँ ।

(३) उपर्युक्त (१) तथा (२) में बताई गई राशियों से सप्तम राशियाँ ।

(१) (१) जन्म राशि का स्वामी (२) लग्नेश या (३) सप्तमेश जिन राशि या अंश में बैठे हों वह या उनसे त्रिकोण राशि ।

(२) जन्म राशि के स्वामी या लग्नेश या सप्तमेश की नीच या उच्च राशि ।

अब जातक की पत्नी का जन्म नक्षत्र क्या होगा यह बतलाते हैं :—

(३) (१) सप्तमेश जिस नक्षत्र में हो (२) सप्तम में यदि कोई ग्रह हो तो वह जिस नक्षत्र में हो (३) सप्तम भाव को देखने वाला ग्रह जिस नक्षत्र में हो ।।११।।

लग्नेशशुक्रस्फुटयोगतारं लग्नाधिपास्तेश्वरसंयुतं वा ।
कलत्रजन्म प्रवदन्ति पुंसस्तथैव नार्याः खलु भर्तृजन्म ।।१२।।

(१) लग्नेश और शुक्र की राशि, अंश, कला, विकला को जोड़िए। यदि योगफल १२ राशि से अधिक आवे तो १२ राशि कम कीजिए। इसे कहिए 'क'।

(२) लग्नेश और सप्तमेश की राशि, अंश, कला, विकला को जोड़िए। यदि योगफल १२ राशि से अधिक आवे तो १२ राशि कम कीजिए। इसे कहिए 'ख'।

जातक की पत्नी की राशि 'क' या 'ख' होगी। यदि स्त्री की कुण्डली हो तो उसके पति की राशि 'क' या 'ख' होगी।

ऊपर मूल में शब्द आए हैं—'लग्नाधिपास्तेश्वरसंयुतं' जिस का हमने अर्थ किया है लग्नाधिप (लग्नेश) और अस्तेश्वर (सप्तमेश)। एक टीकाकार ने अर्थ किया है कि लग्नेश जिस राशि में हो उसका स्वामी और सप्तमेश, परन्तु यह अर्थ हमें सम्मत नहीं है ।।१२।।

भार्यास्थितावक्षकराशिदिग्भ्यो वास्तेशशुक्रस्फुटराशिदिग्भ्यः ।
भार्यां लभेतोक्तगृहांशकैस्तैश्चरादिगैर्मार्गमिति प्रकल्प्यम् ।।१३।।

अब भार्या किस दिशा में प्राप्त होगी इसका विचार करते हैं—(१) सप्तम में जो ग्रह हो या जो ग्रह सप्तम को देखता हो उसकी दिशा में (२) सप्तमेश स्पष्ट तथा शुक्रस्पष्ट जोड़ने से जो राशि आवे—उसकी जो दिशा हो।

ऊपर (२) में जो नवांश आवे वह यदि स्थिर हो तो समीप

में; द्विस्वभाव हो तो न बहुत दूर, न बहुत समीप; यदि चर हो तो दूर ॥१३॥

दारेशे बलसंपूर्णे विवाहो धनिनां कुलात् ।
बलहीने दरिद्राणां न स्याद्रूपवती च सा ॥१४॥

यदि सप्तमेश पूर्ण बली हो तो धनी कुल में विवाह होता है। यदि बलहीन हो तो दरिद्र कुल में विवाह हो और पत्नी रूपवती भी न हो।

मूल श्लोक में एतावन्मात्र लिखा है किन्तु बहुत बार देखा जाता है कि धनी कुल में विवाह होता है और कन्या रूपवती नहीं होती और दरिद्र कुल में विवाह होता है और कन्या रूपवती होती है। इसलिए, हमारे विचार से सप्तमेश के बल से श्वशुर का कुल और सप्तम स्थान स्थित और सप्तम को देखने वालों ग्रह से कन्या (पत्नी) के रूप का विचार करना चाहिए ॥१४॥

अस्तेशाश्रितभं तदंशभवनं तस्योच्चभं नीचभं
शुक्राधिष्ठितभं तदस्तभमिनांशर्क्षत्रिकोणं विधोः ।
इन्दोरष्टकवर्गकेऽक्षबहुले व्यूहाष्टवर्गे तथा
भार्याजन्म शुभं सिताष्टकगणेऽप्यस्यास्तनाथाक्षयुक् ॥१५॥

यदि पत्नी की राशि निम्नलिखित में से कोई हो तो शुभ होता है, अर्थात् ऐसी भार्या सुख और समृद्धि करने वाली होती है—

(१) सप्तमेश जिस राशि में हो। (२) सप्तमेश जिस नवांश में हो। (३) सप्तमेश की उच्चराशि। (४) सप्तमेश की नीच राशि। (५) शुक्र जिस राशि में हो वह राशि। (६) शुक्र जिस राशि में हो उससे सप्तम राशि। (७) चन्द्रमा जिस द्वादशांश में हो और इस द्वादशांश राशि से जो पंचम और नवम में हों।

(८) चन्द्राष्टक वर्ग में जिस राशि में सबसे अधिक शुभ बिन्दु हों। (९) सर्वाष्टक वर्ग में जिस राशि में सब से अधिक शुभ बिन्दु हों ॥१५॥

चन्द्राष्टवर्गे तत्कक्ष्यापत्यक्षान्वितराशिजा ।
लग्नेशाश्रितभांशर्क्षद्वयजा च शुभा वधूः ॥१६॥

अब दो अन्य राशियाँ बतलाते हैं। यदि पत्नी की राशि इन दोनों में कोई एक हो तो शुभ है।

(१) चन्द्राष्टक वर्ग में—जन्म राशि में जिस कक्ष्या में कक्ष्या पति द्वारा बिन्दु दिया हो उस कक्ष्यापति की राशि।(कक्ष्या तथा कक्ष्यापति किसे कहते हैं, यह अष्टक वर्ग प्रकरण में फलदीपिका में समझाया गया है।)

(२) लग्नेश जिस राशि या नवांश में हो ॥१६॥

शुक्रात्सप्तमभाग्यपौ हिमकराल्लग्नाच्च भाग्याधिपौ
एतैराश्रितभेषु शोधनविधौ शिष्टाक्षसंख्याः स्त्रियः ।
यद्वास्तेश्वरतुङ्गनीचभविशुद्धार्क्षैर्विवाहः समः
संख्याल्पा तु मदेश्वरेऽतिविबले वीर्यान्विते भूयसी ॥१७॥

प्राचीन समय में बहु-विवाह की प्रथा थी। राजा, महाराजा तो क्या साधारण व्यक्ति भी २०-२२ तक विवाह कर लेते थे। हमारे एक परिचित सज्जन के नाना ने २२ विवाह किए। हमारे एक मित्र के श्वसुर की पाँच पत्नियाँ थीं। कहने का तात्पर्य यह है कि जहाँ बहु विवाह हों वहीं यह श्लोक लागू करना चाहिए। सम्प्रति यह व्यर्थ हो गया है तथापि संक्षिप्त में इसकी व्याख्या की जाती है—

(१) शुक्र से सप्तम और नवम के स्वामी जहाँ हों और लग्न तथा चन्द्रमा से नवमेश जहाँ बैठे हों वहाँ शोधन के बाद जितने बिन्दु बचें उतनी स्त्रियाँ होंगी।

(२) अब दूसरा प्रकार बतलाते हैं। सप्तमेश के अष्टकवर्ग में शोधन के बाद जितने शुभ बिन्दु सप्तमेश की उच्च राशि तथा नीच राशि में हों उतनी स्त्रियाँ होंगी। यदि ऊपर (१) और (२) में अन्तर हो तो क्या करना ? यदि सप्तमेश निर्बल हो तो कम वाली संख्या लेना। यदि सप्तमेश बली हो तो अधिक वाली संख्या लेना।

त्रिकोण शोधन और एकाधिपत्य शोधन फलदीपिका में समझाया गया है ॥१७॥

यद्यत्फलं नरभवे क्षममङ्गनानां
तत्तद्वदेत्पतिषु वा सकलं विधेयम्।
तासां तु भर्तृमरणं निधने वपुस्तु
लग्नेन्दुगं शुभगतास्तमये पतिश्च ॥१८॥

पुरुष जातक में जो जो फल बताये गये हैं वह स्त्री की कुंडली में यदि घटित हो सकते हों तो स्त्रियों की कुण्डली में भी कहने चाहिएं। यहाँ से स्त्रीजातक का विचार प्रारम्भ करते हैं अर्थात् यदि स्त्री की कुंडली ज्योतिषी को दी जावे कि इसका फलादेश कीजिए तो जो बातें स्त्री तथा पुरुषों के लिए सामान्य-जातक-शास्त्र की पिछले अध्यायों में बताई गई हैं और स्त्री की जन्म-कुण्डली में घटित हो सकती हैं, उनका फल कहे। शरीर, आरोग्य, धन, सन्तान, भाग्य, आय, व्यय आदि का फल स्त्री, पुरुष दोनों के लिए सामान्य है। किन्तु जिस समय यह शास्त्र लिखे गए थे राजा की सेवा, मिलिटरी, पुलिस तथा अन्य नौकरियाँ, व्यापार आदि में स्त्रियाँ प्रवृत्त नहीं होती थीं इसलिए तत्सम्बन्धी फल उनको लागू नहीं हो सकते थे। अनेक पत्नी होती थीं परन्तु अनेक पति नहीं होते थे। इसलिये ग्रन्थकार कहते हैं कि देश, काल, पात्र, सामाजिक परिस्थिति आदि के विचार से जो फल स्त्रियों में लागू ही न हो सकें, वह उनके

पति में लागू करे। उदाहरण के लिए व्यापार से प्रबल धन लाभ का योग हो तो स्त्री को व्यापार से लाभ न कहकर (क्योंकि स्त्री स्वयं व्यापार नहीं करती हैं) उसके पति को व्यापार से लाभ होगा ऐसा कहना।

स्त्री की कुण्डली में अष्टम स्थान से पति की मृत्यु का विचार करना। लग्न और चन्द्र लग्न से स्त्री के शरीर का विचार करना। सप्तम से पति के शरीर सौष्ठव का विचार करना ॥१८॥

युग्मेषु लग्नशशिनोः प्रकृतिस्थिता स्त्री
सच्छीलभूषणयुता शुभदृष्टयोश्च।
ओजस्थयोस्तु पुरुषाकृतिशीलयुक्ता
पापा च पापयुतवीक्षितयोर्गुणोना ॥१६॥

यदि लग्न और चन्द्रमा दोनों सम राशि में हों तो स्त्री—(स्त्रीप्रकृति) मृदु स्वभाव वाली होती है। यदि साथ ही लग्न और चन्द्रमा शुभ ग्रहों से दृष्ट भी हों तो सुशील और भूषणों से युक्त होती है। अर्थात् अशुभ ग्रहों से दृष्ट हो तो दुःशीला (सुशील से उलटा) होती है।

यदि लग्न और चन्द्रमा दोनों ओज (विषम) राशियों में हों तो पुरुष की सी आकृति और स्वभाव हो। यदि लग्न और चन्द्र पापग्रह से युत और दृष्ट हों तो गुणरहिता, पापाचरण वाली होती है। यदि चन्द्र और लग्न इनमें से कोई सम, कोई विषम राशि में, कोई शुभयुत, वीक्षित, कोई पापयुत वीक्षित हो तो मिश्र (मिला जुला) फल होता है ॥१६॥

कन्यैव दुष्टा व्रजतीह दास्यं साध्वी समाया कुचरित्रयुक्ता।
भूम्यात्मजर्क्षे क्रमशोंऽशकेषु वक्रार्किजीवेन्दुजभार्गवानाम् ॥२०॥

दुष्टा पुनर्भूः सुगुणा कलाज्ञा
ख्याता गुणैश्चासुरपूजितर्क्षे।

स्यात्कापटी क्लीबसमा सती च
बौधे गुणाढ्या प्रविकीर्णकामा ॥२१॥

स्वच्छन्दा पतिघातिनी बहुगुणा शिल्पिन्यसाध्वीन्दुभे
नाचारा कुलटार्कभे नृपवधूः पुंश्चेष्टितागम्यगा ।
जैवे नैकगुणाल्परत्यतिगुणा विज्ञानयुक्ता सती
दासी नीचरतार्किभे पतिरता दुष्टाऽप्रजा स्वांशकैः ॥२२॥

शशिलग्नसमायुक्तैः फलं त्रिंशांशकैरिदम् ।
बलाबलविकल्पेन तयोरुक्तं विचिन्तयेत् ॥२३॥

अब त्रिंशांश वश फल कहते हैं । चन्द्रमा और लग्न इन में जो बलवान् हो उसकी राशि और त्रिंशांश के आधार पर फल कहना । यह श्लोक जिनका श्लोक १८ से प्रारम्भ किया है केवल स्त्रियों की कुण्डली का फलादेश कहने के लिए हैं । यह पुरुषों की कुंडलियों में लागू नहीं होते ।

वैसे तो त्रिंशांश का शब्दार्थ है राशियों का तीसवाँ भाग किन्तु जैसा प्रथम अध्याय में बतलाया है प्रायः दो हज़ार वर्ष से राशि को पाँच भागों में विभाजित करते हैं और प्रत्येक राशि में मंगल, शनि, बृहस्पति, बुध और शुक्र यह पांच ग्रह पांच भागों के स्वामी होते हैं । विशेष विवरण के लिए प्रथम अध्याय के १९वें श्लोक की व्याख्या देखिए :—

(१) अब लग्न राशि स्वामी या चन्द्र राशि स्वामी मंगल हो और त्रिंशांशाधिप निम्नलिखित कोई ग्रह हो तो क्या फल होता है यह कहते हैं :—

(१) मंगल कन्या (विवाह के पूर्व ही) दुष्टा हो जाती है । (२) शनि—दासी होती है । (३) बृहस्पति—साध्वी (पतिव्रता) होती है । (४) बुध—मायाविनी । (५) शुक्र—कुचरित्र युक्ता ।

(२) यदि लग्न राशि स्वामी या चन्द्र राशि स्वामी शुक्र हो और त्रिंशांश स्वामी निम्नलिखित कोई ग्रह हो तो :—

(१) मंगल—दुष्टा । (२) शनि—पुनर्भू (जिसका द्वितीय बार विवाह हो) । (३) बृहस्पति—अच्छे गुण वाली (४) बुध—कला जानने वाली । (५) शुक्र—गुणों के कारण ख्यात ।

(३) यदि लग्न राशि स्वामी या चन्द्रराशि स्वामी बुध हो और त्रिंशांशाधिप निम्नलिखित हो तो अधोनिर्दिष्ट फल होता है :—

(१) मंगल—कपट करने वाली (२) शनि—क्लीबसमा (नपुंसक के समान)। (३) बृहस्पति—पतिव्रता (४) बुध—गुणवती (५) शुक्र—प्रविकीर्णकामा अर्थात् जिसकी कामवासना में कोई नियम न हो—विवेक न हो ।

(४) यदि लग्नराशि या चन्द्रराशि स्वामी चन्द्रमा हो तो त्रिंशांश स्वामी के अनुसार निम्नलिखित फल होते हैं :—

(१) मंगल—स्वच्छन्दा । (२) शनि—पतिघातिनी । (३)बृहस्पति—बहुगुणा । (४) बुध—शिल्पिनी । (५) शुक्र—असाध्वी ।

(५) यदि लग्नराशि या चन्द्रराशि का स्वामी सूर्य हो तो त्रिंशांशानुसार निम्नलिखित फल होते हैं :—

(१) मंगल—पुरुष के समान आचरण करने वाली । (२) शनि—कुलटा । (३) बृहस्पति नृप-वधू अर्थात् उच्चाधिकार प्राप्त पुरुष की पत्नी हो । (५) बुध—पुरुष के समान स्वभाव वाली । शुक्र—अगम्या अर्थात् सम्बन्धियों से (रिश्तेदारों से) व्यभिचार करने वाली ।

(६) यदि लग्न या चन्द्र राशि का स्वामी बृहस्पति हो तो भिन्न-भिन्न त्रिंशांशों के निम्नलिखित फल हैं :—

(१) मंगल—अनेक गुण वाली । (२) शनि—काम वासना कम हो । (३) बृहस्पति—अतिगुणा (४) बुध—विज्ञानयुक्ता (५) शुक्र—सती (पतिव्रता) ।

(७) यद्रि लग्न या चन्द्र राशि का स्वामी शनि हो तो विविध त्रिशांशाधिप के अनुसार निम्नलिखित फल होते हैं :—

(१) मंगल—दासी। (२) शनि—नीच पुरुष में अनुरक्त। (३) बृहस्पति—अपने पति में अनुरक्त। (४) बुध—दुष्टा। (५) शुक्र—अप्रजा (जिसके सन्तान न हो) ॥२०-२३॥

शून्ये कापुरुषोऽबलेऽस्तभवने सौम्यग्रहावीक्षिते
क्लीबोऽस्ते बुधमन्दयोश्चरगृहे नित्यं प्रवासान्वितः।
उत्सृष्टा तरणौ कुजे तु विधवा बाल्येऽस्तराशिस्थिते
कन्यैवाशुभवीक्षितेऽर्कतनये द्यूने जरां गच्छति ॥२४॥

स्त्रीजातक का प्रकरण ही चल रहा है। अब यह बतलाते हैं कि स्त्री का पति कैसा होगा। यदि सप्तम भाव में कोई ग्रह नहीं हो, भाव निर्बल हो और शुभग्रह सप्तम भाव को न देखता हो तो पति का पुरुष (उद्योगहीन) हो। भावेश के बलवान् होने से भाव बलवान् होता है। शुभग्रह की युति या दृष्टि से भी भाव बलवान् होते हैं। यदि इन बलों में से किसी भी प्रकार का बल भाव में न हो तो उसे निर्बल भाव कहते हैं।

यदि सप्तम में शनि और बुध हों तो जातकी का पति क्लीब (नपुंसक) हो। यदि सप्तम में चर राशि हो तो पति प्रवासी हो। यदि सप्तम में सूर्य हो तो उसका पति छोड़ दे। यदि सप्तम में मंगल हो तो कम अवस्था में ही विधवा हो जावे। हमारे विचार से यदि पति भी मंगलीक हो तो ऐसा नहीं होगा। यदि सप्तम में शनि हो और उसको पापग्रह देखते हों तो बहुत अधिक अवस्था तक कुमारी रहती है ॥२४॥

आग्नेयैर्विधवास्तराशिसहितैर्मिश्रैः पुनर्भूर्भवेत्
क्रूरैर्हीनबलेऽस्तगे स्वपतिना सौम्येक्षिते प्रोज्झिता।
अन्योन्यांशगयोः सितावनिजयोरन्यप्रसक्ताङ्गना
द्यूने वा यदि शीतरश्मिसहिते भर्तुस्तदानुज्ञया ॥२५॥

(१) यदि सप्तम में सूर्य और मंगल हों तो विधवा होती है। मूल में शब्द आया है आग्नेय ग्रह। सूर्य और मंगल आग्नेय ग्रह हैं। मूल में बहुवचन है इसलिए "भौमवत्केतु:" (मंगल के समान केतु होता है) इस आधार पर केतु को भी आग्नेय कह सकते हैं।

(२) यदि सप्तम में निर्बल पापग्रह हो—परन्तु सप्तमेश तथा सौम्य ग्रह सप्तम को देखते हों तो पति छोड़ देता है। यहाँ एक शंका उठती है कि अपने पति (सप्तम भाव का स्वामी) या शुभ ग्रह द्वारा सप्तम भाव का देखा जाना तो शुभ लक्षण है फिर अपने पति द्वारा छोड़ दी जावे यह दुष्ट फल क्यों कहा ? इसका कारण यह है कि केवल निर्बल पापग्रह सप्तम में बैठता तो पति का नाश ही कर देता किन्तु सप्तमेश या शुभग्रह से वीक्षित होने से उतना दुष्ट फल नहीं होगा अर्थात् पति का नाश नहीं होगा किन्तु उससे कम फल होगा अर्थात् पति छोड़ दे, यह पति नाश की अपेक्षा न्यून पाप फल है।

(३) यदि मंगल शुक्र के नवांश में हो और शुक्र मंगल के नवांश में हो (सप्तम में ही नहीं—किसी भाव में) तो जातकी परपुरुष में आसक्त होती है।

(४) यदि सप्तम में चन्द्र, मंगल, शुक्र तीनों ग्रह हों तो जातकी अपने पति की अनुज्ञा से, अन्य पुरुषों से व्यभिचार करती है ॥२५॥

क्रूरेऽष्टमे विधवता निधनेश्वरांशे
यस्य स्थितो वयसि तस्य समे प्रदिष्टा।
सत्स्वर्थगेषु मरणं स्वयमेव तस्याः
कन्यालिगोहरिषु चाल्पसुतत्वमिन्दौ ॥२६॥

यदि जन्म लग्न से अष्टम में क्रूर ग्रह हो तो स्त्री विधवा हो जाती है। किस समय विधवा होती है इसके उत्तर में कहते हैं कि अष्टमेश जिस ग्रह के नवांश में हो—उस (नवांशाधीश) की अवस्था में विधवा होती है। किस ग्रह का कौन सा दशाकाल है

यह निसर्गदशा के प्रकरण में बताया है। यथा जन्म से प्रारम्भ कर १ वर्ष तक चन्द्रमा, तदनन्तर मंगल के २ वर्ष, फिर बुध के ९ वर्ष, उसके बाद शुक्र के २० वर्ष, तब बृहस्पति के १८ वर्ष, फिर सूर्य के २०, वर्ष तब शनि की दशा ५० वर्ष। किसी-किसी के मत से यह निसर्ग दशा का जो काल बतलाया है वह नहीं लेकर, अष्टमेश जिसके नवांश में हो उस (नवांश पति) की दशा, अन्तर्दशा में (विंशोत्तरी दशा के हिसाब से) वैधव्य कहना चाहिए।

यदि अष्टम में पापग्रह हो और लग्न से द्वितोय स्थान में शुभ-ग्रह हो तो जातकी का स्वयं का मरण हो जाता है। विधवा नहीं होती।

(२) यदि चन्द्रमा वृष, सिंह, कन्या या वृश्चिक में हो तो थोड़े पुत्र होते हैं ॥२६॥

नवमे शुभसंयुक्ते सपापेऽस्तेऽष्टमे हि वा।
पतिपुत्रयुता नारी मोदते नात्र संशयः ॥२७॥

यदि नवम (लग्न से नवम) शुभग्रह हो तो सप्तम या अष्टम में पापग्रह होने पर भी जातकी पति और पुत्र सहित आनन्द करती है इसमें संशय नहीं ॥२७॥

लग्नादुपचयर्क्षस्थौ शुक्रास्तेशौ समृद्धिदौ।
विवाहोत्तरकाले तु सुतादावप्ययं नयः ॥२८॥

यदि लग्न से उपचय (तृतीय, षष्ठ, दशम या एकादश) में

परन्तु दोनों लग्न से उपचय में होने चाहिए—तो जातकी की समृद्धि होती है। विवाहोत्तर सन्तान समृद्धि भी हो ॥२८॥

द्यूनतन्नाथशुक्राद्यैर्यथा दारनिरूपणम्।
पुंसां तथैव नारीणां कर्तव्यं भर्तृचिन्तनम् ॥२९॥

जिस प्रकार सप्तम भाव, सप्तमेश तथा शुक्र से, पुरुष की कुण्डली में पत्नी का विचार किया जाता है, उसी प्रकार इनसे (सप्तम भाव आदि से) स्त्री की कुण्डली में पति का विचार करना चाहिए ॥२६॥

योऽस्ते तिष्ठति यश्च पश्यति तयोरस्तेशितुर्वाऽथ ते
नारूढांशभनाथयोरुशनसस्ताराधिनाथस्य वा ।
यद्वा लग्नपसंश्रितांशकपतेर्यस्मिन्दशा वापहा-
रोऽस्मिन् स्यात्समये विवाहघटनां राहोश्च केचिज्जगुः ॥३०॥

देखिए जन्मकुण्डली में निम्नलिखित कौन हैं—

(१) सप्तम भाव स्थित ग्रह । (२) सप्तम को देखने वाला ग्रह । (३) उपर्युक्त (१) और (२) से सप्तम में स्थित ग्रह । (४) ऊपर जो ग्रह बताए हैं उनके राशिस्वामी तथा नवांशस्वामी । (५) शुक्र जिस नक्षत्र में हो उसका स्वामी । (६) लग्नेश जिस नवांश में हो उसका स्वामी ।

उपर्युक्त ग्रहों में से किसी की दशा या अन्तर्दशा में विवाह हो जाता है । कुछ लोगों का मत है कि राहु की दशा, अन्तर्दशा में भी विवाह हो जाता है ॥३०॥

जामित्रे तदधीश्वराश्रितगृहे यद्वाऽनयोः सप्तमे
धर्मे वाऽथ सुते चरन्ति भृगुभूर्लग्नास्तजन्मेश्वराः ।
काले यत्र चरेद्यदा च धिषणो द्यूने च भांशर्क्षयो-
र्यद्वा तत्सुतधर्मयोः स समयः प्रोद्वाहदायी नृणाम् ॥३१॥

अब गोचरवश विवाह कब-किस समय होगा यह बतलाते हैं—

१. जब शुक्र, लग्नेश, सप्तमेश गोचरवश (१) सप्तमभाव, (२) सप्तमेश जिस भाव में हो उसमें, (३) उपर्युक्त (१) और

(२) से सप्तम, (६) पंचम या नवम भाव में जावें।

(२) अथवा जब बृहस्पति निम्नलिखित भावों में से किसी में जावे—(१) सप्तम भाव में जो राशि हो। (२) सप्तम भाव मध्य जिस नवांश में पड़ता हो—वह नवांश राशि। (३) उपर्युक्त (१) तथा (२) से नवम या पंचम राशि में ॥३१॥

भार्याविषयं चिन्तनमुदितमिदं जन्मलग्नविहगवशात्।
सहधर्मं चरति नरः पुत्रांश्च लभेत भार्यया यस्मात् ॥३२॥

इस प्रकरण में जन्मराशि तथा जन्मलग्न के आधार पर भार्या विचार बतलाया गया है क्योंकि भार्या पति की सहधर्मिणी होती है। धर्म, अर्थ, काम, मोक्ष इन चारों में से धर्म, अर्थ तथा काम यह तीन वर्ग भार्या की सहायता से ही सुलभ होते हैं। पुत्र प्राप्ति भी भार्या के द्वारा ही होती है। इसीलिए भार्या का इतना अधिक महत्त्व है और भार्याविचार का इतना विशदतया विवेचन किया गया है ॥३२॥

———

चौदहवाँ अध्याय

आनुकूल्य प्रकरण

उत्तर भारत में वर और कन्या की जन्मकुण्डली मिलाने की जो प्रथा है, और जिसे साधारणतः मेलापक कहते हैं—उसका विशद विचार हमने अपनी पुस्तक सुगमज्योतिषप्रवेशिका, पृष्ठ २९१-३०३ में दिया है। दक्षिण भारत में जिन सिद्धान्तों पर वर और कन्या की कुण्डलियाँ मिलाई जाती हैं, वे इस आनुकूल्य प्रकरण में दिए गए हैं। आनुकूल्य का अर्थ है अनुकूलता—पति-पत्नी एक दूसरे के अनुकूल हों—प्रतिकूल न हों—एक दूसरे को स्वास्थ्य, जीवन (दीर्घायु), सन्तान, स्वभाव, धन, धर्म, समृद्धि की दृष्टि से माफ़िक हों। दोनों विवाह जनित सुखोपलब्धि करें यही आनुकूल्य का अर्थ है।

दम्पत्योर्जन्मताराद्यैरानुकूल्यं परस्परम् ।
विचिन्त्योपयमः कार्यस्तत्प्रकारोऽथ कथ्यते ॥१॥

वर और कन्या की विवाहोपरान्त सब प्रकार की सुख-समृद्धि हो और उनमें परस्पर आनुकूल्य हो इसके विचार के लिए प्रकार नीचे बताते हैं। इस विचार में जन्मनक्षत्र (और जन्मराशि) प्रधान आधार हैं ॥१॥

राशी राशिपवश्यौ माहेन्द्रगणाख्ययोनिदिनसंज्ञाः ।
स्त्रीदीर्घं चेत्यष्टौ विवाहयोगाः प्रधानतः कथिताः ॥२॥

प्रधान रूप से वर और कन्या की जन्मकुण्डलियाँ मिलाने में नीचे लिखी आठ बातों का विचार किया जाता है :—(१)

राशि (२) राशीश या राशि का स्वामी (३) वश्य (४) माहेन्द्र (५) गण (६) योनि (७) दिन (८) स्त्री दीर्घ ॥२॥

मध्यमरज्जुर्वेधश्चेत्येतौ दोषसंज्ञितौ योगौ ।
स्त्रीजन्मर्क्षात्सप्तमराशावेकादशे च दशमे वा ॥३॥

जातो नरः शुभः स्याद्द्वादशनवमाष्टमेषु चापि शुभः ।
नक्षत्रस्य तु भेदे सुशुभः स्यात्प्रथमराशिजश्चापि ॥४॥

मध्यम रज्जु और वेध ये दो दोष हैं । यदि कन्या की राशि से गिनने पर वर की राशि सप्तम, दशम या एकादश हो तो अच्छा है । यदि कन्या की जन्मराशि से गिनने पर वर की जन्मराशि अष्टम, नवम, या द्वादश हो तो भी शुभ है । यदि वर और कन्या की एक ही राशि हो किन्तु जन्मनक्षत्र भिन्न-भिन्न हों तो बहुत उत्तम है ॥३-४॥

पञ्चमतृतीययोश्च द्वितीयराशौ च नेष्यते जातः ।
मध्यश्चतुर्थराशावष्टमराशौ च मध्य इति केचित् ॥५॥

कन्या की राशि से गिनने पर यदि वर की राशि द्वितीय, तृतीय या पंचम हो तो अच्छा नहीं । कन्या की राशि से गिनने पर यदि वर की राशि चतुर्थ हो तो मध्यम । मध्यम का अर्थ है—न उत्तम, न अधम ।

एक मतानुसार कन्या की राशि से गिनने पर वर की राशि अष्टम हो तो भी मध्यम ॥५॥

युग्मात् स्त्रीजन्मर्क्षात् षष्ठे जातो विवर्ज्यते पुरुषः ।
ओजात् स्त्रीजन्मर्क्षान्मध्यः षष्ठर्क्षजो भवति ॥६॥

यदि कन्या की राशि वृष, कर्क, कन्या, वृश्चिक, मकर या मीन हो और कन्या की राशि से गिनने पर वर की राशि छठी

हो तो विवाह में वर्जित है। यदि कन्या की राशि मेष, मिथुन, सिंह, तुला, धनु या कुम्भ हो और कन्या की राशि से गिनने पर वर की राशि छठी हो तो मध्यम—अर्थात् न उत्तम, न निन्दनीय।

प्रश्न मार्ग (जो दक्षिण भारत का प्राचीन ज्योतिष ग्रन्थ है) का भी यही मत है।

ओजराशिभुवां स्त्रीणां मध्यौ षष्ठाष्टमर्क्षजौ।
युग्मराशिभुवां निन्द्यः षष्ठजोऽष्टमजः शुभः॥

अर्थात् यदि कन्या का चन्द्रमा ओज (१, ३, ५, ७, ९, ११) राशि में हों और वर का चन्द्रमा कन्या के चन्द्रमा से छठा या आठवाँ हो तो मध्यम है। यदि कन्या का चन्द्रमा युग्म (२, ४, ६, ८, १०, १२) राशि में हो और कन्या के चन्द्रमा से छठे हो तो निन्द्य (निन्दा के योग्य—वर्जनीय) है—किन्तु यदि कन्या की राशि से अष्टम हो तो शुभ है॥६॥

स्त्रीजन्मपूर्वमेवं विचिन्तयेद्राशिसंज्ञितं योगम्।
स्त्रीपुरुषजन्मपत्योरैक्यं स्याद्बन्धुभावमपि शुभदम्॥७॥

ऊपर जो राशि गणना का विचार बताया गया है—उसमें स्त्री की राशि से गणना करनी चाहिये। यदि कन्या और वर की राशियों के (दोनों की कुण्डलियों में जिस-जिस राशि में चन्द्रमा है) स्वामी एक ही हों, या दोनों बन्धु (मित्र) हों तो शुभ है॥७॥

जीवोऽर्कस्य गुरुज्ञौ शशिनो भौमस्य शुक्रशशिपुत्रौ।
ज्ञस्यादित्यविहीना भौमविहीनास्तु सुरेन्द्रपूज्यस्य॥८॥

सुहृदः स्युर्भृगुसूनोः क्षणदाकरभानुवर्जिता विहगाः।
अर्केन्दुभौमहीना रविसूनोर्भाधिपाख्यमिति चिन्त्यम्॥९॥

इसमें ग्रहों के मित्र बताये हैं। प्रचलित परिपाटी से इसमें भिन्नता है। पाठक ध्यान से देखें।

(१) सूर्य के मित्र—बृहस्पति।
(२) चन्द्रमा ,, —बुध और बृहस्पति।
(३) मंगल ,, —बुध और शुक्र।
(४) बुध ,, —चन्द्र, मंगल, बृहस्पति, शुक्र और शनि।
(५) बृहस्पति ,, —सूर्य, चन्द्र, बुध, शुक्र और शनि।
(६) शुक्र ,, —मंगल, बुध, बृहस्पति और शनि।
(७) शनि ,, —बुध, बृहस्पति और शुक्र।

राशीश की मैत्री का विचार करते समय इसी मैत्री प्रकार से विचार करना चाहिए ॥८-९॥

अन्येन्दोर्वश्यर्क्षे स्वजन्मशुभदं भवेदयं वश्यः।
वृश्चिकसिंहौ कर्कटजूकौ कन्याथ कौर्पिचापाह्वौ ॥१०॥
तौलिस्तृतीयमीनौ मृगकन्ये कर्कटेऽथ मीनाख्यम्।
घटमेषावथ मेषो मृग इति वश्याः क्रमादजादीनाम् ॥११॥

किस राशि को कौन-कौनसी राशियाँ वश्य हैं, यह नीचे बताया जाता है।

(१) मेष की सिंह और वृश्चिक।
(२) वृष की कर्क और तुला।
(३) मिथुन को कन्या।
(४) कर्क को वृश्चिक और धनु।
(५) सिंह की तुला।
(६) कन्या की मिथुन और मीन।
(७) तुला की कन्या और मकर।
(८) वृश्चिक की कर्क।
(९) धनु की मीन।

(१०) मकर की मेष और कुम्भ।
(११) कुम्भ की मेष।
(१२) मीन की मकर।

स्त्री की जो राशि है उसकी वश्य वर की राशि हो तो उत्तम होता है ॥१०-११॥

स्त्रीजन्मर्क्षत्रितयाच्चतुर्थदिक्सप्तमेष्वथर्क्षेषु।
जातः शुभकृत्पुरुषो माहेन्द्राख्यः प्रकीर्तितश्चैवम् ॥१२॥

कन्या के जन्म नक्षत्र से गिनने पर वर का जन्म नक्षत्र यदि चौथा, सातवाँ, दसवाँ, तेरहवाँ, सोलहवाँ, उन्नीसवाँ, बाईसवाँ, पच्चीसवाँ, हो तो शुभ है। इसे माहेन्द्र गुण कहते हैं ॥१२॥

पुष्यादितिहरिमित्रस्वात्यश्विभहस्तरेवतीन्द्वधिपाः।
एते नव देवाख्या मनुष्यसंज्ञास्तथैव कथ्यन्ते ॥१३॥

पूर्वात्रयमरोहिण्यार्द्राविश्वाख्यभाग्यबुध्न्यधिपाः।
शेषा नवासुराख्यास्तारा इति कीर्तितं गणत्रितयम् ॥१४॥

शुभदं गणैक्यमितरं निन्द्यं प्रायो विशेषमिह वक्ष्ये।
देवगणोत्थे पुरुषे मानुषगणसंभवाऽपि शुभदा स्त्री ॥१५॥

असुरगणोत्थे पुरुषे मध्या स्यात् स्त्री मनुष्यगणजाता।
देवगणसंभवायां योषिति नृगणोद्भवः पुमान् निन्द्यः ॥१६॥

असुरगणोत्था नारी कष्टतरा मानुषोद्भवे पुरुषे।
नात्यशुभा साऽपि स्यात् स्त्रीदीर्घे वाऽपि सूक्ष्मभगणैक्ये ।१७।

(१) अश्विनी, (२) मृगशिर्, (३) पुनर्वसु, (४) पुष्य, (५) हस्त, (६) स्वाती, (७) अनुराधा, (८) श्रवण और (९) रेवती का देवगण है।

(१) भरणी, (२) रोहिणी, (३) आर्द्रा, (४) पूर्वा फाल्गुनी, (५) उत्तरा फाल्गुनो, (६) पूर्वाषाढ, (७) उत्तराषाढ, (८) पूर्वाभाद्र तथा (९) उत्तरा भाद्रपद का मनुष्य गण है।

(१) कृत्तिका, (२) आश्लेषा, (३) मघा, (४) चित्रा, (५) विशाखा, (६) ज्येष्ठा, (७) मूल, (८) धनिष्ठा और (९) शतभिषा का राक्षस गण है।

यदि वर और कन्या दोनों का एक ही गण हो तो शुभ होता है। यदि भिन्न-भिन्न गण हो तो प्रायः निन्द्य है लेकिन निम्नलिखित विशेष विचार कहा जाता है।

(क) यदि वर का देवगण हो तो कन्या मनुष्य गण की भी हो सकती है। (ख) यदि पुरुष का राक्षस गण हो और कन्या का मनुष्य गण हो तो मध्यम है। (ग) यदि कन्या देवगण हो तो मनुष्य गण का पुरुष निन्द्य (वर्ज्य) है। (घ) यदि कन्या राक्षस गण हो और वर मनुष्य गण हो तो और भी ((ग) से भी अधिक) निन्द्य (वर्ज्य) है। किन्तु यदि "स्त्रीदीर्घ" तथा "सूक्ष्मनक्षत्रगणैक्य" से मेलापक बनता हो तो इतना अशुभ नहीं है। "स्त्रीदीर्घ" मेलापक कैसे किया जाता है और सूक्ष्म नक्षत्र गण से विचार कैसे किया जाता है यह आगे बतलावेंगे। ॥१३-१७॥

दम्पतिलग्नोद्भवयोश्चन्द्रस्य नवांशकोत्थयोर्वाऽपि ।
नक्षत्रयोर्गणैक्यं सूक्ष्मर्क्षगणैक्यशब्दगदितमिह ॥१८॥

वर और कन्या के लग्न में कौन-कौन से नक्षत्र हैं ? दोनों के चन्द्र किन नवांशों में हैं ? ये सूक्ष्म नक्षत्र कहलाते हैं। इनका मेलापक ठीक बैठ जावे तो इसे सूक्ष्म नक्षत्र द्वारा गण का मेलापक कहते हैं। मान लीजिए किसी का लग्न सिंह है। यदि लग्न स्पष्ट १३°-२०′ तक है तो लग्न का नक्षत्र मघा हुआ। यदि लग्न

स्पष्ट १३-°२०' से २६°-४०' तक है तो लग्न का नक्षत्र पूर्वा फाल्गुनी हुआ। यदि सिंह लग्न है और लग्न स्पष्ट २६'-४०' से अधिक है तो लग्न का नक्षत्र उत्तरा फाल्गुनी हुआ। इस प्रकार कन्या और वर के जन्म लग्नों के नक्षत्रों का मेलापक बनना सूक्ष्म नक्षत्र गण का एक प्रकार है।

वर और कन्या के चन्द्र नवांशों के स्वामी मित्र हों या एक ही ग्रह दोनों के चन्द्र नवांश का स्वामो हो तो भी सूक्ष्म नक्षत्र गणैक्य होता है ॥१८॥

ज्येष्ठादिपञ्चतारा दस्रभयमपुष्यसार्पपितृभाग्या ।
शूर्पकांध्रिभमरुतं पुरुषाख्यास्तारकाः स्त्रियस्त्वन्याः ॥१९॥

पुरुषः पुरुषर्क्षभवो नारी नार्यर्क्षजा शुभौ भवतः ।
विपरीतभवौ नेष्टौ द्वावपि नार्यर्क्षजौ तु मध्यौ स्तः ॥२०॥

द्वावपि पुरुषर्क्षभवौ निन्द्याविति योनिसंगतः कथितः ।

(१) अश्विनी, भरणी, पुष्य, आश्लेषा, मघा, उत्तराफाल्गुनी, स्वाती, विशाखा, ज्येष्ठा, मूल, पूर्वाषाढ, उत्तराषाढ, श्रवण, पूर्वाभाद्र—यह चौदह पुरुष नक्षत्र हैं।

(२) कृत्तिका, रोहिणी, मृगशिर्, आर्द्रा, पुनर्वसु, पूर्वा-फाल्गुनी, हस्त, चित्रा, अनुराधा, धनिष्ठा, शतभिषा, उत्तराभाद्र, रेवती—ये तेरह स्त्री नक्षत्र हैं।

(क) यदि वर का पुरुष नक्षत्र हो और स्त्री का स्त्री नक्षत्र तो शुभ है। (ख) यदि उलटा हो—वर का स्त्री नक्षत्र और कन्या का पुरुष नक्षत्र तो इष्ट (अच्छा) नहीं है। (ग) यदि वर और कन्या दोनों का स्त्री नक्षत्र हो तो मध्यम है। (घ) यदि दोनों का पुरुष नक्षत्र हो तो निन्द्य है। इसे 'योनि' कहते हैं ॥१९-२०॥

स्त्रीजन्मर्क्षात्प्रथमात्तृतीयके पञ्चमे च सप्तमभे ॥२१॥

जातो वर्ज्यः पुरुषः क्रमात्तु तेषु द्वितीयजन्मर्क्षात् ।
प्रथमान्त्यतृतीयांशे जातो निन्द्यस्तृतीयजन्मर्क्षात् ॥२२॥

तेषु क्रूरांशभवो निन्द्यश्चैवं दिनाख्यमपि विद्यात् ।
प्रथमात् स्त्रीजन्मर्क्षात् सप्तमजो वा तृतीयजो वाऽपि ॥२३॥

कष्टतरः स्यात्पञ्चमजातः कष्टो विशेष इति चोक्तः ।

कन्या के जन्म नक्षत्र से वर के जन्म नक्षत्र तक गिनिये। यदि कन्या के जन्म नक्षत्र से वर का जन्म नक्षत्र तीसरा, पाँचवाँ या सातवां पड़े तो ऐसा वर वर्ज्य—(जिससे विवाह वर्जित है) है। कन्या के जन्म नक्षत्र से वर का जन्म नक्षत्र यदि बारहवाँ पड़े और उस बारहवें नक्षत्र के प्रथम चरण में वर का नक्षत्र हो तो वर्ज्य है (यदि बारहवें नक्षत्र के द्वितीय, तृतीय, चतुर्थ चरण में जन्म हो तो वर्ज्य नहीं)। कन्या के जन्म नक्षत्र से गिनने पर यदि वर का जन्म नक्षत्र चौदहवाँ पड़े—और उस चौदहवें नक्षत्र के चतुर्थ चरण में वर का जन्म हो तो वर्ज्य है (यदि चौदहवें नक्षत्र के प्रथम, द्वितीय या तृतीय चरण में जन्म हो तो वर्ज्य नहीं)। कन्या के जन्म नक्षत्र से गिनने पर वर का जन्म नक्षत्र सोलहवाँ पड़े और उस सोलहवें नक्षत्र के तृतीय चरण में वर का जन्म हो तो वर्ज्य है (सोलहवें नक्षत्र के प्रथम, द्वितीय या चतुर्थ चरण में जन्म हो तो वर्ज्य नहीं)। कन्या के जन्म नक्षत्र से वर का जन्म नक्षत्र इक्कीसवाँ, तेईसवाँ या पच्चीसवाँ हो और वर का जन्मकालीन चन्द्र क्रूर नवांश में हो तो वर्ज्य है, अन्यथा नहीं। इनमें भी कन्या के नक्षत्र से सातवाँ, सोलहवाँ तथा पच्चीसवाँ कष्टतम है। कन्या के नक्षत्र से तृतीय, बारहवाँ तथा इक्कीसवाँ कष्टतर है। और कन्या के नक्षत्र से पाँचवाँ, चौदहवाँ तथा तेईसवाँ कष्टकारक अर्थात् अनिष्ट है। इस विचार को 'दिनम्' कहते हैं। पाठकों का ध्यान श्लोक १२ की ओर आकृष्ट किया जाता है—इसमें और उसमें कुछ निर्देशों में भिन्नता है। दोनों का समाधान नहीं होता है।

गणयेत् स्त्रीजन्मर्क्षात् जन्मर्क्षान्तं वरस्य संख्यात्र ।।२४।।
पञ्चदशाभ्यधिका चेत् स्त्रीदीर्घाख्यो भवेत्क्रमाच्छुभदः ।

कन्या के जन्म नक्षत्र से वर के जन्म नक्षत्र तक गिनिये। यदि यह संख्या १५ से अधिक हो तो शुभ। इसे "स्त्री दीर्घ" विचार कहते हैं ।।२१-२४।।

गणयेत्क्रमोत्क्रमाभ्यामश्विन्यादीन्यथाङ्गुलित्रितये ॥२५॥
तत्रैकाङ्गुलियातं दम्पत्योर्जन्मतारकाद्वितयम् ।
निन्द्यं मध्याङ्गुलिगं कष्टतरं तद्धि मध्यरज्ज्वाख्यम् ॥२६॥

(१) आदि रज्जु—अश्विनी, आर्द्रा, पुनर्वसु, उत्तराफाल्गुनी, हस्त, ज्येष्ठा, मूल, शतभिषा, पूर्वाभाद्र।

(२) मध्यमरज्जु—भरणी, मृगशिर्, पुष्य, पूर्वाफाल्गुनी, चित्रा, अनुराधा, पूर्वाषाढ, धनिष्ठा, उत्तराभाद्र।

(३) शिरोरज्जु—कृत्तिका, रोहिणी, आश्लेषा, मघा, स्वाती, विशाखा, उत्तराषाढ, श्रवण, रेवती।

ये नौ-नौ नक्षत्र एक रज्जु में हैं। वर और कन्या के जन्म-नक्षत्र एक रज्जु में होना ठीक नहीं। इसे ही उत्तर भारत में नाड़ी दोष कहते हैं। इन ग्रंथकार के मतानुसार यदि वर और कन्या दोनों की मध्यनाड़ी हो तो बहुत ही अनिष्ट है ।।२५-२६।।

दक्षिण भारत में रज्जु कूट देखने का एक अन्य प्रकार भी है, वह नीचे बताते हैं।

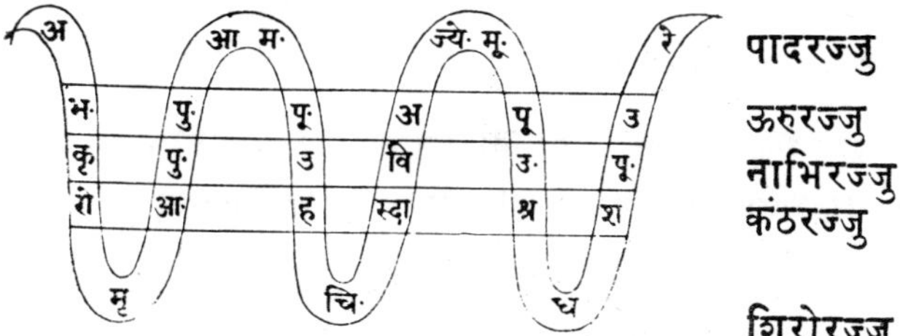

इस चक्र में पुरुष का नक्षत्र यदि आरोह क्रम में हो और स्त्री का अवरोह में तो उत्तम है। अब किस रज्जु में कौन-कौन से नक्षत्र पड़ते हैं, यह बताया जाता है।

(१) पादरज्जु : अश्विनी, आश्लेषा, मघा, ज्येष्ठा, मूल, रेवती।

(२) ऊरुरज्जु : भरणी, पुष्य, पूर्वाफाल्गुनी, अनुराधा, पूर्वाषाढ, उत्तराभाद्र।

(३) नाभिरज्जु : कृत्तिका, पुनर्वसु, उत्तराफाल्गुनी, विशाखा, उत्तराषाढ, पूर्वाभाद्र।

(४) कंठरज्जु : रोहिणी, आर्द्रा, हस्त, स्वाती, श्रवण, शतभिषा।

(५) शिरोरज्जु : मृगशिर्, चित्रा, धनिष्ठा।

वर, कन्या दोनों के जन्म-नक्षत्र, एक रज्जु में पड़ना अच्छा नहीं यदि दोनों के नक्षत्र—

(१) पाद रज्जु में पड़ें तो पति प्रवासी हो (परदेश में अधिक रहे)।

(२) ऊरु रज्जु में पड़ें तो धननाश।

(३) नाभि रज्जु में हों तो सन्ताननाश।

(४) कण्ठ रज्जु में स्त्री मरे।

(५) शिरो रज्जु में पति मरे ॥२५-२६॥

अश्वीन्द्रौ यममित्रौ हरिहरसंज्ञौ विशाखवह्न्याख्यौ।
अजवायू मूलाही पितृपतिपूषाधिपौ गुरुजलेशौ ॥२७॥

अदितीशविश्वसंज्ञा अर्यम्णबुद्धिदिनेशवरुणाख्यौ।
भाद्रभगाविह विद्धं परस्परं स्यात्तु तारकाद्वितयम् ॥२८॥

क्षणदाकरवसुचित्रा इति च त्रितयं परस्परं विद्धम्।
दम्पत्योर्जन्मर्क्षे कष्टतरे स्तः परस्परं विद्धम् ॥२९॥

नीचे लिखे दो-दो नक्षत्रों का परस्पर वेध होता है—

(१) अश्विनी और ज्येष्ठा, (२) भरणी और अनुराधा, (३) कृत्तिका और विशाखा, (४) रोहिणी और स्वाती, (५) आर्द्रा और श्रवण, (६) पुनर्वसु और उत्तराषाढ, (७) पुष्य और पूर्वाषाढ़, (८) आश्लेषा और मूल, (९) मघा और रेवती, (१०) पूर्वाफाल्गुनी और उत्तराभाद्रपद, (११) उत्तराफाल्गुनी और पूर्वभाद्रपद, (१२) हस्त और शतभिषा। इन १२ विभागों में दो-दो नक्षत्र हैं। तेरहवें विभाग में तीन नक्षत्र हैं। (१३) मृगशिर् और धनिष्ठा, चित्रा का वेध होता है। कन्या और वर के जन्म नक्षत्रों का परस्पर वेध नहीं होना चाहिए। यदि दोनों के जन्म नक्षत्रों का उपर्युक्त रीति से वेध हो तो उनका जीवन कष्टमय होता है ॥२७-२९॥

गेहोक्तवेधवर्गे जन्मद्वितयं च नेष्टमिति केचित् ।
भूतविहगादयोऽन्ये त्वतः परं चिन्तितव्याश्च ॥३०॥

दम्पत्योश्चान्योन्यासक्तिः शुभदा विशेषतः प्रोक्ता ।
पाणिग्रहणे नृणामत्यर्थं चिन्तनीयं स्यात् ॥३१॥

कुछ अन्य का मत है कि वास्तु प्रकरण में जो वेध माना गया है उस प्रकार से यदि कन्या और वर के जन्म नक्षत्रों का परस्पर वेध हो तो अच्छा नहीं है। नक्षत्रों के पंच महाभूत वश भी आनुकूल्य विचार करना। पक्षि विचार से भी आनुकूल्य देखना। दम्पति की परस्पर एक-दूसरे में आसक्ति हो यह पाणिग्रहण में मुख्य है।

२७ नक्षत्रों को पंच महाभूतों में निम्नलिखित प्रकार से बाँटते हैं—

(१) पृथिवी—अश्विनी, भरणी, कृत्तिका, रोहिणी, मृगशिर्।

(२) जल—आर्द्रा, पुनर्वसु, पुष्य, आश्लेषा, मघा, पूर्वा-फाल्गुनी।

(३) अग्नि—उत्तराफाल्गुनी, हस्त, चित्रा, स्वाती, विशाखा, अनुराधा ।

(४) वायु—ज्येष्ठा, मूल, पूर्वाषाढ, उत्तराषाढ, श्रवण ।

(५) आकाश—धनिष्ठा, शतभिषा, पूर्वाभाद्रपद, उत्तराभाद्रपद और रेवती ।

पृथिवी और जल का सम्मिश्रण होता है । अग्नि और जल परस्पर प्रतिकूल हैं । इस प्रकार जिन-जिन तत्त्वों का सम्मिश्रण होता है उन-उन नक्षत्र में उत्पन्न व्यक्तियों का योग अच्छा । प्रतिकूल तत्त्व वाले नक्षत्रों में उत्पन्न लोगों का संयोग अच्छा नहीं ।

पक्षिकूट का चक्र नोचे दिया जाता है—

(१) भेरुण्ड—अश्विनी, आर्द्रा, पूर्वाफाल्गुनी, विशाखा, उत्तराषाढ ।

(२) पिङ्गल—भरिणी, पुनर्वसु, उत्तराफाल्गुनी, अनुराधा, श्रवण ।

(३) काक—कृत्तिका, पुष्य, हस्त, ज्येष्ठा, धनिष्ठा ।

(४) कारण्ड—रोहिणी, आश्लेषा, चित्रा, मूल, शतभिषा ।

(५) शिखावल—मृगशिर्, मघा, स्वाती, पूर्वाषाढ, पूर्वाभाद्र, उत्तराभाद्र, रेवती ।

यदि दोनों (वर तथा कन्या के) नक्षत्र एक ही पक्षी में हों तो शोभन है ॥३०-३१॥

दस्रादापुरुषाङ्गनाजननभं संगण्य संख्यायुगं
युक्त्वा विश्वयुतं तुदन्तरहितं योगं हरेत्पञ्चभिः ।
पुत्रार्धिमृ तिरर्थवृद्धिरतिरुक् सम्पच्च शिष्टैः फला-
न्यत्याज्येषु रदेषु तत्र गणयेज्जन्मादिदस्रान्तिमम् ॥३२॥

अश्विनी से वर के जन्म नक्षत्र तक गिनिए । अश्विनो से कन्या के जन्म-नक्षत्र तक गिनिए । दोनों को जोड़िए । इसमें १३

जोड़िए, जो संख्या ग्रावे उसमें से ३२ घटाइये। जो शेष बचे उसमें पाँच का भाग दीजिए। फल निम्नलिखित है—

(१) यदि एक शेष बचे तो पुत्र या पुत्रों की समृद्धि।

(२) यदि दो शेष बचे तो मृत्यु।

(३) यदि तीन शेष बचे तो धन समृद्धि।

(४) यदि चार शेष बचे तो ग्रति रुग्णावस्था।

(५) यदि शून्य शेष बचे तो सम्पत्ति ॥३२॥

ग्रादस्त्रभं दम्पतिजन्मताराात्संगण्य संख्याद्वितयं च युक्त्वा।
बाणैर्हरेच्छिष्टफलानि लक्ष्मीर्वृद्धिर्विपत् श्रीरधिकाधिकापत् ॥३३॥

वर के जन्म-नक्षत्र से ग्रश्विनी तक गिनिये। कन्या के जन्म नक्षत्र से ग्रश्विनी तक गिनिये। दोनों संख्याग्रों को जोड़िये। योगफल को पाँच से भाग दीजिये।

(१) यदि १ शेष बचे तो फल—लक्ष्मी (सम्पत्ति)।

(२) यदि २ बचे तो वृद्धि।

(३) यदि ३ शेष रहे तो विपत्ति।

(४) यदि ४ शेष रहे तो श्री (ग्रर्थात् वही फल जो १ शेष बचने पर)।

यदि ० शेष रहे तो ग्रत्यन्त ग्रापत्ति ॥३३॥

स्त्रीजन्मभाद्वरर्क्षान्तं गणयित्वा शरैर्हते।
मुनिभिर्भाजिते शिष्टं व्ययमायो नृजन्मभात् ॥३४॥

कन्या के जन्म नक्षत्र से प्रारम्भ कर वर के जन्मनक्षत्र तक गिनिये। इस संख्या को पाँच से गुणा कीजिये। गुणनफल को ७ से भाग दीजिए। जो शेष रहे वह है 'व्यय'। इसी प्रकार वर के जन्म नक्षत्र से कन्या के जन्म नक्षत्र तक गिनिये। इस संख्या को पाँच से गुणा कीजिए। गुणनफल को ७ से भाग

दीजिये। जो शेष रहे वह है "आय"। आय व्यय से अधिक होना चाहिए ॥३४॥

कन्याया जन्मेन्दोश्चाष्टकवर्गे फलाधिके राशौ।
पुरुषस्य जन्म शुभदं पुरुषेन्दुवशात्तथैव कन्यायाः ॥३५॥

कन्या की जन्म कुण्डली में चन्द्राष्टक वर्ग बनाइये। अष्टक वर्ग बनाने का प्रकार नवम अध्याय में बताया गया है। कन्या के चन्द्राष्टक वर्ग में जिस राशि में अधिक शुभ बिन्दु हों—वह राशि यदि वर की हो तो कन्या के लिए शुभ है। इसी प्रकार वर की जन्म कुण्डली के आधार पर वर का चन्द्राष्टक वर्ग बनाइये। यदि कन्या की वह राशि हो जिस राशि में वर के चन्द्राष्टक वर्ग में अधिक शुभ बिन्दु पड़े हों तो वह कन्या वर के लिए शुभ है ॥३५॥

शनिगुरुकुजरविशुक्रक्षरणदारकपुत्रचन्द्रलग्नानाम्।
शुक्लाक्षाण्यष्टासु क्रमेरण राशेर्गतानि भागेषु ॥३६॥

कन्येन्दोः शुक्लाक्षं भवति यदि स्वीयजन्मभाष्टांशे।
शुभदं विशेषतस्तत्प्राज्ञैः प्रस्तारमिति कथितं स्यात् ॥३७॥

अष्टक वर्ग बनाने का यह प्रकार पहिले बताया जा चुका है कि प्रत्येक राशि को ८ कक्षा में विभाजित करना चाहिए :

(१) ०° से ३°-४५′ तक शनि की कक्षा।
(२) ३°-४५′ से ७°-३०′ तक बृहस्पति की कक्षा।
(३) ७°-३०′ से ११°-४५′ तक मंगल की कक्षा।
(४) ११°-४५′ से १५°-०′ तक सूर्य की कक्षा।
(५) १५°-०′ से १८°-४५′ तक शुक्र की कक्षा।
(६) १८′-४५′ से २२°-३०′ तक बुध की कक्षा।
(७) २२°-३०′ से २६°-१५′ तक चन्द्रमा की कक्षा।
(८) २६°-१५′ से ३०°-०° तक लग्न की कक्षा।

यदि कन्या के चन्द्राष्टक वर्ग में, वर की जन्म राशि में, चन्द्र कक्षा में चन्द्र बिन्दु प्रदाता हो तो विशेष अच्छा है। 'कक्षा' तथा 'बिन्दुप्रदाता' फल दीपिका में समझाया गया है ॥३६-३७॥

अष्टाशीतितमांशे कन्याजन्मांशकात् पुमान् जातः।
अतिकष्टः स्यात्तद्वत्स्त्रीजन्मांशादधस्तने चांशे ॥३८॥

कन्या का जो चन्द्रनवांश है उससे गिनने पर यदि वर का चन्द्रनवांश ८८ वाँ हो तो अतिकष्टकारक है। वर का जो चन्द्रनवांश है उससे गिनने पर यदि कन्या का चन्द्रनवांश ८८ वाँ हो तो भी अतिकष्टकारक है।

उदाहरण—मान लीजिए कन्या का मृगशिर् तृतीय चरण में जन्म है और वर का रेवती के द्वितीयचरण में तो मृगशिर् के २, आर्द्रा, पुनर्वसु, पुष्य, आश्लेषा, मघा, पूर्वा फाल्गुनी, उत्तरा फाल्गुनी, हस्त, चित्रा, स्वाती, विशाखा, अनुराधा, ज्येष्ठा, मूल, पूर्वाषाढ, उत्तराषाढ, श्रवण, धनिष्ठा, शतभिषा, पूर्वाभाद्र, उत्तराभाद्र—प्रत्येक के चार चार २१×४=८४ और रेवती के२

२+८४+२=८८ वाँ नवाँश वर का हुआ। इसलिए अतिकष्टतर विवाह होगा।

अब दूसरा उदाहरण लीजिए। कन्या का श्रवण प्रथमचरण में जन्म। वर का जन्म नक्षत्र रेवती द्वितीय चरण—रेवती के ३। अश्विनी, भरणी, कृत्तिका, रोहिणी, मृगशिर्, आर्द्रा, पुनर्वसु, पुष्य, आश्लेषा, मघा, पूर्वा फाल्गुनी, उत्तरा फाल्गुनी, हस्त, चित्रा, स्वाती, विशाखा, अनुराधा, ज्येष्ठा, मूल, पूर्वाषाढ, उत्तराषाढ—प्रत्येक के चार-चार २१×४=८४, श्रवण का १।

३+८४+१=८८

यह विवाह भी कष्टतर होगा ॥३८॥

एवमिहोक्ता दोषा गुणाश्च चिन्त्यास्तथान्यशास्त्रोक्ताः ।३६।

इस प्रकार किन-किन बातों से आनुकूल्य होता है और कन्या तथा वर की कुण्डलियों के मिलान में क्या-क्या दोष होते हैं—यह यहाँ बताए गए हैं। अन्य शास्त्रों में इस विषय के जो सिद्धान्त बताए गए हैं उन्हें भी लागू करना चाहिये ।।३६।।

रोहिण्यार्द्रा श्रविष्ठा च तिष्यमूलमखानि षट् ।
दम्पत्योर्जन्मनक्षत्रमेकतारं सुदुःखदम् ।।४०।।

आषाढभरणीहस्तसार्पेन्द्रवरुणानि षट् ।
दम्पत्योर्जन्मतारैक्यं नष्टायुःश्रीवियोगदम् ।।४१।।

यदि वर और कन्या का जन्म नक्षत्र एक ही हो और वह नक्षत्र रोहिणी, आर्द्रा, पुष्य, मघा, मूल या धनिष्ठा हो तो महान् दुःखद है।

यदि वर और कन्या का जन्म नक्षत्र एक ही हो और वह नक्षत्र भरणी, आश्लेषा, हस्त, ज्येष्ठा, पूर्वाषाढ या शतभिषा हो तो आयु नष्ट होती है, धन नाश होता है और दम्पति में वियोग होता है ।।४०-४१।।

एकोऽपि दोषो वेधाख्यो गुणान् हन्ति बहूनपि ।
तस्माद्विवर्जयेद्वेधं मध्यरज्जुश्च तत्समः ।।४२।।

यदि 'वेध' नामक दोष—चाहे अकेला हो तो बहुत से गुणों का नाश कर देता है। इसलिये "वेध" नामक दोष को विशेष रूप से बचाना चाहिए। मध्यम रज्जु भी वेध के समान ही महान् दोष है। इस दोष में भी विवाह करना उचित नहीं ।।४२।।

अर्द्धभानि विनान्योन्यं गणयेज्जन्मतारकम् ।
त्रयोदशमित स्याच्चेद्वेधोऽयं समसप्तमः ।।४३।।

मृगशिर् चित्रा और धनिष्ठा—इन तीनों का आधा भाग पूर्व राशि में जाता है और आधा भाग अन्य राशि में। इसलिए इन तीनों नक्षत्रों को छोड़कर कन्या के जन्म नक्षत्र से वर के जन्म नक्षत्र तक गिनिये। यदि नक्षत्र १३ वाँ पड़े तो यह सम सप्तम वेध कहलाता है ।।४३।।

दम्पत्योः पादपाण्यादौ लक्षणं जन्मलग्नतः ।
फलं प्रश्नवशाद्वाऽपि बलिना वायसस्य वा ।।४४।।
निमित्तं चापि संचित्य विवाहं कारयेद्बुधः ।
अतीव चिन्तनीया हि नृणामुद्वाहनक्रिया ।।४५।।

कन्या और वर के हाथ, पैर, शरीर लक्षण, जन्मकुण्डली आदि से भी विचार करना चाहिए। काकचेष्टा (कौए की बोली किस दिशा में, किस प्रकार से काँव काँव कर रहा है तथा जो उसको बलि दी वह उसने ग्रहण की या नहीं—या किस प्रकार ग्रहण की) तथा प्रश्नकुण्डली से भी विचार करना चाहिए। निमित्त अर्थात् शकुन से भी विचार करना। कन्या तथा वर का विवाह अत्यन्त महत्त्वपूर्ण कार्य है। इसलिए बहुत विचार और ऊहापोह कर विवाह निश्चित करना उचित है।

हाथ, पैर तथा अन्य शारीरक लक्षणों से फलादेश करने की प्रक्रिया हमने हस्तरेखा विज्ञान*(शरीर लक्षणसहित)में सविस्तार समझाई हैं। श्रीमद् वाल्मीकीय रामायण, महाभारत तथा पुराणों के उद्धरण सहित यह भी समझाया गया है कि शरीर लक्षण के आधार पर यह कैसे निश्चय करना कि किस कन्या से विवाह करने पर सन्तान और समृद्धि का उपचय होगा तथा किस कन्या से सम्बन्ध करने पर क्लेश, अशान्ति आदि की वृद्धि होगी ।।४४-४५।।

---

*यह पुस्तक अनेक चित्रों से सुसज्जित है और मोतीलाल बनारसीदास पुस्तक प्रकाशक तथा विक्रेता—दिल्ली-वाराणसी-पटना से प्राप्य है।

पन्द्रहवाँ अध्याय

पुत्रचिन्ता प्रकरण

इस अध्याय में पुत्रभाव का विचार किया गया है। इस 'पुत्रचिन्ता प्रकरण' का अर्थ—पुत्र और चिन्ता नहीं करना चाहिए बल्कि पुत्र की चिन्ता या चिन्तन यह अर्थ करना। चिन्तन गंभीर विचार को कहते हैं।

पुत्रेशे पुरुषग्रहे बलयुते पुंराशिभागाश्रिते
तद्वद्देवगुरौ तथैव सुतभे स्वामीष्टसौम्यैर्युते।
दृष्टे वा सबले भवन्ति तनयाः पुत्राधिपे स्त्रीग्रहे
स्त्रीराश्यंशगते गुरौ सुतगृहे चैवं स्थिते कन्यकाः ॥१॥

इसमें कुछ नियम दिए हैं जिनके अनुसार जातक के पुत्र होंगे या कन्या यह निर्णय करना। यदि पंचमेश पुरुषग्रह हो, बलवान् हो, पुरुषराशि, पुरुष नवांश में हो और इसी प्रकार (पुरुषराशि, पुरुष नवांश में (बृहस्पति हो और पंचम भाव अपने स्वामी तथा सौम्यग्रहों से युत अथवा दृष्ट हो तो पुत्र होते हैं। यदि पंचमेश स्त्रीग्रह हो, स्त्रीराशि, स्त्री नवांश में हो और बृहस्पति पंचम में स्त्रीराशि, स्त्री नवांश में हो तो कन्याएँ होती हैं। यह पहले बतला चुके हैं कि मेष, मिथुन, सिंह, तुला, धनु, कुंभ पुरुष-राशियाँ हैं, यह नवांश भी पुरुष हैं। समराशियाँ, वृष, कर्क, कन्या, वृश्चिक, मकर तथा मीन स्त्रीराशि, स्त्री नवांश हैं। सूर्य, मंगल, बृहस्पति पुरुषग्रह हैं। चन्द्रमा और शुक्र स्त्रीग्रह हैं। बुध पुरुषनपुंसक है। शनि स्त्रीनपुंसक है ॥१॥

क्लीबग्रहेक्षितयुते सुतभे तदीशे
क्लीबग्रहे सगुलिके सबले च जीवे ।
दत्तादयोऽस्य तनया विबलेषु तेषु
स्वाम्याद्यनीक्षितयुतेष्वनपत्यता स्यात् ॥२॥

इसमें दत्तकपुत्रयोग बतलाते हैं। दत्तकपुत्र अर्थात् जो पुत्र गोद लिया जावे। निम्नलिखित ग्रह परिस्थिति होने से जातक गोद का बेटा लेता है :

(१) यदि पंचम भाव में नपुंसकग्रह हो या नपुंसकग्रह पंचम भाव को देखता हो और पंचमेश नपुंसकग्रह हो और गुलिक (मान्दि) के साथ हो और बृहस्पति बलवान् हो।

(२) ऊपर जो ग्रह बतलाये गए हैं—अर्थात् पंचमेश, पंचम भाव में स्थित या पंचम को देखने वाले ग्रह तथा बृहस्पति—यह सब निर्बल हों—पंचम भाव को पंचमेश या शुभग्रह न देखें तो जातक के पुत्र नहीं होता।

ऊपर जो दत्तक-पुत्र का योग बतलाया गया है उससे कृत्रिम (बिना गोद लिए किसी को बेटा बना लेना) पुत्र आदि भी समझना ॥२॥

पापैर्व्ययारिमृतिपैर्विबलैः सुतस्थै-
स्तद्दोषहेतुकमुशन्ति हि पुत्रशोकम् ।
लग्नत्रिकोणपतिभिः सबलैस्तु पापै-
र्जीवेक्षितैस्तदनुरूपगुणाः सुताः स्युः ॥३॥

यदि छठे, आठवें या बारहवें के स्वामी पापग्रह हों, निर्बल हों और पाँचवें घर में बैठें तो जातक को पुत्रशोक होता है। यहाँ दो बातें कही गई हैं। छठे, आठवें या बारहवें के स्वामी का निर्बल होना तथा पापग्रह होना—जिससे यह निष्कर्ष निकला कि पापीग्रह

भी बलवान् हो तो उतनी हानि नहीं करता। उदाहरण के लिए कन्या लग्न की कुण्डली में यदि अष्टमेश मंगल उच्च का होकर पंचम में बैठे तो उतनी हानि नहीं करेगा। किंचित् हानि तो करेगा ही। नीचे दो कुण्डलियाँ दी जाती हैं:—

(१)

(२)

ऊपर लिखी कुण्डली नं० (१) में अष्टमेश पंचम में है। जातक के चार पुत्र और चार कन्या हुईं। एक कन्या नष्ट हो गई। कुण्डली नं० (२) में भी अष्टमेश पंचम में हैं। जातक के ६ पुत्र तथा १ कन्या हुई। २ पुत्र तथा एक कन्या नष्ट हो गई।

(२) यदि लग्न, पंचम तथा नवम के स्वामी पापग्रह हों तथा बलवान् हों और बृहस्पति से दृष्ट हों तो उन ग्रहों के अनुरूप गुण वाले पुत्र होते हैं। किन्तु किसी भी लग्न में—लग्नेश, पंचमेश तथा नवमेश तीनों पापग्रह हों—ऐसा होता नहीं। मेष, सिंह, धनु में तीनों (१, ५, ९) त्रिकोणों के स्वामियों में से केवल दो क्रूर होते हैं तथा वृष, मिथुन, कर्क, कन्या, तुला, वृश्चिक, मकर, कुंभ, मीन में १, ५, ९ के स्वामियों में से एक क्रूर होता है ॥३॥

भौमे पञ्चमगे पुत्रा जायन्ते स्वल्पजीविनः ।
स्वगृहे यदि तेष्वेको म्रियतेऽन्ये चिरायुषः ॥४॥

यदि पंचम में मंगल हो तो सन्तति स्वल्पजीवी होती है। यदि मेष या वृश्चिक का मंगल पंचम में हो तो एक सन्तान स्वल्पायु होती है, अन्य दीर्घायु होती हैं। कल्याण वर्मा ने सारावली अध्याय ३४ श्लोक ४१ में लिखा है कि—

भौमः पंचमभवने जातं जातं विनाशयति पुत्रम् ।
दृष्टे गुरुणा प्रथमं सितेन न च सर्वसंदृष्टः ॥

अर्थात् यदि पंचम में मंगल हो तो एक के बाद दूसरे पुत्र को —जो जन्म लें—मंगल नष्ट करता है। यदि मंगल पर बृहस्पति या शुक्र की दृष्टि हो तो केवल प्रथम पुत्र को नष्ट करता है। यदि पंचम पर सब शुभग्रहों की दृष्टि हो तो किसी सन्तान को नष्ट नहीं करता ॥४॥

मन्दे कर्किणि पुत्रगे बहुसुतः सौम्ये तथाऽल्पात्मजः
शीतांशौ बहुकन्यकाल्पतनयो जीवे तु कन्याप्रजः ।
शुक्रेऽर्केऽसृजि च द्वितीयदयितालब्धात्मजः स्यान्नरो
व्यस्तं चन्द्रगृहे फलं सदसतां मिश्रे बलाढ्याद्वदेत् ॥५॥

यदि लग्न से पंचम भाव में कर्क हो और कर्क में—

(१) शनि हो तो बहुत पुत्र होते हैं।

(२) बुध हो तो थोड़े पुत्र होते हैं।

(३) चन्द्रमा हो तो बहुत कन्याएँ हों, पुत्र थोड़े हों।

(४) बृहस्पति हो तो बहुत कन्याएँ हों।

(५) मंगल, शुक्र या सूर्य हो तो दूसरे विवाह से पुत्र हो।

इस प्रकार चन्द्रमा के भवन (कर्क) में पंचम में शुभग्रह शुभ-फल करें, पापग्रह पापफल करें ऐसा साधारण नियम के अनुसार फल नहीं होता प्रत्युत उलटा फल होता है क्योंकि शुभग्रह चन्द्र,

बुध, बृहस्पति तथा शुक्र के कर्क राशि में पंचम में होने से बहुत पुत्र हों ऐसा नहीं लिखा। शनि कर्क में पंचम राशि में हो तो बहुत पुत्र होना लिखा है। ऊपर एक एक ग्रह के कर्क राशि में पंचम में बैठने का फल लिखा है। यदि दो या अधिक ग्रह कर्क में पंचम में हों तो बलवान् ग्रह के अनुसार फल निर्देश करना चाहिए ॥५॥

कन्यालिगोहरिष्विन्दुलग्नयोरल्पपुत्रता।
पुत्रस्थानेऽथवा तेषु ग्रहहीने विशेषतः ॥६॥

यदि लग्न से या चन्द्रमा से पंचम राशि वृष, सिंह, कन्या या वृश्चिक पड़ती हो तो थोड़े पुत्र कहना। विशेषतः यदि इस पंचमस्थ वृष, सिह कन्या या वृश्चिक में कोई ग्रह न हो ॥६॥

लग्नायुर्व्ययगाः शनीड्यरुधिराः स्वल्पात्मजं पञ्चमं
लग्ने भूमिसुतोऽष्टमे रविसुतः स्वल्पात्मजर्क्षे रविः।
लाभे शीतकरो ग्रहाश्च तनुगाः पापाश्च जीवात्सुते
योगेष्वेषु समुद्भवस्य भविता कालान्तरे सन्ततिः ॥७॥

इसमें चार योग बतलाये हैं:—

(१) यदि शनि, बृहस्पति और मंगल क्रम से लग्न, अष्टम और द्वादश में हों और पाँचवें घर में 'अल्पसुतर्क्ष' राशि हो (यह राशियाँ कौन सी हैं, यह ऊपर श्लोक ६ में बताई गई हैं) तो थोड़े पुत्र होते हैं।

निम्नलिखित योगों से देर से सन्तान होती है :—

(२) लग्न में मंगल, अष्टम में शनि, सूर्य अल्पसुतराशि में।

(३) लग्न में तीन ग्रह तथा ग्यारहवें स्थान में चन्द्रमा।

(४) बृहस्पति जिस राशि में हो उससे पाँचवें में पापग्रह हों ॥७॥

द्यूने ज्ञाच्छौ सुरेड्यो मनसि सलिलभे चन्द्ररन्ध्रे च पापाः
पापावारीन्दुजोवौ वपुषि निधनगो भूमिजः सौम्यहीनः ।
पापा लग्ने तदीशो यदि बलरहितः पञ्चमस्थोम्भसोन्दुः
पापाः सौख्ये सितेऽस्ते नभसि विधुरिमे वंशविच्छेदयोगाः ॥८॥

अब वंशविच्छेदयोग—जिन योगों में पुत्र न होने से आगे वंश न चले वह चार योग बतलाये हैं:—

(१) बुध और शुक्र सप्तम में तथा जल राशि में बृहस्पति पंचम में और चन्द्रमा से अष्टम में पापग्रह।

(२) चतुर्थ में पापग्रह हों, चन्द्रमा और बृहस्पति लग्न में हों और अष्टम में कोई सौम्य ग्रह न हो प्रत्युत मंगल हो।

(३) लग्न में पापग्रह हों, लग्नेश बलहीन हो और पंचम में हो और चन्द्रमा चतुर्थ में हो।

(४) पापग्रह चतुर्थ में हों, शुक्र सप्तम में हो तथा चन्द्रमा दशम में हो ॥८॥

लग्नत्रिकोणेषु शुभा बलाढ्या मिथस्त्रिकोणोपगतास्तदीशाः ।
केन्द्रस्थिता वा गुरुयुक्तदृष्टास्ते पुत्रपौत्रादिकरा नराणाम् ॥९॥

यदि बलवान् शुभग्रह लग्न पंचम तथा नवम में हों और इनके स्वामी परस्पर स्थान विनिमय करें (पंचम का स्वामी नवम में, नवम का स्वामी पंचम में इसे स्थानविनिमय या परस्पर स्थानपरिवर्तन कहते हैं) या १, ५, ९, के स्वामी केन्द्र में बैठे हों (यह आवश्यक नहीं कि सब स्थानविनिमय करें या सब केन्द्र में बैठे हों—कोई स्थानविनिमय करे, कोई केन्द्र में बैठा हो—ऐसा भी हो सकता है) या बृहस्पति से दृष्ट हों तो जातक के पुत्र और पौत्र भी होते हैं ॥९॥

सुतनाथजीवकुजभास्करेषु वै पुरुषांशराशिषु गतेषु कुत्रचित् ।
मुनयो वदन्ति बहुपुत्रतां तदा सुतनाथवीर्यवशतः सुपुत्रताम् ॥१०॥

इसमें दो योग बतलाये हैं :—

(१) यदि किसी जन्मकुण्डली में सूर्य, मंगल, बृहस्पति तथा पंचमेश पुरुषराशि या पुरुषनवांश में हों तो बहुत पुत्र होते हैं।

(२) यदि पंचमेश बलवान् हो तो अच्छे पुत्र होते हैं ॥१०॥

संतत्यभावतत्संपत्तत्संख्यासमयादयः ।
निरूप्यन्तेऽधुना जन्मकालीनविहगादिभिः ॥११॥

जन्मकुण्डली के ग्रहों के अनुसार अब यह बतलाते हैं कि सन्तान होंगी या उनका अभाव होगा, कितनी संतान होंगी और कब होंगी ॥११॥

वध्वाः खेटनिरीक्षितेऽनुपचये चन्द्रे भवेयुः सुताः
शीतांशोरितरस्थितस्य बलवत्खेटेक्षणे सद्युतौ ।
कृच्छ्रात्संततिरन्यथा नुरुभयोरन्यत्रगे शीतगौ
प्रोक्तात्खेटनिरीक्षणेन रहिते नूनं न पुत्रोद्भवः ॥१२॥

(१) स्त्री की कुण्डली में जब गोचरवश अनुपचय स्थान में चन्द्रमा हो और उसको कोई ग्रह देखता हो या देखते हों तो पुत्र होते हैं।

(२) स्त्री की कुण्डली में यदि गोचरवश चन्द्रमा अनुपचय स्थान में न हो और वह (चन्द्रमा) शुभ ग्रह से युत हो और शुभ-ग्रह उसको देखते हों तो कठिनता से संतान होती है।

(३) यदि उपर्युक्त (१) या (२) में कही हुई स्थिति न हो तो जातक के सन्तान नहीं होती।

हमारे विचार से उपर्युक्त योग गर्भाधान के समय लागू होता है ॥१२॥

पुंसां बीजबलाभावात् क्षेत्रदौर्बल्यतः स्त्रियः ।
पुत्राभावो गुणेऽपि स्याच्चिन्त्यते तद्द्वयं ततः ॥१३॥

पुरुष की कुण्डली में बीज के बलवान् न होने से तथा स्त्री

की कुण्डली में क्षेत्र की दुर्बलता से सन्तान नहीं होती है इसलिए इनका विचार करेंगे। बीज से तात्पर्य है वीर्य से; क्षेत्र से तात्पर्य है गर्भाशय से ॥१३॥

गर्भाधानसमर्थता तरणिना रेतः सितेनोच्यतां
तौ चेत्पुंभवनांशगौ च बलिनौ पुंसां भवेत्सन्ततिः।
स्त्रीणां रक्तगुणोऽसृजाऽथ शशिना गर्भस्य सन्धारणा-
शक्तिस्तौ यदि युग्मगौ च बलिनौ तद्वन्न च व्यत्यये ॥१४॥

(१) पहिले पुरुष की कुंडली के विषय में कहते हैं। गर्भाधान की सामर्थ्य का विचार सूर्य से करना ; वीर्य का विचार शुक्र से। यदि यह दोनों बलवान् हों और पुरुषराशि, पुरुषनवांश में हों तो पुरुष के सन्तान होती है।

(२) अब स्त्री की कुण्डली के विषय में कहते हैं। रज का विचार मंगल से करना और गर्भधारण की क्षमता चन्द्रमा से देखना। यदि यह दोनों युग्मराशि, युग्मनवांश में हों और बली हों तो सन्तान होती है।

यदि पुरुष की कुण्डली में सूर्य और शुक्र बलहीन हों तथा युग्म राशि, युग्मनवांश में हों तो वीर्य की अक्षमता के कारण सन्तानोत्पत्ति में बाधा होती है। इसी प्रकार यदि स्त्री की कुंडली में चन्द्रमा और मंगल बलहीन हों और ओज राशि, ओज नवांश में हों तो रज के दोष से सन्तानोत्पत्ति में प्रतिबन्ध होता है। फलदीपिका अध्याय १२ श्लोक १४ में स्त्री की कुंडली में चन्द्रमा, मंगल तथा बृहस्पति के ग्रहस्पष्ट जोड़कर और पुरुष की कुण्डली में सूर्य, बृहस्पति तथा शुक्र के ग्रहस्पष्ट जोड़कर सन्तानोत्पत्ति-क्षमता का निर्णय बताया गया है। देखिये भावार्थबोधिनी फल-दीपिका पृष्ठ २३८-३९ ॥१४॥

जीवाधिष्ठिततारयातघटिका बाणाहृता राशयो
लभ्यन्ते लवलिप्तिकाश्च विधिवन्नीत्वोभयत्र न्यसेत्।

नीत्वैवं रविशुक्रभाद्द्वितयमप्येकेन संयोजयेद्
बीजं तत्क्षितिजेन्दुभाहृतयुतं क्षेत्रस्फुटं स्यात्परम् ॥१५॥

ओजराशिषु पुंभागे स्थित्या सद्योगदर्शनात् ।
बीजस्य बलवत्वं स्याद्दौर्बल्यं च तदन्यथा ॥१६॥

युग्मराशिषु युग्मांशे स्थित्या सद्योगदर्शनात् ।
क्षेत्रस्य बलवत्वं स्याद्दौर्बल्यं च तदन्यथा ॥१७॥

इष्टासद्ग्रहवर्गसंस्थितिरपि क्षेत्रस्य बीजस्य वा ।
नेष्टा वर्गगतासतां च फणिनां बाधास्ति राह्वन्वये ।
मान्देः प्रेतकृतोऽर्कजस्य दुरिता क्षोणीभुवो भैरव-
श्चामुण्डिप्रभृतिश्च विघ्नकृदपत्यस्यारिबाधा तथा ॥१८॥

बीजं क्षेत्रं विचिन्त्यैवमन्यथाऽन्यैर्विचिन्त्यते ।
लिख्यते तत्प्रकारोऽपि संवादार्थं विचिन्त्यताम् ॥१९॥

(१) पति की कुण्डली में सूर्यस्पष्ट, शुक्रस्पष्ट तथा बृहस्पतिस्पष्ट को जोड़िए। यदि राशिसंख्या बारह से अधिक हो तो १२ घटाइये। जो शेष बचे उसे कहिए 'क'। इसे कहते हैं बीज।

(२) पत्नी की कुण्डली में बृहस्पतिस्पष्ट, चन्द्रस्पष्ट तथा मंगलस्पष्ट को जोड़िए। यदि योगफल में १२ से अधिक राशियाँ आवें तो राशियों में से १२ घटाइए। जो शेष बचे उसे कहिए 'ख'। इसे क्षेत्र फल कहते हैं।

यदि 'क' ओजराशि, ओजनवांश में हो और शुभग्रह से युत, दृष्ट हो तो बीज बलवान् है। यदि इससे विपरीत हो तो कमज़ोर है। यदि 'ख' युग्मराशि, युग्मनवांश में हो और शुभग्रह से युत, दृष्ट हो तो बलवान् है। यदि इससे विपरीत हो तो बलहीन है। 'क' या 'ख' का पापग्रह के वर्ग में होना अनिष्ट है। यदि 'क' या 'ख' शुभवर्ग में भी हों और राहु के साथ हों तो सर्पदोष या सर्पशाप से सन्तानोत्पत्ति में बाधा होती है। यदि 'क' या 'ख'

मान्दि के साथ हों तो भूतप्रेतजनित बाधा कहनी; यदि मंगल के साथ हों तो भैरव के कारण बाधा; यदि शनि के साथ हों तो चामुण्डादेवी के कारण या शत्रु बाधा कहना चाहिए। किसकी बाधा है यह जानने का उपयोग यह है कि जिसकी बाधा हो उसकी पूजा तथा अर्चना से बाधा दूर होती है।

अब अन्य लोगों ने बीज तथा क्षेत्र देखने का जो अन्य तरीका बताया है वह भी तुलना के लिए बतलाते हैं ।।१५-१९।।

पुंसां बीजं सूर्यशुक्रार्ययोगः स्त्रीणां क्षेत्रं चन्द्रभौमेड्ययोगः।
बीजक्षेत्रे भूबलघ्नैः क्रमात्तैः खेटैः सर्वैः सारनिघ्नैश्च कार्ये ॥२०॥

बीजस्य तस्य बलमोजगृहांशयोः स्यात्
क्षेत्रस्य युग्मभवनांशकयोश्च तद्वत्।
रन्ध्रेशषण्ढरहितैः शुभलग्ननाथै-
र्विद्यात्त्रिकोणमदगैः शुभमन्यथान्यैः ।।२१।।

उपर्युक्त श्लोकों में बीज और क्षेत्र-'क' और 'ख' निकालने का एक प्रकार बताया है। अब अन्य ज्योतिषियों के मत बतलाते हैं।

प्रथम मत

(१) पुरुष की कुण्डली में सूर्यस्पष्ट को ४ से गुणा कीजिए। शुक्रस्पष्ट को ३ से गुणा कीजिए। बृहस्पतिस्पष्ट को ३ से गुणा कीजिए। तीनों का गुणनफल जोडने से जो योगफल आवे वह बीज होगा।

(२) स्त्री की कुंडली में चन्द्रस्पष्ट को ४ से गुणा कीजिए; मंगलस्पष्ट को ३ से गुणा कीजिए; बृहस्पतिस्पष्ट को ३ से गुणा कीजिए। तीनों गुणनफलों को जोड़ने से जो योगफल आवे वह क्षेत्र होगा।

द्वितीय मत

ऊपर श्लोक १५-१६ की व्याख्या में जो 'क' बताया है उसे २७ से गुणा कीजिए। गुणनफल बीज होगा। इसी प्रकार श्लोक १५-१६ की व्याख्या में जो 'ख' निकाला उसे २७ से गुणा कीजिए। यह 'ख' होगा।

अब बीज और क्षेत्र के क्रमशः ओजराशि, ओजनवांश यथा युग्मराशि युग्मनवांश में रहने से जो फल बताया है वह ऊपर लिखा जा चुका है, इसलिए उसकी पुनरावृत्ति नहीं की रही है। यह विशेष लिखते हैं कि यदि लग्नेश तथा शुभग्रह चतुर्थ, पंचम, सप्तम या नवम में हों और अष्टमेश, बुध तथा शनि के साथ न हों तो शुभ है। यदि इससे विपरीत हो तो उलटा फल होता है अर्थात् अच्छा नहीं। एक टीकाकार के मत से लग्नेश तथा शुभग्रह, बीज या क्षेत्र से विद्यास्थान (दक्षिण भारत में चतुर्थ से विद्या का विचार किया जाता है) या त्रिकोण या सप्तम स्थान में हों तो अच्छा है ॥२०-२१॥

संतानरविचन्द्राभ्यां तिथिमानीय चानया ।
चिन्तनीयो हि संतानस्तत्प्रकारोऽथ कथ्यते ॥२२॥

याताभ्यो विघटीभ्य आप्तमिह यत्पञ्चाशता भादिकं
मेषात्त्यक्तमदो हयार्द्धसहितं पञ्चाहतं तद्द्वयम् ।
सन्तानार्कविधू क्रमेण भवतो यद्वेष्टकालोद्भवौ
सूर्येन्दू शरसंगुणौ पुनरतश्चन्द्राद्विशोध्यो रविः ॥२३॥

पञ्चघ्नो जन्मकालेन्दुः सन्तानेन्दुरुदाहृतः ।
लग्नस्फुटं तु पञ्चघ्नं सन्तानार्कश्च कैश्चन ॥२४॥

त्यक्त्वार्कं शशिनः सितोऽत्र यदि चेत्पक्षो भवेत्संततिः
कृष्णः स्याद्यदि कृच्छ्रतोऽथ कतिचिद्वक्ष्ये विशेषानिह ।

षष्ठ्याः प्राग्धवले शनैः सुतजनिः शीघ्रं दशम्याः परं
कार्यं विष्णुनिषेवणं हि धवले कृष्णे शिवाराधनम् ॥२५।

षष्ठ्याः प्राग्बहुले लभेत तनयं षष्ठ्यां गुहाराधनात्
सप्तम्यादिचतुष्टयेऽत्र पुनरुद्वाहं विधाय द्विजान् ।
भक्त्या पर्वणि भोजयेच्छ्रवणभे चान्ते भवेत्संततिः
पुत्राधानमथोर्ध्वयोर्न जननं स्याद्द्वादशी होमतः ॥२६॥

दत्तः स्यादत ऊर्ध्वयोस्तु तनयो दत्तोऽपि नो पर्वणि
क्रुद्धाः सन्ततिनाशका हि पितरः प्रीतास्तदापादकाः ।
तस्मात्साष्टकपार्वणादिविधिभिस्तत्प्रीतिमापादयेत्
प्रायः पैतृककर्मणामकरणात्सन्तत्यभावो नृणाम् ॥२७॥

षष्ठ्यां कुमारं गणपं चतुर्थ्यां दुर्गां नवम्यां रविमर्कतिथ्याम् ।
सेवेत सर्पान्मनुनागतिथ्योः पितॄनमायां तनयोपलब्ध्यै ॥२८॥

पक्षद्वन्द्वेऽपि रिक्ता न हि खलु शुभदास्तासु नूत्नाभिचारः
शुक्ले कृष्णे पुराणोऽप्युपशमविधयेऽस्योत्तमाः स्युश्चतुर्थ्याम् ।
क्रूरः स्यादङ्कतिथ्यां चिरयुगलतिथौ कर्मकर्तास्तु नीचो
विष्ट्यां शापोस्त्वहीनामचिरचिरभवः पक्षभेदेन वाच्यः ॥२९॥

पक्षद्वय्यां हि विष्टिश्चतसृषु तिथिषु स्यात्क्रमेणासु मुख्या
मध्या नीचाऽतिनीचा फणिन इह बलिः कल्प्यतामुत्तमानाम् ।
अन्येषां मानरूपाद्यपि बलिहरणं प्रीतये चाखिलाना-
मेवं वाच्योऽशुभस्य प्रतिविधिरुचितं पृच्छतां पुत्रलब्ध्यै ॥३०॥

१. (१) जन्मकाल कितने घड़ी कितने पल पर हुआ था यह देखिए। प्रायः जन्म कुंडली में सूर्योदयादिष्टम् दिया हुआ रहता है। इन घड़ी, पलों के पल बना लीजिए। ५० से भाग दीजिए।

यह भजनफल राशियाँ होंगी। यदि राशियाँ १२ से अधिक हों तो १२, या २४ या ३६ राशियाँ घटा लीजिए जिससे राशियाँ १२ से कम रह जावें। इनको १२ राशियाँ में से घटा लीजिए। जो शेष रहे उसे ५ से गुणा कीजिए। यह सन्तानरवि होगा।

पहिले जो भजनफल आया है उसमें ८ राशि १५ अंश जोड़िए। यदि योगफल १२ राशि से अधिक आवे तो १२ कम कीजिये। यदि योगफल २४ राशि से अधिक हो तो २४ कम कीजिए। तात्पर्य यह है कि योगफल को १२ राशि से कम ले आना चाहिये। इसको ५ से गुणा कीजिए। यह सन्तान-चन्द्र होगा।

(२) एक अन्य प्रकार सन्तान-रवि, सन्तान-चन्द्र निकालने का बतलाते हैं। जन्म के समय (या प्रश्नलग्न या आरूढ़लग्न के समय) स्पष्टसूर्य को ५ से गुणा करने से सन्तान-सूर्य, तथा चन्द्र-स्पष्ट को ५ से गुणा करने से सन्तान-चन्द्र निकल आता है।

२. सन्तान-चन्द्र से सन्तान-रवि घटाने से तिथि निकल आती है। सूर्य और चन्द्र के आपेक्षिक अन्तर से ही तिथि होतो है। तिथि कैसे निकालना—इसके लिए देखिए सुगमज्योतिष-प्रवेशिका पृष्ठ १८-१९।

३. एक अन्य मत यह है कि जन्म के समय जो चन्द्रस्पष्ट हो उसको ५ से गुणा करने से सन्तानचन्द्र हो जाता है और लग्नस्पष्ट को ५ से गुणा करने से सन्तान-सूर्य स्पष्ट होता है।

४. ऊपर २ में सन्तानतिथि निकालना बतलाया गया है। अब इस सन्तान तिथि के आधार पर फलादेश करते हैं।

यदि सन्तान तिथि शुक्लपक्ष में पड़े तो सन्तान होगी। यदि कृष्णपक्ष में पड़े तो सन्तान होने में कठिनता होगो। शुक्ल-पक्ष को भी तीन भागों में बाँटना चाहिए प्रतिपत् से पंचमो,

षष्ठी से नवमी, दशमी से पूर्णिमा। यदि शुक्लप्रतिपद् से पंचमी तक सन्तान-तिथि पड़े तो धीरे-धीरे—विलम्ब से—कुछ रुक रुक कर सन्तान होगी। शुक्लषष्ठी से दशमी तक पूर्वापेक्षया शीघ्र किन्तु उतने शीघ्र नहीं। और यदि शुक्लएकादशी से पूर्णिमा तक सन्तान-तिथि हो तो शीघ्र सन्तान हो। शुक्ल-पक्ष की सन्तान-तिथि हो तो विष्णु का आराधन करे; यदि सन्तान-तिथि कृष्ण-पक्ष में पड़े तो भगवान् शंकर की पूजा करे।

कृष्णपक्ष की प्रतिपद् से पंचमी तक सन्तान-तिथि हो तो सन्तान होगी। यदि कृष्णपक्ष की षष्ठी हो तो भगवान् सुब्रह्मण्य (स्वामी कार्तिकेय) की आराधना से सन्तान होती है। यदि सन्तानतिथि कृष्णपक्ष की सप्तमी, अष्टमी, नवमी या दशमी पड़े तो दूसरे विवाह से सन्तान होती है। जातक को पर्व के दिनों में तथा जिस दिन श्रवण हो ब्राह्मणभोजन कराना चाहिए। इससे सन्तान होगी। यदि सन्तानतिथि कृष्णपक्ष की एकादशी या द्वादशी पड़े तो होम करने (द्वादशी होम) से गर्भस्थिति हो सकती है किन्तु सन्तानोत्पत्ति संदिग्ध है।

यदि सन्तानतिथि कृष्णपक्ष की त्रयोदशी या चतुर्दशी आवे तो जातक को दत्तक पुत्र गोद ले लेना चाहिए। यदि सन्तानतिथि अमावास्या पड़े तो यह भी सम्भव न हो सकेगा। पितरों के दोष से बाधा है यह समझना चाहिए। यदि पितृगण संतुष्ट हो सकें तो उनके आशीर्वाद से सन्तान हो सकती है। प्रायः माता-पिता का उचित रीति से श्राद्धादि न करने से सन्तान नहीं होती है। पितृगण (पितरों) को सन्तुष्ट करने के लिए, अष्टकाश्राद्ध, पार्वणश्राद्ध, एकोद्दिष्ट, गयाश्राद्ध आदि नियमानुसार करने चाहिएं।

५. अब तिथि दोष शान्त करने के कुछ अन्य उपाय बतलाते हैं। षष्ठी के लिए सुब्रह्मण्य (कार्तिकेय) की पूजा; चतुर्थी के लिए गणेश को, नवमी के लिए दुर्गा की, द्वादशी के लिए सूर्य

की, सप्तमी या चतुर्दशी के लिए सर्पों की तथा अमावास्या के लिए पितरों की। ऐसा करने से सन्तान प्राप्ति होती है।

दोनों पक्षों की रिक्ता तिथि (देखिए सुगमज्यौतिषप्रवेशिका पृष्ठ २७६) किसी कार्य के लिए शुभ नहीं हैं। यदि शुक्लपक्ष की रिक्ता तिथि हो तो किसी के द्वारा हाल में किये गये अभिचार (जादू, टोना, अनुष्ठान) के परिणाम से सन्तान बाधा है। यदि कृष्णपक्ष की रिक्ता तिथि है तो पहिले अभिचार किया गया था, इसका द्योतक है। यदि रिक्ता तिथि चतुर्थी हो तो उच्च कक्षा के मंत्रशास्त्री से उसकी शान्ति करानी चाहिये। यदि रिक्ता तिथि चतुर्दशी या नवमी हो तो किसी नीची जाति के जादू टोने करने वाले से शांति करावे। यदि विष्टि* करण आवे तो सर्प का शाप समझे। शुक्लपक्ष में विष्टिकरण हो तो हाल ही का—कुछ समथ पूर्व का शाप है, और यदि कृष्ण पक्ष है तो प्राचीन शाप है, ऐसा समझना। प्रत्येक पक्ष में चार बार विष्टिकरण होता है यदि प्रथम विष्टिकरण (कृष्ण पक्ष की तृतीया का उत्तरार्द्ध या शुक्ल पक्ष की चतुर्थी का उत्तरार्द्ध) हो तो उच्च जाति के नाग का शाप कहना। यदि द्वितोय विष्टि (कृष्ण पक्ष की सप्तमी का पूर्वार्द्ध या शुक्ल पक्ष की अष्टमी का पूर्वार्द्ध) हो तो मध्यम श्रेणी के नाग का शाप समझना, यदि तृतोयविष्टि (कृष्णपक्ष को दशमो का उत्तरार्द्ध, या शुक्लपक्ष की एकादशी का उत्तरार्द्ध) हो तो नोच जाति के सर्प शाप का दुष्परिणाम समझना। यदि चतुर्थविष्टि (कृष्णपक्ष की चतुर्दशी का पूर्वार्द्ध या शुक्लपक्ष की पूर्णिमा का पूर्वार्द्ध) हो तो अति नीच जाति के सर्प के शाप का दोष समझना चाहिए। इसकी शांति के लिए—उच्चजाति के नागजनित दोष के लिए बलि देनी चाहिए। अन्य श्रेणी के सर्पों के शाप से छुटकारा पाने के लिए बलि, गान, इत्यादि से उन्हें संतुष्ट करना चाहिए ॥२३-३०॥

* देखिये सुगमज्यौतिषप्रवेशिका पृष्ठ २८।

सोलहवाँ अध्याय

सन्तानचिन्ता प्रकरण

पिछले अध्याय में पुत्रभाव का विवेचन किया है। इसमें पुनः उसी विषय का निरूपण करते हैं।

संप्रदायान्तरं किञ्चित्पुनरप्यत्र लिख्यते।
प्रश्नजातकयोश्चिन्त्यं सन्तानधिषणादिभिः ॥१॥

जन्मकुण्डली विचार तथा प्रश्नकुण्डलीफलादेश में संतान-विचार विषयक अन्य ज्योतिषसिद्धान्त भी लागू किए जाते हैं। इसलिए इस अन्य सम्प्रदायानुसार सन्तानचिन्ता का विवेचन इस अध्याय में किया जाता है ॥१॥

पञ्चघ्नं यमकण्टकेन सहितं लग्नं हि सन्तानजी-
वोऽयं स्यान्नवदोषयुग्यदि नृणां कृच्छ्रेण पुत्रोद्भवः।
सन्तानार्यनवांशको यदि भृगोस्तेनेक्षितो वा युतो
ऽस्यांशस्याधिपतिर्भृगूड्षु पुनः प्रोद्वाहदाः स्युस्त्रयः ॥२॥

लग्न स्पष्ट को पाँच से गुणा कीजिये और उसमें यमकण्टक-स्पष्ट जोड़ दीजिए। यम कण्टक निकालना फलदीपिका (भावार्थ-बोधिनी) के पृष्ठ ६०३ पर बतलाया गया है। जो योगफल आवे वह सन्तानजीव कहलाता है। यदि ९ दोषों में से कोई दोष इस सन्तानजीव में हो तो कठिनता से पुत्रोत्पत्ति होती है। नौ दोष कौन से? गुलिक, विष्टि, गण्डान्त, एकार्गल, सार्पशिर, लाट, वैधृति, विषघटी, उष्णकाल।

अब जो सन्तानजीव ऊपर निकाला है—वह जिस नवांश में

है (१) उस नवांश में शुक्र हो या उसे शुक्र देखता हो (२) या उस नवांश का स्वामी शुक्र हो (३) या उस नवांश का स्वामी शुक्र के नक्षत्र में हो तो जातक को सन्तान के लिए पुनः विवाह करना पड़ेगा ॥२॥

पञ्चघ्नोऽत्र निरूपणे भृगुसुतो ग्राह्योऽस्तु नो केवलः
शुक्रद्रष्टृयुतैः समाश्च विहगैः पाणिग्रहाः संख्यया ।
द्रष्टा सप्तमगः पुनर्बलवशाच्छुक्रस्य राश्यंशयोः
पुत्राप्तिः प्रथमे द्वितीय उत वा पाणिग्रहे स्यात्क्रमात् ॥३॥

जब सन्तानजीव के प्रसंग में शुक्र को विचार में लेना तो सीधे-सीधे शुक्रस्पष्ट नहीं लेना चाहिए । शुक्र स्पष्ट को पाँच से गुणा कर शुक्र का विचार करना चाहिए ।

मनुष्य के विवाह कितने होंगे ? जितने ग्रह शुक्र के साथ हों या सप्तम में बैठकर शुक्र को देखते हों । हमारे विचार से बहु-विवाहप्रथा समाप्त हो गई है यह भी ध्यान में रखना चाहिए ।

प्रथम या द्वितीय पत्नी से सन्तान विचार, शुक्र की राशि और अंश के बलाबल से क्रम से विचार करना ॥३॥

क्लीबस्य चेद्भृगोरंशः क्लीबग्रहयुतेक्षितः ।
यदि वापुत्रलाभः स्यात्तृतीये तु करग्रहे ॥४॥

यदि शुक्र जिस नवांश में है उसका स्वामी नपुंसकग्रह हो, उस नवांश में नपुंसक ग्रह हो और उस नवांश को नपुंसकग्रह देखता हो तो जातक को तृतीय पत्नी से पुत्र होता है । इस योग को नवांशकुण्डली में देखना चाहिए । बुध और शनि नपुंसक ग्रह हैं ॥४॥

सन्तानजीवं यमकण्टकेन संयोज्य कुर्यात्पुनरङ्कनिघ्नम् ।
सन्तानयोगस्फुटसंज्ञमेतत्सन्तानसंख्या त्वमुनोच्यतेऽथ ॥५॥

सन्तानजीव और यमकण्टक को जोड़िये। योग फल को ९ से गुणा कीजिए। जो गुणनफल आवे उसे सन्तानयोग कहते हैं। इससे सन्तानसंख्या का विचार किया जाता है। कैसे? यह आगे बतलावेंगे ॥५॥

एतद्भुक्तैः पञ्चकैः स्याल्लवानां
संख्या वाच्या तत्समा ह्यात्मजानाम् ।
तद्वर्गाणां वाक्पतेः स्यात् त्रयं चेत्
पुत्राः षड्भ्यश्चाधिकाः संभवेयुः ॥६॥

ऊपर जो सन्तान योग आए उसके अंश कितने हैं (राशियों का प्रयोजन नहीं है)? इन अंशों को ५ से भाग दीजिए। जो भजनफल आवें उतनी सन्तान होंगी। यदि उपर्युक्त सन्तानयोग, तीन से अधिक बृहस्पति के वर्गों में हो तो ६ से अधिक सन्तान संभव हैं ॥६॥

नीचे वा रिपुभेऽथवा स्फुटयुतित्र्यंशाधिपश्चेत्पुनः ।
तुल्यः स्याल्लवपञ्चके स्फुटयुतेस्तत्रापि चेत्संस्थितिः ।
नूनं पञ्चकतुल्यसंख्यतनयस्तर्हि व्रजेत्पञ्चतां
गोसिंहालिवधूगते स्फुटयुतेरंशे तु नो सन्ततिः ॥७॥

(१) सन्तानयोग जिस द्रेष्काण में पड़े, उस द्रेष्काण का स्वामी यदि नीच या शत्रु राशि में हो और जिन पाँच अंश के विभाग में सन्तान-योग हो और उसमें उपर्युक्त ग्रह बैठा हो तो उतनी ही सन्तान मृत्यु को प्राप्त होती हैं। हम उपर्युक्त योग से सहमत नहीं हैं क्योंकि कितने ही जातकों को दस-दस ग्यारह-ग्यारह सन्तान हुई हैं और नष्ट हो गई हैं।

(२) यदि सन्तान-योग वृष, सिंह, कन्या या वृश्चिक नवांश में पड़े तो सन्तान नहीं होती ॥७॥

स्फुटयोगस्थितवर्गत्रितयं यदि षण्डविहगसम्बन्धि।
यमलप्रभवो भविता तस्य विनाशश्च बलवशाद्वाच्यः ॥८॥

सन्तान-योग स्फुट करना ऊपर बतला चुके हैं। यदि तीन वर्गों का किसी नपुंसक ग्रह से सम्बन्ध हो तो जातक के यमल जुड़वें बच्चे) हों। यदि यह नपुंसक ग्रह बली हो तो बच्चे जिन्दा रहेंगे। यदि निर्बल हो तो नष्ट हो जावेंगे ॥८॥

युक्त्वा भानुसुतेन्दुजात्मजपतीन् बाणैर्निहत्य स्फुटं
यत्तस्याद्यदि सूर्यराशिषु निशाभांशेष्वसद्योगदृक्।
नृणां दत्ततनूजलक्षणमिदं चान्द्रे तु राशौ तथा
ऽसत्खेटेक्षणयोगभाग्यदि भवेद्दत्तस्य नो लक्षणम् ॥९॥

इसमें, किस ग्रह स्थिति से जातक दत्तक-पुत्र (गोद का बेटा) लेगा यह बताया गया है। बुधस्पष्ट, शनिस्पष्ट और पंचमेश-स्पष्ट को जोड़िये। यदि योगफल १२ राशियों से अधिक आवे तो १२ राशियाँ कम कीजिये। यह शेष राशि जिस राशि में पड़ती है, उसे कहिये 'क'। जिस नवांश में पड़ती है उसे कहिये 'ख'। यदि 'क' दिवा-राशि में पढ़े और 'ख' रात्रि-राशि में पड़े और 'क' को पापग्रह देखता हो या 'क' में पापग्रह बैठा हो तो जातक दत्तकपुत्र ग्रहण करता है। यदि 'क' राशि चन्द्रमा की राशि हो और पापग्रह से युत, वीक्षित हो तो दत्तक-पुत्र भी लेना संभव नहीं होता ॥९॥

स्फुटेऽस्मिन् खलु दोषाणां नवकं संभवेद्यदि।
सन्ततिर्न भवेन्नूनं दत्तस्वीकरणादपि ॥१०॥

ऊपर जो स्फुट (श्लोक ९ में) निकालना बताया गया है वह यदि नौ दोषों में किसी से युक्त हो तो जातक दत्तकपुत्र नहीं ले सकेगा। नौ दोष कौन-कौन से होते हैं यह ऊपर श्लोक २ की व्याख्या में बता चुके हैं ॥१०॥

सन्तानायगृहत्रिकोणभवनेष्विज्यस्तनूजप्रदो
मान्दिश्चेदजपूर्वषड्गृहगतो जूकादिषट्के स चेत् ।
सन्तत्यै गुरुरात्मजामरगुरोरंशत्रिकोणे भवेत्
संयुक्ते यमकण्टकेन गुलिके पुंस्त्रीभिदास्यांशतः ॥११॥

अब किस काल में—किस समय सन्तान होगी यह बतलाते हैं :—

सन्तान निम्नलिखित किसी समय में हो सकती है :—

(१) जिस राशि में सन्तानजीव हो उसमें या उससे त्रिकोण में गोचर से बृहस्पति हो और मान्दि मेष से कन्या तक इन ६ राशियों में से किसी में हो ।

(२) मान्दि तुला से मीन तक—इन ६ राशियों में से किसी में हो (१) सन्तानजीव जिस नवांश में हो उस नवांश राशि में या उससे त्रिकोण में बृहस्पति हो ।

(३) यमकण्टकस्पष्ट और गुलिक स्पष्ट को जोड़िए । योग फल यदि पुरुषनवांश में पड़े तो पुत्र होगा ; यदि स्त्रीनवांश में पड़े तो कन्या ।।११।।

ओजे युग्मेऽथवा राशावोजांशः पुत्रसूतिकृत् ।
युग्मांशः कुरुते नारीमंशस्यात्र प्रधानता ॥१२॥

किसी भी राशि में चाहे पुरुषराशि हो अथवा स्त्री राशि, नवांश का ही महत्त्व है । पुरुषनवांश हो तो पुरुष (पुत्र); स्त्री-नवांश हो तो स्त्री ।।१२।।

सन्तानजीवं यमकण्टकं च सन्तानमान्दि सह योजयेत् त्रीन् ।
कुन्देन हन्यात्पुनरत्र याततारांशयोः पुत्रजनिस्त्रिकोणे ।।१३।।

सन्तान जीवस्पष्ट, यमकण्टक स्पष्ट तथा सन्तानमान्दि-स्पष्ट इन तीनों को जोड़िए । (मान्दि स्पष्ट को ५ से गुणा करने

से सन्तान मान्दि निकलता है) । योगफल में यदि राशियाँ १२ से अधिक आवें तो राशियों में से १२ कम कर दीजिए। जो शेष बचे वह किस नवांश में और किस नक्षत्र में पड़ता है यह देखिए। इस नवांशराशि में या इससे त्रिकोण में अथवा इस नक्षत्र में या इस नक्षत्र से त्रिकोण में जब चन्द्रमा गोचर-वश जावे तब सन्तान होती है ॥१३॥

लिप्तीकृत्य तनूजभावमपभं षष्ट्यंशखेटेक्षणै-
र्हत्वारोप्यनतैर्विभज्य ननखैर्दायादसंख्याप्यते ।
तद्वत्पापनिरीक्षणैरथ पृथग्घत्वा शताभ्यां हरे-
दत्रावाप्तसमानसंख्यतनयाः क्षीयन्त इत्याप्तवाक् ॥१४॥

(१) यह देखिए कि पंचम भावस्पष्ट क्या है ? राशियों को छोड़ दीजिए। अंशों और कलाओं की कला बना लीजिये। जो कला आवें उन्हें कहिए 'क'।

(२) यह देखिए कि पंचम भावमध्यपर किन-किन ग्रहों की कितनी दृष्टि है। सब ग्रहों का पंचम भाव मध्य पर दृग्बल निकाल लीजिये। दृग्बल समझने के लिए देखिए फलदीपिका का अध्याय ४। इस दृग्बल के विरूप बना लीजिए । इन्हें कहिए 'ख'।

'क' और 'ख' को गुणा कीजिए। गुणनफल को ६० से विभाजित कीजिए और भजनफल को २००से विभाजित कीजिए। अब जो भजनफल आवे उतनी सन्तान होगी।

(३) यह देखिए कि पंचम भावमध्य पर किन-किन पाप-ग्रहों की कितनी दृष्टि है। इन पापग्रहों का पंचम भाव पर दृग्बल निकाल लीजिए। इसके विरूप बनाइये। एक रूप में ६० विरूप होते हैं। विरूप को षष्ट्यंश भी कहते हैं। इन विरूपों को कहिए 'ग'।

'क' और 'ग' को गुणा कीजिए। गुणन फल को ६० से विभाजित कीजिए और भजनफल को २०० से विभाजित कीजिए। अब जो भजनफल आवे उतनी सन्तान नष्ट होंगी ॥१४॥

पुत्राधीशोपभुक्तांशकसमतनयास्तेषु ये पुंगृहेशा-
भांशास्ते पुत्रदाः स्युर्दुहितृकृत इमे येऽशकाः स्त्रीगृहेशाः ।
पुंखेटा युग्मगाश्चेत्तनयमरणदा मृत्युदाः पुत्रकाणा-
मोजस्थाः स्त्रीग्रहाश्चेद्बलमपि नियतं चिन्त्यमंशाधिपानाम् ।१५।

अंशाधीशाः स्वभवनगता मित्रगाः स्वोच्चगा वा
वीर्याढ्या वा विदधति सुदीर्घायुषं तोकसंघम् ।
नीचस्था वा रविहतकरा वैरिवेश्माश्रिता वा
वीर्यापेता रहितमसुभिः कुर्युरल्पायुषं वा ॥१६॥

यह देखिये कि पंचमेश जिस राशि में है उसमें कितने नवांश पार कर चुका है। जितने नवांश पार कर चुका हो उतनी ही संतान होती हैं। इनमें (पार किए हुए नवांशों में) जितने पुंगृहेश (पुरुषग्रह है स्वामी जिनका) नवांश होंगे उतने पुत्र होंगे; जितने स्त्रीग्रहेश नवांश होंगे उतनो कन्या होंगी। पुरुषनवांशस्वामी यदि स्त्रोनवांश में हों तो जितने ऐसे स्वामी हों उतने पुत्र नष्ट हो जावेंगे। यदि स्त्री नवांशस्वामी पुरुषनवांश में है तो जितने स्त्रीनवांश स्वामी पुरुषनवांश में होंगे उतनी कन्या नष्ट हो जावेंगी। एक टीकाकार के मत से ओजनवांश पुंग्रह नवांश और युग्मनवांश स्त्रीग्रह नवांश यह अर्थ लेना चाहिये।

यदि नवांश बली हो तो सन्तान नष्ट नहीं होगी। यदि नवांशपति स्वनवांश, उच्चनवांश या मित्रनवांश में बलवान् हो तो दीर्घायु सन्तान होती है। किन्तु यदि नवांशपति नीचनवांश,

शत्रुनवांश आदि में स्थित होकर दुर्बल हो तो अल्पायु सन्तान होती है ॥१५-१६॥

निक्षिप्याष्टकवर्गकं सुरगुरोस्तत्पञ्चमे यावतां
शुक्लाक्षाणि विहाय वैरिगृहगान् मूढांश्च नीचस्थितान् ।
तावन्तस्तनया भवन्ति गुणना कार्या च तुङ्गादिषु
प्रोक्ताः पुंवनिताः कृतत्वपुरुषस्त्रीखेचराः कीर्तिताः ॥१७॥

बृहस्पति का अष्टकवर्ग बनाइये। बृहस्पति जिस राशि में स्थित है उससे पंचम में जो राशि है—उसमें कितने शुभ बिन्दु हैं यह देखिए। जो बिन्दुदान अस्त ग्रह, नीच राशिस्थित ग्रह तथा शत्रु राशिस्थित ग्रह ने किया है उन्हें कम कर दीजिए। जो स्वराशिस्थित, उच्चराशिस्थित ग्रह ने बिन्दु प्रदान किए हैं उन्हें दुगुना (मूल में केवल गुणा करना लिखा है) कर दीजिए। अब जितने बिन्दु आए उतनी सन्तान होंगी। पुरुष-ग्रहप्रदत्त पुत्र; स्त्रीग्रहप्रदत्त कन्या ॥१७॥

पुत्रसंख्या विनिर्देश्या सुतेशगुरुरश्मिभिः ।
अप्युच्यते तदा नीतिर्गुरुनिर्दिष्टवर्त्मना ॥१८॥

अब बृहस्पति तथा पंचमेश की रश्मि संख्या से—कितनी सन्तान होंगी यह बतलाते हैं। रश्मि संख्या निकालना इससे पूर्व हम सारावली के आधार पर बतला चुके हैं। अब आगे के श्लोकों में ग्रहों की रश्मि कैसे निकालना यह प्रस्तुत ग्रन्थकार के मतानुसार बतलाया जावेगा ॥१८॥

तिग्मांशोर्दश शीतगोर्नव गुरोः सप्तांशवोऽष्टौ भृगोः
पञ्चारार्किविदां स्वनीचरहितं षड्भाधिकं चेद्ग्रहम् ।
चक्रान्निर्गलितं स्वरश्मिगुणितं षड्भिर्भजेद्रश्मयो
लभ्यन्तेऽत्र हि विक्रमौढ्यमुखतः कल्पौ हि वृद्धिक्षयौ ॥१९॥

वक्रोच्चांशकयोः करास्त्रिगुणिता द्विघ्नाः सुहृत्स्वांशयो-
र्नीचार्यंशकयोर्नृ पांशरहिता ग्राह्योऽत्र रव्यंशकः ।
क्षीयन्ते सकलास्त्विनाहततनोर्मन्दाच्छ्योस्तद्दला
जीवापत्यपयोर्बलाढ्य इह यस्तद्रश्मिसंख्याः सुताः ॥२०॥

सूर्य आदि सातों ग्रह यदि अपने परमोच्च में हों तो उनकी निम्नलिखित रश्मियाँ होती है।

सूर्य १०, चन्द्रमा ९, मंगल ५, बुध ५, बृहस्पति ७, शुक्र ८, शनि ५। यदि कोई ग्रह परमनीच में हो तो शून्य रश्मि होती है। मध्य में अनुपात से निकालिए।

प्रत्येक ग्रह की जो रश्मि आवे, उसमें निम्नलिखित परिस्थितियों में संस्कार (कम या अधिक) करना पड़ता है। कितना कम या अधिक यह नीचे निर्दिष्ट किया जावेगा :

(१) यदि ग्रह वक्री हो तो उसको रश्मि को तिगुना कर दीजिए।

(२) यदि ग्रह अपने उच्च नवांश में हो तो उन्हें तिगुना कर दीजिए।

(३) यदि ग्रह अपने द्वादशांश में हो तो रश्मि को दुगुना करना।

(४) यदि ग्रह अपने मित्र के द्वादशांश में हो तो दुगुना करना।

(५) यदि नीच द्वादशांश में हो तो सोलहवाँ भाग कम करना।

(६) यदि ग्रह शत्रुद्वादशांश में हो तो सोलहवाँ भाग कम करना।

(७) यदि ग्रह सूर्यसान्निध्य के कारण अस्त हो तो उसकी सब रश्मियाँ कम कर देना। (कौन सा ग्रह सूर्य से कितने अंश पर अस्त होता है, इसके लिए देखिए सुगमज्योतिषप्रवेशिका पृष्ठ १४३-४४)। किन्तु शुक्र और शनि यदि अस्त हों तो इनको

रश्मियाँ, उच्च, नीच के अनुपात से जो आईं वैसी ही रहती हैं, अस्त होने के कारण कम नहीं की जातीं।

अब पंचमेश और बृहस्पति इनमें देखिए कौन सा अधिक बली है। जो अधिक बली हो, उसकी जितनी रश्मियाँ आवें उतनी ही सन्तान होती हैं ॥१६-२०॥

पुत्रेशः पुत्रभावस्य समीपे लग्नपस्य वा ।
यद्यादौ पुत्रजन्म स्याद्यौवनान्तेऽन्यथा स चेत् ॥२१॥

यदि पंचमेश पंचमभाव के या लग्नेश के समीप हो तो यौवन में सन्तान होती है, अन्यथा अधिक अवस्था में ॥२१॥

केन्द्रस्थिते सुताधीशे प्रथमे मध्यमेऽन्तिमे ।
क्रमेण वयसो भागे पुत्रजन्म विनिर्दिशेत् ॥२२॥

यदि पंचमेश केन्द्र में हो तो यौवन के प्रारम्भ में, यदि पणफर में हो तो यौवन के अन्त में, यदि आपोक्लिम में हो तो अधिक अवस्था में, पुत्र हो ॥२२॥

लग्नाधीशः सुतपधिषणौ तद्द्वयाप्तांशभेशौ
जायाधीशस्तनयभवनप्रेक्षकास्तद्गताश्च ।
ये चैतेषां भवति हि दशा यत्र चान्तर्दशा वा
तस्मिन् काले तनयजननं निर्दिशेन्मानवानाम् ॥२३॥

निम्नलिखित की दशा, अन्तर्दशा में सन्तान होती है:—

(१) लग्नेश (२) पंचमेश (३) बृहस्पति (४) बृहस्पति जिस ग्रह के नवांश में हो उस नवांश का स्वामी (५) पंचमेश जिस नवांश में हो उस नवांश का स्वामी (६) सप्तमेश (७) जो ग्रह पंचम में हो (८) जो ग्रह पंचम को देखता हो ॥२३॥

पुत्रेशाश्रितभे तदंशकगृहे मान्द्याश्रितर्क्षे तदी-
यांशर्क्षे च तथा त्रिकोणभवनेष्वेषां च बह्वक्षके ।
राशौ स्वाष्टकवर्गके च विचरन् जीवो भवेत्पुत्रदः
पुत्रेशोऽत्र विचिन्त्यतां हिमकराल्लग्नाच्च जीवादपि ॥२४॥

निम्नलिखित राशियों के स्वामियों के अष्टकवर्ग में देखिये कि किस राशि में सबसे अधिक शुभ बिन्दु हैं। इस सबसे अधिक बिन्दु वाली राशि में जब बृहस्पति गोचरवश जाता है तब पुत्र जन्म होता है।

नीचे जहाँ-जहाँ पंचम या पंचमेश शब्द आया है, वहाँ लग्न से पंचम पंचमेश, तथा चन्द्रमा से पंचम और पंचमेश एवं बृहस्पति से पंचम और पंचमेश लेना चाहिए। अर्थात् केवल लग्न से ही नहीं अपितु चन्द्रलग्न या बृहस्पति से भी।

ऊपर कुछ राशिस्वामियों के अष्टकवर्ग का उल्लेख किया है। किन-किन राशियों के स्वामी ? इसका निर्देश नीचे करते हैं :—

(१) पंचमेश जिस राशि में हो (२) पंचमेश जिस नवांश-राशि में हो (३) जिस राशि में मान्दि हो (४) मान्दि जिस नवांश राशि में हो। (५) उपर्युक्त (१), (२), (३) तथा (४) से जो राशियाँ त्रिकोण में हों ॥२४॥

जीवापत्यविलग्नजन्मपतयः पुत्रेश्वरारूढभे
पुत्रे वाऽथ तयोस्त्रिकोणभवने वा संचरेयुर्यदा ।
योगो वा वनिताविलग्नतनयेशानां त्रयाणां यदा
सन्तत्या जननं तदा खलु नृणामित्येव शास्त्रोदितम् ॥२५॥

(१) अब बृहस्पति के गोचर वश पुत्र के जन्म का समय निकालने का अन्य प्रकार बतलाते हैं :—

(१) जब, लग्नेश, पंचमेश और बृहस्पति उस राशि में या उस राशि से त्रिकोण में जावें, जिसमें जन्म के समय बृहस्पति हो।

(२) जब गोचरवश किसी राशि में पंचमेश, सप्तमेश और लग्नेश एक साथ जा रहे हों ॥२५॥

सत्रहवाँ अध्याय

मिश्र प्रकरण

मिश्र प्रकरण का अर्थ है मिला जुला प्रकरण अर्थात्—किसी एक विषय के नहीं अपितु मिले जुले कई प्रकरणों के फलित ज्यौतिष के सिद्धान्त इस प्रकरण में बताए हैं।

श्रीमत्ता तु विचिन्त्या स्वोच्चक्षेत्रत्रिकोणसंस्थानाम् ।
बाहुल्यादपि समुदायाष्टकवर्गे व्ययात्फलाधिक्ये ।।१।।
लाभगृहस्य च सुनभामुख्यैर्योगैर्धनाप्तियोगाच्च ।
अथ सुखदुःखे ज्ञेये गुरुभृगुरविजन्मनां बलाबलतः ।।२।

श्रीमान् या लक्ष्मीवान् (धन समृद्ध) होना ग्रहों की उच्च-राशिस्थिति मूलत्रिकोणराशिस्थिति तथा स्वक्षेत्र स्थिति (अपनी राशि में स्वगृही होना) से देखना चाहिए। समुदायाष्टक वर्ग में यदि ग्यारहवें भाव में द्वादश की अपेक्षा अधिक शुभ बिन्दु हों तो जातक धनी होता है क्योंकि ग्यारहवाँ आय का भाव है, तथा बारहवाँ व्यय का भाव है। आय भाव में अधिक शुभ बिन्दु होने से आय अधिक होगी। व्यय भाव में कम बिन्दु होने से व्यय कम होगा। आय की अधिकता और व्यय की न्यूनता ही धन संचय का हेतु है। सुनभा आदि जो धन योग बताये हैं उनसे भी धनसमृद्धि का विचार करना चाहिए। सुखदुःख का विचार भी बृहस्पति, शुक्र तथा शनि के बलाबल से करना चाहिए। बृहस्पति धनकारक है, शुक्र भोगकारक तथा शनि दुःखकारक है ।।१-२।।

सदसद्ग्रहसंयोगे प्रेक्षणवशतश्च यामिनीभर्तुः ।
लग्नेशजन्मपत्योर्मैत्र्यारित्वाद्बलाधिकोनत्वात् ॥३॥
स्वसुहृद्भागे शशिनो गुरुभृगुदृष्टिर्दिवानिशोः सुखकृत् ।

सुख दुःख का विचार निम्नलिखित से भी करना चाहिए—

(१) चन्द्रमा शुभग्रह से युत, वीक्षित हो तो मन प्रसन्न रहता है। चन्द्रमा पापग्रहों से युत वीक्षित हो तो मन दुःखी रहता है। चन्द्रमा मन है—जिस प्रकार के ग्रहों से युत अथवा वीक्षित होता है वैसी ही मन की अवस्था हो जाती है।

(२) यदि दिन का जन्म हो और चन्द्रमा अपने नवांश या मित्र के नवांश में हो और बृहस्पति से दृष्ट हो तो जातक सुखी रहता है।

(३) यदि रात्रि का जन्म हो और चन्द्रमा अपने या मित्र के नवांश में हो तथा शुक्र से दृष्ट हो तो जातक सुखी होता है।

(४) यदि लग्नेश और जन्मेश (चन्द्रमा जिस राशि में है उसका स्वामी) बलवान् हों तो सुखी; निर्बल हों तो दुःखी।

(५) यदि लग्नेश और जन्मेश मित्र हों तो सुखी; शत्रु हों तो दुःखी ॥३-४॥

अथ खलु देहस्वास्थ्यं दौस्थ्यं चिन्त्यं विलग्नजन्मपयोः ॥४॥
चन्द्रस्य बलाबलतः शेषाणां सदसदाप्तिवीक्षणतः ।

शरीर स्वस्थ रहेगा या रोगी इसका विचार भी लग्न और चन्द्रराशीश से करना चाहिये। चन्द्रमा यदि बली हो तो स्वास्थ्य अच्छा रहे। चन्द्रमा क्षीण या निर्बल हो तो जातक रोगी रहे। चन्द्रमा शुभग्रहों से युत, वीक्षित है या पापग्रहों से युत वीक्षित, यह भी विचार कर लेना चाहिए। शेष ग्रहों का बलाबल, राशि, भावस्थिति तथा परस्पर दृष्टि को भी ध्यान में रखना उचित है।

अथ पूर्वमध्यमान्त्यावस्थासु शुभाशुभत्वमवगम्यम् ॥५॥

केन्द्रादिभेषु सदसद्योगवशादष्टवर्गजफलानाम् ।
समुदायजन्मनामपि भूमाल्पतया बलोत्कटत्वाच्च ।।६।।

यदि जीवन को तीन खंडो में बाँटा जावे (मान लीजिये किसी की अनुमानित आयु ७५ वर्ष की है तो प्रथम खण्ड जन्म से २५ वर्ष तक, द्वितीय खण्ड २६ से ५० और तृतीय खण्ड ५१ से ७५ वर्ष तक हुआ) तो कौन सा खण्ड शुभ—सुखपूवक जीवन यापन का—और कौन सा कष्टपूर्ण होगा, यह निश्चय करने का प्रकार बतलाते हैं,

केन्द्रों में शुभ ग्रह हों तो प्रथम खण्ड सुखपूर्ण, पणफर में शुभग्रह हों तो द्वितीय खण्ड सुखदायी, यदि आपोक्लिम में शुभ ग्रह हों तो अन्तिम खण्ड अच्छा ।

केन्द्रों में पापग्रह हों तो प्रथम खण्ड कष्टपूर्ण, पणफर में पापग्रह हों तो द्वितीय खण्ड कष्टकारक; यदि आपोक्लिम में पापग्रह हों तो तृतीय खण्ड क्लेश युक्त ।

इसके अतिरिक्त समुदायाष्टक में शुभ बिन्दुओं से यह देखना चाहिए कि किस खण्ड में शुभ बिन्दु अधिक हैं । यह नवम अध्याय के ४०वें श्लोक में बतला चुके हैं, इसलिए पुनरावृत्ति नहीं की जा रही है ।।५-६।।

दैवानुकूल्यमूह्यं वर्गोत्तमजन्मवेशिसौम्यवशात् ।
केन्द्रत्रिकोणराशिषु सौम्यवशाल्लग्नचन्द्रकेन्द्रेषु ।।७।।
कारकखेटवशादपि वसुमद्भाग्यादिभिश्च रुचकाद्यैः ।
योगैरपि भाग्यगृहे बलवच्छुभयोगतो बलवशाच्च ।।८।।

जन्मकुण्डली में यदि निम्नलिखित योग हों तो समझना चाहिए कि दैवानुकूल्य है अर्थात् भगवान् की कृपा है । भगवान् की कृपा का क्या फल ? कि इस जीवन में जातक को शुभ फल-सुख प्राप्त होगा ।

(१) ग्रह वर्गोत्तम में हो या हों (२) शुभग्रह से किया हुआ वेशियोग हो। अर्थात् सूर्य से द्वितोय में शुभग्रह हो (३) केन्द्र और त्रिकोण में शुभग्रह (४) लग्न या चन्द्रमा से केन्द्र में कारक (५) वसुमत्, महाभाग्य, पंचमहापुरुष आदि योग (देखिए अध्याय ८) (६) नवम भाव का बलवान् होना (७) नवमभाव में शुभग्रह होना ॥७-८॥

भाग्याधिपो विलग्ने दुश्चिक्ये वाऽपि धर्मगे वाऽपि।
बलवान् स्वोच्चगतो वा येषां ते मानवाः श्रेष्ठाः ॥९॥

जिनकी जन्मकुण्डली में भाग्येश बलवान् होकर लग्न, तृतीय या नवम में हो—बलवान् हो या उच्चराशिका—वे श्रेष्ठ (भाग्यशाली) होते हैं। लग्न और नवम तो शुभ स्थान हुए ही किन्तु तृतीय में बैठने को अच्छा क्यों कहा ? क्योंकि वह उपचय स्थान है; इसके अतिरिक्त तृतोय में स्थित ग्रह नवम (भाग्य स्थान) को पूर्ण दृष्टि से देखेगा ॥९॥

तत्र शुभाशुभयोगालोकवशाद्विद्धि पुण्यपापे च।
गुरुबुधभृगुसुतवीर्यात्केन्द्रशुभैश्चापि चिन्तयेद्विद्याम् ॥१०॥

(१) नवम स्थान शुभयुत, शुभदृष्ट हो तो जातक धार्मिक होता है। नवम स्थान को धर्मस्थान भी कहते हैं। यह भाव पापयुक्त, पापदृष्ट हो तो जातक पापशील होता है।

(२) बुध, बृहस्पति तथा शुक्र के बलवान् होने से तथा शुभ ग्रहों की केन्द्रस्थिति से जातक विद्यासम्पन्न होता है ॥१०॥

पद्यों का अकारादिकोश